Nacht über Föhr

Volker Streiter, geboren im westfälischen Soest, ließ sich nach seiner Polizeiausbildung in Köln nieder. Als Polizist streifte er durch Trabantenstädte wie Millionärshäuser, war Einsatztrainer und ist Teil der »Stadtteilpolizei«. In der Freizeit lässt er aus Spaß am Schreiben und der Faszination für die Natur in schönen Gegenden morden.

In diesem Roman leben einige historische Figuren wieder auf, deren beschriebenes Wesen jedoch rein fiktiv ist. Ähnlichkeiten mit lebenden oder toten Personen wären rein zufällig. Die Handlung des Romans ist frei erfunden.
Im Anhang findet sich ein Personenverzeichnis.

VOLKER STREITER

NACHT ÜBER FÖHR

HISTORISCHER KÜSTEN KRIMI

emons:

Bibliografische Information der Deutschen Nationalbibliothek
Die Deutsche Nationalbibliothek verzeichnet diese Publikation
in der Deutschen Nationalbibliografie; detaillierte bibliografische
Daten sind im Internet über http://dnb.d-nb.de abrufbar.

© Emons Verlag GmbH
Alle Rechte vorbehalten
Umschlagmotiv: privat
Umschlaggestaltung: Nina Schäfer
Gestaltung Innenteil: César Satz & Grafik GmbH, Köln
Lektorat: Christine Derrer
Druck und Bindung: CPI – Clausen & Bosse, Leck
Printed in Germany 2018
ISBN 978-3-7408-0286-8
Historischer Küsten Krimi
Originalausgabe

Unser Newsletter informiert Sie
regelmäßig über Neues von emons:
Kostenlos bestellen unter
www.emons-verlag.de

Für Chris E.

Geschichte ist Dichtung, die stattgefunden hat.
Dichtung ist Geschichte, die hätte stattfinden können.

André Gide

NEBELSCHWADEN

Klagend zerrte die Frau an ihren nassen Haarsträhnen, ihr grobes Kleid war lehmverschmutzt. Verzweifelt biss sie sich in den Handrücken.

Sie starrte zu dem ringförmigen Erdwall, wo zwei Schatten im taubenblauen Licht mit kräftigen Bewegungen um etwas zu ringen schienen. Feuchte Schwaden flogen über die Kämpfenden hinweg, die weit ausholend aufeinander einschlugen.

Unmöglich, das genaue Hin und Her zu erfassen. Stand jetzt der eine über dem andern? Hatte der Stehende etwas in der Hand und hob seinen Arm wie zum letzten Schlag?

Sie fuhr sich übers Gesicht. Erneut wehte der Wind einen Nebelvorhang vor die Szenerie. Als der sich endlich hob, lag der Erdwall in Stille und menschenleer da. Das aber steigerte nur noch die Unruhe der Frau, ihre dünnen Finger verkrampften sich in den Haaren.

»Aber Mutter, was machst du denn hier?«

Die helle Stimme des Mädchens ließ sie herumfahren. Mit sehniger Hand deutete sie auf den Ringwall, ihre Lippen formten Worte. »Ich habe ihn gesehen«, stammelte sie, »den Wikingergeist. Er ist auferstanden. Ein großer Dämon in blauem Licht. Viele werden kommen, um zu töten. Sie holen uns alle. Laura, versteck dich. Ja wirklich, ich weiß es, der Wikinger hat deinen Vater erschlagen. Krino, oh mein Krino!«

Traurig sah Laura in das müde Gesicht ihrer Mutter und schüttelte den Kopf. Dann nahm sie ihre Hand.

»Ach, das hast du gewiss geträumt. An der Lembecksburg gibt es keine Geister, auf ganz Föhr nicht. Und von der Burg ist allein dieser runde Wall geblieben. Außerdem gehören die Wikinger längst der Ewigkeit, so wie Vater. Den hat die See.«

Sie fasste ihre Mutter am Arm, um sie von der einsamen Weide wegzubekommen.

Entfernt schälte sich in westlicher Richtung ein schlanker Einspänner aus dem Dunst, er würde die Burg über die weit und breit einzige Straße passieren. Erschrocken sog Laura die Luft ein. Der helle Pferdekörper des Falben mit seiner dunklen Mähne war gut zu erkennen, Wagen und Kutscher dagegen gaben nur ihre Umrisse preis.

»Komm schnell«, rief Laura und wollte hastig weiter, was leidlich gelang.

Als sich erste Hausdächer am Horizont zeigten, zog Laura ihre Mutter auf einen verlassenen Weg, der um das vor ihnen liegende Dorf herumführte. »Ich will nicht, dass dich jemand so sieht. Der Pastor hat schon gedroht, dich nach Århus zu schaffen. Aber du sollst nicht in so eine grässliche Anstalt, und ich mag nicht allein bleiben. Dann bestimmen die Männer der Gemeinde, was aus mir wird. Nein, das will ich nicht. Und du bist ja auch nicht immer so. Man darf ihnen überhaupt keinen Grund geben, dich wegzuschicken.«

Stumm und wie in Trance ließ ihre Mutter sich führen. Mit ihrem strähnigen Haar, dem nassen und verdreckten Kleid, ja ihrer ganzen Erscheinung wirkte sie wie eine Delinquentin auf dem Weg zum Schafott.

Prüfend sah Laura in die Dämmerung. Sie war ein Mädchen von dreizehn Jahren, gerade gewachsen und mit blauen Augen. Ihre blonden Zöpfe trug sie derart geflochten, dass sie wie Schaukeln um ihre Ohren hingen. Ihr dünner, kaum erblühter Körper steckte in einer hellen Bluse und einem grauen Rock, ein Schultertuch gab ihr etwas Wärme. Sie lief barfuß, die allzu kalte Zeit sollte erst noch kommen.

Solange ihre Mutter in diesem entrückten Zustand war, wollte sie sie möglichst unauffällig nach Hause bringen. Laura war es unangenehm, sich mit ihr zu zeigen. Wie es schien, hatten die herbstlichen Nebelschwaden und das schwindende Licht dafür gesorgt, dass die Leute längst in ihren Häusern waren. Mit etwas Glück würde niemand sie sehen. So zerrte sie ihre Mutter am Arm vorwärts und lenkte sie vom Erdwall, der Lembecksburg genannt wurde, am Dorf Borgsum vorbei nach Goting. Diese aus niedrigen Katen bestehende Siedlung war ihr Zuhause und lag am südlichen Rand der Insel Föhr.

Kaum waren sie zu Hause angekommen, fasste ihre Mutter sich im dunklen Flur an den Kopf und stöhnte. Laura wusste, was nun kommen würde.

»Was war nur wieder los mit mir?«, klagte ihre Mutter und tastete sich an der Wand entlang. »Kind, dieser Schmerz, er sticht und rast. Ich muss mich setzen. Machst du mir einen Tee? Du weißt ja, welche Kräuter ich brauche.«

Ohne eine Antwort abzuwarten, ließ sie sich auf einem Lehnstuhl in der Stube nieder. Während sich Laura in der Küche mit dem schweren Wasserkessel abmühte und ihn über die Feuerstelle hängte, schien das Bewusstsein ihrer Mutter klarer zu werden. Doch in ihrem Blick lag eine neue, andere Traurigkeit.

»Wo ist eigentlich dein Bruder?«, rief sie nach einer Weile durch die geöffnete Stubentür. »Sollte der nicht nach den Ziegen sehen? Dass der sich immer rumtreiben muss.«

»Ingwer ist bestimmt noch in Wyk. Wir brauchen das Geld. Bald ist die Badesaison vorüber, und dann gibt ihm keiner mehr eine Stelle als Hausbursche. Die eine feste genügt ja nicht«, antwortete Laura und reichte ihrer Mutter einen Becher dampfenden Tee.

»Ja, fleißig ist er«, murmelte die und pustete gedankenverloren in die heiße Flüssigkeit. »Aber seltsam, kaum ist er aus dem ewigen Eis zurück, ist er auch hier kaum zu Hause. Immer hat er irgendwo zu tun.«

»Mutter, er arbeitet. Sei nicht ungerecht. Wenn er sich nicht bei anderen Leuten verdingt, lernt er in der Rechenschule. Er will ja unbedingt zur See fahren.«

Ihre Mutter starrte vor sich hin. Dann schüttelte sie leicht den Kopf. »Er ist sehr flatterhaft. Ein unruhiger Geist, den es kaum am Boden hält. Der nächste Sturm wird ihn davonblasen.«

DUNKLER KAI

Johann Georg Kohl trat an den Bug des Zweimasters und schaute in die kalte Nacht. Vor ihm lösten sich eine Handvoll Lichter aus der klammen Schwärze, die ihn umgab. Das Segelschiff glitt lautlos auf die Küste zu. Fröstelnd schloss er seinen Reisemantel, drückte den Zylinder in die Stirn und schlug den Kragen hoch. Er war ein Mann von siebenunddreißig Jahren, dessen leicht nach unten hängender Schnauzbart zu seinem Leidwesen bereits zu ergrauen begann. Bald würde er die Insel Föhr betreten und mit seinem Bericht beginnen. Nach diesem ersten Eiland sollten andere folgen. Neugierig fragte er sich, wie der Badetourismus, dieser Zeitvertreib der besseren Gesellschaft, sich auf die eher einfache Lebensweise der Inselfriesen auswirkte.

»Dass man aber auch zu einer so grässlichen Zeit übersetzen muss«, seufzte eine junge Frau, die sich unbemerkt zu ihm gesellt hatte. Der schwache Schein einer Laterne beleuchtete von der Reling her ihr von einer Haube umrahmtes Gesicht.

Makellos und ein bisschen wächsern, dachte Kohl und legte zum Gruß die Hand an den Rand seines Zylinders. Natürlich war ihm die Dame bereits unter den Passagieren aufgefallen, als man vom Festland aus in See gestochen war. Ihr Haar war gänzlich bedeckt, über ihren Schultern lag ein gestricktes Tuch. Während der Überfahrt hatte sie sich in eine Ecke des Zweimasters zurückgezogen und schien am Treiben auf dem Schiff nicht sonderlich interessiert.

»Ja, nun, meine Dame, man hätte sich auch für eine Kutschfahrt durch das Watt entscheiden können. Die Fahrt soll gar nicht so lange dauern. Aber den Zeitpunkt haben wir wohl verpasst. Leider kann der Mensch sich nicht gegen die Gezeiten stellen«, erklärte er und strich über seinen Oberlippenbart. »Wenn dann die Fluten sich anbieten, uns um zwei Uhr in der

Nacht an ein neues Gestade zu spülen, so dürfen wir uns dem nicht verweigern. Luna bestimmt ihr Auf und Ab.« Mit diesen Worten blickte er nach oben und deutete auf die schmale, immer wieder durch Wolken verdeckte Mondsichel.

»Luna und die Gestade«, wiederholte die Dame und lächelte. »So etwas hört man selten auf einer Überfahrt nach Föhr. Selbst die Kurgäste, die das eintönige Leben unserer Insel bereichern, sprechen nicht so romantisch. Fast könnte ich meinen, Sie seien ein Dichter.«

»Reiseschriftsteller«, antwortete Kohl lächelnd und verbeugte sich leicht. »Johann Georg Kohl, zu Ihren Diensten. Ich bereise die Welt und berichte meinen Lesern über Land und Leute. Nach einem ausgiebigen Aufenthalt in den Weiten Sibiriens möchte ich den Menschen die Reize dieser Küste näherbringen. Dazu ist es natürlich unverzichtbar, die Besonderheiten Föhrs zu erwähnen.«

»Heinke Kerstina Emma Kühl, im praktischen Leben kurz Emma Kühl.« Sie hob ihr Kleid eine Handbreit und knickste. »Als stolze Wykerin muss ich Ihnen da recht geben. Föhr ist einzigartig. Wie erfreulich zu hören, dass die Schönheit meiner Insel nun eine weite Verbreitung erfahren wird. Werden Sie länger bleiben? Und wo gedenken Sie zu logieren?«

»Die Kurverwaltung konnte mir eine Herberge vermitteln. Trotz des ausgehenden Sommers scheinen die Möglichkeiten einer adäquaten Unterkunft begrenzt. Der Apotheker in Wyk war so freundlich, mir noch Obdach zu gewähren.«

»Apotheker Leisner? Ja, richtig, er hat eine kleine Wohnung in seinem Haus, die er Gästen zur Verfügung stellt. Wie praktisch für Sie, nicht wahr? Ganz zentral in unserem Städtchen gelegen, nahe bei all denen, die auf der Insel etwas darstellen oder uns in der Saison beehren. Ich wohne mit meiner Mutter nicht weit von der Apotheke entfernt. Große Straße 15. Nach dem Tod meines Vaters haben wir leider die Dienstwohnung verloren, er war der Zollverwalter. Und so mussten wir uns in einer kleinen Wohnung unter dem Dach einrichten.«

Einen Moment legte sich ein Hauch von Bedauern auf ihre Miene. Dann fuhr sie munter fort: »Gegenüber hat im letzten Jahr der berühmte Dichter Hans Christian Andersen logiert. Sie werden von ihm gehört haben. König Christian hatte ihn eingeladen, ihm vorzulesen, und so ist er eigens für ein paar Tage zu uns übergesetzt und hat die Hofgesellschaft mit seinen Märchen erfreut. Seine Majestät ist dann auch mit ihm nach Amrum in die Dünen und auf die Halligen gefahren. Für meinen Geschmack war der Dichter etwas zu geziert und zerbrechlich, da scheinen Sie mir ja von ganz anderem Korn. Wer weiß, vielleicht haben Sie ja Lust und die Güte, meiner Mutter und mir bei einem Tee über die weite Welt zu berichten? Es würde uns sehr freuen.«

Kohl nickte der Dame verhalten zu, die ihn unbekannterweise im Dunkel der Nacht auf einem Zweimaster zum Tee einlud. Wie oft hatte er schon erlebt, dass das Wort »Schriftsteller« Türen und Münder öffnete.

»Ich möchte natürlich nicht, dass Sie einen falschen Eindruck von mir bekommen«, setzte Emma Kühl hastig nach und zog das Schultertuch enger. »Selbstverständlich lade ich nicht jeden Überfahrer zum Tee, der sich anheischig macht, unsere Insel zu besuchen. Aber einen Schriftsteller haben wir nun dann doch nicht alle Tage zu Gast.«

»Da habe ich ja Glück.«

»Meine liebe Mutter würde mich schelten, ließe ich die Gelegenheit zu etwas Kulturleben verstreichen. Und wer weiß, vielleicht fällt ja auch das ein oder andere Inselgeheimnis für Sie ab. Aber sehen Sie, die Lichter am Anleger kommen immer näher. Gleich sind wir da.«

Kohl rief sich die Karte Föhrs in Erinnerung. Der Hafenort lag am unteren rechten Rand der runden Insel. Überhaupt schienen sich die meisten Dörfer dieses Eilands in der südlichen Hälfte zu befinden.

Hinter ihnen griffen die Mitreisenden nach ihrem Gepäck und drängten neugierig gegen die Reling. Dabei war bis auf die

Schemen wartender Handlanger am Rand des Hafenbeckens nichts weiter zu erkennen. Der Zweimaster legte an, und zwei Matrosen schoben einen mit einem Handlauf versehenen Holzsteg zwischen Schiff und Insel, sodass die Passagiere sicher, wenn auch schwankend, ihr Ziel erreichten. Kaum hatten diese festen Boden betreten, mühten sich die Arbeiter im Schein der blakenden Öllichter mit großen Koffern und Säcken ab, trugen sie per Hand oder luden sie auf Schubkarren. Manches wurde am Kai gestapelt.

Kohl, der darauf wartete, dass sich jemand um seinen schulterhohen Reisekoffer kümmerte, beobachtete das Treiben. Plötzlich gewahrte er eine Silhouette, die sich aus dem Dunkel der Nacht löste. Eine ganz in Schwarz gekleidete Frau schritt langsam auf das Schiff zu, in ihren Bewegungen einer Schlafwandlerin gleich. Den Kopf trug sie mit einer Haube auf eine Weise bedeckt, dass auch Mund und Nase verhüllt waren. Für einen Moment dachte er an die Männer der Tuareg in der Sahara, die sich ähnlich vermummt vor dem Sand schützten. An ihrer Hand baumelte ein fast leerer Leinensack.

Als hätte er die Gestalt erwartet, zeigte sich der Kapitän an Bord und ging ihr mit einem Sack über der Schulter entgegen. Wortlos stellte er ihn auf den Kai und griff nach dem ihren.

»Nachrichten aus Flensburg?«, fragte sie mit gedämpfter Stimme.

»Die ›Louise‹ hat zweitausendsiebenhundert Robben erschlagen und drei Fische«, antwortete der Kapitän in ruhigem Ton, grüßte und ging wieder an Bord.

Die Frau lud den neuen, deutlich volleren Sack auf die Schulter und verschwand gemessenen Schrittes in der Nacht.

Kohl war fasziniert. Was für eine seltsame, ja geheimnisvolle Szene. Eine derart rätselhafte Übergabe von was auch immer war ihm noch nie untergekommen. Sollte er Zeuge geheimer Codeworte geworden sein?

Emma Kühl trat neben ihn und lächelte. »Ich darf also hoffen, dass wir uns bei einem Tee wiedersehen?« In ihrer Hand hielt sie eine Reisetasche aus derbem Stoff, die sie hin und her pendeln ließ.

Kohl, der in Gedanken noch beim Kapitän und der schwarz gewandeten Frau war, meinte: »Große Straße 15, das habe ich nicht vergessen. Aber bitte sagen Sie, wer war die Frau gerade? Wohnt sie auf der Insel?«

»Das war die Postfrau, warum? Irgendwie müssen die Briefe ja eingesammelt und transportiert werden. Nun, wie verbleiben wir?«

Langsam richtete er seine Aufmerksamkeit wieder auf Emma Kühl, die ihn erwartungsfroh ansah.

»Wenn ich mich etwas eingerichtet habe, komme ich gern auf eine Schale Tee vorbei«, sagte er mit einem Lächeln. »Heh, du da! Ja, du. Bist du frei? Hier ist ein Koffer zu transportieren.« Während sich der junge Kerl, den er angerufen hatte, lässig auf ihn zubewegte, sah er sich noch einmal nach seiner neuen Bekanntschaft um. Doch die war in die Nacht entschwunden. Kohl schaute auf den Träger, der ihm gegenüberstand, ein kräftiger Junge von vielleicht fünfzehn Jahren. Der nahm seine Kappe ab und fuhr sich durch das wilde dunkle Haar. Seine breite Nase passte für Kohl gut zu der Statur, die an harte Arbeit gewöhnt war, wie es schien.

»Uns Werth, was gibt es zu tun?«, wollte der junge Mann mit ernstem Blick wissen.

Kohl wies auf seinen großen Schrankkoffer, der einsam auf dem Pflaster stand. »Den kleinen hier in der Hand trage ich allein. Aber wie willst du denn das schwere Gepäck bis ins Zentrum schaffen? Der Koffer ist fast so hoch wie du und hat gewiss mehr Gewicht.«

Der Träger zuckte mit den Schultern und sah sich suchend um. Inzwischen waren die meisten Reisenden samt ihrer Fracht von der Anlegestelle verschwunden. Auf einmal legte er zwei Finger auf die Lippen und pfiff durchdringend. Dann winkte er einem seiner Kollegen zu.

»Leih mir deine Schubkarre, ich habe eine Fuhre«, rief er.

Nachdem die beiden Kohls Reisekoffer mit vereinten Kräften auf die Karre gehievt hatten, schob der junge Mann die Ladung vom Wasser weg den sandigen Weg entlang bis ins Zentrum des kleinen Ortes. Häuser und Straßen lagen in stiller Dunkelheit da. Lediglich das bescheidene Mondlicht, das sich auf die getünchten Fassaden legte, gab etwas Orientierung. Inzwischen mochte es drei Uhr morgens sein, und bis auf zwei schreiende Katzen war kein Leben zu sehen.

»Ich bin beim Apotheker Leisner untergekommen. Weißt du, wo das ist?«

Kohl hatte beobachtet, wie der junge Kerl sich mit dem schweren Gepäck abmühte. Immer wieder wechselte der Untergrund ihres Weges zwischen Sand und Pflaster. Das machte es nicht einfacher, und er war besorgt, dass sein Koffer von der schwankenden Karre in den Dreck stürzte.

»Das ist nicht mehr weit, mein Herr, wir sind jetzt mitten in Wyk.«

Bald zeigten sich einige Läden mit niedrigen Schaufenstern. Überhaupt, das schien Kohl bereits sagen zu können, bestand Wyk mehrheitlich aus eingeschossigen Häusern, deren Erscheinungsbild von hohen Dächern aus Reet und Pfannen bestimmt wurde. Noch einmal schwenkte sein Träger um eine Hausecke, dann hielt er an und deutete auf ein Ladenschild, das über ihnen im leichten Wind baumelte. Sie standen vor der Apotheke, die wie der Rest des Ortes stumm dalag.

Der junge Kerl schritt zu der Haustür, die neben dem Geschäft lag, und griff entschlossen nach dem Türklopfer. Laut dröhnte das geschlagene Eisen. Bald zeigte sich ein Licht im Haus, und ein Mann trat heraus. Mit neugierigem Blick hielt er den nächtlichen Besuchern sein flackerndes Öllicht vor die Gesichter, es roch nach brennendem Waltran. Der Lichtschein fiel auch auf seine ausgedehnte Halbglatze, und sein Kopf mit dem dunklen gezwirbelten Schnauzbart wirkte gemessen an der Breite der Schultern übergroß.

Er mag noch keine vierzig Jahre alt sein, bedauerte Kohl

sein Gegenüber um das fehlende Haar und war erfreut über das abwesende Misstrauen, das man eigentlich bei einer Störung mitten in der Nacht hätte erwarten dürfen. Schwungvoll zog er seinen Zylinder.

»Sind Sie Herr Kohl? Ich bin Ihr Gastgeber, der Apotheker Martin Leisner. Natürlich habe ich Sie schon erwartet.«

Leisner war noch vollständig bekleidet und trug eine samtene Hausjacke. Er reichte Kohl die Hand und deutete auf den großen Koffer. »Dann wollen wir den mal reinschaffen. Sie scheinen sich ja ordentlich ausstaffiert zu haben.«

Kohl nahm an seinem Gastgeber einen merkwürdigen Geruch wahr. Schwer zu sagen, was genau der Apotheker ausdünstete. Der übergab ihm kommentarlos das Öllicht und machte dem Träger ein Zeichen, mit ihm das Gepäckstück ins Haus zu bugsieren. Kohl folgte und beleuchtete ihnen den Weg in sein vorübergehendes Zuhause, so gut es ging. Ihm schlug eine Wolke aus stechenden Düften entgegen, dabei hatte er sich gerade die lange Fahrt über an den Geruch frischer Seeluft gewöhnt. Der Apotheker schien allerhand Substanzen im Haus zu lagern, deren Ausdünstungen sich auch auf ihn gelegt hatten. Ob er welche in so einem Maß konsumierte, dass seine Haut dadurch getränkt war? Vielleicht würde er ihm einige davon vorstellen, freute sich Kohl, hoffte aber auch darauf, in seinem Zimmer von den Gerüchen verschont zu bleiben.

Sie folgten dem Flur bis zur letzten Tür auf der linken Seite und traten ein. Leisner und der junge Mann ließen den großen Reisekoffer ächzend zu Boden, und Kohl schritt an ihnen vorbei in den Raum. Mit dem Licht in der Hand beleuchtete er eine möblierte Stube, deren einzelne Stücke ganz nach der Mode gefertigt waren. Ja, es gab sogar fein gestreifte Tapeten. Links stand ein Kanapee an der Wand, zu dem ein einbeiniger, runder Tisch und ein bequemer Lehnstuhl gehörten. Geradeaus führte die nächste Tür in einen weiteren Raum, vermutlich die Schlafkammer. Auf der anderen Seite der Stube, gegenüber der Sitzgruppe, fiel der Schein seiner Lampe auf einen Sekretär, der unter dem Fenster stand. Auf der Schreibfläche lag ein seltsamer heller Gegenstand.

Kohl schob den ersten Gedanken beiseite, schüttelte irritiert den Kopf und ging darauf zu. Erschrocken zuckte er zusammen. Tatsächlich, im Lichtschein erkannte er zweifelsfrei eine Skeletthand. Doch nicht nur das. Der Hand folgte ein Arm, der zu einem Skelett gehörte, das neben dem Sekretär im Dunkeln stand.

Wie jemand, der sich beim Diktieren auf einen Schreibtisch gestützt hatte und dabei verhungert war, dachte Kohl. Verwirrt fuhr er herum. In den Augen des Apothekers spiegelte sich das flackernde Lampenlicht, der junge Kerl grinste.

DIE GRENZE

Kohl tastete aus seinem Bett heraus nach der Taschenuhr auf dem Nachttisch. Acht Uhr. Das Knarzen getretener Holzdielen, das Schlagen eines Schürhakens und das grobe Zuwerfen einer Tür zeigten ihm unmissverständlich, dass die kurze Nacht vorbei war. Aber er hatte ohnehin nicht gut geschlafen, auch wenn er nach seiner Ankunft in der Nacht hundemüde ins Bett gefallen war. Die enge Schlafkammer lag neben der Stube, die ihn mit ihrem skelettierten Bewohner begrüßt hatte. Bei der Erinnerung an den nächtlichen Schrecken musste er lächeln.

Als hätte er selbst nicht verstanden, was er gerade sah, war Apotheker Leisner mit dem Ausdruck des Entsetzens auf das Skelett zugestürzt und hatte es auf seinem rollbaren Ständer unter Verbeugungen und Entschuldigungen murmelnd hinausgeschafft. Währenddessen hatte Kohl den jungen Träger mit einigen Geldmünzen entlohnt. Der hatte sich grinsend an die Mütze getippt und war mit den Worten »Auf dass das Frühstück Ihnen besser bekommt als Ihrem Vorgänger« im dunklen Flur verschwunden.

»Ich hatte der Deern gesagt, sie solle das Schaustück abstauben. Aber dass sie es dann ausgerechnet hierhin verfrachtet hat … ich bin untröstlich.« Leisner stand mit verdrießlicher Miene im Raum. »Was für eine Überraschung zu nächtlicher Stunde. Doch ich bin gewiss, nach einem erquickenden Schlaf wird Sie unsere Insel mit ihrem Seebad wohltuend in die Arme schließen.«

Er wies auf die Schlafstube. »Das Waschwasser ist frisch, und ich hoffe, auch sonst ist alles zu Ihrer Bequemlichkeit gerichtet. Wenn ich Ihnen dann eine gute Nacht wünschen darf, in der Frühe werden wir sicherlich noch Gelegenheit haben, uns näher bekannt zu machen.«

Kohl nickte abwesend und war froh, als Leisner ihn allein

ließ. Schnell legte er den Fenstergriff um, denn in seine Unterkunft hatte sich, wenn auch verhalten, ebenfalls der Apothekenduft hereingeschlichen. Nachtluft strömte ins Zimmer.

Nun, am Morgen, trat er barfuß und noch im Nachthemd an das Fenster. Dieses, wie auch das der Stube nebenan, ging hinaus auf einen Garten, der eher einer Bauernwiese glich. Im trüben Licht des Tages sah er zwei angepflockte Ziegen, die dort unweit einiger Bienenstöcke grasten. Astern blühten am Wiesenrand. Das Stück Land war eingerahmt durch einen Zaun, vor dem Johannisbeerbüsche wuchsen. Andere Gärten schlossen sich an und bildeten ihrerseits die Rückseite der Häuserzeile, in der die Apotheke lag. Kohl, weit gereist, wusste, dass viele dieser Landstücke zur Selbstversorgung ihrer Bewohner mit Kartoffeln und allerlei Gemüse genutzt wurden. Den Luxus, oder war es eher die Faulheit, das Land so unbestellt zu lassen, konnten sich die wenigsten leisten.

Es klopfte an der Stubentür, und eine kräftige Frauenstimme fragte, ob er nun sein Frühstück wolle. Für Kohl lag etwas Vorwurfsvolles in ihrem Tonfall. Als ob er den Vormittag verschlafen hätte. Durch die geschlossene Tür erbat er sich eine halbe Stunde und widmete sich der Morgentoilette. Das kalte Wasser auf Gesicht und Oberkörper machte ihn gänzlich wach. In Erinnerung an die ersten Schritte, die er diese Nacht in das Haus gesetzt hatte, sog er konzentriert die Luft ein. Ja, diese merkwürdige Mischung fremder Gerüche lag immer noch in den Räumen. Er schlüpfte in seine Hose und ging zu dem großen Reisekoffer, der verloren in der Stube stand. Mit etwas Rütteln und Schieben gelang es ihm, das Gepäckstück so neben dem Schreibtisch zu platzieren, dass es wie ein Möbelstück wirkte. Auf Reisen hatte er sich angewöhnt, die immer neuen Unterkünfte mit einer ähnlichen Anordnung seiner Sachen zu möblieren und so die Illusion von vertrauter Umgebung zu erzeugen.

Für diesen ersten Tag auf Föhr wählte er ein frisches Hemd und eine rote Seidenschleife anstatt eines Halstuches. Vor dem

Spiegel der Waschkommode stehend, gab er mit Haaröl seiner Frisur den letzten Schliff, strich über seinen Schnauzbart und schlüpfte in Strümpfe und Schnürstiefel. Er war versucht, beim Frühstück auf eine Weste zu verzichten, aber er entschied sich anders. Der Form sollte voll Genüge getan werden. Kaum hatte er alle Knöpfe geschlossen, verstaute er seine Taschenuhr und ging zur Flurtür.

»Ich wäre dann so weit«, rief er und trat zurück in den Raum.

Wenige Augenblicke später tischte ihm eine kräftig gewachsene Hausmagd in der Stube das Frühstück auf, nachdem sie ihn mit einem fröhlichen »Moin« begrüßt hatte. Mit ihren dicken geflochtenen Zöpfen, die sie zu Schnecken gelegt hatte, ihren geröteten Wangen und ihrem zupackenden Wesen war sie ihm ein Schaubild des gesunden Landvolks.

»Ich bin nach meinen knapp fünf Stunden Schlaf nicht etwa zu spät aufgestanden?«, wollte er wissen. Seine Mundwinkel deuteten ein Lächeln an.

»Ja nun, gnädiger Herr, wir sind im Haus bereits seit einiger Zeit auf den Beinen. Der erste Morgen ist für die Gäste immer ein bisschen holprig. Aber zu langes Ruhen soll ja auch nicht gesund sein. Und im Badehaus geht es jetzt los. Sie sind natürlich wegen der Kuren hier?«

Kohl wiegte den Kopf, endlich nickte er.

Die Magd brummte zufrieden, dann deutete sie auf den Frühstückstisch. »Die Konfitüre ist selbst gemacht, und der Käse kommt von Osterland«, erklärte sie, während sie das Geschirr zurechtschob und ihm Kaffee eingoss. »Das Brot ist vom Bäcker ein paar Häuser weiter.«

Kohl lächelte, fasste die Tasse und trank einen Schluck. »Und das hier ist echter Bohnenkaffee«, kommentierte er, »und kein Gebräu aus irgendwelchen gerösteten Getreidekörnern. Erklären Sie jedem Ihrer Gäste, wo Ihr leckeres Frühstück herstammt?« Neugierig sah er die Magd an, deren Wangenrot kräftiger wurde.

»Sind Sie nicht ein Gelehrter, jemand, der Bücher schreibt?

22

Da dachte ich, Sie möchten vielleicht wissen, woher die Sachen kommen, die Sie essen. War das nicht recht?«

»Nein, nein, im Gegenteil«, beruhigte er sie. »Das war gut überlegt. Aber wo bitte liegt Osterland? Davon habe ich ja noch nie gehört. Doch nicht bei den Osterinseln?«

»Der Teil Föhrs, auf dem Sie sich nun befinden«, sagte eine männliche Stimme, und hinter dem Rücken der Magd erschien Leisner. Er trug einen weißen Kittel, mit einem Nicken entließ er die Deern. »Die Insel ist von Nord nach Süd geteilt. Osterlandföhr gehört zum Herzogtum Schleswig, Westerlandföhr ist dänisches Mutterland.«

»Ach, wie kurios«, befand Kohl. »Und dieses Herzogtum ist trotzdem Teil des Königreichs Dänemark? Wozu dann diese Grenze?«, wunderte er sich und wies auf den Lehnstuhl an seinem Tisch.

Leisner verbeugte sich und nahm Platz. »Der Grund für derlei staatliche Regelung ist ein gut vierhundert Jahre alter Vertrag«, sagte er und blickte prüfend über den Frühstückstisch. »Beide Inselteile sind voneinander durch eine Staatsgrenze getrennt wie zum Beispiel Preußen von Mecklenburg. Für Osterland ist Wyk das Zentrum, Westerland hat Nieblum.«

»Ich habe schon davon gehört, dass es zwischen dem Herzogtum Schleswig und dem Königreich Dänemark Spannungen gibt.«

»Es gärt unter den Dänen deutscher Zunge und denen, die diesem Wikingervolk von jeher angehörten. Das Parlament in Kopenhagen will gar das Herzogtum ganz dem dänischen Reichskörper einverleiben, viele Schleswiger dagegen sehen ihre Zukunft im deutschen Reich und vereint mit Holstein. Prediger oder Staatsbeamte, die genau dies fordern, werden entlassen. Es ist eine unruhige Zeit.« Leisner seufzte. »Aber eigentlich wollte ich noch einmal bei Ihnen für die nächtliche Unannehmlichkeit um Vergebung bitten und sicherstellen, dass Sie Ihren Tag klaglos beginnen können. Ist alles zu Ihrer Zufriedenheit?«

Kohl machte in Bezug auf die Entschuldigung eine gönnerhafte Geste und bestrich sich demonstrativ ein Brot mit Butter und Konfitüre.

»Was mir den Morgen natürlich besonders versüßen würde«, erklärte er nach einigem Kauen und Schlucken, »wäre eine Tageszeitung. Und verzeihen Sie, dass ich gerade jetzt daran denke, denn es ist ein eher unpassendes Thema für den Frühstückstisch, aber wo bitte befindet sich Ihr stilles Örtchen? Immerhin, auch diese Dinge müssen geregelt werden, nicht wahr?«

Leisner verzog den Mund zu einem Grinsen. »Den Flur hinaus in den Garten, da steht das Häuschen. Man ist dort gänzlich ungestört. Und was Ihre morgendliche Lektüre betrifft, so kann ich Ihnen die Lauenburgische Zeitung, dass Itzehoer Wochenblatt und die Leipziger Volkszeitung empfehlen.«

Kohl sah ihn fragend an.

»Die Leipziger waren dieses Jahr so freundlich, unserem Kurort einen ausführlichen Artikel zu widmen. Sie sehen also, wir sind hier nicht ganz aus der Welt.«

Kohl nahm einen Schluck Kaffee, stellte dann aber die Tasse abrupt ab. »Entschuldigen Sie, wie unfreundlich von mir. Möchten Sie etwas mittrinken? Ihr Hausmädchen könnte sicher ein Gedeck dazustellen.«

Leisner winkte ab und deutete auf seinen Magen. »Sehr freundlich, aber zu viel davon vertrage ich nicht.« Er lachte kurz auf. »Dabei sollte man meinen, dass ein Apotheker genug Mittelchen kennt, derlei Unwohlsein zu besänftigen. Aber ich war schon immer der Meinung, dass es besser sei, auf seinen Körper zu hören, anstatt ihn mit einem Pülverchen ruhigzustellen.«

»Das ist mal ein spannendes Thema«, begeisterte sich Kohl und richtete seinen etwas eingesunkenen Oberkörper auf. »Bei all der Chemie, über die Sie gewiss treffliche Kenntnisse haben, werden Sie ein wahrer Zauberkünstler darin sein, Ihren Mitbürgern Linderung zu verschaffen.«

»Nun ja –«

»Das ist auch eine sehr verantwortungsvolle Aufgabe. Denn wie wusste bereits Paracelsus: Allein die Dosis macht das Gift!«

Leisner starrte ihn regungslos an, dann nickte er verhalten.

»Aber, lieber Herr Leisner, sagen Sie, gibt es eigentlich so etwas wie das ultimative Todesmittel? Eine Substanz für den perfekten Mord? Darüber habe ich oft nachgedacht.«

Leisner erhob sich, zog seine Taschenuhr und blickte ernst auf das Zifferblatt, dann in das verdutzte Gesicht von Kohl. »Es tut mir wirklich leid, Sie unterbrechen zu müssen, aber da sind noch einige dringende Arzneien zu mischen. Die Pillen werden alsbald abgeholt.«

»Entschuldigung, ich wollte Sie nicht aufhalten«, stammelte Kohl.

»Machen Sie sich doch heute mit Wyk vertraut. Die Promenade, der Strand, die Seebadeanstalt und nicht zu vergessen die reizenden Gassen der Inselmetropole. So lässt sich der erste Tag gut verbringen. Ich wünsche Ihnen also einen wunderbaren Aufenthalt und darf mich nun empfehlen.« Damit verbeugte sich Leisner und ließ Kohl am Frühstückstisch zurück.

War er zu weit gegangen? Dabei sollte ein Apotheker sich an so einer Frage nicht stören, fand er. Nichts lag bei diesem Berufsstand näher, wenn man einmal absah von Liebestränken, Schmerzmitteln und allem, was das Leben verlängerte.

Kohl setzte sich mit der verbliebenen Tasse Kaffee an den Schreibtisch. Das Tintenfass war gefüllt, die Federn gespitzt, und in einer Schublade lag brauchbares Papier. Zufrieden begann er eine Liste der Fakten zu erstellen, die er über die Insel sammeln wollte.

Dabei überhörte er ein leises Klopfen und horchte erst auf, als es kräftiger wurde. »Herein!«, rief er und sah zur Tür.

Die Hausmagd erschien mit einem leeren Tablett unter dem Arm, trat an den Frühstückstisch und räumte ihn schweigend ab. Gedankenverloren sah Kohl ihr zu, legte seine Feder aus der Hand und räusperte sich.

»Sagen Sie, was war das für eine Geschichte mit dem Skelett? Braucht ein Apotheker so einen Knochenmann?«

Die Magd schaute ihn verständnislos an.

»Ja, ich meine das Ding, das Sie abstauben sollten und das mich in der Nacht hier neben dem Schreibtisch frech grinsend erwartet hat.«

Sie schien unsicher, wie ernst er das Ganze nahm, und Kohl ließ sie darüber im Ungewissen.

»Störtebeker ist immer im Weg«, erklärte sie in einem Ton leichter Empörung und füllte weiter das Tablett. »Mal darf er nicht im Geschäft stehen, dann nicht in der guten Stube des Herrn Apothekers, jetzt auch nicht hier. Er wandert durchs Haus wie ein Untoter.«

»Störtebeker? Sie wollen aber nicht behaupten, dass es sich dabei um unseren Nationalpiraten handelt.«

Die Magd lachte auf und machte eine wegwerfende Bewegung. »Aber nein, mein Herr. Wir nennen ihn so, weil er den Kopf lose hat. Vielleicht abgeschlagen, wie bei dem Klaus in Hamburg. Herr Leisner meint, da ist ein Stück am Hals gebrochen.«

»Beim Skelett?«

»Ich verstehe nichts davon. Bloß, wenn ich den unglücklichen Kerl so durchs Haus schiebe, überkommt mich ein so schöner Grusel. Und der Störtebeker, hat der die Beute nicht immer gerecht geteilt und auch an die Armen gedacht? Wenn der es wirklich ist, wer weiß das schon, dann soll er es bei uns gut haben.«

Kohl schüttelte den Kopf. Volkssagen, das wusste er von all seinen Reisen, lebten immer weiter und bewahrten sich ihre Lebendigkeit bis in die Gegenwart.

»Der war Pirat. Das ist der nicht geworden, indem er lieb war. Raub und Totschlag war sein Geschäft. Da bin ich nur froh, dass er jetzt nicht mehr hier im Zimmer ist. Wo ist das Knochengerüst denn jetzt?«

»Ich habe es in die Rezeptur geschoben, da, wo der Herr

Apotheker seine Pillen dreht und Tinkturen braut. Bald wird es Herrn Leisner sicher wieder zu eng, und dann schiebe ich es in den Laden, und von dort aus geht es weiter. Immer rum. Wie ich schon sagte.«

»Hauptsache, nicht zu mir!«

»Dabei macht der doch nichts. Er braucht ja nicht mal Brot oder Luft. Es gibt sogar feine Leute, natürlich Badegäste, die sich für das Skelett interessieren.«

»Wirklich?«, meinte Kohl verwundert.

»Herr Leisner weiß aber auch viel, immer hat er irgendwelche Bücher mit Menschenteilen aufgeschlagen, die er studiert. Einmal durfte eine Dame sogar den Schädel ein wenig bewegen und tat ganz ernst dabei. Erst als unser Herr Pastor den Laden betrat, ließ sie ab und sprach hastig über irgendein Mittel zum Einreiben. Und wer musste es dann wieder wegräumen?«

Das war ihr Stichwort, denn nun war das Frühstückstablett gefüllt und die Krümel vom Tisch gefegt. Kohl hatte ihr fasziniert zugehört.

»Wenn ich dann gehen dürfte, im Haus gibt es noch viel zu tun.«

Kohl nickte und blickte ihr hinterher, wie sie, das Tablett auf einem Arm balancierend, die Tür hinter sich schloss. Die Tasse auf seinem Schreibtisch hatte sie vergessen.

SÜDSEEMANN

Bevor Kohl sich aufmachte, dem Flecken Wyk die Ehre zu geben, suchte er noch das Häuschen im Garten auf. Bei dem anschließenden Gang über die Wiese, vorbei an den Büschen und Blumen, streichelte er die Ziegen, sog die Luft ein und sah prüfend zum Himmel. Wie praktisch, ganz ohne Etikette nach draußen treten zu können, um das Wetter zu erforschen. Das Grau des Morgens verschwand, bauschige Wolken legten sich vor ein vielversprechendes Blau. So wollte er es an diesem Herbsttag allein mit seinem Rock versuchen und ging hinein.

Aus seiner kleineren Reisetasche nahm er ein Notizbuch und einen Bleistift, griff nach seinem Zylinder und trat hinaus auf die breite Gasse. Welch ein Kontrast zur Idylle hinter dem Haus. Modisch gekleidete Paare in Seide und Tweed begegneten einander und grüßten formvollendet. Kräftige Burschen zogen und schoben Karren durch den Sand, in dunkle Stoffe gehüllte Frauen, meist mit einem Korb unter dem Arm, gingen ihren Besorgungen nach. Kohl erinnerte sich grob an die Lage des Hafens und schlug die Gegenrichtung ein, hielt sich ab der nächsten Hausecke links und stieß so auch bald auf die Uferpromenade. Eine Allee junger Ulmen säumte den Weg, der leicht erhöht den Ort von Strand und Meer trennte. Wyk wurde hier durch eine Reihe von Villen und stattlichen Häusern repräsentiert, die bewiesen, dass die Zeiten des einfachen Meerdorfes vorbei waren. Wenige Kinder spielten im Sand, natürlich unter Aufsicht. Die Ebbe hatte längst eingesetzt und den modrig braunen Meeresboden freigegeben.

Kohl schaute kurz auf seine glänzenden Schuhe und verzichtete auf einen Strandgang. Ihn hätte die Aussicht auf heranschäumende Wellen gereizt, aber so folgte er dem Beispiel der anderen Seebadgäste und flanierte unter den Bäumen bis zum Ende der Allee. Dann wandte er sich wieder nach rechts

dem Ort zu und schlenderte durch die Gassen. Den prächtigen
Häusern, die die Promenade säumten, folgten zum Ortskern
hin die niedrigeren Behausungen von Fischern und Seeleuten.
Diese ersten Eindrücke waren ihm besonders wichtig. Die andere Geschwindigkeit des Lebens, die Kleidung der Einheimischen, Licht und Landschaft, eigentümliche Gewohnheiten.
Wie schnell hatte sich das Auge an so etwas gewöhnt. Dabei
war es gerade das, was er seinen Lesern mitzuteilen gedachte.

Plötzlich gewahrte Kohl in einer der beschaulichen Gassen
einen Auflauf. Passanten sammelten sich, reckten die Hälse, die
getünchten Wände warfen Gemurmel und Rufe zurück. Neugierig trat er hinzu und drängte sich unter Entschuldigungen
nach vorne. Inmitten der Leute stand ein Gendarm in Uniform.
Sein Gesicht wirkte verkniffen, und sein blauer Rock war mit
Schmutz bedeckt, als hätte er sich auf der Erde gewälzt. Die
eine Hand lag am Griff seines Säbels, die andere hatte er in das
Hemd eines Gefangenen gekrallt. Auch der schien, dem Dreck
auf seiner Kleidung nach, am Boden gelegen zu haben. Der
Mann war an den Händen in Eisen gelegt und widersetzte sich
bockig dem Uniformierten, der ihn weiterziehen wollte.

Kohl sah aufmerksam zu. Das hier war etwas nach seinem
Geschmack. Eine energiegeladene Szene auf einer sandigen
Gasse zwischen niedrigen, mit Reet gedeckten Häusern. Roh-
heit und Armut sprachen aus der Szenerie – so also konnten
die nordfriesischen Inseln auch sein.

Die hellbraune Haut des Gefesselten zeigte, dass er von sehr
weit her gekommen sein musste. Er trug lange Hosen, ein grobes Hemd und darüber eine dunkle Weste. Im Gesicht stand ein
dünner Backenbart, und seine schwarzen Haare hatte er straff
nach hinten zu einem Knoten gebunden. Von der Unterlippe
bis zur Kinnspitze zierte ihn eine Tätowierung, ein aus vier
Kringeln bestehendes, abgerundetes Viereck. Verbunden mit
dem weit geöffneten Mund und den aufgerissenen Augen mit
ihrem leuchtenden Weiß wirkte der Mann auf Kohl exotisch.
Er dachte an die kolorierten Kupferstiche aus dicken ethnolo-

gischen Folianten und war sich sicher, dass es sich bei dem Kerl um einen Südseeinsulaner handelte, noch keine vierzig Jahre alt. Kohl war elektrisiert. Was um alles in der Welt war hier im beschaulichen Wyk geschehen?

»Der Wilde hat einen Jungen erschlagen, bei der Lembecksburg. Einen Föhrer. Wir haben ihn erwischt, als er fliehen wollte«, rief ein stämmiger Friese, seiner Kleidung nach ein Bauer. »Ich habe genau gesehen, wie er an dem Toten herumgerissen hat, und als er mich dann erkannte, ist er weggelaufen.«

Der Gendarm zerrte seinen Gefangenen von der Gasse weg in einen schmalen Gang zwischen zwei Häusern, gefolgt von dem Bauern, der den Umstehenden weiter berichtete. »Jetzt kommt er hinter Schloss und Riegel. Hat sich jahrelang beim alten Hansen verkrochen, aber ihrer Natur müssen sie trotzdem gehorchen, diese Menschenfresser. Ich habe ihn wohl gestört, wie er sich über den Jungen hermachen wollte.« Verächtlich spuckte er auf den Boden. »Und so was lebt unter uns Christenmenschen, eine Schande ist das. Wir waren gerade auf der Weide und haben einen Graben gesäubert. Aber als er so weggelaufen ist, ganz aufgeregt, sind wir gleich hinterher, ich und mein Knecht. Der Kerl war mir noch nie geheuer.«

Einige der Einheimischen nickten zustimmend.

»Ein Blick auf den Toten und das viele Blut, dann haben wir ihn mit unserem Pferdekarren eingeholt. Im Wäldchen bei der Vogelkoje wollte er sich verstecken, nahe der Grenze. Aber wir haben ihn da rausgescheucht wie einen Fasan. Er ist immer weiter östlich gelaufen, hat Haken geschlagen. Auf den Weiden vor Alkersum hatten wir ihn dann.«

»Ich nicht töten, nur finden! Warum ich das machen?«, rief der Gefangene und bäumte sich ein letztes Mal auf, dann schien ihn alle Kraft zu verlassen, und er gab sich zusammengefallen in die Hände des Uniformierten. »Armer Junge schon tot.«

»Pana, gib auf. Ich habe mich mit dir genug im Dreck gewälzt«, knurrte der Gendarm und schob ihn vor sich her.

In den schmalen Gang konnte ihm die Menge nicht folgen,

auch Kohl nicht. Den Äußerungen der Umstehenden entnahm er, dass am Ende des Weges zwischen den Häusern ein kleines Gefängnis auf den Insulaner wartete.

»Der Wilde hat sich an einem Jungen vergangen?«, schrillte unter den Gaffern die Stimme einer Frau durch die Stille. Die Dame schob ihre Haube nach hinten, um kein Detail der Szene zu verpassen.

»Wer ist denn dieser Hansen, kennt den jemand?«, fragte ein Mann, dann redeten alle durcheinander.

»Entsetzlich, in Ketten gelegt wie ein Sklave. – Wir müssen uns um die Kinder sorgen! – Habe immer gewusst, dass man den Heidenvölkern nicht trauen darf. – So jemand auf unserer Insel? – Warum war der Kerl nicht unter Aufsicht? – Pana, was ist das überhaupt für ein Name.«

Kohl wandte sich ab und zog in einer ruhigen Ecke sein Notizbuch und den Bleistift hervor. Er wollte festhalten, wie dieser gefangene Südseeinsulaner die idyllische Atmosphäre des Badeortes zerstörte und Mord und Blut mit sich brachte. Auch ein erstes Ausflugsziel hatte er bereits. Die Lembecksburg.

SCHLIMME NACHRICHT

Vor der niedrigen Kate scharten sich die Frauen des Dorfes um den leeren Einspänner des Doktors. Lautes Weinen und Klagerufe drangen nach außen. Einige Männer kamen von den Weiden hinzu. Flüsternd und murmelnd verbreitete sich die Nachricht.

Jemand hatte einen der Ihrigen erschlagen, Ingwer, den Sohn der Keike Martens. Unter sich nannten sie die Frau »de Spöök«, den Geist. Drüben bei der Lembecksburg habe man den Jungen gefunden, am Schädel eine schlimme Wunde. Pana soll es gewesen sein, der Diener vom alten Kapitän Hansen aus Nieblum. Jetzt habe der Doktor den Leichnam in seiner Praxis, um die Mutter mit dem Anblick nicht noch weiter in den Wahnsinn zu treiben.

Zwei der Dorffrauen betraten schweigend und mit ernster Miene das Trauerhaus. Niemand im Dorf beweinte seinen Verlust allein, dem allgegenwärtigen Tod begegnete man als Volk von Seefahrern gemeinschaftlich.

Die dreizehnjährige Laura, Schwester des Erschlagenen, fanden sie niedergehockt in einer dunklen Ecke neben der Herdstelle. Das Schluchzen des Mädchens wollte kein Ende nehmen, sein Gesicht war rot erhitzt und tränennass. Dass sie nicht zur Schule gegangen war, wunderte niemanden. Die Mutter, Keike, saß in der kargen Stube und raufte sich ohne Unterlass ihre Haare. Der Oberkörper schwankte wie ein Pendel vor und zurück, ihre weit aufgerissenen Augen starrten ins Leere. Immer wieder stieß sie lang gezogene Klagelaute aus. Der Arzt, Dr. Boey, schloss seine Tasche und wandte sich zu den Frauen. Seine leicht gebeugte Haltung und der weiße Spitzbart gaben ihm etwas Väterliches.

»Kein Zweifel, es ist Ingwer. Ich habe es Mutter und Tochter eben mitgeteilt. Eine traurige Aufgabe. Ihr dürft Keike jetzt nicht allein lassen, und der Laura gebt ihr am besten Beschäftigung. Das lenkt sie ab. Lasst sie einen Tee kochen, etwas Beruhigendes. Und das hier soll Keike morgens und abends nehmen. Jeweils eine.«

Er übergab ein mehrfach gefaltetes Stück Papier, in dem sich kleine braune Kügelchen befanden, und verließ die Stube. Als ein weiterer Herr die Kate betrat, schien Dr. Boey die schlanken Umrisse des Besuchers zu erkennen und verbeugte sich.

»Uns Werth, hat Sie die Nachricht also erreicht?«

Der andere nickte. Er sprach mit dänischem Akzent. »Westerlandföhr ist mir anvertraut. Und bei einem Kapitalverbrechen sorgt sich der König besonders. Liegt eines vor?«

Dr. Boey bejahte stumm.

»Und die Familie?«

»Mutter und Tochter sind in den Händen der Dorffrauen. Der Vater, Krino Martens, ist lange auf See verschollen. Der junge Ingwer war die Hoffnung aller. Steuermann hätte er werden sollen.«

Aus der Stube drangen Rufe und Gekreisch.

»Der Wikinger. Ich habe ihn gesehen! Meinen Mann hat er niedergestreckt, und nun hat er auch meinen Sohn geholt!«

Der Herr sah Dr. Boey irritiert an und legte seine hohe Stirn in Falten.

»Der Landvogtei dürfte der Fall bekannt sein«, raunte Dr. Boey. »Partieller Wahnsinn. Bisher eher lästig als gefährlich. Auch Pastor Stedesand von St. Laurentii empfiehlt die Einweisung nach Århus. Dabei gehört Goting ja zum Kirchenspiel von St. Johannis auf Osterlandföhr. In manchen Fällen ist die Staatsgrenze auf unserer Insel wirklich eine Strafe. Jedenfalls besteht Uneinigkeit, aus welcher Kasse die Kosten bezahlt werden sollen.«

Hans Jørgen Trojel, Landvogt von Westerlandföhr, trat in seinen Schnallenschuhen einen Schritt zurück und ließ die Stubentür nicht aus den Augen. Seine dünnen Finger zupften an seinem Backenbart, dann glitten sie unter die Halsbinde, als benötige er etwas Luft.

Unverhofft erschien Laura im lichtarmen Flur. Zaghaft setzte sie ihre bloßen Füße voreinander, als erfordere es Mut, sich dem hochgestellten Herrn zu nähern. Sie schluckte und wischte sich über die Wangen.

»Herr Landvogt, meine Mutter will gestern zwei Männer gesehen haben, die miteinander kämpften. Auf der Lembecksburg. Sie hat von Wikingern gesprochen, so wie gerade. Aber was, wenn da wirklich gekämpft wurde. Hat man Ingwer nicht dort gefunden? Und er war auch die ganze Nacht nicht zu Hause. Wir haben ihn seit dem Abend vermisst. Ich weiß ja, dass meine Mutter im Kopf ... dass sie ...«

Dr. Boey machte eine beschwichtigende Handbewegung und lächelte ihr gütig zu.

»Aber man muss das doch untersuchen«, fuhr Laura aufgeregt fort. »Und dann ist auch noch ein Gespann den Weg entlanggekommen, gerade als ich meine Mutter von der Burg weggeführt habe. Vielleicht ist das sehr wichtig.«

Trojel sah von Laura zu Dr. Boey und strich über seinen Backenbart. »Gewiss, ein Gespann«, wiederholte er und wirkte in Gedanken abwesend. »Macht es Sinn, wenn ich die Mutter jetzt befrage?«

Dr. Boey gab einen undeutlichen Laut von sich. »Ich fürchte, das führt zu nichts. Die Trauer, ihre Krankheit, und dann habe ich ihr Opiumpillen verabreicht. Ich empfehle, etwas zu warten.«

Trojel nickte, wandte sich zum Ausgang, dann drehte er sich noch einmal zu Laura um. »Wann, sagst du, war deine Mutter dort oben und hatte ihr Gesicht?«

»Am frühen Abend, es wird gegen sechs Uhr gewesen sein«, antwortete sie. »Aber vielleicht war es eben kein Traum oder so etwas. Wo doch genau dort der Ingwer gefunden wurde.«

»Ja, ja«, sprach Trojel matt. »Hatte dein Bruder denn Feinde? Gibt es jemanden, dem du die Tat zutraust?«

Laura schüttelte traurig den Kopf und blickte zu Boden.

Trojel sah kurz auf sie herab, dann bedeutete er Dr. Boey, ihm vor die Tür zu folgen.

»Armes Kind«, sagte er leise, »wenn ihre Mutter in der Anstalt ist, wird sie allein sein. Aber immerhin ist sie bald groß, wie mir scheint.« Er sah zu den Dörflern hinüber. Gebeugt standen sie da, als erwarteten sie ein schlimmes Urteil. »Nun Herr Doktor, was haben wir hier also?«

Dr. Boey sammelte sich einen Moment, bevor er berichtete. »Heute Morgen gegen sieben Uhr hat ein Bauer nahe der Lembecksburg gesehen, wie sich Pana an etwas zu schaffen machte. Sie werden seine Erscheinung kennen. Als er plötzlich weglief, wurden die Landleute misstrauisch und fanden den Leichnam des Ingwer Martens. Er lag vor dem Erdwall. Sie haben den Fliehenden verfolgt, nun ist er in Wyk festgesetzt.«

»Wie das?«, brummte Trojel. »Die Tat geschah bei uns auf Westerlandföhr, das Opfer wohnte auch hier. Und der Täter ist über die Grenze geschafft worden? Das wird Komplikationen geben. Aber ich habe Sie unterbrochen.«

»Nachdem der Bauer den Missetäter nach Wyk transportiert hatte, lief der Knecht gleich zu mir. Ich weiß nicht, warum, vielleicht aus Sorge um die Mutter des Toten. De Spöök, wie sie allgemein genannt wird, ist bekannt und ständiger Gegenstand von Tratsch und Spott.« Dr. Boey atmete tief durch und fuhr fort: »Nun, wie auch immer, ich habe mir sofort den Leichnam vor Ort angesehen. Er lag noch im Graben, auf der Ostseite der Lembecksburg, nicht weit vom Eingang entfernt. Zweifelsfrei handelt es sich um den vierzehn Jahre alten Ingwer Martens, ich kannte ihn gut. Der Junge war nicht groß, aber wohlgewachsen.«

»Was war die Todesursache?«, fragte Trojel.

»Auf seiner linken Schädelseite, eine Handbreit oberhalb des Ohres, zeigte der Schädelknochen über eine Länge von vier Zoll eine klaffende, schmale Wunde. Das muss ein scharfer Gegenstand gewesen sein, mit Wucht geführt. Einen Unfall, Uns Werth, können wir ausschließen.«

Trojel entwich ein Stöhnen, und er legte die Hand vor den Mund.

»Selbstverständlich habe ich noch keine ausführliche Leichenschau durchgeführt. Lediglich an Armen und Beinen fand ich seltsame Ritzspuren, die ich weiter untersuchen muss. In meiner Praxis wartet der Körper auf eine eingehende Examinierung. Immerhin können wir feststellen, dass die Totenstarre bereits eingesetzt hat.«

Trojel sah ihn fragend an.

»Eine ungenaue Wissenschaft«, entschuldigte sich Dr. Boey, »sehr abhängig von den Temperaturen der Umgebung und weiteren Faktoren. Aber in der Regel ist die Starre nach sechs bis zwölf Stunden ausgeprägt und löst sich nach vierundzwanzig bis achtundvierzig Stunden wieder. Eine größere Belastung der Muskeln oder Wärme kurz vor dem Tod beschleunigen ihr Einsetzen.«

»Das heißt in diesem Fall?«

»Uns Werth, der Tod des Jungen ist länger her. Wenn sich die Tat dort ereignete, wo er gefunden wurde, hat der Leichnam die Nacht über draußen in der Kälte gelegen. Ich wage die Prognose, dass die Tat vor weniger als vierundzwanzig Stunden geschehen ist, aber eben auch nicht in diesen Morgenstunden. Das wiederum bedeutet, dass der Südseemann Pana unmöglich heute Morgen die Tat begangen haben kann.«

Nachdenklich presste Trojel die Lippen aufeinander.

»Zu ärgerlich. Und wenn der Unhold zum Ort seiner Tat zurückgekehrt ist? Vielleicht wollte er eine Spur verwischen oder das Mordwerkzeug verschwinden lassen. Immerhin ist er geflohen, das macht den Kerl verdächtig. Ich habe ihn ja nur selten gesehen, obwohl sein Brotherr Hansen in Nieblum wohnt wie Sie und ich. Er schien sich immer versteckt zu halten. Dabei lebt er schon weit über fünfzehn Jahre auf der Insel, oder nicht? Und überhaupt, wo war er denn all die Stunden vor dem Fund?«

Dr. Boey wiegte den Kopf. »Pana lebt schon lange und sehr unauffällig unter uns. Im Grunde genommen wissen wir nichts über den Mann aus der Südsee. Und wie ich heute Morgen von wackeren Nieblumern gehört habe, soll sich der alte Hansen nicht sicher sein, ob Pana die Nacht über im Haus war. Der Kapitän will früh zu Bett gegangen sein, hieß es, er wisse nicht, was Pana des Nachts treibe.«

»Nun, ich werde einen kurzen Blick auf die Lembecksburg werfen und mir dort ein Bild machen. Dann muss ich natürlich mit meinem Amtsbruder in Osterlandföhr verhandeln, wie wir diesen Fall lösen. Denn auch wenn der alte Kapitän Hansen in Nieblum wohnt, so steht sein Haus doch, wie Sie wissen, jenseits der Landstraße und damit auf der anderen Seite der Grenze. Ermittlungen in seinem Haus geschehen also im Ausland. Wir haben Tatort und Opfer, die Osterländer haben den Täter und sein Umfeld. Vertrackt, vertrackt. Und was ist noch von Ihnen zu erwarten?«

»Euer Wohlgeboren, ich begebe mich sogleich an die Leichenschau. Die Hinterbliebenen haben es verdient, möglichst schnell zur Ruhe zu kommen.«

Beide Herren eilten zu ihren Einspännern. Mit knappen Worten teilte Trojel vom Kutschbock herab den harrenden Leuten mit, dass die Landvogtei die Tat unverzüglich und mit aller gebotenen Dringlichkeit untersuchen werde. Für Mutter und Schwester des Toten bat er um christlichen Beistand und nachbarschaftliche Hilfe. Pastor Carstens werde sich gewiss bald um die Seelen seiner Gemeinde sorgen. Dann schlugen die Herren die Zügel und verschwanden in zwei unterschiedliche Richtungen.

Aus dem dunklen Flur trat Laura vor die Tür und sah den Kutschen mit ernstem Gesicht hinterher. Sie hatte gelauscht, das Gehörte dröhnte in ihrem Kopf und mischte sich mit der Trauer um den Bruder.

Wie war Ingwer wirklich gestorben? Musste er Qualen erdulden? Warum war das geschehen? Er hatte für seine Zukunft so fleißig gelernt. Tränen rannen ihre Wangen hinab. Eine lange, schmale Wunde, hatte der Arzt gesagt und von großer Wucht gesprochen. Sie schluckte. Und Pana soll es gewesen sein? Dem

Landvogt schien das die beste Lösung, vermutete Laura, aber irgendetwas daran stimmte nicht. Pana hatte nie irgendwelchen Streit mit Ingwer oder einem anderen Jungen gehabt. Er war jedem Ärger aus dem Weg gegangen. Allein weil er fremd aussah und vielleicht eine geheimnisvolle Geschichte hatte, sollte er urplötzlich ein Mörder sein?

Von drinnen hörte sie wieder die Klagerufe ihrer Mutter und die Stimmen der Frauen, die sie zu beruhigen versuchten. Einige der Dorfbewohner, die bis jetzt vor dem Haus ausgeharrt hatten, kamen auf sie zu. Waren sie neugierig auf de Spöök, oder wollten sie ihr wirklich beistehen? Sie wusste es nicht.

ERSTE ZWEIFEL

Der scharfe Wind trieb weiße Wolken über den hohen, grasbewachsenen Wall, vor dem Kohl stand. Er nahm seinen Zylinder vom Kopf und fuhr sich durchs Haar.

»Es ist gut, ich brauche Sie nun nicht mehr«, sprach er zu dem Kutscher und drückte ihm einige Münzen in die Hand. »Für den Rückweg wird sich gewiss eine Gelegenheit finden.«

Der Mann auf dem Bock tippte an seine Mütze und schlug die Zügel. Kohl wartete, bis das Geräusch der Pferdehufe verklungen war, dann schritt er auf die Anhöhe zu. Von außen wirkte das Gebilde wie ein hoher, kreisrunder Deich. Am Fuße der Erhöhung zog sich ein niedriger Graben um den Ringwall, von dem Kohl annahm, dass er einstmals sehr viel tiefer gewesen war. Er erklomm den Wall und blickte über das flache grüne Land. Weit im Westen sah er einen massigen Kirchturm, der zwischen ein paar Bäumen hervorlugte. Im Süden zeigten sich die Hausdächer eines Dorfes, etwas östlich davon sah er einen weiteren Kirchturm, dem anderen sehr ähnlich. Nicht ganz so weit vom Ringwall entfernt erhob sich ein dichtes Wäldchen aus der Ebene. Zur Straßenseite hin, von wo er gekommen war, tat sich eine Lücke auf, wohl der Eingang zu dieser uralten Anlage.

Kohl stieg auf der Innenseite des Walls hinunter. Stille umgab ihn, allein der Wind rauschte und ließ das Gras rascheln. Er trat in die Mitte des Runds und drehte sich einmal um sich selbst. Ja, es schien wirklich ein perfekter Kreis zu sein. Von einem Rand zum anderen schätzte er die Entfernung auf gut dreihundert Fuß und die Höhe des Walls auf vielleicht dreißig.

Hier also soll dieser Junge erschlagen worden sein, dachte er. Wo mochte der Körper gelegen haben? Bestimmt außerhalb der Erhebung, sonst hätte der Bauer diesen Pana gar nicht sehen können. So verließ Kohl das Innere und folgte im Uhrzeigersinn dem äußeren Rand des Walls, die Augen immer auf den Boden gerichtet. In kleinen Schritten setzte er die Füße voreinander auf der Suche nach niedergetretenem Gras, Blutstropfen, aufgeworfener Erde oder irgendetwas anderem, das auf die Tat hätte hinweisen können. Hin und wieder richtete er seinen Blick in die Landschaft. Die menschlichen Behausungen lagen fernab. Sein konzentriertes Schauen und Gehen, das man kaum eine Bewegung nennen konnte, verkrampfte ihn und strengte an. Ab und zu tupfte er sich mit einem Taschentuch über die Stirn.

Mit einem Mal, er hatte gerade die östliche Seite des Walls erreicht, hielt er abrupt inne. Vor sich sah er ein Mädchen, das auf der Erde kniete und weinte. Der Wind trug ihm ihre Schluchzer zu, ihre dünnen Schultern zuckten. Wie im Gebet lagen ihre Hände gefaltet auf dem grauen Rock, dann wischte sie sich mit den Ärmeln der groben Bluse die Augen trocken. Als sie ihn bemerkte, schrak sie zusammen und sprang auf.

Kohl räusperte sich, setzte seinen hohen Hut auf, nur um ihn dann in korrekter Vorstellung vor dem Mädchen zu ziehen. Sie war kein kleines Kind mehr, er schätzte sie auf zwischen zwölf und fünfzehn Jahren. Ihm gefielen die blonden Zöpfe, die sie wie Schaukeln um ihre Ohren geflochten hatte.

Sollte sie der Schule bereits entwachsen sein? Das würde erklären, warum sie sich am frühen Morgen in dieser verlassenen Gegend herumtrieb, vielleicht als Milchmagd oder Schafshüterin. Dann müsste sie mindestens vierzehn Jahre alt sein.

»Junges Fräulein, ich bitte um Entschuldigung, wenn ich dich erschreckt haben sollte. Ich bin ganz in Gedanken um den Burgwall gegangen, als ich dich gerade weinen sah. Ist etwas passiert? Oder brauchst du Hilfe?«

Er lächelte sie unsicher an und machte einen Schritt auf sie zu. Aber das Mädchen schreckte zurück und schaute sich hastig um. Kohl seufzte. Kinder waren nicht seine Stärke, lieber sprach er mit Erwachsenen.

Hatte dieses Friesenmädchen sein Deutsch nicht verstanden?

Immerhin konnte er außerhalb des Fleckens Wyk kaum damit rechnen, waren doch eher Friesisch und Platt die Sprachen der Menschen hier. Da das Mädchen keine Antwort gab, beugte er sich über die Stelle am Boden, wo sie eben noch gekniet hatte. Entsetzt hielt er den Atem an. Rotbräunliche Tropfen und Schlieren klebten an Grashalmen. Blut. In einer großen Lache war es ins Erdreich gesickert. Gut drei Schritte davon entfernt fand er die Grasnarbe aufgebrochen und die Erde zerwühlt, als wäre sie von einem Wildschwein durchfurcht worden. Ein bloßer Kampf jedenfalls bringt so eine Stelle nicht hervor, dachte er. Jetzt erkannte er auch die Furchen von in den Boden gedrückten Wagenrädern, die bis an den Wall heranreichten. Schwer zu sagen, ob diese Spuren von einer oder mehreren Kutschen stammten.

Er schaute in die rot geweinten Augen des Mädchens, das ihn misstrauisch belauerte. Mit ernstem Gesichtsausdruck nickte er, nahm den Zylinder ab und hielt ihn vor sich in den Händen, als stünde er an einem Grab. »Ist es hier geschehen? Hat man hier den jungen Ingwer Martens erschlagen?«

Um sicherzugehen, auch verstanden zu werden, hatte er in Plattdeutsch gesprochen. Selbst in Bremen geboren und an der Küste aufgewachsen, fiel ihm das nicht schwer. Des Friesischen war er nicht mächtig. Aus den Augenwinkeln beobachtete er, wie das Mädchen reagierte. Und wirklich, als er den Namen des Toten ausgesprochen hatte, zuckte es zusammen und begann erneut zu weinen.

»Welch sinnlose, grausame Tat«, sagte Kohl leise. »Die arme Familie. Aber immerhin scheinen sie den Unhold ja gefasst zu haben.«

Laura wischte sich über die Augen. »Woher kennt der Herr den Namen?« Ihre Stimme brach, und sie schluchzte kurz auf.

»Der Herr heißt Johann Georg Kohl und berichtet von den Dingen, die sich auf seinen Reisen zutragen«, stellte er sich vor. »Ich war zugegen, als der Südseemann ins Wyker Gefängnis geworfen wurde. Er habe nichts gemacht, hat er gerufen. Ich frage mich auch, was und wo diese Vogelkoje ist, bei der er gefangen wurde.«

Laura deutete mit dem Finger in östliche Richtung. »Na, dort drüben, bei dem Wäldchen. Oben von der Burg aus kann man es gut erkennen. Da ist ein großer Teich in der Mitte von Büschen, auf dem landen die Enten und geraten in eine Falle. Der Vogelmann macht sie tot, und dann werden sie gekocht und kommen in Dosen. Ich habe gehört, dass man sie sogar bis Amerika schickt.«

Mit einem Mal sank ihre Hand, und sie sah zu Boden. Nachdenklich schüttelte sie den Kopf, dann blickte sie Kohl mit traurigen Augen an. »Pana hat meinen Bruder bestimmt nicht erschlagen. Dazu gibt es überhaupt keinen Grund. Es ist nur, weil manche Leute hier denken, der sei ein Menschenfresser. Dabei haben sich die beiden fast jeden Tag gesehen.«

Kohl schaute sie neugierig an.

»Ingwer ist beim alten Kapitän Hansen in die Rechenschule gegangen. Und Pana war sein Hausdiener.«

»Wie geht es denn deiner Mutter?«, fragte Kohl, den es nach der ersten Überraschung nicht weiter verwunderte, hier am Tatort auf die Schwester des Toten zu treffen. »Die Nachricht wird sie gewiss schwer getroffen haben.«

»Wie soll es ihr gehen? Sie hat mit meinem Bruder den einzigen Sohn verloren. Den Vater hat die See behalten. Nun sind wir allein. Aber warum fragen Sie das, schreiben Sie für eine Zeitung?«

Von der See behalten, wiederholte Kohl in Gedanken, das klassische Ende eines Seefahrerlebens. Dann wandte er sich ganz dem ärmlich gekleideten, barfüßigen Mädchen zu.

»Keine Zeitung, ich ziehe es vor, Bücher zu schreiben, in denen ich über meine Reisen berichte, von der Schönheit der Landschaft und den Menschen, die in ihr wohnen.«

Er sah sie durchdringend an. »Aber hier, im Angesicht der schrecklichen Spuren und deiner Tränen, erfasst mich natürlich zuallererst Mitgefühl. Dem Gendarmen und den Leuten auf der

Straße schien es übrigens sehr recht zu sein, dass es diesen Pana gibt. So ist die Tat an deinem Bruder bereits aufgeklärt, und der Lump aus der Südsee kann bestraft werden.«

Laura zog die Augenbrauen zusammen und betrachtete ihn von den Schuhspitzen aufwärts über den modischen Anzug und die rote Seidenschleife bis zu seinem hängenden Schnauzbart und den grauen Augen. Sie schien nachzudenken.

Eine Weile sah sie Kohl mit ernster Miene an, erst dann sagte sie leise: »Ich habe sie belauscht. Dr. Boey hat dem Landvogt gesagt, dass Ingwer nicht diesen Morgen erschlagen wurde. Deshalb kann Pana nicht der Totschläger gewesen sein. Aber der Landvogt denkt schlecht von ihm, weil er weggelaufen ist.«

Kohl strich über seinen Schnauzbart. »Wie es scheint, birgt der Tod deines Bruders noch ein Geheimnis. Aber was bedeutet das, wenn der Kerl es gar nicht war? Das hieße ja, dass der wirkliche Täter noch frei herumläuft.«

»Ja, und das ist schrecklich.« Laura schluckte. »Können Sie nicht helfen, den wahren Mörder zu fassen?«

Kohl schaute sie voller Mitgefühl an. »Ich weiß nicht, ob ich das kann«, sagte er vorsichtig. »Vielleicht dürfte ich in den kommenden Tagen noch einmal bei dir und deiner Mutter vorbeischauen? Ich selbst wohne beim Apotheker Leisner in Wyk. Und du, sagst du mir deinen Namen?«

»Laura aus Goting. Laura Martens. Jeder kennt uns da. Aber ich muss jetzt wieder nach Hause«, sprach sie und sah noch einmal auf das Blut am Boden.

Kohl seufzte. »Ja, wie es aussieht, gibt es hier nicht mehr viel zu ergründen. Also, junges Fräulein, nochmals mein tiefstes Beileid. Wir werden uns bald wiedersehen.«

Zu Füßen der Lembecksburg sah Kohl Laura nach, wie sie durch die Weiden auf die entfernt liegenden Häuser zuging. Überall war es dasselbe, die Armen traf es am härtesten.

Um ein Haar riss ihm eine Windböe den Hut vom Kopf, immerhin blies sie seinen Gedanken fort. Nun gab es für ihn einiges, was er auf dieser Insel untersuchen konnte.

Er blickte die Straße entlang, die leer und staubig dalag. Aus östlicher Richtung bewegte sich eine dunkle Gestalt durch das Licht der Mittagssonne auf ihn zu. Es schien eine Landfrau zu sein. Er zog seinen Rock aus, öffnete die Weste und marschierte ihr entgegen. Während er ausschritt und sich dabei immer mehr Staub auf seine Schuhe legte, dachte er nach.

Wie würde er mit diesem Südseeinsulaner sprechen können und wie etwas über die Untersuchungen der Gendarmerie erfahren? Welche Beweggründe konnte jemand haben, einen Rechenschüler zu erschlagen? Überhaupt, ein Schüler, der einen alten Kapitän als Lehrer hatte … Was für ein Unterricht mochte das sein?

Je näher die Gestalt kam, desto neugieriger machte sie ihn. Ganz in Schwarz gekleidet, trug sie Mund und Nase verhüllt. Wieder dachte er auch angesichts des sandigen Bodens an die Tuareg, und er erinnerte sich, eine solche Gestalt in der vorigen Nacht am Kai gesehen zu haben.

Und wirklich, bald erkannte er den Sack auf dem Rücken der Frau. Gebeugt, aber energisch schritt sie auf ihn zu. Noch rechtzeitig, um den Anstand zu wahren, brachte Kohl seine Kleidung in Ordnung.

»Guten Tag, meine Dame! Ist es nicht zu warm, um so schwer zu tragen? Wo müssen Sie denn noch hin?«

Was für eine hohle Frage, schalt er sich. Als ob die Frau sich die Strecke oder das Wetter aussuchen konnte. Sie war ja nicht auf einem Spaziergang. Aber, wie sollte er sonst die Konversation mit dieser Inselfriesin beginnen?

Die hielt an und setzte stöhnend den Postsack in den Sand. Die Hände in den Rücken gestützt, sah sie ihn ausdruckslos an. Sie zog das Tuch vor ihrem Gesicht unter das Kinn, um freier zu sprechen. Kohl schätzte die Friesin auf gut vierzig Jahre. Vorstehende Wangenknochen und eine scharf gebogene Nase gaben ihr einen strengen Ausdruck, die tiefen Falten um die Mundwinkel ließen ihn eines denken: Freudlosigkeit.

»Haben Sie mich in der Nacht nicht gesehen, als ich die Post vom Schiff geholt habe?«, fragte sie ihn geradeheraus und sah ihn forsch an.

»Richtig, richtig, der Kapitän hat Ihnen den Sack übergeben, ich erinnere mich. Aber so wie Sie gekleidet sind, ganz in Schwarz, habe ich Sie natürlich kaum erkennen können. Und was für eine seltsame Nachricht Sie bekommen haben, drei erschlagene Fische. Merkwürdig.«

Die Postfrau, dachte Kohl, die Quelle aller Nachrichten. Mach jetzt ja keinen Fehler.

Die Frau drückte ihren Rücken durch und zupfte ihre Kopfbekleidung zurecht. »Dunkles Zeug wie das meine tragen hier etliche, das ist kein besonderer Umstand. Irgendeinen Trauerfall in der Familie gibt es immer zu beklagen. Viele unserer Söhne und Männer behält die See auf ewig. Und für die Arbeit sind helle Stoffe zu empfindlich. Ich sollte jetzt aber weiter.«

»Und die Sache mit den Fischen?«, traute sich Kohl zu fragen und räusperte sich verlegen.

»Drei Wale, was dachten Sie denn? Um Heringe ging es gewiss nicht. Immerhin leben die Menschen hier noch von der Jagd, wenn es auch weniger werden.«

Kohl wies auf die hinter ihnen liegende Erhebung der Lembecksburg und wechselte das Thema. »Schreckliche Sache, die da passiert ist. Ich wollte mir von dem Ort der Tat selbst ein Bild machen. Für die Familie des armen Jungen muss es die Hölle auf Erden sein.«

»Das ist es gewiss«, sagte sie und musterte sein Gesicht.

»Und der Täter wurde so schnell gefasst. Dabei frage ich mich, was ist, wenn er es gar nicht war? Woher kommt das Misstrauen gegen diesen Pana, heißt er nicht so?«

Sie nickte.

»Wie denkt denn das Inselvolk? Jemand wie Sie, meine Dame, die alle Haushalte dieser Insel kennt, hat bestimmt eine Meinung dazu.« Kohl sah sie eine Weile fragend an und glaubte schon, sie würde es vorziehen, zu schweigen, als sie endlich antwortete.

»Mein Herr, die Bluttat ist eine Föhrer Angelegenheit. Pana hat nie viel gesprochen, von sich schon gar nicht. Da können sich die Leute allerhand über ihn ausdenken, besonders an den langen Abenden, wenn der Branntwein ihnen den Kopf vernebelt. Auch wenn er anders aussieht, auf Tratsch gebe ich nichts, egal, ob aus Wester- oder Osterland.« Damit griff sie den Postsack und schwang ihn auf den Rücken.

»Bitte verzeihen Sie, ich habe mich Ihnen noch gar nicht vorgestellt. Johann Georg Kohl, Schriftsteller. Genaues Beobachten und das Stellen von Fragen ist mein Broterwerb. Eine Berufskrankheit. Und in diesem Fall konnte ich nicht anders, als meiner inneren Stimme zu folgen. Zurzeit logiere ich in Wyk, beim Apotheker.«

»Ja, die innere Stimme. Es soll Leute geben, die davon sogar mehrere im Kopf haben. So was geht selten gut aus«, murmelte sie mit einem merkwürdigen Unterton. »Ich bin Mariane Brodersen aus Süderende und muss noch halb Westerland beliefern. Bin im Verzug. Vielleicht sollte der gnädige Herr seine Badekur antreten und sich nicht mit solch blutigen Angelegenheiten das Gemüt beschweren.«

Ohne ihn eines weiteren Blickes zu würdigen, fasste sie den Postsack fester, zog das Tuch über ihr Gesicht und schritt die staubige Straße an Kohl vorbei gen Westen.

Er nahm sich vor, bei Gelegenheit mehr über die merkwürdige Gesichtsbedeckung in Erfahrung zu bringen, und ging in die andere Richtung davon.

Mariane schaute ernst über das grüne Land, während der Postsack ihr auf den Rücken drückte. Was glaubte denn dieser eitle Badegast, was sie hier tat. Mit Gepäck auf dem Sandwall promenieren? Es gehörte sich nicht, eine Frau auf der Landstraße anzusprechen, die allein unterwegs war. Immerhin war ihr der Herr bereits einmal begegnet.

Was würde sie jetzt nicht alles zu hören bekommen von denen, die sich stets über Pana die Mäuler zerrissen hatten.

Tränen schossen ihr in die Augen. Der arme Sohn der Spöök, Schlimmes war ihm geschehen. Das würde die Mutter mit ihrem schwankenden Geist endgültig von Bord hauen. Und jetzt mischte sich auch noch jemand aus der eitlen Wyker Welt ein. Vermutlich war dem Herrn langweilig.

Sie passierte hintereinander zwei Weggabelungen und schlug den Pfad nach Norden ein, wo noch drei Dörfer auf ihre Lieferung warteten. Vor der nächsten Ansammlung reetgedeckter Katen hielt sie auf ein abseits gelegenes, windschiefes Häuschen zu, von Buschwerk umwachsen. Hier hatte sie mit dem Vater ihrer Kinder gelebt, bis Ocke vor Grönland an allgemeiner Auszehrung starb und der See übergeben worden war. Ihre beiden Söhne, Jungen noch, verdingten sich nun an Bord eines Viermasters, Kochsmaat der eine, Schiffsjunge der andere. Dem Kapitän war es zu verdanken, dass er die Brüder zusammen angeheuert hatte. Dachte sie an die beiden, wurde ihr Herz schwer, und sie biss sich so feste auf die Unterlippe, dass es beinahe blutete. So war sie viele Monate allein zu Haus, kümmerte sich um ein paar Ziegen und Schafe und einen ausgedehnten Gemüsegarten. Die Schillinge, die sie als Postfrau einnahm, halfen ihr leidlich über das Jahr.

Ihr Heim lag wie ausgestoßen abseits des Dorfes Süderende. Die hohen Büsche, die das Mauerwerk und einen Holzverschlag umgaben, milderten von der Straße her die Sicht auf die eher trostlose Behausung. Mit den gepflegten Anwesen der Schiffscommandeure in Nieblum war das nicht zu vergleichen. Moos hatte sich auf das graue Reetdach gelegt, die Fugen zwischen den Steinen bröckelten, und die Fensterrahmen bedurften dringend neuer Farbe.

Nicht auszudenken, wenn sie mitten im Dorf gewohnt hätte. So konnte sie sich dem Vorwurf der Liederlichkeit einigermaßen entziehen. Was das Dorfleben anging, fühlte sie sich auch nicht ganz dazugehörig, besonders als Witwe. Die friesischen Männer heirateten keine wie sie, in ihren Augen brachte das Ärger. Die Landarbeiter aus Jütland dagegen waren weniger scheu, sich mit den Ehefrauen der Verstorbenen einzulassen und ihre Kleidersäcke neben die hinterlassenen Seekisten der Vorgänger zu stellen. Den einen oder anderen von ihnen hatte sie fortgeschickt, so nett er auch an ihrer Tür gekratzt haben mochte.

Sie öffnete die von dichten Büschen bedrängte Pforte zu ihrem Vorgarten, legte den Postsack vor der Haustür ab und trat in den dunklen Flur. Aus reiner Gewohnheit blieb sie stehen und horchte, aber kein Geräusch wies auf einen anderen Menschen hin. Die Kühle, die den Wänden und dem gefliesten Boden entströmte, ließ sie erschauern, obwohl der Marsch unter der warmen Herbstsonne sie erhitzt hatte. An die Küche, die am Ende des Flures lag, schloss sich ein kleiner, fensterloser Raum an. Sie drückte prüfend die Klinke zum dortigen Hintereingang herunter. Die Tür war unverschlossen, und sie beließ es dabei. Aus dem Spülstein neben dem Küchenfenster griff sie einen Becher und pumpte Wasser hinein. Nachdem sie den ersten Durst gestillt hatte, ließ sie sich auf einem Holzschemel nieder und starrte auf die erkaltete Herdstelle. Der Raum duftete nach Geräuchertem, die Sonnenwärme drückte den Geruch des Rußes durch den Kamin ins Haus. Gedankenleer glitten ihre Augen über in einem Regal aufgereihte eiserne Pfannen, Tontiegel und Dosen aus Blech. Die Stille bedrückte sie. Durch das Fenster sah sie die verblühten Sonnenblumen und den Strauch einer Felsenbirne, die mit ihrem leuchtend roten Laub das Vergehen des Jahres verkündete.

Als ihr Blick auf den kleinen Tisch vor ihr fiel, seufzte sie. Dort standen zwei benutzte Tassen aus dickem Porzellan einander traulich gegenüber. Wie um sich zu ermahnen, erhob sie sich energisch. Keine Zeit für gefühlvolle Gedanken und längeres Verweilen. Und doch trat sie, bevor sie hinaus zu ihrem Postsack ging, vom Flur nach rechts in die Stube. Der Raum war mit einem dunklen Schrank, einem runden Tisch und vier einfachen Stühlen möbliert. Ein Fenster zeigte hinaus in den Vorgarten und zur Straße. Rechts an der Wand war die guss-

eiserne Takenplatte eingelassen, dahinter befand sich die Herdstelle in der Küche. So konnte die Küchenwärme rußfrei in den
Raum strömen. Gegenüber der Stubentür lagen die schrank-
ähnlichen Türen zu den Alkoven. Eine davon öffnete sie und
strich versonnen über das leinene Bettzeug in dem Kastenbett.
Zärtlich, als streichelte sie das Gesicht eines geliebten Menschen, glitt sie mit dem Handrücken über die Kissen und zog
sie dann gerade. Sie riss sich los, atmete tief durch und schloss
die Wandtüren, um ihren Postgang fortzusetzen.

SPUREN AUF DER HAUT

Das verwässerte Blut tropfte in die Schale, die unter dem Kopf des Toten stand. Dr. Boey, Landarzt für ganz Westerlandföhr, wusch mit einem sehr nassen Lappen die Wunde oberhalb des Ohres aus. Vorsichtig, als wollte er den wie schlafend daliegenden jungen Körper nicht wecken, zog er einen Kamm durch die dichten Haarsträhnen. Krümel von Erde und, wie er erstaunt feststellte, einige korngroße Partikel von Rost kamen zutage, die er in ein Emailleschälchen fallen ließ. In einer Schale daneben lagen Bröckchen roten Siegellacks, auf die Dr. Boey in der rechten Hosentasche des Toten gestoßen war, als er die zerschlissene Kleidung untersucht hatte. Auch unter den ansonsten dreckschwarzen Nägeln zweier Finger der rechten Hand hafteten Reste davon.

»Seltsam, seltsam«, brummte er, richtete seinen Oberkörper auf und strich sich nachdenklich über den Spitzbart.

Der Leichnam lag entblößt auf einem schmalen, mit einem Wachstuch bedeckten Tisch. Er war kleiner von Statur als bei den Inselfriesen üblich, aber dem Anschein nach vor dem Tod gesund gewesen. Dr. Boey hatte Ingwer seit seinem ersten Fieber gekannt, nun lag er kalt vor ihm. Er seufzte und strich mit dem Rücken seines Zeigefingers über die kaum beflaumte Wange. Der gebräunte, sehnige Körper sprach vom letzten Sommer, allein vom Bauchnabel bis zu den Oberschenkeln war die Haut blasser. Dr. Boey war beunruhigt. Dabei waren es weniger die bei dem Toten gesicherten Partikel, es war etwas anderes.

Auf den Innenseiten der Unterarme und den Waden fanden sich eingeritzte und gestochene Zeichen. Diese frischen, nahezu blutleeren Verletzungen der Haut mussten nach dem Tod angebracht worden sein. Dr. Boey fuhr die Linien mit dem Finger nach, die er gegenüber Trojel beschönigend als Ritzspuren bezeichnet hatte. Vermutlich hatte Wohlgeboren Trojel dabei an Hautverletzungen gedacht, wie sie bei der Landarbeit vorkamen. Aber über derart rätselhafte Details wollte der Doktor nicht leichtfertig sprechen, sondern seine Untersuchung abwarten.

Er erkannte einen Kreis mit einem Strahlenkranz, in Zickzack angedeutete Wellen, ein in allen Balken gleich langes Kreuz und eine Spirale. Die Zeichen waren jeweils gut fingerlang und in ihrer Ausführung schlicht und ohne jeden künstlerischen Anspruch. Er würde sie abzeichnen müssen, um sie zu den Akten zu geben.

Dann wandte er sich wieder dem ganzen Körper zu. Die kräftigen Hände des toten Jungen, die etwas zu langen Arme und die schwieligen Fußsohlen zeichneten ein von Arbeit und weiten Fußstrecken geprägtes Landleben. Bis auf die schlimme Verletzung am Kopf und eine Schnittwunde am Handballen der linken Hand konnte Dr. Boey nur einige Hämatome an den Unterarmen feststellen sowie kleinere Schürfwunden an den Handinnenflächen. All das war dem noch lebenden Ingwer beigebracht worden, anders als die merkwürdigen Zeichen.

Das milde Licht des frühen Nachmittags schien in den Untersuchungsraum und legte sich auf das Antlitz des Toten. Es schien, als wollte es dem Jungen noch einmal Leben einhauchen. Aber Dr. Boey wusste es besser. Er griff nach dem Rasiermesser und schabte die Stelle um die Wundränder herum frei. Dabei glitt er mit der Messerschneide über den klaffenden Spalt in der Kopfhaut und hielt inne, als ihn ein metallisches Kratzen irritierte. Vorsichtig führte er eine Pinzette in die Wunde ein, während er mit den Fingern der anderen Hand die Ränder auseinanderdrückte. Nach wenigen Augenblicken aufmerksamen Herumstocherns stieß er auf den Gegenstand seines Interesses und hielt ihn in das Licht. Er war fingergliedlang. Erstaunt drehte und wendete er das Stück rostigen Eisens – jedenfalls nahm er an, dass es dieses Metall war. Immerhin waren der Farbton und die Konsistenz des Rostes identisch. Er legte es

51

neben die im Haar gefundenen Rostkrümel. Das Stück war sehr schmal, als habe es zu einem scharfen Werkzeug gehört.

Während er noch über seinen Fund gebeugt grübelte, riss ihn ein lautes Klopfen aus seinen Gedanken. Mit einem leisen Fluch auf den Lippen eilte er zur Eingangstür und stieß sie auf.

»Dr. Eckhoff!«, rief er erstaunt und trat einen Schritt zurück in den Flur, um den Besucher einzulassen.

Dieser verbeugte sich knapp und folgte Dr. Boey, der ohne ein weiteres Wort wieder in den Untersuchungsraum eilte. Erst vor der Leiche des Jungen wandte sich Dr. Boey seinem Kollegen zu, dessen Augen in einer Mischung aus Interesse und Abscheu über den Körper glitten.

Dr. Boey kannte den Arzt aus Wyk recht gut, aber er mochte ihn nicht. Denn Eckhoff versorgte nicht bloß die Menschen in Osterlandföhr, sondern tat sich auch als Badearzt für die Sommergäste hervor. Seine Erscheinung mit den sehr modisch nach vorne gekämmten Haaren, den aufs Sorgfältigste gestutzten Koteletten, seinem taillierten Rock und den flachen, glänzenden Schnallenschuhen mochte unter der feinen Gesellschaft der Badegäste gut ins Bild passen, Dr. Boey allerdings war das Ganze zu affektiert. Und mit seiner spitz zulaufenden Nase und dem langen Kinn wirkte Eckhoff auf Dr. Boey auch noch hochnäsig. Er sah seinen Kollegen von Kopf bis Fuß an, zog vernehmlich die Luft ein und wies auf den Leichnam.

»Das Opfer, Ingwer Martens, vierzehn Jahre alt, stammt aus Goting auf Westerlandföhr. Der Tatort liegt auf unserem Grund. Was also führt den geschätzten *Badearzt* aus Wyk zu uns?« Den letzten Satz hatte Boey besonders betont.

Dr. Eckhoff hob beschwichtigend seine gepflegten Hände. »Lieber Herr Kollege, ich störe Sie sehr ungern bei Ihrer wichtigen und für mich ganz und gar unangenehmen Aufgabe. Aber angesichts der Tatsache, dass ich wie Sie das Amt des Landarztes innehabe, folge ich der Bitte meines Landvogts, Hochwohlgeboren Dorrien.«

Dr. Boey sah ihn fragend an und murmelte: »Ach ja?«

»Er ist der Meinung, dass die Kriminalgerichtsbarkeit von Osterlandföhr im Falle dieses grausamen Mordes sehr wohl beteiligt sein muss. Der Täter sitzt bei uns in Wyk hinter Gittern. Sein Brotherr, der zur Ruhe gesetzte Kapitän Hansen, wohnt hier in Nieblum, aber auf unserer Seite der Grenze. Der Fall ist auch noch nicht untersucht, meint Seine Exzellenz. Genug Gründe, um den ärztlichen Sachverstand beider Inselhälften zusammenzuführen.«

»Sachverstand, soso«, brummte Dr. Boey. »Immerhin bin ich auch Doktor der Chirurgie. Können Ihre besseren Herrschaften überhaupt ohne Sie das gefährliche Seewasser genießen? Eine Anwendung mit Salz- oder Schwefelwasser jedenfalls ist nicht der Grund für den Tod dieses Jungen.«

»Was also haben wir hier? Wie ich sehe, sind Sie bereits fündig geworden.« Dr. Eckhoff wies auf die Emailleschälchen mit den Lack- und Rostfunden und hob die Augenbrauen.

»Weiß mein Landvogt eigentlich von Ihrem Auftrag im fremden Amtsbezirk? Ansonsten müsste ich zuerst mit ihm über die Weitergabe der Ergebnisse sprechen. Nun?«

Dr. Eckhoff nickte bedeutsam und mit geschlossenen Augen. »Die Landvögte beider Seiten Föhrs sind darin übereingekommen. Wohlgeboren Trojel hat Dorrien in Wyk aufgesucht. Ich dachte, man habe Sie informiert? Nun ja. Dann also«, er straffte seinen Oberkörper und trat zögernd an den Leichnam heran, wobei seine Aufmerksamkeit eindeutig den Hautritzungen galt, »wenn wir also die Formalitäten erledigt hätten, könnten wir die Untersuchung zum Abschluss bringen.«

Dr. Boey erläuterte ihm die bisherigen Erkenntnisse. Die Sache mit dem Rost und Metall war bedeutsam, fand er, wogegen die Krümel Siegellack gewiss etwas mit den Aufgaben einer Haushilfe zu tun hatten. Er hatte gehört, dass Ingwer sich in manchen Haushalten Geld dazuverdient hatte. Darüber hinaus aber ließ Dr. Boey sich in seiner Untersuchung nicht weiter ablenken. Mit einem Holzspatel suchte er den Mundraum des Toten nach Auffälligkeiten ab und betupfte mit einem weißen, feuchten Lappen die unsauberen Handinnenflächen, bevor er das Tuch vor Dr. Eckhoff ausbreitete. Es zeigte Flecken von leuchtendem Ocker, Blut und Erde.

»Der Ockerton ist Rost und passt zu dem Metallstück und den Krümeln in der Schale. Als habe er etwas sehr Rostiges umfasst und sich dabei geschnitten.«

»Ein Kampf?«, fragte Dr. Eckhoff und wies auf die Hämatome und Schürfwunden.

Dr. Boey brummte. »Gut möglich. Jedenfalls ging er tödlich aus und nicht ohne den Einsatz eines mörderischen Gegenstands.«

Dr. Eckhoff schien sich etwas an die für ihn anfänglich unangenehme Situation einer Leichenschau gewöhnt zu haben und trat nun näher an den Toten heran. Sein Blick glitt mit neuer Aufmerksamkeit über die Haut.

»Mörderisch, Sie sagen es«, murmelte er, stutzte und deutete dann auf einen dunklen Fleck am Kehlkopf der Leiche. »Haben Sie dafür eine Erklärung, werter Kollege?« Er sah Dr. Boey an.

Der schnaubte unwirsch, stellte sich neben Dr. Eckhoff und zuckte die Achseln. »Ein weiteres Hämatom, sicher im Kampf zugezogen«, meinte er. »Das ist kaum von Bedeutung.«

Dr. Eckhoff hob den Kopf des Leichnams und bewegte ihn. »Gebrochen ist da nichts«, stellte er fest. »Aber die Position des Flecks, so nahe am Kehlkopf, die gefällt mir nicht. Und überhaupt die Form, schauen Sie nur, oval wie der Abdruck eines Daumens.«

»Ja, oval ist er«, bestätigte Dr. Boey und verzog die Mundwinkel. »Ein Kampf. Wie ich sagte. Eindeutig ist die Schädelwunde die Ursache für den Tod.«

Dr. Eckhoff legte, ohne auf die Antwort einzugehen, seine Daumen auf die unteren Augenlider der Leiche und zog sie kurz herunter.

»Und die Einblutungen hier auf der Innenseite der Augen, stammen die auch von einem Kampf?«, fragte er leicht spöttisch.

Dr. Boey beugte sich hinunter und betrachtete unwillig die

vielen blutroten Pünktchen, die beim äußerlichen Betrachten des Leichnams nicht zu sehen gewesen waren.

»Die Augen hätte ich im nächsten Schritt untersucht. Immerhin ist die Leichenschau noch nicht abgeschlossen. Dann wurde der Junge also auch erstickt«, sagte er mit schwerer Stimme. »Derlei verräterische Einblutungen kennt man ja auch von Erhängten. Erst letzten Winter hat sich eine trübsinnige Bäuerin aus Borgsum so entleibt, aber das gehört nicht hierher.«

»Dann ist die Kopfwunde also doch nicht die Todesursache? Denn ich kann mir schlecht vorstellen, dass jemand einen Totgeschlagenen auch noch nachträglich erwürgt oder erstickt. Post mortem wäre auch das Spurenbild ein anderes als mit diesen Punktblutungen.«

»Erwürgt wurde er nicht«, stellte Dr. Boey mit gebieterischer Stimme fest und ging auf das eben Gehörte nicht ein. »Mit einem Daumen am Kehlkopf wird niemand aus dem Leben gebracht. Wo war die zweite Hand?« Herausfordernd sah er Dr. Eckhoff an.

»An der Nase, nehme ich an. Vielleicht hat beim Erwürgen die Kraft nachgelassen. Aber dem Schwerverletzten die Atemwege zuzuhalten, dazu mag sie ausgereicht haben.«

»Wenigstens wären so alle Verletzungen und Spuren plausibel erklärt«, sagte Dr. Boey nachdenklich.

»Das Schlagen und Abwehren eines scharfen, rostigen Metallwerkzeugs, ein fast tödlicher Hieb damit gegen den Schädel und das endgültige Garausmachen durch das Ersticken des armen Jungen. So könnte es gewesen sein.« Dr. Eckhoff sah Dr. Boey an, der wie abwesend mit einem Fuß über eine der Steinfliesen wischte.

»Also war es jemand, der einen heftigen Streich gegen den Kopf ausführen konnte, aber nicht genug Kraft aufbrachte, den wehrlos Verletzten zu erdrosseln?« Ungehalten schnaubte Dr. Boey ob seines eigenen widersprüchlichen Gedankens. »Das klingt fast so, als wären gleich zwei Personen am Werk gewesen. Ein kräftiger Täter und ein schwächerer.«

»Aber ich bi[...]lege!«, empörte sich Dr. Eckhoff. »Wir sol[...]icht durch reißerische Speku-
lationen zu e[...]r das ganze Königreich machen.
Mehrere M[...]ig, was für eine Vorstellung.«
Dr. Eckhof[...]s über die Stirn. »König Christian
wird es ni[...]e er von einem Gemeinschaftsmord
auf seine[...]ören. Und die zarten Gemüter der
Badegäs[...]ch unnötig angegriffen. So gefährden
wir den[...], nein, es wird sich alles klären lassen.«

Dr.[...]hrend der letzten Sätze mit im Rücken
versc[...]n auf und ab gegangen, als diktiere er
eine[...]er abrupt stehen. »Bleiben noch die Fragen.[...]nge, warum auf diese Art und Weise und
warum an de[...]ecksburg? Aber dies wollen wir den Landvögten als Herren der Kriminalgerichtsbarkeiten beiderseits
Föhrs überlassen, nicht wahr.«

»Und die Zeichen in der Haut?«, schob Dr. Boey das nächste
Problem nach.

»Nun, dafür gibt es eine einfache Erklärung«, antwortete
Dr. Eckhoff und schaute kritisch auf seinen Rock, als suchte
er das modische Kleidungsstück nach Flecken ab. Die Beant-
wortung dieser Frage schien ihm keinerlei Schwierigkeiten zu
bereiten. »Sind diese Südseeindianer nicht tätowiert? Und haben wir so ein Exemplar nicht auf frischer Tat ertappt? Jetzt
muss der Kerl bloß noch das ganze Drum und Dran erklären.
Menschenopfer, ein Todesritual, heidnisches Zeug, was weiß
ich. Bald ist der Tod dieses Landjungen geklärt.«

»Ingwer hieß er, Ingwer Martens, und er wurde gerade einmal vierzehn Jahre alt.«

PREDIGERWISSEN

Nachdem Kohl auf dem Weg bei der Lembecksburg die seltsame Postfrau getroffen und den Fußmarsch zurück gen Osten eingeschlagen hatte, war ihm für gut eine halbe Stunde niemand begegnet. Glücklicherweise hatte ihn ein Leiterwagen überholt, den ein mageres Pferd zog. Auf dem Bock saß ein würdiger Herr mit dunklen Haaren und einem Bart, der unterhalb des rasierten Kinns von einem Ohr zum anderen lief. In seinem schwarzen Anzug wirkte er nicht wie ein Bauer.

»Gott zum Gruße, möchten Sie vielleicht ein Stück des Weges mitfahren?«, grüßte der Mann und schaute auf den schwitzenden Kohl hinunter, der bereits seine Seidenschleife am Hemdkragen gelockert und die Weste wieder geöffnet hatte. Kohl nickte, ohne lange zu überlegen, und kletterte ächzend auf den Wagen. Mit hochgezogenen Augenbrauen und einem spöttischen Lächeln registrierte der Kutscher seine Anstrengungen, schlug die Zügel, und das Gespann rollte weiter.

»Das ist wirklich sehr freundlich von Ihnen«, bedankte sich Kohl nach einem Moment schweigsamer Fahrt. »Ich bin auf dem Weg nach Wyk.«

»Ich muss dort zum Hafen«, antwortete der Kutscher.

»Da bin ich letzte Nacht angekommen. Merkwürdig, mir ist, als läge die Ankunft viel länger zurück.«

Kohl schloss seine Weste, zog die Seidenschleife zurecht und deutete im Sitzen eine Verbeugung an. »Wenn ich mich Ihnen vorstellen dürfte, mein Name ist Johann Georg Kohl. Ich bin Reiseschriftsteller und besuche diese schöne Insel in ebendieser Funktion.«

»Sehr erfreut. Sie fahren mit Johann Carl Friedrich Stedesand, dem Pastor von St. Laurentii bei Süderende auf Westerlandföhr.«

Den Blick geradeaus in die Landschaft gerichtet, spielte Stedesand mit den Kaumuskeln. »Für jemanden von der schreibenden Zunft gibt es ja zurzeit einiges zu tun auf unserer Insel, nicht wahr?«

»Sie meinen den grausamen Tod dieses Jungen und die Festsetzung eines verdächtigen Südseemannes?«

Stedesand nickte.

»Ja, das ist eine seltsame Geschichte«, sprach Kohl. »Gerade habe ich mir den Mordschauplatz an der Lembecksburg angesehen. Es fällt mir schwer, mir auf diesem friedlichen Eiland einen Grund für eine solche Schreckenstat vorzustellen. Aber gewiss sieht ein Prediger wie Sie viel tiefer in seine Schäfchen hinein.«

»Nun, die Lembecksburg ist ein Ort voller Legenden. Gold soll dort liegen und Waffen, die der Ritter Lembeck verscharrt hat. Oder einer der Wikingerfürsten vor ihm, man ist da nicht so genau. An den langen Abenden werden so manche Geschichten geraunt und treiben ihre Blüten.«

»Das klingt interessant«, sagte Kohl.

»Wenn Sie mich fragen, ist das alles blühender Unsinn. Im Übrigen gehört die Familie des Toten nicht zu meiner Gemeinde, auch bin ich erst seit zwei Jahren auf Föhr. Gleichwohl kenne ich die Leute natürlich, ist ja die Mutter des Erschlagenen weit bekannt. Die bedauernswerte Frau.«

Stedesand schluckte schwer und fuhr dann fort: »Aber, um Ihre Annahme zu beantworten, auch ich kann mir keinen Anlass für dieses Verbrechen vorstellen. Zwar kam mit Kain die Bluttat unter die Menschen, trotzdem muss es dafür einen Grund geben. Warum sollte jemand einen so lieben Jungen totschlagen?«

Kopfschüttelnd fiel er in Schweigen, und der Wagen polterte an Weiden und Wassergräben vorbei. Die Männer hingen ihren Gedanken nach.

»So bebt's von den Lippen, den bleichen, so hallt die Seele aus, die zarten Geister weichen und fliehen zum Ätherhaus«, zitierte Kohl leise und seufzte.

»Das kenne ich«, sagte Stedesand kritisch. »Das ist von diesem schrecklichen Journalisten aus Köln. Seine Rheinische Zeitung haben wir sogar hier im Norden gelesen, aber als die Ideen in dem Blatt zu radikal und umstürzlerisch wurden, hat Preußen es ja verboten. Ich komm gerade nicht auf seinen Namen.«

»Karl Marx«, antwortete Kohl. »Haben Sie etwa Sympathien für seine Anschauungen? Er soll in seinem Denken ja von Hegel beeinflusst und der Meinung sein, dass der moderne preußische Staat sich trotz aller Fortschritte weiterentwickeln müsse. Die Gesellschaft habe sich systematisch dem Kampf gegen die Armut zu stellen, staatliche Zensur niederzuringen und die Entrechtung derjenigen zu bekämpfen, die nicht lutherischen Glaubens sind.«

»Von jeher war das Christentum auf der Seite der Armen, da braucht es keinen aufrührenden Schreiber wie diesen Marx. Das gilt umso mehr in diesen Jahren, da schwere Missernten die Bauern im ganzen Königreich beuteln. Das Geld läuft in der Ökonomie des Landes nicht rund, die Handwerker haben wenig zu tun, es wird kaum gebaut, alles kommt zum Stillstand. In unseren Kirchen beten wir, dass sich das Elend nicht weiter ausbreitet, und versorgen die Ärmsten mit Speisung und Almosen, wie es unser Herr Jesus gepredigt hat.«

Stedesand steuerte den Wagen nun um eine größere Kuhle herum und schwieg, während er konzentriert lenkte. »Und was heißt hier entrechtet?«, fuhr er dann fort. »Erst neulich sprach ich mit dem Prediger von St. Johannis über die Volkszählung im Herzogtum Schleswig. Wissen Sie, wie viele Katholiken dort leben?« Mit gewichtiger Miene sah er Kohl an. »Fünfhundertsechsunddreißig«, fuhr er fort, »auf den Kopf genau. Und Menschen mosaischen Glaubens? Fünfhundertfünfundsechzig. Im ganzen Herzogtum Schleswig. Das sind sehr kleine Gruppen, will ich meinen. Man darf da nicht von Entrechteten sprechen, denn die lutherische Kirche dient allen im Königreich. Ich denke, wir hier im Norden sind etwas fortschrittlicher als die preußische Gesellschaft und entbehren daher der revolutionären Ideen eines Karl Marx.«

Kohl nickte deutlich, als wollte er ihn in seiner Meinung bestärken.

»Und im Übrigen«, mäkelte Stedesand weiter, »sind die wenigen Gedichte dieses Marx allzu oft eine Mischung aus schwülstiger Romantik und unbeholfener Syntax. Kein Vergleich zu diesem Heine, der soll aber längst sein Dasein im Pariser Exil fristen. Auch so ein Aufrührer, allerdings mit Witz.«

»Wussten Sie eigentlich, dass Marx und Heine miteinander verwandt sein sollen?«, teilte Kohl mit, der beeindruckt war, wie gut Stedesand über die umstrittene Literatur in den deutschen Ländern informiert war. »Ein weitverzweigter jüdischer Stammbaum also.«

»Heine ist Protestant«, widersprach Stedesand scharf und schlug die Zügel.

Kohl hob beschwichtigend die Hände. Stedesand hatte recht, Heine war konvertiert. Aber das behielt er für sich, um Stedesand nicht unnötig aufzubringen. So genoss er für einen Moment die flache Landschaft und kam schließlich zum eigentlichen Thema zurück. »Kennen Sie eigentlich diesen Südseemann?«

»Nicht wirklich«, antwortete Stedesand bereitwillig. »Pana wohnt bei seinem Herrn, dem alten Hansen in Nieblum, aber auf der anderen Seite der Straße. Er gehört wie die Familie Martens zur Gemeinde St. Johannis nach Osterlandföhr. Soweit ich weiß, hat ihn nie jemand beim christlichen Abendmahl gesehen, und mein Amtsbruder Carstens hat den Versuch aufgegeben, diesen Heiden zum rechten Glauben zu bekehren. Der Kerl hat sich, seit er unter uns lebt, selten gezeigt. Das jedenfalls sagt meine Gemeinde. Fast möchte man meinen, er verstecke sich. Aber wovor oder vor wem?«

Stedesand hielt den Wagen an und sah Kohl ernst an. »Und trotzdem mag ich nicht an seine Schuld glauben, auch wenn er angeblich auf frischer Tat ertappt wurde. Ingwer Martens war bei Kapitän Hansen ein Rechenschüler. Und Pana dort der Hausdiener.«

»Beide kannten sich also«, sagte Kohl.

»Ja. Und selbst wenn man über den Mann aus der Südsee kaum etwas weiß, so wollen wir doch kein falsch Zeugnis reden. Denn so spricht der Herr. Ich frage mich also: Ist Ingwer Martens wirklich heute in der Morgendämmerung erschlagen worden?«

Kohl sah ihn fragend an. »Was meinen Sie damit?«

»Was ihn zur Lembecksburg getrieben haben soll, ist mir schleierhaft. Der Junge stammte aus einer armen Familie. Er musste wie seine Schwester zum Unterhalt beitragen und verdingte sich in der Frühe des Tages in den wohlhabenden Wyker Häusern und den Unterkünften der Badegäste. Bevor die anderen wach waren, hatte er bereits weit über eine Stunde Fußweg hinter sich, reinigte die Feuerstellen, legte Torf nach und machte sich im Haushalt nützlich. Tagsüber lief er als Botenjunge umher, und abends endlich setzte er sich bei Kapitän Hansen an den Tisch, um zu rechnen.«

Stedesand schien mit keiner Reaktion von Kohl zu rechnen, denn er sah wieder geradeaus und schlug die Zügel.

Sieh einer an, dachte Kohl, der Mann weiß allerhand. Und so ganz verkehrt schienen seine Überlegungen auch nicht zu sein. Ihm fiel ein, was ihm die Schwester des Toten über die Vermutungen des Arztes berichtet hatte. Aber das wollte er vorerst für sich behalten.

»Das mit der Rechenschule habe ich heute schon einmal gehört«, überlegte er laut, »aber was lernt man dort? Tatsächlich das Rechnen? Von einem Kapitän?«

Stedesand lachte auf. »Ja, von einem Kapitän. Denn in Wahrheit geht es um das Navigieren. Dazu braucht man Algebra und Arithmetik. Von jeher liegen uns Friesen Zahlen im Blut. Mit Sternenkunde, dem Lesen von Seekarten und der Rechenkunst wird der Schiffskurs gesetzt. Das ist es, was Ingwer Martens all die Abende gelernt hat.«

»Mit vierzehn Jahren? Das erscheint mir doch reichlich früh«, gab Kohl zu bedenken.

»Die Dorfschulen lehren das Allgemeine. Wenn die Jungen etwas werden wollen auf See, kommen sie um diese Ausbildung nicht herum. Die besonderen Rechenschulen bei den alten Kapitänen ziehen sich durch die Winterabende«, erklärte Stedesand. »Dann ruht die Schifffahrt, und die jungen Leute können lernen. Entweder fahren sie die restliche Zeit zur See, als Schiffsjungen, oder sie besuchen die Dorfschule und helfen tagsüber auf den Höfen.«

»Konnte sich die Familie denn eine solche Ausbildung leisten?«, wollte Kohl wissen.

»Der Unterricht ist nicht teuer, oft bezahlen sie allein mit dem Heizmaterial für die Stube. Der Ruf der Föhrer Navigationsschulen ist so gut, dass ein junger Bursche, der etwas kann, von Holland bis England eine Stellung findet und gut bezahlt wird. Es hat immer wieder mal Steuermänner und Kapitäne gegeben, die noch keine fünfundzwanzig Jahre alt waren. So einer wollte auch Ingwer werden, um seiner Familie zu Glück zu verhelfen.«

»Aber wir haben noch keinen Winter«, gab Kohl zu bedenken.

»Nun, es war in diesem Juli, da fuhr Ingwer als Kochsmaat zur See. Damit tat er es fast allen seinen Alterskameraden gleich. Die Dorfschule lag hinter ihm. Sein Schiff war ein Grönlandfahrer mit dem Namen ›Die-Drei-Brüder‹ und kam aus Altona. In einem gewaltigen Sturm zerriss das gesamte Tauwerk, es verlor die Anker und wurde an den Strand getrieben.«

»Ist das Schiff gesunken?«

»Auch wenn zwei Bremer Segler zu Hilfe kamen und dreizehn Stunden lang pumpten, war alles vergebens, und ›Die-Drei-Brüder‹ ging verloren. So kam Ingwer Martens über Hamburg vor der Zeit wieder zurück auf die Insel. Die Föhrer kennen seine Geschichte. Der alte Hansen begann dann, ihn und zwei andere Jungen zu unterrichten, und Ingwer lernte flei-

ßig.« Stedesand sann seinen eigenen Worten nach und seufzte.
»Leider vergebens.«

Nachmittags saß Johann Georg Kohl auf der Caféterrasse in
einem bequemen Korbstuhl, schaute auf die Wyker Promenade
und genoss die erfrischende Zitronenlimonade. Die Herbstsonne hatte die Insel umwandert und beleuchtete nun die oberen Blattspitzen der Alleebäume. Am Horizont glitzerte die
See. Gleich würde ihm der bestellte Kaffee mit einem Stück
Torte serviert werden, die Auswahl an derlei Konditorenwerk
hier hatte ihn beeindruckt.

Die Damen und Herren der Wyker Badewelt, die Promenade und Cafés bevölkerten, konnten sich des Sehens und Ge-
sehenwerdens sicher sein. In gutes Tuch gewandet, flanierte die
Gesellschaft unter den Ulmen, die Herren zogen schwungvoll
ihre Zylinder, und die Damen unter ihren Hauben lächelten
verhalten.

Während Kohl dem letzten Schluck der Limonade hinter-
herschmeckte, dachte er über die Begegnung mit dem Prediger
aus Süderende nach. Da war er in eine merkwürdige Welt geraten. Die Männer und sogar die halbwüchsigen Jungen riskierten
ihr Leben auf See, um ihr Dasein zu fristen oder sich den Traum
von Reichtum zu erfüllen, derweil die Frauen und Mädchen
viele Monate allein zurückblieben. Er dachte an den jungen
Kerl, der in der Nacht seinen Koffer transportiert hatte, und
an den arbeitsreichen Tag des Ingwer Martens. Ja, wer auf der
Insel lebte und nicht begütert war, der musste zu jeder Zeit in
die Hände spucken und anpacken. Wieder glitt sein Blick über
die Flaneure in ihren edlen Garderoben. Was für ein Kontrast
zur barfüßigen Laura oder der sich abschleppenden Postfrau,
dachte er.

Doch da wurde auch schon der Kuchen gebracht und beendete abrupt das aufkeimende schlechte Gewissen. Lächelnd
schenkte ihm die Serviererin mit der Rüschenschürze und
dem Häubchen den Kaffee ein. Kurz blieb sie an seinem Tisch

stehen, als erwarte sie eine Reaktion. Ja, ein Außenstehender hätte denken können, sie wollte ihrem Gast etwas mitteilen. Aber Kohl war mit seinen Gedanken beschäftigt, roch den belebenden Duft und schmunzelte dann über sich selbst. So verschwand sie.

Seltsam, dachte er, dass ihn gerade hier diese in der ganzen Welt vorhandenen Unterschiede derart beschäftigten. Überall gab es Tagelöhner, Habenichtse, Grubenarbeiter und Kleinstbauern und im Gegensatz dazu die Reeder, Großbauern und Kaufleute. Kaum vier Jahre war es her, dass er Polen und Russland bereist hatte. Dort hatte ihn die Kluft zwischen Stadt und Land und Arm und Reich besonders abgestoßen. Im Vergleich zu den abgerissenen Gestalten, die unter dem Zaren in Leibeigenschaft darbten, war Laura Martens geradezu gut gekleidet gewesen. Ob die überall in Mode kommende englische Dampfmaschine das Los der Arbeiter erleichtern würde? Und was, fragte er sich, konnte er als Schriftsteller dazu beitragen, das Leben der Menschen angenehmer zu machen?

Ich bringe ihnen mit meinen Reiseerlebnissen die Welt ins Haus, versüße ihnen den Feierabend. Ja, das ist, was ich kann.

Durch seine eigenen Grübeleien beschwichtigt, trank er einen Schluck und führte ein großes Stück Sahnetorte zum Mund.

»Na, da scheint der Herr Schriftsteller sich aber gut eingelebt zu haben«, drang eine frische weibliche Stimme an sein Ohr.

Unsicher, ob er die Gabel zurücklegen sollte, entschied er sich für den Genuss. Erst dann sah er sich suchend um. Links von ihm, am Rand der Terrasse, winkte ihm eine junge Frau zu. Nach einem Anflug von Ungewissheit erkannte er sie, denn als sie neben ihm an der Reling gestanden hatte, war es dunkle Nacht gewesen. Nun trug sie statt der wärmenden Reisekleidung ein hellblaues Kleid, das mit seinen gelben Zierschleifen viel besser zum herbstlichen Sonnenwetter passte. Ihr Haar war durch eine sanftgelbe Schute bedeckt, eine jener modischen Hauben, die vorwiegend aus einem ausladenden Schirm bestanden und das Gesicht beschatteten.

So gänzlich im Tageslicht konnte Kohl nun auch ihr Alter besser einschätzen, sie mochte an die fünfundzwanzig Jahre alt sein.

»Emma Kühl«, rief sie sich selbst in sein Gedächtnis und trat unter den neugierigen Blicken der Terrassenbesucher lächelnd auf ihn zu.

Verdutzt erhob er sich, zog den freien Sessel an seinem Tisch zurück und lud sie mit einer Verbeugung ein. Sogleich ließ sich Emma Kühl nieder und strahlte ihn an.

Kohl hätte gern gewusst, was die übrigen Gäste von solcherart burschikosem Verhalten hielten, doch er ignorierte seine Umgebung. Emma Kühl schien es ohnehin egal zu sein.

»Madame, was für eine Überraschung«, begann Kohl die Unterhaltung nach kurzem Räuspern.

»Fräulein, das reicht völlig. Ich war zwar einmal verlobt, aber das war eine schwärmerische Dummheit. Der Herr ist inzwischen Anwalt in Husum und schreibt Gedichte. Wie Sie sehen, bedeuten mir Sprache und Kunst etwas. Jedenfalls bin ich für die Männerwelt noch in allen Ehren zu haben.« Sie spitzte die Lippen, blitzte ihn an und winkte nach der Bedienung.

Amüsiert verfolgte Kohl ihr Auftreten. Als die Serviererin Emma Kühls Bestellung entgegennahm, sah Kohl auf und öffnete überrascht den Mund. Die kräftige Statur, die dick geflochtenen Zöpfe, kein Zweifel.

»Störtebeker«, stammelte er, und die Servierkraft lächelte verständig. Emma Kühl schaute irritiert.

»Der ruht sich gerade in der Rezeptur bei den Pillen aus«, erklärte die Dienstmagd seines Gastgebers.

»Ja, und Sie, kann Herr Leisner auf Sie verzichten?«

»Sie waren eben so in Gedanken, Sie haben mich gar nicht erkannt. Der Herr Apotheker ist des Nachmittags sehr beschäftigt, die Aufgaben im Haus sind dann erledigt, und er gestattet mir deshalb, etwas dazuzuverdienen. So komme ich mal unter die Leute und kann die feine Badewelt aus der Nähe sehen. Wenn ich dann weiter servieren dürfte?« Ohne eine Antwort abzuwarten, verschwand sie im Café.

»Störtebeker«, sprach Emma Kühl überbetont, »was ist das denn für eine Geschichte? Die müssen Sie mir beizeiten erzählen. Und das war also die Dienstmagd des Apothekers? Ich kenne sie ja nur als Cafémamsell. Sie muss aus irgendeinem der Bauerndörfer in Westerlandföhr stammen, Oldsum, Dunsum oder Utersum, wer soll das wissen. Ist ja auch egal. Aber nun zu Ihnen. Wie haben Sie Ihren ersten Tag bisher verbracht?«

Kohl holte Luft und wollte antworten, als die Dienstmagd wieder bei ihnen stand und den bestellten Kaffee vor Emma Kühl abstellte, die sich dadurch nicht unterbrechen ließ. »Der grausame Mord ist Ihnen sicher nicht verborgen geblieben? Wir Föhrer werden so keinen guten Eindruck auf Sie machen, aber ich versichere, dass wir für gewöhnlich anders miteinander umgehen. Und in diesem Fall war ja auch kein Friese der Täter, sondern ein Wilder aus der Südsee. Man stelle sich vor, ein Menschenfresser.«

Sie lehnte sich zurück und beobachtete Kohls Reaktion, als führe sie ein Experiment durch. Als die angestrebte Wirkung bei ihm ausblieb, beugte sie sich vor, vergewisserte sich mit einem hastigen Blick, ohne Mithörer zu sein, und raunte: »Um den Hals soll er einen Götzen tragen, an einer Kette aus Menschenhaar.«

»Was Sie nicht sagen«, sagte Kohl.

»Das hat mir die Frau des Gendarmen beim Kaufmann verraten. Die Arme muss den Wilden ja versorgen, man stelle sich das vor. Seit Langem habe ihr nicht mehr so vor einem Gefangenen gegraut, hat sie gemeint. Na, wer will ihr das verübeln. Menschenhaar! Erst hat er diesen Jungen aus Goting totgeprügelt, dann wollte er seine Zähne in das frische Fleisch schlagen.«

Ihre letzten Worte verklangen in einem Krächzen. Aufgewühlt von der gesteigerten Darstellung der Ereignisse ergriff sie die Hand Kohls und hielt sie umklammert. Mit einem Mal schien sie wahrzunehmen, wie nah sie ihm gekommen war, ließ schnell seine Hand los und fingerte nach der Tasse Kaffee. Hastig trank sie zwei Schluck und ließ sich anschließend gegen die Rückenlehne des Sessels fallen.

Kohl zog seine befreite Hand unauffällig zurück und legte sie auf sein Knie unter dem Tisch.

»Ja, das ist in der Tat eine außergewöhnliche Geschichte«, erwiderte er. »Ein echtes Drama und so exotisch dazu. Ob es wohl möglich ist, den Gefangenen einmal selbst zu sehen und zu befragen?« Sie sah ihn mit verständnisloser Miene an, und er neigte sich ihr zu. »Wie wichtig wäre es doch, die Beweggründe, ja die Tat insgesamt aufzuhellen, finden Sie nicht? Vielleicht waren es ja rituelle Handlungen, die der Mann aus der Südsee am toten Körper dieses jungen Inselfriesen vollziehen musste.«

Nun war es an Kohl, die Reaktion seiner Gesprächspartnerin zu beobachten, was er mit Vergnügen tat. Emma Kühl legte entsetzt die Hände vor den Mund, die Augen weit aufgerissen.

»Und ich bezweifle, dass seine blutigen Motive in einer Gerichtsverhandlung jemals zutage treten werden«, erklärte er weiter. »Zu groß ist die Gefahr, dass ein christlicher Richter die heidnischen Praktiken verdammen wird und den Täter besonders hart bestraft.«

Was aber sollte eine härtere Strafe sein als das Richtschwert, dachte Kohl. Wenn dieser Pana für den Mord zum Tode verurteilt wurde, konnte das bisschen Heidentum die Lage auch nicht verschlimmern. Es machte die Tat aber interessanter. Immer noch schien Emma Kühl von seinen Überlegungen gebannt.

»Ach, wenn ich einmal mit ihm sprechen könnte, vertrauensvoll und ungestört. Ich bin ja mit der Untersuchung der Tat nicht beauftragt, er hätte also nichts von mir zu befürchten. Außer dass ich seine Beweggründe verstehen und einer breiteren Öffentlichkeit zur Kenntnis bringen könnte.«

Er schwieg einen Moment und sah Emma Kühl eindringlich an. »Und wenn Sie, verehrtes Fräulein Kühl, mit der Gattin des Gendarmen so vertrauten Umgang pflegen, könnten Sie da nicht meinen Wunsch ermöglichen?«

Emma Kühl blickte zu Boden und schüttelte unsicher den Kopf. »Der Mann ist gefährlich, da sollte niemand allein zu ihm gehen. Und ich glaube auch nicht, dass Hermine, so heißt die Frau des Gendarmen, Sie zu ihm lassen würde. Der Fall ist wohl auch zu bedeutsam für Föhr, und so wird sie sich an die Vorschriften halten wollen.«

Wie aus heiterem Himmel winkte sie einem Herrn im modisch taillierten Rock und mit nach vorne gekämmten Haaren zu, der an der Terrasse vorbeihastete. Der erwiderte den Gruß knapp und mit abwesender Miene.

»Das war gerade Dr. Eckhoff, unser Badearzt«, erklärte sie und sah Kohl direkt ins Gesicht, dann lachte sie leise auf. »Natürlich, der Empfang heute Abend. Wie passend. Unser Landvogt hat einige Angehörige der Wyker Gesellschaft zu einer Abendveranstaltung eingeladen.«

»Eine abendliche Gesellschaft?«, fragte Kohl nach.

»Eher ein zwangloses Beisammensein zum nahenden Ende der Saison. Möchten Sie mich dorthin begleiten? Das wird bestimmt lustig«, freute sie sich. »Und wer weiß, vielleicht hat der Landvogt ja ein Ohr für die Wünsche eines Schriftstellers? Holen Sie mich doch ab, sagen wir, gegen sieben Uhr?«

Kohl war hin- und hergerissen. Natürlich war diese Einladung der Zauberschlüssel zu den Leuten von Rang und Namen auf diesem Teil der Insel. Aber musste er sich dafür wirklich den ganzen Abend diese Frau antun, fragte er sich. Lächerlicher Standesdünkel, Sensationsgier und Klatsch, was würde ihn noch erwarten? Er seufzte und blickte einen Moment vor sich hin.

Emma Kühl, die sein Seufzen fehlinterpretierte, deutete auf seinen angebrochenen Kuchen. »Oh, wie unhöflich von mir. Jetzt habe ich Sie tatsächlich vom Genuss dieser Köstlichkeit abgehalten. Aber es wird auch Zeit für mich. Wenn ich Sie dann allein lassen darf, Herr Kohl, wir sehen uns also um sieben.«

Noch bevor er sich aus seinem Sessel erhoben hatte, war sie aufgesprungen, lächelte ihm zu, huschte mit zusammengerafftem Kleid zwischen den anderen Gästen hindurch und mischte sich unter die Flaneure auf der Promenade.

Kohl wischte sich über die Stirn. Gesprächig war sie ja, aber auch informativ. Er zog sein Notizbuch hervor und blätterte darin. Bei all dem, was er in Erfahrung gebracht hatte, durfte er nicht den Überblick verlieren. Er nahm noch einen Bissen von dem Sahnekuchen und winkte der Serviererin. Sein neuer Schreibtisch wartete auf ihn.

PFERDEGESPANN

Lange hielt es Laura zu Hause bei ihrer Mutter nicht aus. Es war ein Kommen und Gehen der Dorfbewohner. In den niedrigen Räumen mischte sich ehrliche Anteilnahme mit gewisperten Gerüchten. Keike Martens schaukelte ihren Oberkörper hin und her, raufte sich die Haare und ließ die Anwesenden mal laut rufend, mal nuschelnd wissen, dass Dämonen ihren Jungen geholt hatten. Das Schauspiel, das de Spöök bot, war jeden Besuch im Trauerhaus wert und würde noch für lange Zeit Stoff für Erzählungen bieten.

Laura war bewusst, dass so die drohende Einweisung in die Irrenanstalt von Århus näher rückte, ein kaum auszuhaltender Gedanke. Da der Leichnam ihres Bruders noch nicht heimgekehrt war und nicht aufgebahrt werden konnte, gab es für sie wenig zu tun. Lieber trauerte sie draußen auf den Weiden und unter einem weiten Himmel, ungestört von dem neugierigen Gerede der Trauerbesucher.

Wieder zog es sie nördlich am nächsten Dorf vorbei zur Lembecksburg hin. Vor ein paar Stunden war ihr dort dieser vornehme Herr begegnet mit seinen Fragen und dem Versprechen, sie zu besuchen. Laura war unsicher, ob das etwas Gutes zu bedeuten hatte. Was mochte dieser eitle Kerl von ihr wollen, fragte sie sich. Ganz bestimmt war er einer der feinen Wyker Badegäste und aus einer Welt, in der sie sich nicht wohlfühlte. Sein Blick jedenfalls war weder böse noch kalt. Aber die Gesellschaft dieser Leute, die sich für etwas Besseres hielten, mied sie, wenn möglich. Selbst in der Dorfschule wurde vor den Lasterhaften aus Wyk gewarnt. Dabei musste sie auch zur Haushaltskasse etwas beitragen, kam kaum um Begegnungen herum. Vielleicht konnte ihr dieser Herr wirklich helfen.

Eine Böe feuchter Seeluft fuhr ihr durchs Haar und ließ sie frösteln. Immer weiter trat der begraste Ringwall in ihr Blickfeld. Gestern Abend hatte sie ihre Mutter unweit davon gefunden, aufgelöst und wirr. Eine Welle der Verzweiflung stieg in Laura auf und trieb ihr die Tränen in die Augen. Schluchzend dachte sie an Ingwer. Er war so voller Hoffnung gewesen, einmal ein guter Steuermann zu werden, hatte von fernen Ländern geträumt und gutem Geld. Und dann hatten sie ihn heute Morgen dort an der Burg gefunden – erschlagen.

Langsam bahnte sich ein Gedanke durch das Wirrwarr aus Trauer und Erinnerung. Was, wenn ihre Mutter keinen ihrer vielen Anfälle gehabt hatte? Was, wenn sie tatsächlich im dämmrigen Nebel gesehen hatte, wie jemand getötet wurde? Wie Ingwer getötet wurde?

Ein lang gezogener Klagelaut entfuhr Laura, und sie hielt ihren Kopf fest. Das durfte ihrer Mutter nie bewusst werden, denn so etwas würde ihren schwachen Geist endgültig in die Finsternis stoßen.

Sie überquerte die Straße und stolperte mehr, als dass sie ging, auf den Wall zu. Plötzlich hielt sie inne. Dort, wo man Ingwer gefunden hatte, stand jemand. Diesmal war es nicht dieser feine Herr mit dem hohen Zylinder. Mit jedem weiteren Schritt erfasste sie mehr. Es war Daniel Krückenberg, ein Kamerad aus der Rechenschule von Kapitän Hansen. Mit einem Fuß drückte er die aufgewühlte Erde platt. Ganz in Gedanken und den Blick auf den Boden gerichtet, schreckte er auf, als er sie wahrnahm.

Daniel war so groß wie ihr Bruder, aber ein Jahr älter und kräftiger gebaut. Als Sohn des Nieblumer Bierbrauers war er besser gekleidet, sein Zeug war aus gutem Stoff. Seinen sonst so akkuraten Scheitel hatte hier draußen längst der Wind verweht. Keine Miene verzog das blasse, pausbäckige Gesicht, als seine Augen die von Laura trafen.

Er zuckte die Schultern und wies auf den Boden. »Wir haben hier oft bei der Burg gesessen, vor der Rechenklasse. Schmalzkringel habe ich ihm mitgebracht, damit er mir hilft.«

Laura lächelte ihn unsicher an.

»Du weißt ja, dass er der schnellste Rechner von uns war und überhaupt ein schlauer Kopf. Wir haben geträumt von den Grönland- und den Kauffahrten nach Indien. Commandeur wollte er werden oder Steuermann.«

»So wie du«, erwiderte Laura und näherte sich ihm langsam. Daniel klang niedergeschlagen, aber er weinte nicht. Sie kannte ihn. Das Einzige, was ihn mit ihrem Bruder wirklich verbunden hatte, war der Traum von der See. Seinem Vater mochte der Junge nicht nachfolgen, trotz des schönen Geldes, was da zu verdienen war. Hin und wieder waren er und Ingwer über die Insel getobt, hatten Abenteuer erfunden und Phantasieländer erobert. Kleine Ausbrüche aus den Pflichten, die jeder von ihnen zu erledigen hatte. Daniels Vater fasste ihn hart an. Er sollte das Arbeiten lernen und nicht das Wohlleben. Dabei war Daniel nicht geschickt mit den Händen. Leider aber auch nicht mit dem Kopf.

»Und hier hat er gelegen?«, unterbrach er ihre Gedanken, und sie nickte. »All das Blut, es ist wirklich zum Gruseln.« Wieder widmete er sich der aufgeworfenen Grasnarbe.

»Warum machst du das?«, fragte Laura. »Davon wird Ingwer nicht lebendig.«

Daniel unterbrach sein Tun und schaute an ihr vorbei in die Landschaft. »Es sieht so brutal aus, all sein Blut und die verletzte Erde. Am liebsten würde ich ein Tuch darüberlegen. Ich kann gar nicht richtig denken an dieser Stelle. Was mag hier bloß geschehen sein?« Dann sah er Laura direkt an und wies gen Süden, in Richtung ihres Dorfes. »Musst du nicht bei deiner Mutter sein?« Er versuchte einen mitfühlenden Augenaufschlag. »Allein wird es ihr nicht gut gehen. Weiß der Himmel, was sie ohne Aufpasser anrichtet.«

Laura unterdrückte den heftigen Wunsch, ihn zu ohrfeigen, drehte ihm den Rücken zu und trat zurück auf die Straße. Seine Anteilnahme jedenfalls, fand sie, war nicht der Rede wert. Vermutlich vermisste er nur *den* Ingwer, der ihm beim Rechnen geholfen hatte und mit dem er umhergezogen war.

Die Straße. Nach Westen führte sie geradeaus zu den Dörfern Dunsum und Utersum, die am Watt lagen. Bog man vorher gen Norden ab, kam man nach Süderende und Oldsum. Laura dachte wieder an die Dämmerung des Vortages und wie sie ihre Mutter von dort weggezerrt hatte, als der Einspänner näher gekommen war. Wenn die Bluttat an Ingwer wirklich kurz davor geschehen war, müsste der Kutschfahrer etwas gesehen haben. Vielleicht jemanden, der von der Lembecksburg weggelaufen war, oder irgendetwas anderes Bedeutsames. Die schlanke Kutsche war auf der Straße nach Wyk weitergefahren, als sie mit ihrer Mutter das nahe gelegene Dorf umlief.

Sie drehte sich noch einmal zu Daniel um, der mit beiden Händen in den Hosentaschen dastand und sie beobachtete. »Wo bist du eigentlich gestern Abend gewesen? Hast du unsern Ingwer beim Rechnen getroffen?«, rief sie ihm zu.

»Der alte Hansen hat sich gewundert, dass Ingwer nicht gekommen ist. Er war ja immer der Fleißigste von uns.«

Laura vermeinte, so etwas wie Spott in Daniels Stimme zu hören.

»Aber ich habe ihn den ganzen Tag über nicht gesehen. Musste die leeren Fässer meines Vaters hin und her wuchten. Eine verdammte Arbeit war das, meine Arme tun mir jetzt noch weh.« Wie zum Beweis knetete er seine Oberarme. »Nein wirklich, ich weiß nicht, wo dein Bruder gestern gewesen ist. Aber wieso fragst du denn? Ist er nicht heute Morgen von Pana erschlagen worden? Alle sagen das, auch der Gendarm in Wyk.« Langsam ging Daniel auf Laura zu, in seinem Blick lag etwas Lauerndes.

Wie er über Ingwer sprach, das gab ihr einen Stich. Doch anstatt ihn anzufahren, wollte sie sich harmlos geben und versuchte eine beschwichtigende Handbewegung.

»Es ist, weil er am Abend nicht nach Hause gekommen ist. Ich frage mich, was er in seinen letzten Stunden gemacht und wen er getroffen hat. Vielleicht weiß ja einer, warum er gerade hierhin wollte.«

Sie deutete auf den Ringwall im Rücken Daniels. Der schüttelte langsam den Kopf, konnte ihr wohl nicht weiterhelfen. Das überraschte sie kaum. Für andere hatte er sich noch nie interessiert, nichts lag ihm näher als sein eigenes Wohlergehen. Ein Wunder, dass er sich überhaupt mit der Steuermannskunst abplagte.

»Vielleicht war er in Wyk bei einem seiner Häuser und hat den Badegästen die Feuerstellen gerichtet? Frag doch einmal dort nach.«

Daniel hob den Kopf zum Himmel. Bleigraue Wolken zogen vorüber und verdunkelten die Sonne. »Ich muss dann auch wieder zurück. Mein Vater sagt immer, ich soll nicht wie ein Hund herumstreunen. Ich weiß gar nicht, ob heute gerechnet wird. Vielleicht hält der alte Hansen seine Stube geschlossen. Er hat ja nun auch keinen Diener mehr.«

Und keinen hellen Kopf als Schüler, dachte Laura. Daniel wird ihn nicht aufmuntern können.

Daniel hob die Hand zum Gruß und schlenderte die Straße ostwärts, bevor er die Weiden gen Nieblum überquerte. Laura sah ihm nach und überlegte.

Nein, die reichen Häuser in Wyk hatte Ingwer immer morgens gemacht und das nie geändert. Die Dinge hatten bei ihm einen Takt, Handschlag folgte auf Handschlag. Er ging die immer gleichen Wege zu seinen Lohnstellen – natürlich, die Postfrau! Mariane lief an den Posttagen über Land und sammelte die Post ein, bevor sie sie zum Hafen brachte. Dann verteilte sie, was neu angekommen war. Gestern und heute waren solche Tage, und ihre Runde war stets dieselbe, wusste Laura. Mariane nahm auch den Weg, über den der Einspänner gekommen war.

Laura spürte so etwas wie Hoffnung. Im Westteil der Insel ging Mariane ihre Ziele kreisförmig ab. Vielleicht konnte Laura ihr den Weg abschneiden oder ihr entgegengehen. So lief sie quer über die mit Wassergräben durchzogenen Weiden auf das Dorf im Süden zu. Bei ihrem schnellen Gang musste sie aufpassen, nicht in einen Hasenbau oder eine Kuhle zu geraten und dabei umzuknicken.

Sie sah nach dem Stand der Sonne. Eigentlich durfte Mariane im Süden noch nicht durchgekommen sein. Sicher, sie hätte auch zu Hause in Goting auf sie warten können, das Dorf lag als eines der letzten auf der Strecke. Aber dort wollte sie mit ihr nicht gesehen werden. Die Meinung des Landvogtes, dass Pana wider besseres Wissen der richtige Verdächtige sei, die Einmischung dieses feinen Herrn an der Lembecksburg, all das hatte sie misstrauisch gemacht. Was konnte sie in der Welt der Erwachsenen auch ausrichten? Ihre Nachforschungen wollte sie lieber still und leise betreiben. Den Blick konzentriert zu Boden gerichtet, überlegte sie, wie sie Mariane Brodersen fragen sollte, ohne ihr Misstrauen zu erregen. Da vernahm sie unverhofft ihren Namen und sah auf.

»Laura«, rief ein Mann, der am Rand einer Weide stand und Pfähle ins satte Erdreich trieb. »Mein Kind, komm einmal her!«

Sie erkannte einen der Bauern aus dem nahe gelegenen Borgsum und ging argwöhnisch auf ihn zu. Was mochte der Kerl von ihr anderes wollen, als seine Neugier zu stillen.

»Was ist?«, fragte sie unwirsch und blinzelte den kräftigen Mann an.

»Laura, du armes Mädchen«, sprach der mit erstaunlich sanfter Stimme, »wie muss das alles schrecklich für dich sein. Erst der Streit zwischen Gemeinde und Amt wegen der Anstalt für deine Mutter, dann die Sache mit Ingwer.«

Er ließ den schweren Hammer auf den Boden fallen und trat auf sie zu. Schweißgeruch entströmte seinem halb geöffneten Hemd, und mit gerümpfter Nase wandte sie sich ab.

»Ja, es ist wirklich zum Weinen«, interpretierte er ihre Bewegung falsch, öffnete seine fleischigen Arme und kam noch einen Schritt näher, als ob er sie trösten wollte. »Wie gut, dass ich den Verbrecher heute Morgen gefangen habe.« Er nickte bedeutsam. »Ja, mir ist zu verdanken, dass die Untat sofort aufgedeckt wurde. Ein Jammer, dass ich mit meinem Knecht nicht früher zur Stelle war, um all das Schreckliche zu verhindern.«

Laura sah dem Bauern nun direkt ins Gesicht. *Der* hatte Pana bei ihrem Bruder erwischt und ins Gefängnis gebracht?

»Natürlich kannten wir den lieben Ingwer. Er ging ja auch mit meinem Focke in dieselbe Rechenklasse. Die ganze Sache wird dem alten Hansen furchtbar zusetzen. Man denke nur, sein Hausdiener erschlägt seinen Schüler und vergeht sich heidnisch an seinem Körper. Aber was will man auch von den Wilden erwarten. Das ist nun mal ihre Natur.«

Sie erinnerte sich an seinen Sohn, Ingwer hatte grinsend von ihm erzählt. Schneckenfocke, so hatte er ihn wegen seiner Langsamkeit genannt. Ein groß gewachsener, massiger Junge im Alter von Daniel. Beide waren ihrem Bruder körperlich überlegen, für das Denken und Ausfüllen der Schiefertafeln galt das aber nicht. Ihnen würden nun die Peinlichkeiten beim Rechnen erspart bleiben, sie hatten einen Konkurrenten weniger. Dann dachte sie wieder an ihren Bruder und schluckte die aufsteigende Trauer hinunter.

»Was hat Pana denn mit Ingwer gemacht?«, wollte sie wissen und ließ den Bauern nicht aus den Augen.

Der hob die Schultern. »Wir haben ihn ja zufällig gesehen, wie er den Jungen an der Jacke gepackt und geschüttelt hat. Wie um ihn aufzuwecken. Vielleicht hat er auch an seinem Blut gesaugt, wer weiß das schon. Als wir dann näher gekommen sind, stierte er uns mit seinen weißen, riesigen Augäpfeln an und rannte davon. Kein Zweifel, er muss es gewesen sein.«

Laura nickte stumm, wandte sich zum Gehen, stockte dann aber in ihrer Bewegung. »Der Focke, dein Sohn, hat der sich nicht gewundert, wo Ingwer gestern Abend abgeblieben war? Mein Bruder ist nicht beim alten Hansen erschienen. Kannst du ihn nicht fragen, ob er etwas weiß?«

Der Bauer runzelte die Stirn. »Was soll Focke denn wissen? Heute Morgen, als Pana den Ingwer erschlagen hat, war er beim

Melken. Was spielt es denn da für eine Rolle, was gestern Abend war? Du kommst ja ganz durcheinander, armes Kind.« Damit griff er den Hammer und begann wieder, mit kräftigen Schlägen die Holzpfosten einzuflocken.

»Und die Post …«, entschlüpfte es Laura, doch im gleichen Augenblick biss sie sich auf die Lippe. Dass sie Mariane suchte, musste der Kerl nicht wissen.

»Daran denkst du jetzt?«, missverstand er sie und schaute sie zwischen zwei Hammerschlägen mitleidig an. Dann wies er mit dem Werkzeug in der Hand gen Westen. »Die Brodersen muss noch dort drüben sein. Bis sie bei uns durch ist, dauert es was. Aber vielleicht gehst du besser heim, deine Mutter zu trösten.« Damit setzte er seine Arbeit fort.

Laura hatte ein Stück Wegstrecke zurückgelegt, als sie endlich auf die Straße stieß, die am südlichen Inselrand lag. Sie wandte sich gen Westen, denn aus dieser Richtung konnte sie Mariane erwarten. Ohne Eile ging sie auf das nächste Dorf zu, denn sie wollte es vermeiden, unter Menschen zu kommen.

Die anfängliche Hoffnung, die sie in die Begegnung mit der Postfrau gesetzt hatte, wich bangen Zweifeln. Was, wenn Mariane ihr nicht helfen konnte? Wenn es niemanden gab, der am gestrigen Abend etwas gesehen hatte? Ob Dr. Boey ihr Ingwers Tod erklären würde, obwohl sie ein Mädchen war? Wieder kam ihr der elegante Herr mit dem Zylinder in den Sinn. Konnte er ihr helfen? Auf jeden Fall wollte sie mehr über ihn wissen.

Marianes gänzlich schwarze Kleidung stand im starken Kontrast zum goldenen Licht der Nachmittagssonne, ihr Gesicht war bis auf die Augen verhüllt. Obwohl der Postsack auf ihrem Rücken inzwischen fast leer war, ging sie leicht vornübergebeugt.

Sie hob den Blick und erkannte Laura, die ihre feuchten Hände am grauen Rock abwischte und ihre Zehen in den Sand bohrte. Das Mädchen strahlte eine große Unruhe aus.

Mariane verlangsamte ihren Schritt und hielt an. Mit einem

leisen Stöhnen setzte sie den Postsack auf den Boden und bog den Oberkörper gerade.

»Oh Laura, wie schrecklich. Was tust du hier? Solltest du nicht zu Hause bei deiner Mutter sein?« Sie sprach durch das dunkle Tuch, das über Nase und Mund gespannt war.

Laura trat mit gesenktem Kopf auf Mariane zu, dann sah sie ihr entschlossen in die Augen. »Du weißt das von Ingwer?«

Mariane nickte.

»Alle sagen, er sei von Pana heute Morgen erschlagen worden. Mir kommt dabei was komisch vor. Dieses Gerede vom Menschenfresser und all das mag ich nicht glauben. Pana kennt meinen Bruder so lange, und nie gab es einen Streit.«

Eine Träne lief ihr über die Wange, die Laura schnell wegwischte. »Gestern in der Frühe hat Ingwer unser Haus verlassen. Ich würde so gern wissen, wie er seinen letzten Tag verbracht und mit wem er noch gesprochen hat. Du kommst an den Posttagen viel herum. Hast du ihn vielleicht noch gesehen?«

Mariane runzelte die Stirn. Sie hob ihre Arme, um Laura zu umarmen, hielt dann aber in der Bewegung inne.

Laura sah zu Boden und holte vernehmlich Luft. »Meine Mutter war gestern Abend an der Lembecksburg, gegen sechs Uhr. Ich weiß, sie redet wirr und die Leute machen sich über sie lustig. Sie sagt, zwei Männer haben miteinander gerungen und es sei ein Wikinger gewesen, der dort meinen Vater erschlagen hat.«

Laura ließ sich Zeit, bevor sie vorsichtig weitersprach: »Nun denke ich, was ist, wenn sie in der Dämmerung unsern Ingwer gesehen hat, wie er zu Boden ging? Denn dort hat man ihn ja gefunden, oder?«

Mariane sah Laura fragend an. »Was?«

»Ich habe Mutter von da weggeführt, wollte nicht, dass man sie so sieht mit ihren Schreien. Dann hätte es wieder Gerede gegeben wegen der Anstalt in Århus. Und da kam plötzlich ein Wagen mit einem Pferd und fuhr in Richtung Wyk. Er war noch weit weg und muss aus Süderende oder Utersum gekommen sein. Ich frage mich, wer das wohl war, denn vielleicht hat der Kutscher ja etwas gesehen, das mit Ingwer zu tun hat?«

Mariane ließ ihren Blick lange auf Laura ruhen. Laura tat ihr von Herzen leid. Die Sorge um ihre eigenen Söhne stieg in ihr auf, sie musste an die vergangene Trauer um ihren Mann denken. Der Schmerz über einen so großen Verlust war nicht in Worte zu fassen. Was konnte sie tun, um Lauras Kummer zu lindern?

Sie schloss ihre Augen und ließ die Bilder des gestrigen Postgangs vorübergleiten. Im heraufdämmernden Abend war sie mit dem Sack auf ihr einsames Haus bei Süderende zugegangen. Müde war sie gewesen, der Rücken und ihre Füße hatten ihr wehgetan, und sie hatte sich auf eine warme Suppe gefreut. Wie sie so erschöpft die Straße entlanggewankt war, hatte sie tatsächlich ein schneller Einspänner aus den Gedanken gerissen. Ja, sie musste dem galoppierenden Falben sogar in den Graben ausweichen.

Mariane riss die Augen auf und sah auf Laura, die gespannt auf einen Hinweis wartete. Nach kurzem Überlegen schüttelte sie den Kopf. »Nein, da war kein Gespann. Als ich dort oben unterwegs war, hat es weit und breit niemanden gegeben.«

Zu sehen, wie sehr diese Nachricht Laura enttäuschte, versetzte ihr einen Stich. Aber es war besser so für Laura. Das, was sie beobachtet hatte, verstand sie ja selbst nicht einmal. Es war zu seltsam.

Wieder kam ihr das Bild in der Dämmerung in den Sinn. Soweit sie ihre Erinnerung nicht täuschte, saß auf dem Kutschbock überraschenderweise eine Frau und hielt die Zügel. Der feine Stoff ihres dunkelblauen Kleides glänzte im fahlen Licht. Leider war die Person nicht näher zu erkennen gewesen, denn sie hatte eine schwarze Haube tief ins Gesicht gezogen und war, ohne sie zu beachten, an ihr vorbeigerollt. Indes, ob sie auch wirklich den Weg an der Lembecksburg vorbei gewählt hatte, konnte Mariane im Nachhinein nicht sagen. Allerdings war dies

die einzige Kutsche, die ihr in der Gegend entgegengekommen
war. Und ganz bestimmt war das auch keine Föhrerin gewesen.
Was sie von ihr hatte sehen können, hatte kostspielig gewirkt.
Natürlich saßen auch die Frauen von Föhr auf Kutschböcken,
aber das waren zumeist Leiter- oder Heuwagen. Und das auffallend helle Pferd mit seiner dunklen Mähne war eines vom
Wyker Kutschendienst. Niemand sonst ließ seine Kutschen
von Falben ziehen, ihr edles Farbspiel sollte der Kundschaft
gefallen. Und außerdem, wenn es in der Woche einen Grund
gegeben hätte, sich so herauszuputzen, hätte das die ganze Insel
gewusst. Nein, diese Frau musste ein Badegast aus Wyk gewesen sein.

ABENDGESELLSCHAFT

Kohl legte den Federkiel aus der Hand und schaute gedankenverloren in den sich verdunkelnden Garten. Auf seinem Schreibtisch lagen vollgeschriebene Blätter, sein Notizbuch und eine aufgefaltete Karte der Insel. Im Dämmerlicht des beginnenden Abends konnte er die letzten Zeilen gerade noch so erkennen. Nun, da er seine ersten Eindrücke und Notizen ins Reine geschrieben hatte, fühlte er sich innerlich aufgeräumt. Der Tod dieses armen Jungen ließ ihn auf ungeahnte Art die Insel erkunden, davon würden auch seine Leser profitieren.

Missmutig blickte er auf seine tintenverschmierten Finger, die Ärmel seines Hemdes hatte er wohlweislich hochgekrempelt. Allzu viel Wechselkleidung stand ihm nicht zur Verfügung. Er reckte sich im Stuhl und sortierte die Unterlagen. Zu gern hätte er nun ein kaltes Bier oder etwas ähnlich Erfrischendes getrunken. Aber seitdem er aus dem Café an der Promenade zurück war, hatte er keine Geräusche vernommen, die auf die Anwesenheit der Hausmagd schließen ließen. Auch sein Gastgeber, der Apotheker Leisner, schien noch in Geschäften gefangen.

Kohl sah auf seine Taschenuhr und stieß einen leisen Pfiff aus, denn er musste sich noch für die Wyker Gesellschaft und Emma Kühl zurechtmachen. Bald würde er sie abholen. Sollte er vorher noch einen Imbiss nehmen? Das Sahnestück von heute Nachmittag müsste noch etwas vorhalten, entschied er und begann seine Abendkleidung auszubürsten.

Das Haus in der Großen Straße 15 lag wenige Ecken von der Apotheke entfernt. Kaum dass er den Türklopfer ergriffen hatte, wurde ihm auch schon schwungvoll geöffnet. Emma Kühl lachte ihn an, griff ins Dunkle des Flurs und hielt dann einen bestickten Seidenbeutel in der Hand, der gut zu ihrem cremefarbenen Kleid passte. Veilchenduft schlug ihm entgegen. Über ihren freien Schultern lag ein weiches Baumwolltuch, wobei die Trägerin offensichtlich darauf geachtet hatte, ihr Dekolleté nicht zu verdecken, das eine granatbesetzte Brosche zierte. Leider kamen die glitzernden Steine so ganz ohne Licht nicht zur Geltung. Ihr gescheiteltes Haar war nicht bedeckt, und um die Ohren schaukelte je ein geflochtener Zopf. Ganz so, wie Kohl es bei der jungen Laura gesehen hatte, wobei das Haar hier gebürstet war und seidig glänzte. Er zog den Zylinder.

»Mama, Herr Kohl ist da!«, rief Emma Kühl ins Haus hinein.

»Aber Kind, magst du mir diesen Herrn denn nicht vorstellen?«, erwiderte die Stimme einer älteren Frau, die auch sogleich in ihrem Rücken erschien.

Sie trug ein bequemes, nicht tailliertes Hauskleid und eine rüschenbesetzte Haube, schob ihre Tochter beiseite und watschelte auf den Besucher zu.

»Möchte der Herr Schriftsteller denn nicht für einen Moment hereinkommen?«, lud sie ihn mit einer Armbewegung ein. »Es ist ja zu freundlich, dass Sie meine Emma begleiten, aber der Landvogt und seine Gesellschaft laufen nicht davon. Wohin auch, wir sind schließlich eine Insel.«

Kohl verbeugte sich erneut, sah dann aber Emma Kühl an.

»Ach Mama, das machen wir ein andermal. Herr Kohl hat mir fest versprochen, zum Tee vorbeizukommen. Jetzt ist dazu gewiss keine Zeit«, entschied sie und schritt auf die Gasse.

»Gnädige Frau, ich bin Ihrer Tochter wirklich sehr dankbar, durch sie die Wyker Gesellschaft kennenlernen zu dürfen, und freue mich darauf, Sie in den nächsten Tagen einmal zu besuchen.«

Er wandte sich zum Gehen und holte nach wenigen Schritten Emma Kühl ein, die mit ihm an ihrer Seite sogleich ins Flanieren fiel. Immerhin gab es noch genug Spaziergänger, die ihnen interessiert hinterhersahen. Ihr Weg führte sie ins Innere des Örtchens, an Fassaden vorbei, die wie Schwalbennester aneinanderklebten. Bald bogen sie nach links ein und hielten an einem stattlichen Haus, in dem das Obergeschoss in seiner ganzen Breite erleuchtet war.

Sie betraten eine elegant geschwungene Treppe, und Kohl schlug den Türklopfer. Ein weißhaariger Diener in grauer Livree und mit einem Kandelaber in der Hand öffnete, doch als ein Windstoß ihm in die Lichter fuhr, war er versucht, die Tür vor ihren Nasen wieder zuzuschlagen. Aber er beließ es bei einem mürrischen Blick auf die Neuankömmlinge und wandte sich sogleich ins Hausinnere.

Emma Kühl schaute mit einem amüsierten Gesichtsausdruck zu Kohl, dann folgten beide dem schlurfenden Diener.

Kohl war irritiert. Kein Vorstellen der Gäste, kein Ablegen von Mantel und Hut? Seltsame Sitten schienen das hier zu sein. Sie stiegen auf die Galerie im Obergeschoss, und erst dort, vor der hohen Tür zum Gesellschaftssaal, wandte sich der livrierte Kerl ihnen wieder zu.

»Wenn ich dann mal um die Garderobe bitten dürfte«, nuschelte er und nahm die Kleidungsstücke entgegen. »Und, wem gehören die?«

»Der Zollverwaltertochter Emma Kühl und dem Reiseschriftsteller Johann Kohl«, antwortete Emma Kühl spitz und legte ihr Schultertuch über seinen Arm.

Der Alte hob die Augenbrauen und sah sie prüfend an. »Kühl? Aber der Zollverwalter ist nicht mehr«, wunderte er sich.

»Ja, mein Vater starb vor zwei Jahren. Aber der Herr Landvogt erweist mir weiterhin seine Gunst, und das nicht zum ersten Mal. Herr Kohl hier macht mir die Freude seiner Begleitung.«

Der Diener brummte unwirsch und stieß die Saaltür auf. »Fräulein Kühl, Tochter des verstorbenen Zollverwalters, und ein gewisser Herr Kohl, Schriftsteller vom Festland«, platzte er sogleich in eine Klangwolke aus Pianomusik und Gesprächen.

Vor ihnen lag ein hoher, von drei Kerzenlüstern warm erleuchteter Raum mit weiß getünchten Wänden. Eine Duftwolke aus Bohnerwachs, Lavendel, Haaröl und brennenden Kerzen schlug ihnen entgegen. Die Geräusche in dem kaum möblierten Saal erstarben, und alle Anwesenden schauten zu den Neuzugängen hinüber, als ein Herr in schwarzem Rock und grauer Kniebundhose auf sie zueilte. Weiße Kniestrümpfe betonten seine dünnen, nahezu wadenlosen Beine. Durch die hellen, von der einen zur anderen Seite über die Glatze gelegten Haare wirkte er älter als fünfzig Jahre. Die Unterlippe des auffallend kleinen Mundes stand speichelglänzend hervor.

»Danke, Heinrich, es ist gut«, sprach er zu dem Diener, der auch gleich hinter sich die Tür donnernd ins Schloss fallen ließ. Leise setzte das Piano wieder mit Schubertweisen ein, und die Anwesenden führten ihre Unterhaltungen fort.

»Ein Erbe meines Vorgängers«, entschuldigte sich der Hausherr bei den neuen Gästen und lächelte verlegen. »Ich stehe erst seit gut einem Jahr unserer Inselhälfte vor und habe der Einfachheit halber Personal wie Inventar übernommen.« Er lachte. »Ob der Kerl schon immer so ein Querkopf war? Zuweilen denke ich, dass sich die Friesen überhaupt nicht als dienende Geister eignen. Zu viel Freiheitswillen und Drang nach Unabhängigkeit, zu viel Gewissheit über die Gleichheit unter den Menschen. Sind im Kopf eben immer noch Matrosen, im Sturm aufeinander angewiesen. Aber wenn ich mich Ihnen vorstellen dürfte, Dorrien, ich bin der Landvogt von Osterlandföhr und Ihr Gastgeber.«

Emma Kühl knickste, und Kohl und Dorrien verbeugten sich voreinander.

»Ma chère amie, wie schön Sie zu sehen!«, rief eine magere Dame in hellgrünem Kleid, ein seidenes Band im Haar und stürzte auf Emma Kühl zu, nicht ohne einen erkennbar neugierigen Blick auf Kohl zu werfen.

»Meine Frau«, stellte Dorrien die Dame vor. »Und dies hier, meine Liebe, ist Herr Johann Georg Kohl, seines Zeichens Reiseschriftsteller. Ja, mein Herr, ich bin bereits im Bilde.«

Er lächelte den überraschten Kohl an und deutete mit dem

Kopf auf den Apotheker Leisner, der mit anderen Herren ins Gespräch vertieft war. Die Damen der Gesellschaft hatten sich um das Piano versammelt und kommentierten leise das Spiel. Zwei mit gelber Seide bespannte Kanapees je zur Rechten und zur Linken des Raumes blieben unbesetzt.

»Hieronymus, also wirklich, was haben wir dieses Jahr für ein Glück«, freute sich Madame Dorrien. »Gleich zwei Menschen der schreibenden Zunft in unserem Haus.«

Sie trat auf Kohl zu, legte vertraulich ihre Hand auf seinen Arm und wies auf die Dame am Piano. Deren dunkles Kleid zierte ein breiter Spitzenkragen, an den Schläfen hingen schwere Locken, und das gescheitelte Haar mündete in einem geflochtenen Knoten. Entgegen der üblichen Mode war ihre Haut von gesunder Bräune.

»Madame von Wolf«, raunte sie. »Aber das ist nicht ihr wirklicher Name, den verschweigt sie uns. In der Welt der Literatur erscheint sie geheimnisvoll als Frau von W. Kennen Sie vielleicht ihre Werke ›Herz und Weltsinn‹ oder ›Lebensglück und Liebesglück‹?«

Kohl sah sie irritiert an. »Nein«, meinte er trocken.

Sie seufzte. »Ihre Worte sind so wundervoll zartsinnig, so voller Gefühl für das echte Leben. Die übrigen Damen werde ich Ihnen im Laufe des Abends vorstellen. Und Sie, was für Stücke verfassen Sie?«

Kohl fühlte sich von Madame Dorrien herausfordernd gemustert. »Meine Dame, ich fühle mich ganz und gar der Wahrheit verpflichtet und beschreibe unsere Welt so, wie ich sie auf meinen Reisen erlebe.«

»Aber dazu muss Herr Kohl erst mal etwas über unsere Insel erfahren«, mischte sich Emma Kühl ein. »Wie gelegen kommt da diese schreckliche Bluttat jenseits der Grenze. Ein rätselhaftes Verbrechen, ein bedauernswertes Opfer, ein Menschenfresser im Gefängnis. Die rechten Zutaten für ein großes Drama.«

»Wie dem auch sei, zuerst sollte ich unserem Gast einige der anwesenden Herren vorstellen«, sagte Dorrien bestimmt und führte Kohl am Ellenbogen von den beiden Frauen fort auf eine Gruppe zusammenstehender Männer zu.

»›Herz und Weltsinn‹, das ist eher etwas für die Damenwelt«, spottete er leise. »Die Frauenschar wird Sie noch zuschnattern mit derlei romantischen Träumereien. Aber, ich muss zugeben, Madame von Wolf hat ein durchaus geheimnisvolles Wesen und bereichert jede Abendgesellschaft.«

Dorrien und Kohl gingen auf die in Gespräche vertieften Männer zu. »Darf ich bekannt machen: der bereits avisierte Schriftsteller Kohl; Wohlgeboren Trojel, Landvogt von Westerlandföhr; Consul und Werftbesitzer Schilling; Pastor Stedesand, Herrn Leisner kennen Sie ja bereits. Der Armenvorsteher von St. Johannis, Herr Hassold, und nicht zu vergessen Dr. Eckhoff, Bade- und Landschaftsarzt für Osterlandföhr.«

Er holte tief Luft und sagte: »Natürlich, mein lieber Kohl, ist dies nicht die ganze Gesellschaft des Fleckens Wyk, zumal wir ja auch ausgezeichnete Herren des anderen Inselteils begrüßen dürfen. Selbstverständlich hat die Insel weit mehr hervorragende Männer zu bieten.«

Kohl verbeugte sich vor der Gruppe und war durchaus dankbar, nicht noch mehr Namen hören zu müssen, ihm schwirrte der Kopf. Er nahm sich vor, alle Angaben gleich zu notieren. Unauffällig schnupperte er in der Nähe Herrn Leisners nach der seltsamen Mischung stechender und würziger Gerüche, die der Apotheker bisher verströmt hatte. Und tatsächlich lagen sie in der Luft, aber diesmal überlagert vom Duft edlen Sandelholzes. Kein Zweifel, dieser Leisner wusste dem Anlass gemäß die richtige Essenz zu wählen.

Für einen Augenblick wurde die Runde durch Heinrich gestört, der auf einem Tablett Gläser mit Moselwein und Burgunder kredenzte. Stedesand lachte auf, als er das Gesicht des alten Mannes sah.

»Mensch, Heinrich, man möchte denken, dass du uns gleich beißt, wenn wir etwas von deinen Erfrischungen nehmen. Du scheinst die Gläser zu bewachen wie Cerberus die Pforten zur Hölle.«

»Ne, Herr Pastor, so schlimm ist das nicht. Ich weiß eben nur, wer hinterher alles wieder wegräumen darf. Und ganz sicher hatte der Hund bessere Zähne als ich. Hatte er nicht auch drei Köpfe? Mir reicht einer. Wie drei würde er sich anfühlen, wenn ich alle Reste trinken müsste.«

Die Herren lachten, und Dorrien nahm seinem verdutzten Diener das Tablett ab, um es ihm hinzuhalten.

»Weiß oder rot, Heinrich? Auf Reste soll hier niemand angewiesen sein. Trotzdem muss jeder auch dort wirken, wo der Herrgott ihn hingestellt hat.«

Heinrich kniff ein Auge zu und sah Dorrien mit dem anderen streng an. »Der Herrgott, soso. Na, dann will ich mal nicht so sein.« Damit griff er nach einem Glas Weißwein, leerte es, ohne abzusetzen, und nahm seinem Herrn das Tablett wieder aus den Händen. »Hat der Herrgott dann auch den Mörder vom jungen Martens so hingestellt?« Ohne auf eine Antwort zu warten, schlurfte er mit den Getränken hinüber zu den Damen am Piano.

Ein Moment des Schweigens senkte sich über die Gruppe, und Dorrien schaute Heinrich in Gedanken nach. »Natürlich werden gleich noch ein paar Speisen aufgetragen, bei denen Sie sich bitte zwanglos bedienen«, erklärte er mit dünner Stimme und war erkennbar versucht, das schreckliche Thema nicht zu vertiefen.

»Grauenhafte Sache«, begann dann aber doch Stedesand, und der Armenvorsteher der Gemeinde St. Johannis nickte bedeutsam.

»Die Mutter des Opfers wird nun gewiss zum Pflegefall«, prophezeite er. »Es bleibt die offene Frage, wer denn die Kosten für ihre Einweisung in die Anstalt nach Århus bezahlt. Westerland, auf dessen Grund das Dorf Goting liegt, oder die Kirchengemeinde St. Johannis von Osterland? Denn kirchlicherseits gehört Goting ja dorthin.«

Trojel räusperte sich ungehalten. »Wie hartleibig ihr Osterländer seid«, schimpfte er in seinem dänisch gefärbten Deutsch. »Kein Wunder, dass bereits die Altvorderen keine Hügelgräber auf eurem Grund gebaut haben. Das fällt auf, nicht wahr? Als hätten die Menschen den kalten Geschäftssinn Osterlands schon vor Jahrtausenden gespürt.«

Er erwartete keine Antwort, nahm aber einen kräftigen Schluck aus seinem Glas, bevor er weiterredete: »Sollten wir uns dieser Tage nicht zuerst darum kümmern, dass der Mörder seiner gerechten Strafe zugeführt wird? Immerhin sieht das Ganze nach einem heidnischen Ritualmord aus, wie mir mein Landarzt berichtet hat. Dr. Eckhoff, waren Sie nicht auch bei der Obduktion dabei?«

Die umstehenden Herren wirkten auf einen Schlag wie elektrisiert. Alle Augen lagen auf dem Arzt, der an diesem Abend gefälligsten Erscheinung. Der nippte an seinem Glas und sammelte sich kurz.

»Wir fanden rostiges Metall in der Wunde am Kopf, ein Hämatom an der Gurgel des Jungen und eben dies hier. Ich habe es abgezeichnet.«

Er zog ein gefaltetes Blatt Papier aus der Innentasche seines Rocks hervor, schwenkte es hin und her und übergab es mit triumphierendem Gesichtsausdruck Trojel. Der faltete es auf und nickte, dann reichte er es an die Umstehenden weiter.

Sein Osterländer Amtsbruder Dorrien schnappte danach und sah Dr. Eckhoff empört an. »Was bitte soll das sein? Ich erkenne hier kindische Krakeleien. Eine Sonne, Wellen, ein Kreuz und eine Spirale. Und das soll auf einen Ritualmord hindeuten? Wann wollten Sie mir das zeigen? Erklären Sie sich bitte!«

Dr. Eckhoff fuhr mit dem Finger hinter sein Halstuch. Schweiß stand auf seiner Stirn. »Euer Wohlgeboren«, begann er mit einem krächzenden Ton, der sich aber schnell verflüchtigte, »diese Hautritzungen fanden wir an den Unterarmen und den Waden des Toten. Jeweils eine.«

»Natürlich jeweils eine!«, schimpfte Dorrien. »Vier Extremitäten, vier Symbole.«

»Ich habe sie festgehalten, um sie den Akten beizufügen, wenn der Obduktionsbericht meines Kollegen aus Nieblum eintrifft. Und bis jetzt hatte sich keine Gelegenheit ergeben, Euer Wohlgeboren ins Bild zu setzen.«

»Ja, ja, der Amtsschimmel und die Badewelt, ich weiß schon. Schöne Gründe sind das.«

Dorrien reichte Kohl das Blatt, der es begierig entgegennahm und die Zeichnungen studierte. Sie bestanden aus einem dünnen Strich und hatten weiter nichts Künstlerisches an sich.

»Und die soll ein Mann der Südsee an dem toten Körper angebracht haben? Aus rituellen Gründen?« Er schüttelte den Kopf.

Wieder erinnerte er sich der dicken Folianten in der Bremer Bibliothek, in der er als Junge seinen Hunger nach der weiten Welt gestillt hatte.

»Das hier, meine Herren, und wir dürfen zweifellos von der korrekten Wiedergabe ausgehen, sind keine in der Südsee gebräuchlichen Zeichen. Die sind insgesamt kringeliger, phantasievoller, ausdrucksstärker und zeigen gewöhnlich Vögel, geometrische Figuren oder Götter.« Kohl war ganz in seinem Element und erhob seine Stimme. »Denken Sie bitte an die Kinntätowierung des Gefangenen, auf die ich heute Morgen nur einen kurzen Blick werfen konnte. Selbst diese kleine Hautzeichnung hat mehr, ja wie soll man das sagen, mehr Leben.«

Er sah in fragende und zweifelnde Gesichter. »Das hier, meine Herren, entspricht eher unserem Kulturraum, genauer gesagt der Bronzezeit. Moorleichen hat man solchermaßen gezeichnet gefunden.«

»Ah, c'est terrible!«, schimpfte Madame Dorrien, schob die Herren beiseite und stellte sich vor ihren Mann. »Hieronymus, wie könnt ihr Männer an so einem reizenden Abend von Leichen und dergleichen garstigem Zeug reden. Und dabei ist noch nicht einmal das Essen aufgetragen. Unser Gast vom Festland muss uns ja für gänzlich verwildert halten. Noch dazu, wo wir bald zu Höherem –«

Dorrien schnitt seiner Frau mit strenger Miene und einer Kopfbewegung das Wort ab. Die derart Getadelte drehte sich abrupt weg und verließ mit einem beleidigten »Dann will ich mal nach dem Büfett sehen« den Raum.

»Dürfte ich auch einmal ein Auge auf das Blatt werfen«, erklang die bisher ungehörte, überraschend dunkle Stimme der Pianistin.

Niemandem war aufgefallen, dass die Musik seit Längerem verklungen war. Die Herren drehten sich zu ihr um, und Frau von Wolf blies den Rauch eines Zigarillos, den sie in der Hand hielt, gegen die Decke. Scharf musterte sie Kohl, griff nach dem Blatt und studierte die Symbole. Verächtlich verzog sie den Mund.

»Und woher nehmen Sie Ihre Expertise?«, richtete sie ihre Frage an Kohl. »Moorleichen und Bronzezeit, du liebe Güte, was für eine Phantasie. Warum nicht gleich der Geheimcode einer Bruderschaft oder eine Schatzkarte auf Menschenhaut?« Sie schnaubte verächtlich. »Die Zickzacklinien stehen für die See, das Kreuz für eine Kirche, die volle Sonne steht im mittäglichen Zenit, und der Kringel, ja den würde ich als Hügelgrab lesen. Also: des Mittags gut zu sehen ein Hügelgrab in der Nähe von Kirche und See. Da ließe sich gewiss etwas mit anfangen hier auf der Insel, meinen Sie nicht?«

Mit hochgezogenen Augenbrauen und einem Lächeln schaute sie in die verblüfften Gesichter. »Kennen Sie Alexandre Dumas' ›Graf von Monte Christo‹?«, wandte sie sich wieder an Kohl. »Der Roman ist letztes Jahr erschienen und reich an Verstrickungen und Geheimnissen. Zwar geht es da nicht um Schatzkarten auf Menschenhaut, aber für die Phantasie ist er eine gute Schule.«

Kohl wusste nicht so recht, was er von ihrer Rede halten sollte. Noch bevor er näher darüber nachdenken konnte, fuhr sie fort: »Nun ja, aber zurück zu Ihrer Theorie. Waren Sie überhaupt schon einmal in der Südsee? Zweifelsohne werden Sie für Ihre Reiseschnurren weit umherreisen, aber so weit? Und selbst wenn diese Zeichen wirklich nicht aus der Südsee stammen, erkennen Sie denn nicht, dass dieser Wilde uns zum Narren hält?«

Diese Frage richtete sie an die anwesenden Herren, gab Dr. Eckhoff das Papier zurück und lächelte Leisner kokett an. Mit wiegendem Gang stolzierte sie zurück zum Piano und schlug in die Tasten. Laut ertönte ein Stück Verdi-Oper.

Trojel sah zu ihr hinüber und brummte ungehalten.

»Schatzkarte auf Menschenhaut, nicht wahr, Uns Werth«, sprach Stedesand leise, »welch ein Segen, den Flecken Wyk und seine Badewelt fern unserer Westerländer Friesendörfer zu wissen.«

»Gerade denke ich an die Schwester des ermordeten Jungen«, murmelte Leisner wie zu sich selbst und nippte an seinem Glas. »Ein reizendes Mädchen, bescheiden und immer in Sorge um ihre Mutter. Sie kommt oft, um Medizin zu holen, wenn die Familie es sich leisten kann. Wie ungerecht das Schicksal ist. Die einen werden oft geschlagen, die anderen dafür ihr Leben lang verschont«, seufzte er und blickte in die betretenen Gesichter der Umstehenden.

Unter erneutem Aufschlagen der Tür schritt der Diener Heinrich mit einer ersten Platte angerichteter Speisen in den Saal. Ihm folgte ein junger Mann mit weiteren Gerichten. Überrascht hob Kohl die Augenbrauen, denn es war der junge Gepäckträger vom Hafen, der sich also auch im Haushalt des Landvogtes noch etwas hinzuverdiente. Nach und nach trugen die beiden Bediensteten Schüsseln und Platten voller Köstlichkeiten zu einem breiten Tisch an der Wand, auf dem bereits cremefarbene Porzellanteller, Kristallgläser und Silberbesteck warteten. Die Abendgesellschaft näherte sich neugierig wie auch hungrig dem verlockenden Angebot, wagte aber nicht, die kalte Tafel zu stürmen.

Kohl überlegte, ob er den jungen Hilfsdiener zu Ingwer

Martens befragen sollte. Die beiden könnten im gleichen Alter sein, gewiss konnte er etwas über Freunde und den Charakter des Toten erfahren. Doch dann zupfte ihn jemand am Arm und riss ihn so aus seinen Gedanken.

»Wissen Sie, was mir eben erst die Frau Landvogt anvertraut hat?«, flüsterte Emma Kühl und lächelte verschwörerisch.

Kohl zuckte die Schultern. Dieser Hausfrauentratsch war ihm gerade ganz einerlei.

»König Christian wird den Landvogt in wenigen Tagen in den dänischen Adelsstand erheben! *Von* Dorrien, wie das klingt. Aber noch ist es geheim, und unser Gastgeber mag den Fisch nicht eher verteilen, als er ihn an der Angel hat.«

»Geheim, soso, na, das scheint ja ganz wunderbar zu klappen«, antwortete Kohl und verzog den Mund. »Hauptsache, da kommt ihm jetzt kein ungeklärter Mord dazwischen. So was macht sich nicht so gut. Nun, wie dem auch sei, dann wollen wir uns mal den Speisen widmen.«

Ohne Emma Kühl weiter zu beachten, trat er an die Gerichte heran. Nichts davon ließ Missernten oder hungernde Landleute erahnen, Madame Dorrien hatte aus dem Vollen geschöpft. Kohl sah fein aufgeschnitten Hasenbraten und Endiviensalat mit harten Eiern, Gänseleberpastete, übersülzten Aal, Scheiben von Pökelzunge und Schinken, überstreut mit gehacktem Aspik, Radieschen und Schalen mit Dünstobst, Weizenbrötchen und Pumpernickel sowie Butter und Käse. Verziert waren die Speisen mit Petersilie, Schnittlauch, Kapern und Tomaten.

Sein Magen knurrte, und noch bevor Dorrien die erlösenden Worte sprach, rückten die anderen Gäste Kohl so nah in den Rücken, dass er sich bedrängt fühlte. Endlich schlug der Gastgeber mit einem Löffel an sein Kristallglas und verkündete: »Meine Damen und Herren, die Tafel ist eröffnet. Ich hoffe, dass meine Gattin Ihren Geschmack getroffen hat. Auf die weltberühmte Föhrer Kriekente haben wir heute verzichtet, eine Delikatesse wie diese werden Sie als Einheimische zur Genüge kennen, und so wollen wir sie den feinen Zungen der

New Yorker Gourmets überlassen. Ihnen wünsche ich wohl zu speisen.«

Im selben Moment schossen zahlreiche, mit Manschetten oder Armreifen und Ringen verzierte Hände an Kohl vorbei und füllten sich die Teller auf. Für diesen Augenblick der Fressgier waren Benimm und gesellschaftlicher Stand vergessen. Jeder schien nach der Devise zu verfahren: Was man hat, das hat man. Sehr schnell erinnerten die vormals kunstvoll angerichteten, nun auseinandergerissenen und zermatschten Gerichte an eine zerpflügte Wildschweinsuhle.

Kohl bediente sich trotzdem nicht weniger üppig und sah sich anschließend nach einem Sitzplatz um. Inzwischen aber belegten die Damen die beiden Kanapees, und die Herren jonglierten mit Glas, Teller und Besteck im Stehen. Kohl überlegte, ob er sich einer der Gruppen nähern sollte, entschied sich dann aber für eine beobachtende Position im Raum.

Den Wortfetzen zufolge, die ihm zuflogen, erörterten die Damen die geheime Nachricht von der Erhebung in den Adelsstand und musterten das Gastgeberpaar dahingehend, ob es in der neuen Bedeutung eine gute Figur machen würde. Die Herren dagegen ließen sich über die fehlende Moral und die freizügigen Sitten der Naturvölker in der südlichen Hemisphäre aus. Hier und da meinte Kohl auch so etwas wie wohligen Neid herauszuhören. Nach und nach leerten sich die Teller, und die bis dahin in Geschlechter getrennte Gesellschaft vermischte sich.

Durch den Wein und die angeschlagenen Pianosaiten beschwingt, erreichte der Geräuschpegel im Raum einen neuen Höchststand. Während Kohl noch an einem letzten Bissen Hasenbraten kaute, sah er, wie sich ein Herr mit fleischigem Nacken, das blonde Haar modisch nach vorne gekämmt, zu Frau von Wolf gesellte, die das Piano spielte. Das war Consul Schilling, erinnerte er sich, der Wyker Werftbesitzer. Hin und wieder beugte er sich über die Pianistin und blätterte ihr die Notenseiten um, wobei sein breiter Backenbart beinahe ihr

Gesicht berührte. Wie unbeabsichtigt strich er ihr dabei jedes Mal mit der Hand über den Nacken. Derweil saß seine Gattin mit einer Spitzenhaube und in einem kaum taillierten Samtkleid unter den anderen Damen auf dem Kanapee und widmete sich wiederholt dem Nachschlag. Zwischen einzelnen Bissen schielte sie zu ihrem Gatten hinüber, schnaufte verächtlich und kaute weiter. In den Falten ihres kurzen Halses rann der Schweiß, an dem Getuschel ihrer Nachbarinnen nahm sie nicht teil.

Was für ein interessanter Abend, dachte Kohl lächelnd und stellte seinen Teller ab. Nachdem Heinrich ihm sein Glas Mosel wieder aufgefüllt hatte, gesellte er sich zu den übrigen Herren.

»Der Junge hatte irgendetwas sehr Rostiges in der Hand und ist vielleicht damit auch erschlagen worden«, berichtete Dr. Eckhoff. »Es sah alles nach Kampf aus. Eine merkwürdige Sache. Denn wer benutzt ein dermaßen verrottetes Werkzeug, das bei der Benutzung zerbricht und zerbröselt? Bei keinem Bauern, Schmied, Metzger oder wem auch immer werden wir so etwas finden.«

»Aber vielleicht bei dem, was uns die Altvorderen in der Erde zurückließen«, antwortete Stedesand. »Der Hinweis unserer selbstbewussten Pianistin auf ein Hügelgrab war möglicherweise gar nicht so verkehrt. Ich selbst besitze einige Fundstücke aus brüchigem, rostigem Eisen und schadhafter Bronze, die unsere Bauern beim Pflügen gefunden haben. Nichts Wertvolles, aber eine Messerklinge ist schon darunter. Sie besteht nur noch aus Rost und droht zu zerbrechen, wenn man sie länger ansieht. Aber die Lembecksburg ist kein Hügelgrab, Grabbeigaben wird man dort nicht finden.«

»Nein, der Ort ist eine Wehranlage aus den Zeiten der Wikinger oder dem Mittelalter«, wusste Dorrien zu berichten und lächelte. »Vielleicht hat Ritter Lembeck sein Schwert dort versteckt, das nun zur Tatwaffe wurde. Was für ein romantischer Gedanke und doch so absurd.«

Die Herren lachten leise.

»Wikinger, Schwerter, damit sind wir nun in die Welt der umnachteten Keike Martens geraten«, erklärte Stedesand kopfschüttelnd. »Sie will ja am Abend einen Schwertkampf gesehen haben, bevor man dort ihren Sohn gefunden hat. Bemitleidenswert. Und es gab wirklich gar keine anderen Spuren?«

»Die Erde dort war seltsam zerwühlt, die Grasnarbe aufgerissen. Ich habe ja heute früh den Tatort besichtigt«, antwortete Trojel. »Wurde Pana gar dabei gestört, wie er sein Opfer vergraben wollte?« Er sah Dorrien fragend an, der die Schultern zuckte.

»Pana Nancy Schoones – so lautet ja der offizielle Name des Arrestanten, seit er vor sechzehn Jahren als junger Mann unsere Insel betrat – hatte bei seiner Festnahme keinerlei Werkzeug bei sich. Und weggeworfen hat er auf seiner Flucht auch nichts, sagt der Bauer, der ihn verfolgte.«

Die Erde war aufgebrochen wie von Wildschweinen, erinnerte Kohl sich an die Todesstelle. Der Gedanke, dass dort jemand einen Körper vergraben wollte, war abwegig.

»Da waren bloß noch Krümel von Siegellack in der Hosentasche des Toten. Etwas davon war auch unter seinen Fingernägeln«, fuhr Dr. Eckhoff mit seinem Bericht über die Leichenschau fort. »Aber hat so etwas überhaupt mit der Tat zu tun?«

»Was denn für Siegellack?«, schloss sich nun Consul Schilling mit seiner tiefen Stimme dem Gespräch an.

Er schien der Handreichungen gegenüber der Pianistin überdrüssig, folgerte Kohl, zumal er sich ihr in Gesellschaft nicht weiter nähern konnte.

»Der Junge wird gewiss irgendetwas sauber gekratzt haben und wollte die Reste wieder einschmelzen. Ist das nicht in vielen Haushalten üblich? Keine große Sache, will mir scheinen.«

»Das wird die Erklärung sein«, antwortete Dr. Eckhoff. »Jedenfalls war es kein billiger Siegellack, sondern einer von leuchtendem Rot und mit einem schönen Glanz.«

»Tja, leider sind Krümel wenig hilfreich«, brummte der Consul. »Die Siegel werden sowieso überschätzt. Ich persönlich signiere meine Korrespondenz mit meinem Namen erst nach dem Lack, eine Marotte. Denn ist die eigene Handschrift nicht der höchste Ausdruck unserer Individualität?«

Er lächelte selbstzufrieden und wandte sich wieder der Pianistin zu, der sich inzwischen Leisner zugesellt hatte, der lässig am Piano lehnte.

Kohl sah ihm irritiert hinterher. Wie konnte jemand noch einen Brief signieren, wenn er ihn mit Siegellack verschlossen hatte? Oder unterschrieb dieser Consul außen auf dem Umschlag? Das wäre ja ein äußerst kurioses Verhalten. Aber dieser Herr schien sich ohnehin wenig an den allgemeinen Sitten zu orientieren.

»Ist Madame von Wolf ohne männliche Begleitung auf der Insel?«, erkundigte Kohl sich leise bei Dorrien, der ihn vielsagend anblickte.

»Eine erfolgreiche Schriftstellerin, Meisterin im Beschreiben zarter Gefühle und romantischer Verstrickungen, Zigarilloraucherin und passable Pianistin, bekannt mit der geistigen Welt und den Adelshäusern, hat unseren starken Arm nicht nötig«, meinte er in spöttischem Ton. »Und was die bürgerliche Moral angeht, so scheint sie mir darüber erhaben. Aber was können wir anderes erwarten von kreativen Geistern, die die Untiefen der menschlichen Seele ausloten.«

»Und doch sind wir alle den gleichen Gesetzen von Maß und Mitte unterworfen«, mischte sich Stedesand ein. »Niemand sollte sich über Gottes Ordnung hinwegsetzen.«

Für einen Moment schwiegen die Herren, wenige nickten. Als Kohl dann aus dem Augenwinkel Emma Kühl wahrnahm, die durch den Raum auf ihn zusteuerte, wandte er sich wie beiläufig um und verließ den Saal. Es war so viel, dessen er sich erinnern wollte, da fehlte ihm für ihr Geschwätz die Geduld.

Wo nur konnte er seinen Mantel mit dem Notizbuch finden, überlegte er und schritt langsam die Galerie entlang. Am Ende fand er einen mit einem Öllicht beleuchteten kleinen Raum, der als Garderobe diente. Über zwei schmalen Tischen lag die

Oberbekleidung der Gäste mit den jeweils dazugehörenden Hüten, Schirmen und Gehstöcken obenauf. Bald erkannte er seinen Mantel und wühlte in der Tasche nach seinem Notizbuch, als ihn die Laute eines unterdrückten Gesprächs aufhorchen ließen. Leise trat er aus dem Garderobenraum auf die Treppe und horchte. Die verhaltenen Stimmen des Dieners Heinrich und des jungen Gepäckträgers kamen von unten.

»Gleich mit dem Irrenhaus zu kommen, wo Keikes Sohn gerade erschlagen auf dem Tisch des Doktors liegt, das ist unchristlich. Martin, das kannst du deinem Vater ruhig sagen«, schimpfte der alte Diener. »Als Armenvorstand muss man etwas mehr Mitgefühl aufbringen. Immerhin ist die Familie Martens nicht aus eigener Schuld Kostgänger eurer Gemeinde. Wenn Ingwer bloß seine Schule gemacht hätte. Nun wird jemand anderes mit Hansens Empfehlung ein Steuermann.«

»Aber mein Vater ist kein Unhold«, ereiferte sich Martin. Seine junge, kaum gefestigte Stimme überschlug sich dabei. »Hat er nicht dafür gesorgt, dass Ingwer einen Verding bekam? Ingwer hat es großartig gefunden, beim Werftbesitzer zu arbeiten, und sich sonst was davon erhofft. Schließlich wollte er ja Steuermann werden, und Schilling kennt all die Reeder.«

»Ja«, meinte Heinrich gedehnt.

»Na, und die Laura konnte in anderen Häusern etwas dazuverdienen. Auch dafür hat mein Vater gesorgt. Die Familie liegt ihm auf dem Magen, seitdem die See Krino Martens behalten hat. De Spöök ist jetzt mal mehr, mal weniger irre, wer soll sich um sie kümmern? Die Laura kann ihre Mutter nicht wirklich umsorgen oder kontrollieren. Willst *du* die Frau aufnehmen? Na siehst du.«

»Hast ja recht, Martin. Aber ob der Consul sich überhaupt für ihn verwendet hätte? Man sieht ihn in letzter Zeit häufig über die Insel fahren, vorwiegend an den Deichen und in den entlegenen Gegenden der Marsch, auch drüben auf Westerlandföhr. Ständig soll er sich Notizen machen. Ich glaube, der hätte keinen Sinn für den Lebenstraum eines Lohndieners. Dem schwebt noch mehr Profit vor, vielleicht plant er noch eine Werft oder eine andere Art von Fabrik.«

Ein schriller Ausruf ließ Kohl im Treppenhaus zusammenzucken.

»Da ist ja der Herr Autor!«, rief Madame Dorrien mit heller Stimme und eilte auf ihn zu. »Monsieur, die Damenwelt vermisst Sie schmerzlich. Auch Madame von Wolf.«

»Tatsächlich, sind Sie sicher? Will sie mich nun zum Nachtisch verspeisen? Ich war gerade draußen, um etwas zu suchen.«

»Gewiss, gewiss, gehen Sie nur hinein. Und für den Nachtisch werden wir etwas anderes finden, so süß scheinen Sie mir gar nicht zu sein«, flötete Madame Dorrien und stieg die Treppe hinunter.

Kohl zögerte, trat dann in die schummrige Garderobe und notierte sich all die Besonderheiten, die ihm heute aufgefallen waren. Je mehr er beobachtete und erfuhr, desto zahlloser wurden die Fragen.

So ging er zurück in den Saal und geriet auch gleich an Emma Kühl, die ihre Arme um den seinen legte. Wie die Scheren eines Taschenkrebses, fand er und widerstand dem Impuls, sich zu lösen.

»Ja, ja, die Schriftsteller und die holde Weiblichkeit«, spottete Consul Schilling, der sich vom Piano gelöst hatte und auf Emma Kühls Dekolleté starrte.

Ganz sicher interessiert sich dieser Stiernacken nicht für ihre Granatbrosche, dachte Kohl.

»Ach bitte, Herr Consul, verzeihen Sie meine Neugier, aber was versteckt sich hinter Ihrem Titel?«, lenkte er Schillings Aufmerksamkeit auf sich.

Der warf sich in die Brust und grinste. »Die Preußen, mein lieber Kohl, so einfach. Seit einem Jahr vertrete ich deren Interessen in Dänemark und habe ein Auge auf den Handel und die Schifffahrt zwischen den beiden Ländern. Schließlich will man in Berlin die billige Einhaltung der Abkommen, der reibungslose Warenverkehr ist wichtig. Hier und da strecke ich auch einem Schiffbrüchigen jenes Landes etwas vor oder verfasse Berichte. Leider, leider ist das Ministerium da unerbittlich, und so nimmt der Papierkram ständig zu.«

Er nahm einen tiefen Schluck von seinem Burgunder und wippte auf den Zehen.

»Und die offiziellen Briefe in dieser Funktion siegeln und signieren Sie vor oder auf dem Umschlag? Entschuldigen Sie, dass ich so beharrlich frage, aber ihre Ausführung zum Siegeln vorhin war für mich unverständlich.«

»Ganz recht, lieber Kohl, ein Siegel neben die Unterschrift, das andere sichert den Umschlag. Doppelte Legitimation für die Herren Minister.«

»Und eine Werft besitzen Sie auch noch«, staunte Kohl und dachte noch über das Gehörte nach. »Da müssen Sie ja ein ungemein beschäftigter Mann sein. Und wichtig für die Insel.«

Der Consul lächelte jovial und nickte Kohl zu.

»Und er hat König Christian ein Haus zur Verfügung gestellt, als Sommerresidenz«, wusste Emma Kühl, die immer noch an Kohls Arm hing. »Wer weiß, ob Seine Majestät nicht längst unseres Eilandes überdrüssig geworden wäre, wenn der Herr Consul ihm nicht so ein schönes Quartier bereitet hätte.«

Schilling hörte diese Worte sichtbar gern, aber sein unsteter Blick beruhigte sich erst, als er sich erneut auf die Pianistin legte.

Nach seiner Frau hatte er sich nicht einmal umgeschaut, stellte Kohl fest. »Dann werden Sie gewiss auch einiges an Hauspersonal und Arbeitern beschäftigen«, überlegte er laut. »Ich habe gehört, dass der erschlagene Ingwer bei Ihnen ein Zubrot verdienen durfte.«

Emma Kühl sah überrascht zu Kohl, dann zum Consul hin.

Langsam drehte der sein Gesicht Kohl zu, die Miene war ausdruckslos. »Wie? Wen soll ich beschäftigt haben? Die ganzen Handlanger, denen ich Brot und Lohn gebe, kenne ich doch nicht beim Namen. Wo denken Sie hin? Für diesen Umgang habe ich Leute. Als Werftbesitzer schaue ich nach den großen

Entwürfen und nicht nach den Sägespänen. Und im Übrigen, wenn ich den armen Jungen vor seinem Tod beschäftigt hätte, was würde uns das sagen? Dass ich ein mitfühlendes Herz habe.« Er verzog den Mund zu einem Strich, hob sein Glas und schritt auf das Piano zu.

»Und er schreibt sich mit der preußischen Regierung«, betonte Emma Kühl.

Kohl verdrehte die Augen und suchte verzweifelt nach einem intelligenten Gesprächspartner, dieser Dame musste er entkommen. Da betrat Dorrien den Saal, sein Verschwinden war niemandem aufgefallen. Dabei machte er nun ein so besorgtes Gesicht und ließ seine Schultern dermaßen hängen, dass die Umstehenden auf ihn aufmerksam wurden. War etwas mit dem Nachtisch nicht in Ordnung, auf den sich alle freuten?

Kohl ging auf ihn zu, denn er hatte sich noch etwas vorgenommen. »Euer Wohlgeboren, wenn ich Sie an diesem reizenden Abend mit einer dienstlichen Bitte behelligen dürfte? Mir ist der Gedanke gekommen, dass es für die Dokumentation der Bluttat und die Geschichte der Insel von Vorteil wäre, wenn ein unabhängiger Geist, ein Mann der Feder wie ich, den gefangenen Südseemann zu seiner Tat befragen könnte. Da er sich in Ihrer Obhut befindet, bitte ich Sie, Uns Werth, um diese Gelegenheit.«

Kohl deutete eine Verbeugung an und schaute erwartungsvoll in das bleiche Gesicht Dorriens. Die speichelnasse Unterlippe des Landvogts zitterte, Schweiß stand auf seiner Stirn. Sein Blick schwenkte über die Abendgesellschaft, dann räusperte er sich.

»Nun, Herr Kohl, das ist ein durchaus passender Gedanke. Leider kommt er etwas spät. Die Dinge entwickeln sich überaus ungünstig, Pana Nancy Schoones ist aus dem Gefängnis zu Wyk entflohen.«

TAGWERK UND SCHMALZKRINGEL

Im fahlen Licht der Morgensonne verflüchtigten sich die Nebelschwaden über den Weiden. Die Herbstkühle hatte sich in den Räumen der Kate festgesetzt, und so stieg Mariane fröstelnd aus ihrem Alkoven.

Noch bevor sie einen Handschlag im Haushalt tat, melkte sie in dem niedrigen Stall, der sich an ihr Haus anschloss, die Ziegen. Der warme Dunst der Tiere, das lebendige Zucken ihrer Ohren und ihr Meckern trösteten sie. Die bedrückenden Gefühle, die auf ihr lasteten, verflogen. Sie trug den Eimer in den fensterlosen, besonders kühlen Raum am Hintereingang neben der Küche, goss von der Milch etwas in eine Tonschale und deckte den Rest mit einem Tuch ab. Die Verarbeitung musste warten. Die Schale stellte sie auf den kleinen Tisch unter dem Küchenfenster und legte den letzten Kanten grauen Brotes daneben. An der Herdstelle schob sie die Strünke einiger Heidepflanzen zusammen, schlug Funken, und bald züngelte die erste Flamme. Aus einer Kiste am Boden griff sie zwei aus Schafdung und Stroh gepresste Briketts und legte sie vorsichtig ins Feuer, das kaum ausreichte, Takenplatte und Stube zu erwärmen. Sie stellte einen eisernen Dreifuß in die Glut und darauf den Wasserkessel. Mit der Handmühle mahlte sie einige Bohnen Kaffee und schüttete das Mehl in eine Kanne. Kaum hatte sie es mit dem heißen Wasser übergossen, saß sie in ein dickes, warmes Tuch gehüllt neben dem Herd und nippte an dem belebenden Getränk. Brot und Milch rührte sie nicht an. Ihr leerer Blick ruhte auf den verglühenden Klumpen unter dem Kessel, ihre Gedanken aber lagen auf dem traurigen Gesicht von Laura bei der Lembecksburg.

Sie hatte das Mädchen belogen und war gewiss, dass die Frau in der Kutsche nach Wyk gehörte. Aber hatte diese Dame etwas Verdächtiges gesehen? Und sollte die arme Laura unter den feinen Leuten im Badeort herumfragen? Sie würde sich deren Groll zuziehen oder gar vom Gendarmen gemaßregelt werden, die Herrschaften nicht zu belästigen. Nein, es war besser gewesen, Laura zu enttäuschen, als sie weiterem Ungemach auszusetzen. Dabei hatte Laura so einen klaren Sinn für Gerechtigkeit, setzte sich sogar für Pana ein, obwohl der Mann aus der Südsee vielen Föhrern nicht geheuer war. Sie dachte an den modisch gekleideten Herrn, den sie gestern auf ihrem Postgang an der Landstraße getroffen hatte. Auch der hatte der schnellen Schuldzuweisung misstraut. Es gab also auch unter den fremden Badegästen Menschen, die nicht jede Gräuelgeschichte glauben wollten.

Mariane erhob sich mit einem leichten Stöhnen, drückte den Rücken durch und wusch ihre Tasse an der Wasserpumpe neben dem Spülstein. Seufzend sah sie sich in der dämmrigen Küche um und lauschte für einen Moment in die Stille, dann trat sie vor das Haus. Draußen schlüpfte sie in ein Paar Holzschuhe, holte aus dem Stall einen Spaten und begann hinter der Kate ein Stück Land umzugraben. Dabei machte es ihr der schwere Boden nicht leicht.

Erst als der Kirchturm von St. Laurentii die zehnte Stunde schlug, richtete sie sich mit schmerzverzerrtem Gesicht auf und streckte den Oberkörper. Arme und Schultern taten ihr weh, und sie hatte kaum noch die Kraft, den Spaten in die Erde zu rammen.

Plötzlich vernahm sie das Geräusch der Hintertür in ihrem Rücken und fuhr herum. Erschrocken machte sie einen Schritt zurück und stolperte beinahe über die aufgeworfenen Krumen.

Da stand Pastor Stedesand in seinem schwarzen Anzug und sah sie abschätzend an.

»Ich hoffe, ich habe dich nicht erschreckt«, begann er und ging langsam auf sie zu. »Im Haus warst du nicht, deshalb kam ich in den Garten.«

Mariane fühlte sich seltsam allein, die hohen Büsche am Gartenrand wehrten neugierige Augen von außen ab. Wie um sich abzustützen, griff sie nach dem Stiel des Spatens und sah Stedesand in einer Mischung aus Misstrauen und Überraschung an.

»Ja also, ich wollte mit dir über deine Postgänge und den Südseemann sprechen. Hast du gehört, dass er letzte Nacht aus dem Gefängnis geflohen ist?«

Mariane hob die Augenbrauen und schüttelte den Kopf.

»Pana hat die Gelegenheit genutzt, als ihm das Abendbrot gebracht wurde. Da hat er über die Handschellen geklagt, die sich verkantet hätten, und als der Gendarm näher trat, sich das Ganze anzusehen, hat er ihm die Schlüssel aus den Händen gerissen, ihn zu Boden gestoßen und ist in den Gassen Wyks verschwunden. Vorher hat er noch die Zelle abgeschlossen.«

Mariane schlug die Hand vor den Mund.

Stedesand redete weiter: »Als der Osterländer Landvogt davon erfuhr, hat ihn das um die Fassung gebracht. Das musste ausgerechnet an einem Gesellschaftsabend passieren, da er Uns Werth Trojel zu Gast hatte. Was für ein trübes Licht das auf seine Amtsgeschäfte wirft, die Sache ist überaus blamabel. Ja, und damit komme ich zum Grund meines Besuches.«

Mariane stieß den Spaten vor sich in den Boden und sah den Prediger erwartungsvoll an.

»Du kommst weit herum auf der Insel, und ich wollte dich bitten, die Augen offen zu halten. Es ist für die Sicherheit der Föhrer von Bedeutung, dass der Entwichene wieder hinter Schloss und Riegel kommt. Gewiss wird man ihn diesmal auch anketten. Schau also bei deinen Postgängen, ob dir etwas auffällt.«

»Ja, das mache ich«, sagte Mariane mit einem Nicken.

»Ich kann nicht glauben, dass dieser Heide auf unserer Insel einen Unterschlupf findet, aber was, wenn er sich irgendwo versteckt? Ein Schafstall, eine Scheune oder ein Bootsschuppen wären schon genug. Zwar ist der Gendarm mit einer Gruppe kräftiger Handlanger auf der Suche, aber was können wir von der Staatsgewalt in Wyk erwarten, wenn sie nicht einmal einen

Mordverdächtigen festhalten kann. Also, sei auf der Hut und melde der Landvogtei, was dir auffällt.«

»Und wenn er über das Watt flieht, Herr Pastor? Die Passagen nach Amrum oder ans Festland sind zwar gefährlich, aber vielleicht kennt er sie.«

»Das will ich ihm nicht raten. Nach Amrum, das mag angehen. Aber bei all den wandernden Prielen, den unsteten Tiefen, dem unsicheren Wetter zu Fuß ans Festland, das dürfte ein Gang in den Tod sein. Aber sollte er den Ingwer Martens erschlagen haben, hat er ohnedies sein Leben verwirkt.«

»Sollte?«, wiederholte Mariane. »Ich dachte, seine Tat sei gewiss.«

Stedesand wiegte den Kopf. »Badearzt Dr. Eckhoff hat gestern Abend über einige Symbole berichtet, die man am Körper des toten Jungen gefunden hat. Und es gab einen kleinen Disput zwischen zwei Inselgästen darüber. Ein Schriftsteller war der Meinung, dass diese Zeichen keine aus der Südsee seien, und schloss Pana als Urheber aus.«

Ob dieser Mann derselbe war, den sie am Tag zuvor an der Lembecksburg getroffen hatte?, überlegte Mariane. So viele Schreiberlinge mochte es in diesen Tagen auf Föhr nun auch nicht geben.

»Eine Dame von zweifelhaftem Ruf, natürlich auch sie eine Schriftstellerin, hat ihren Kollegen ob seiner Ansicht gescholten und Panas Verschlagenheit betont. Dabei dürfte sie ihn nicht kennen, auch wenn sie den Sommer unter uns verbracht hat. Am Ende des Abends dann vertraute mir Dr. Eckhoff noch an, dass der arme Ingwer schon länger tot gewesen sein muss, als wir bisher angenommen haben.«

Stedesand räusperte sich und senkte seine Stimme. »Du siehst also, es gibt Gründe, zu zweifeln. Aber nichtsdestotrotz ist Pana gleich zweimal davongelaufen, und das unterstreicht die Verschlagenheit dieses Südseeheiden. Der Ausbruch wird seine Position später vor dem Richter nicht stärken, ganz im Gegenteil. Zuvörderst muss er zum Wohle aller wieder ins Gefängnis, auch damit die Sache untersucht werden kann.« Stedesand schaute über die frisch gegrabenen Furchen zu seinen Füßen. »Und, geht die Arbeit voran?«

»Muss, Herr Pastor«, antwortete Mariane, griff den Spaten und ging auf ihr Haus zu. »Der Stall wartet auch noch.«

Sie ging durch den Hintereingang hinein, und Stedesand folgte ihr. Mit einem Seitenblick bemerkte sie in der Küche, dass der kleine Tisch am Fenster leer geräumt war, stöhnte kaum vernehmlich und ging über den Flur zur Straßenseite vor das Haus. Dabei schritt sie nicht wie beabsichtigt zum Stall, sondern zum Gartentor und öffnete es.

»Herr Pastor, wie hieß der Schriftsteller, mit dem Sie sich gestern unterhalten haben? Er wird ja gewiss Post senden und empfangen.«

»Kohl ist sein Name. Logiert beim Apotheker.«

Mariane nickte und schaute dabei in den Himmel, wo zwei Krähen umeinanderflogen und lautstark miteinander kämpften.

»Ich werde also aufpassen, ob ich den Südseemann sehe. Aber nun muss ich wirklich mein Tagwerk verrichten.«

Stedesand wollte noch etwas sagen, aber als Mariane hinter ihm das Tor zuwarf und sich eiligen Schrittes entfernte, schloss er den Mund.

Laura trat mit einem Eimer vor die Tür und goss das Wischwasser auf den Weg. Mit einigen Frauen des Dorfes hatte sie begonnen, Küche und Stube für die Totenfeier herzurichten. Ihre Mutter, durch die Arznei des Doktors in einem Zustand dumpfer Ruhe auf den Lehnsessel verbannt, murmelte nur noch hin und wieder die Namen von Sohn und Mann und starrte mit glasigen Augen ins Nichts.

Laura blickte über die Reihe der Dorfweiden, sah die weißen Wolken am Himmel und das bunte Laub einiger Bäume. Die Luft war sanft und klar. Es sollte ein schöner Tag werden, doch schwer lastete die Trauer auf ihrer Brust.

105

Zwei Kühe schritten mit schwankenden Eutern die Straße entlang, gefolgt von einem jungen, massigen Kerl mit einem Stecken in der Hand. Zweimal ließ er den Stock mit breitem Grinsen durch die Luft zischen und klatschte ihn gegen die Hinterflanken der Tiere. Die muhten und stolperten etwas schneller, bevor sie wieder in ihren müden Gang verfielen. Als der Kuhjunge an Laura vorbeiging, blinzelte er mit ernstem Gesicht zu ihr hin und sah dann geradeaus. Doch kaum war er einige Schritte entfernt, pfiff er eine Melodie, und abermals sauste sein Stecken durch die Luft. Im staubigen Licht des Weges kam ihm ein nahezu gleichaltriger Bursche entgegen, in der Hand trug er ein verknotetes Taschentuch.

»Na, schickt dich dein Vater zur Spöök, ihr einen Brei zu bereiten?«, spottete der andere und ließ wieder seinen Stecken niedersausen.

»Geh weiter«, zischte Martin Hassold, der Sohn des Armenvorstehers, und ballte die Faust. »Dass du so gar kein Mitleid kennst.«

»Ah, ich verstehe! Es ist die Laura.« Der Kuhjunge lachte schrill, und Martin errötete.

»Was du wieder denkst. Ich soll bei der Familie schauen, ob sie Hilfe braucht.«

»Ja, ja, weiß schon.« Damit griff der fette Kerl sich in den Schritt und grinste hämisch. »*Das* werden sie brauchen.«

Martin machte einen Satz auf ihn zu und hob die freie Hand, doch der andere fuhr mit seinem Stock durch die Luft, stellte sich hinter eine seiner Kühe und verzog sein Gesicht zu einer feixenden Grimasse.

»Was denn? Spar dir deine Kraft, damit du de Spöök auf den Topf heben kannst.«

Martin ließ seine Faust sinken, schüttelte den Kopf und drehte ihm den Rücken zu. Als er Laura sah, die nicht weit entfernt vor ihrem Haus stand, nahm er mit der freien Hand die Kappe ab, brachte sein dichtes Haar in Ordnung und klopfte über seine Kleidung.

»Hallo, Laura, das habe ich dir mitgebracht«, grüßte er und hielt ihr sein zusammengeknotetes Tuch hin.

Fragend schaute sie ihn an, nahm das Bündel entgegen und zeigte auf den Dorfrand, wo der Hütejunge mit den beiden Kühen langsam im Dunst verschwand. »War das nicht eben Focke Petersen?«

Martin schnaubte und setzte sich auf eine Bank, die vor der Kate stand. Laura folgte ihm zögernd.

»Sein Vater hat gestern Morgen deinen Bruder gefunden«, antwortete er leise und sah dabei zu Boden. »Focke ist ein herzloses Großmaul, sein fetter Leib lenkt ihn. Hat bloß Grütze im Kopf. Hast du gehört, was er eben gesagt hat?«

Laura nickte und seufzte. »Er war ja laut genug, dass ich es hören musste. Ingwer hat nie verstanden, warum der in die Rechenklasse geht. Nie und nimmer würde der einen Schiffskurs setzen können, hat er gemeint. Nun ist mein Bruder tot, und der da verhöhnt meine Mutter. Ach, es ist so ungerecht.«

Unsicher deutete Martin auf das Bündel in ihrem Schoß. »Mach mal auf, ist ganz frisch.«

Über Lauras Gesicht huschte ein Lächeln, und vorsichtig knotete sie das Tuch auf, als wollte sie etwas Zerbrechliches schonen. Ein Schmalzkringel.

»Und den schickt also dein Vater?«, fragte sie und schielte zu Martin, dann nahm sie das duftende Gebäck in die Hand. Goldbraun war es und sogar mit Zuckerguss überzogen.

»Ja, also eher nein«, stotterte er und mied ihren Blick. »Vater wollte, dass ich bei euch vorbeischaue, und da habe ich gedacht, na, ich hatte die Idee, dir vom Krämer etwas Feines mitzubringen. Weil das jetzt für dich so eine schlimme Zeit ist.«

Laura war versucht, ihre Hand in die seine zu legen, gab ihm aber lieber das Tuch zurück. Wenn jemand vorbeigekommen wäre, wie hätte das auch ausgesehen? Sie und der Sohn des Armenvorstehers. So schnell gab es Gerede. Und gerade jetzt in dieser Trauerzeit, Kaltherzigkeit gegenüber Ingwer und ihrer Mutter hätten sie ihr vorgeworfen und Zügellosigkeit. Dabei war sie schließlich kein Kind mehr und kannte sich mit ihren dreizehn Jahren durchaus in der Welt der Gefühle aus. Das Martin sich so offen zu ihr gesellte, wo doch alle wussten, wie krank ihre Mutter und wie arm das Haus Martens war, ließ ihr Herz schneller schlagen. Von Martin hatte Ingwer selten, aber nie schlecht gesprochen, die Jungs hatten wohl nur die Handlangerdienste im Badeort gemein. In die Rechenschule jedenfalls ging er nicht.

Laura zog den Schmalzkringel in zwei Hälften auseinander und reichte ihm eine. »Das ist sehr lieb von dir«, sagte sie leise und kostete von dem süßen Fettgebäck. »Auch dass du dich für meine Mutter schlagen wolltest. Wer sonst würde das tun?«

Martin grinste verlegen und biss in seine Kringelhälfte. Dann sah er ernst drein.

»Stell dir vor, Pana ist ausgebrochen«, platzte er mit der Nachricht heraus. »Gestern gab es beim Landvogt in Wyk einen fetten Abend mit jeder Menge zu essen, Wein und allem, und ich habe dem Hausdiener Heinrich beim Auftragen geholfen. Auch unser Vogt Trojel war geladen, der Apotheker, der Badearzt und noch andere. Natürlich auch ihre aufgeplusterten Frauen. Und da habe ich einiges gehört.«

Laura blieb bei der Nachricht über Panas Ausbruch völlig ruhig und leckte weiter am Zuckerguss.

»Wie es scheint, war die Waffe, mit der dein Bruder erschlagen wurde, voller Rost. Und in seiner Hosentasche hatte er Krümel von Siegellack. Merkwürdig, oder? Wem sollte er schreiben?« Vorsichtig sah er Laura von der Seite an. »Heinrich hat gemeint, dass die feine Gesellschaft sich über Ingwers Tod seltsame Vorstellungen gemacht hat, und er fürchtet, dass der wahre Mörder nie gefunden wird. Er glaubt, sie wollen dem Pana was anhängen.«

»Ob die Flucht ihm nützen wird?« Gedankenverloren knabberte Laura an dem Gebäck. »Siegellack, hast du gesagt? Wir haben keinen im Haus«, erklärte sie dann. »Ingwer hat sich mit niemandem geschrieben, die letzte Stellung als Kochsmaat hat ihm sein Rechenlehrer, der alte Kapitän Hansen, verschafft. Und was sollte er mit solchen Resten? Zu Wachs kann man das nicht einschmelzen, es brennt nicht wie eine Kerze.« Laura biss sich auf die Unterlippe. »Er hat immer gesagt, wie schön das Kontor von Consul Schilling war, der große Schreibtisch mit dem kostbaren Tintenfass, und wie gut das teure Papier roch. Die Öllampen und Messinggriffe der Schubfächer hat er besonders gern poliert, das hat ihn an die Kapitänskajüten erinnert. Aber das ist ja alles kein Grund, Krümel von Siegellack einzustecken.«

Martin hob die Hände. »Mir fällt auch keiner ein.«

»Und mehr, als dass die Waffe rostig war, wissen sie nicht? Wo die ist, ist auch der Mörder.« Laura seufzte und ließ die Hand mit dem Schmalzkringel in den Schoß sinken. Dann sah sie Martin von der Seite an. »Und was war so seltsam an den Gedanken, die die Leute sich gemacht haben?«

Der räusperte sich und schien nach Worten zu suchen. »Da waren Zeichen, die man bei Ingwer gefunden hat.«

Laura sah ihm fragend und zugleich ungeduldig ins Gesicht.

»Heinrich hat mir das erzählt, genau weiß ich es auch nicht. Sie haben von Symbolen gesprochen. Welle, Sonne, Kreuz und Kringel. Auf Ingwers Haut.« Die letzten Worte sprach er leise aus und schielte nach ihrer Reaktion.

»Aufgemalt?«

Martin schüttelte den Kopf und schluckte. »In die Haut geritzt«, flüsterte er heiser, als wollte er die grausige Wahrheit nicht in die Welt lassen. »Sie haben darüber gestritten, ob es etwas war, das sie Ritualmord nannten. Das war es, was Heinrich so seltsam fand.«

Laura schluchzte auf. »Das darf meine Mutter nie erfahren. Wie grausam doch die Menschen sind. Ob er schon tot war, als man ihm das angetan hat?«

Flehentlich suchte sie Martins Blick. Der hielt auch tapfer stand, sah dann aber zu Boden.

»Wer hat meinen Bruder so gehasst, dass er ihn töten musste?

Hat er etwas weggenommen oder jemanden in Gefahr gebracht? Hat er etwas besessen, das man bei ihm rauben wollte? Ich glaube das nicht.« Laura steckte den Rest des Fettgebäcks in den Mund. »Er war der Beste in der Rechenklasse, und bei Raufereien waren die anderen meist größer und stärker. Darum hat er sich nicht gern geschlagen. Lieber ging er zur Lembecksburg, mit einem Stock als Schwert, und träumte von der Eroberung der Insel. Da war er immer noch wie ein Kind, dabei ist er ein Jahr älter als ich. Es gab aber Jungen, die mit ihm zusammen als Ritter oder Wikinger gefochten und den Ringwall erstürmt haben.«

Sie rieb sich die geröteten Augen. »Und das mit dem Ritual? Pana war schon vor unserer Geburt bei Kapitän Hansen, richtig? Hat er jemals irgendetwas Unchristliches oder Böses getan? In all den Jahren war er für uns entweder unsichtbar oder sehr leise und vorsichtig. Als hätte er Angst, Gott auf sich aufmerksam zu machen. Nein, Pana war das nicht.«

»Ob es jemand von den Fremden war, den besseren Leuten im Badeort? Pastor Carstens sagt ja auch, dass manche von denen die Sittenlosigkeit im Herzen tragen.«

»Martin, ich glaube, ich werde mich bei den Badegästen zu Wyk umschauen müssen, das bin ich meinem Bruder schuldig. Als kleine graue Maus, die ich nun mal als Mädchen bin, werden sie mir irgendeine Küchenarbeit geben und mich ansonsten keines Blickes würdigen.«

HEILANWENDUNGEN

Kohl lehnte sich für einen Moment der Ruhe auf dem Kanapee zurück und wartete, bis die Magd mit dem abgeräumten Frühstück die Tür schloss. Der Raum war erfüllt von ihrem Geschnatter und der Hitze ihrer Erregung, hatte sie ihm doch von dem entflohenen Menschenfresser berichtet und wollte so lange nicht mehr allein durch die Gassen Wyks laufen, bis der Wilde in Eisen lag. Der beruhigende Hinweis Kohls, dass der Entwichene ganz bestimmt nicht mehr in diesem Flecken zu finden sein würde, war gänzlich verpufft.

Er öffnete das Fenster am Schreibtisch, und frische Morgenluft strömte herein. Dann nahm er Platz und blätterte in den Seiten seines Notizbuches. Ja, er hatte am vergangenen Abend so einiges mitbekommen und überaus interessante Menschen getroffen. Dazu zählte er auch die Autorin und Gelegenheitspianistin Frau von Wolf, die ihn so herablassend behandelt hatte. Überhaupt, was war das für eine affektierte Masche, die eigene Person mit einem geheimnisvollen Pseudonym zu belegen und dann in diesem Nebel umherzuwandeln. Die Ehrfurcht, mit der Madame Dorrien vom Zartsinn in einem Werk wie »Lebensglück und Liebesglück« geschwärmt hatte, ließ große Mengen Zuckerguss erwarten, fand Kohl. Aber die Dame schien ein unverzichtbarer Bestandteil der Wyker Badegesellschaft zu sein, er sollte sie sich gewogen halten.

Seufzend erhob er sich, trat an die Waschkommode im Schlafzimmer und festigte seinen Scheitel mit etwas Haaröl. Mit dem Ergebnis ganz zufrieden, wollte er trotzdem in nächster Zeit einen Barbier aufsuchen, denn Bartstoppeln legten einen unvorteilhaften Schatten auf sein Gesicht. Er schlüpfte in den Rock, griff nach seinem Zylinder und verließ seine Räume, um sich noch bei seinem Gastgeber über das Angebot der Wyker Badeanstalt zu erkundigen. Leider hatte der vergangene Abend allzu holprig geendet, sodass er dem anwesenden Badearzt diese Fragen nicht stellen konnte.

Als er die Nebentür zur Apotheke öffnete, schlugen ihm augenblicklich die Gerüche medizinischer Pulver und Tinkturen wie auch kostbarer Essenzen entgegen und weckten endgültig seine Sinne. Er stutzte. Leisner stand hinter dem Skelett, das Kohl inzwischen als Störtebeker kennengelernt und das seinen Platz nun im Verkaufsraum gefunden hatte, und sprach zu einer Dame in einem weiten, samtbesetzten Mantel, die Kohl den Rücken zuwandte. Ihr Gesicht wurde von einer Schute aus feinem Stroh verdeckt. Die hohe blasse Stirn des Apothekers, durch das reflektierende Weiß des Kittels besonders gebleicht, und die hängenden Spitzen seines Schnauzbartes deuteten auf eine kurze Nacht hin. Leisner schien Kohl nicht zu bemerken und fuhr im Gespräch mit dem Finger über die Halswirbel Störtebekers.

»Sehnen und Muskeln stützen den ganzen Apparat und ziehen die Knochen in die richtige Haltung. Das ist Ihnen gewiss nicht neu. Aber hier oben bleibt es trotz einer guten Nackenmuskulatur gefährlich. Wissen Sie, wie der oberste der Halswirbel genannt wird? Atlas.«

Er hob den rechten Zeigefinger in die Luft. »Der kleine Kerl muss unseren ganzen Globus tragen. Und der wiegt bei einem erwachsenen Menschen gern zehn Dänische oder elf Hamburger Pfund. Sofort tödlich sind dann auch Verrenkungen der ersten drei Wirbel, und bei den nächsten kommt es zu gravierenden Lähmungen oder im schlimmsten Fall zum Tod. Sie sehen, bei aller Robustheit des menschlichen Körpers, eines Wunderwerkes, gibt es bedeutende Schwachstellen, die größter Sorgfalt bedürfen.«

Leisner unterbrach seinen Vortrag, und Kohl vermeinte in seiner Miene einen Funken von Unbehagen zu erkennen.

Doch Leisner hatte sich sofort wieder gefangen und wünschte ihm einen guten Morgen. »Ich hoffe, Sie haben trotz des gestrigen Schreckens gut geschlafen. Aber was sollte Ihnen hier auch geschehen? Der entflohene Totschläger ist gewiss über den Deich.«

»Oder er hält sich bei einer Gespielin versteckt, die ihm verfallen und zu Willen ist und gleich hier in der Nähe logiert.«

Unnötigerweise drehte sich die Dame zu Kohl um, denn er hatte Frau von Wolf bereits an ihrer dunklen Stimme erkannt.

Um Himmels willen, dachte er, hat sie sich in einem ihrer schwülstigen Romane verlaufen? Das Lächeln bei seiner Verbeugung galt dann auch eher dieser Überlegung.

»Es ist mir eine Freude, mich noch einmal bei Ihnen für das gestrige Pianospiel bedanken zu können«, sagte er sanft. »Und ich frage mich, ob wir von der schreibenden Zunft uns nicht über die hiesige Inselwelt und ihre Badegäste austauschen könnten? Vielleicht lassen Sie mich teilhaben am reichen Schatz Ihrer Beobachtungen?«

Frau von Wolf ließ ihren Blick von Kohls geöltem Scheitel bis zu seinen geputzten Schuhen gleiten, zuckte die Schultern und wandte sich wieder dem Mann hinter dem Skelett zu.

»Herr Leisner, wenn ich dann die Tinktur bekommen könnte, von der wir eben sprachen. Meine Zeit ist eng bemessen, die Kunst verlangt mir Äußerstes ab.«

Leisner schaute verlegen von Frau von Wolf zu Kohl.

»Nun denn, dann will ich auch nicht stören«, murmelte Kohl, hob beschwichtigend die Hand und ging hinaus.

Der Gesellschaft dieser Dame wollte er sich nicht länger aussetzen, zumal sein Vorschlag mehr ein ironisches Spiel als ernst gemeint war. Und die Fragen über die Badeanstalt würde ihm auch jemand anderes beantworten können. Energisch trat er vor das Haus und klopfte seinen Rock an Brust und Armen aus, dass man meinen mochte, er schlage die Aura dieser schrecklichen Frau aus den Fasern. Tief sog er die frische Meeresluft ein. Was für eine Wohltat, der stechenden Mischung vielerlei Essenzen zu entkommen. Den irritiert dreinschauenden Passanten schenkte er ein joviales Lächeln, wandte sich in Richtung der Promenade und wurde vom Straßenleben aufgesogen.

Bald erreichte er den mit Geschäften und Kaffeehäusern gesäumten Sandwall und sah von dort hinaus auf die See. Doch was für eine Enttäuschung. Wieder hatte sich das Meer zurückgezogen und den gräulichen, schlammigen Meeresboden freigegeben. Leider würde er so den Badebetrieb im kalten Wasser fürs Erste nicht beobachten können, stellte er fest und schritt ziellos weiter.

»Moin, Herr Kohl«, hörte er und sah sich suchend unter den Passanten um. »Ist der Autor auf der Suche nach einem neuen Thema? Der gesuchte Mordverdächtige steht ja nun für eine Befragung nicht zur Verfügung.« Lächelnd näherte sich Dr. Eckhoff, aufs Sorgfältigste frisiert und mit glänzenden Knöpfen an seinem Rock, und machte eine einladende Geste in Richtung eines großen, mit einer Holzveranda versehenen Gebäudes. »Kommen Sie, ich zeige Ihnen unsere Badeanstalt, bevor Sie dann am Nachmittag dem Treiben in den kalten Fluten zusehen können. Oder haben Sie etwas anderes vor?«

Kohl zog den Zylinder und verneinte lächelnd. Wenn die Insel schon im Schlamm lag, so wollte er die Zeit nutzen und folgte dem Arzt.

»Für Wyk mit seinen gut achthundert Einwohnern ist der Badetourismus eine immer wichtigere Einnahmequelle«, begann Dr. Eckhoff seine Erklärungen. »Die Qualität unseres Meereswassers wurde mit dem der Ostsee und anderer Bäder verglichen, und wir können sagen, dass wir bei Föhr einen Salzgehalt von gut dreihundert Gran haben, wohingegen man sich an der Ostsee mit hundertdreißig Gran salziger Bestandteile zufriedengeben muss.«

Kohl wusste mit diesen Werten wenig anzufangen, was Dr. Eckhoff nicht zu bemerken schien, denn er plauderte munter weiter.

»Natürlich ist unbestritten, dass auch an den anmutigen Gestaden dort Heilung von mancherlei Gebrechen möglich ist. Aber bewegt sich die Westsee nicht lauter und stürmischer, belebt sie nicht im Schwung von Ebbe und Flut den Geist der in sie eintauchenden Menschen? Als Arzt, der seit sieben Jahren die Heilungssuchenden begleiten darf, kann ich von mannigfaltigen Erfolgen sprechen. Ja, wir haben Verbesserungen bei Krankheiten erlebt, die im Osten vergeblich zu kurieren versucht wurden.«

Langsam gelangten sie vor die Front der Badeanstalt, und Kohl hielt an, um einen Gedanken zu formulieren.

»Verehrter Dr. Eckhoff, Sie preisen die Vorzüge Ihres Badeortes überzeugend an. Dabei kann es grade ja kaum um die Fluten gehen, es ist Ebbe.«

»Wir haben Niedrigwasser, um genau zu sein«, gab Dr. Eckhoff ihm recht. »Just die richtige Zeit, um eine der vielen in diesem Gebäude angebotenen Anwendungen wahrzunehmen.«

Das klang für Kohl wenig erstrebenswert, ihm war nicht nach Waschungen, welcher Art auch immer. Sein Finger fuhr hinter das gebundene Halstuch, das ihm nun etwas eng vorkam, Schweiß stand auf seiner Stirn.

»Mir ist aber … ich beabsichtige keineswegs … also ich fürchte, dafür bleibt mir keine Zeit. Meine Reise dient der Motivsuche und weniger der eigenen Erholung. Ich bin ganz im Dienste des Lesers unterwegs.«

Dr. Eckhoff lächelte spitzbübisch. »Wie Sie meinen, die Welt des Patienten hat Vorrang«, erklärte er und ging langsam weiter auf die Badeanstalt zu.

»Ich bin kein Patient«, betonte Kohl. »Was für Krankheiten kurieren Sie hier überhaupt mit Ihrem salzigen Seewasser?«

»Nun, als da wären Rheumatismus und Gicht, allerlei Nervenlähmungen, Krankheiten der Haut und die ständige Neigung zur Erkältung, aber auch Hypochondrie und nervöse Leiden, die ihren Ursprung in der Gefühlswelt haben.«

»Na sehen Sie, nichts davon trifft auf mich zu«, sagte Kohl erleichtert. »Dabei heißt es bei den weltbekannten Bädern wie Karlsbad, Marienbad oder Bad Kissingen, dass nur jeder zehnte Gast ein Gebrechen hat.«

»Das mag auch hier so sein. Aber unbestreitbar ist die erholsame Wirkung von Sonne, Wind und Wellen auf jeden Körper. Spätestens seit unser König Christian Föhr über Wochen zu seiner Sommerresidenz machte, ist die Insel auch aus dem Kalender der Hautevolee nicht mehr wegzudenken. Für die eine oder andere Seele ist das Sehen und Gesehenwerden von durchaus medizinischem Wert. Womit wir wieder bei der leidenden Gefühlswelt wären.«

Vertraulich legte er seine Hand auf Kohls Arm und senkte die Stimme. »Im Übrigen wollte ich Sie bitten, die grausame Tat an diesem Dorfjungen in Ihren Schriften nicht weiter auszuschlachten. Wir müssen hier sehr auf unseren Ruf als Kur- und Badeort achten, nicht wahr? Der Täter steht ja nun fest, und die Sicherheit der Gäste ist nicht in Gefahr.« Bei den letzten Worten blickte er Kohl direkt in die Augen.

Was ich hier über wen schreibe, das werden wir noch sehen, dachte Kohl trotzig und ärgerte sich über den Versuch, die blutige Tat möglichst kleinzureden.

»Und meine zartsinnige Kollegin Madame von Wolf, Wyker Gesellschaftsdame und Konzertpianistin, wird die zum menschenfressenden Südseemann und seinem Ritualmord auch schweigen?«, fragte Kohl auf übertrieben theatralische Weise.

Dr. Eckhoff lachte einmal auf, dann sah er sich nach ungebetenen Zuhörern um. »Leise bitte, sprechen Sie doch solche Worte nicht in der Öffentlichkeit. Schonen Sie unsere feinnervigen Gäste. Aber um Ihre Frage zu beantworten, da kann ich Sie beruhigen: Madame von Wolf kümmert sich nur um ihren Körper und ihr Wohlergehen. Soweit mir bekannt ist, hat sie seit Jahren nichts mehr veröffentlicht, und wir dürfen annehmen, dass sie ihre eigene Prosa langweilt.«

»Interessante Interpretation«, meinte Kohl.

»Zart beseelter Mesdemoiselles und unglücklicher Liebesverstrickungen zu irgendwelchen Offizieren und Landadeligen wird man schnell überdrüssig, oder nicht? In ihrem Kabinett jedenfalls bleibt das Tintenfass für längere Schriftstücke geschlossen, soweit ich höre.«

Kohl grinste ob der so freimütig geäußerten Ansicht zur literarischen Qualität Frau von Wolfs, überhaupt schien Dr. Eckhoff bis ins Privateste gut informiert. Dabei erinnerte sich Kohl an Frau von Wolfs Interesse an Störtebekers Halswirbel und war gar nicht beruhigt. Denn wäre die Bluttat nicht ein schöner Anlass, sich wieder dem Schreiben zu widmen? Er wollte ihr zuvorkommen und rascher berichten.

Sie schritten über die Veranda der Badeanstalt ins großzügige Vestibül. Der schwarz-weiß gefliste Hallenboden, das vorherrschende Creme der lackierten Türen und Geländer betonten den kühlen, luftigen Eindruck des Hauses. Dr. Eckhoff grüßte Badegäste und Patienten, nicht ohne dort den modischen Schal der Frau Kommerzienrat zu loben und hier das prächtige Aussehen des Herrn Assekuranzpräsidenten hervorzuheben.

»Die Bäder, sehr verehrter Herr Präsident, zeigen Wirkung. Weiter so!« Vor dem Kassierer bildete sich eine kleine Schlange Anwendungswilliger. »Das Haus bietet kalte und warme Anwendungen an, Regen-, Douche-, Sturz- und Tropfbäder, ja auch Kräuter- und Schwefelbäder sind erhältlich. Das Billett der warmen zu vierundzwanzig, für die kalten zu sechzehn Schillingen, selbstredend zuzüglich beigesetzter Naturstoffe.«

»Selbstredend«, wiederholte Kohl, der fleißig mitschrieb.

Allein die Preise teilten im Badeort die Menschen in Spreu und Weizen, kostete eine einfache Anwendung immerhin das Achtfache eines einpfündigen Schwarzbrotes. Das waren für seine Leser gewiss überaus nützliche Informationen, die er aber gern mit einer prächtig ausgeschmückten Mördergeschichte gekrönt hätte.

Dr. Eckhoff öffnete eine der bereitstehenden Kabinen und deutete auf eine verzinkte Badewanne. Im Übrigen war der gekachelte Raum mit einem Spiegel, ein paar Garderobenhaken und einer Bank ausgestattet. Gedankenverloren tastete Kohl an dem Innenschloss der Tür herum.

»Selbstverständlich bleibt der Badegast ungestört«, kommentierte Dr. Eckhoff. »Sitte und Moral sind ein unabdingbarer Bestandteil dieser Anstalt.« Kohl nickte und blickte mit ausdruckslosem Gesicht in der schlichten Kabine umher.

»Wo waren wir?«, fragte Dr. Eckhoff leicht irritiert. »Ja, richtig, die Bäder. Das Erhitzen des Wassers ist ein kostspieliges Unterfangen, Holz dafür zu schade, und so verwenden wir den Torf, den die Bewohner der Halligen aus den Tonlagen unter dem Schlickboden gewinnen. Der ist naturgegeben sehr salzhaltig, steht uns aber als lokales Produkt uneingeschränkt zur Verfügung. Auch hier auf Föhr wird mit diesem Stoff gearbeitet, allerdings sind unsere wenigen noch existenten Brenner ausschließlich am Salz interessiert.«

Das schrieb Kohl ebenso eifrig mit, dann verstaute er sein Notizbuch und zog demonstrativ seine Taschenuhr hervor.

»Ah, wie ich sehe, wollen Sie weiter?«, meinte Eckhoff. »Nun, das trifft sich gut, denn für die nächsten zwei Stunden bin ich hier im Haus verpflichtet. In der Saison Tag für Tag. Danach stehe ich der restlichen Bevölkerung von Osterlandföhr zur Verfügung, bis die Flut wieder zum Bade ruft und mich erneut an die Kurgäste bindet.«

Und in dieser kurzen Zeit treibst du das Geld zusammen für deine Garderobe á la parisienne, dachte Kohl, ein wirklich einträgliches Geschäft.

KARTOFFELN STOPPELN

Laura schritt gebeugt die Furchen des Kartoffelfeldes entlang.
Hin und wieder sah sie auf, um sicherzugehen, dass sie niemand
beobachtete, denn sie war auf fremdem Grund. Das Feld lag
an der südlichen Straße, die aus Nieblum hinaus an den Strand
führte. Missgestaltete, faulig-matschige Früchte fanden sich auf
dem sandigen Boden, Folgen der Braunfäule, die die diesjährige
Ernte zunichtegemacht hatte. Bisher war sie schon dreimal über
solche Äcker gelaufen, in der Hoffnung, etwas Essbares zu finden, aber diesmal wollte sie ihren Fund verkaufen. Natürlich
war sie nicht die einzige hungrige Dorfbewohnerin, die Konkurrenz war groß. Doch da sie genauer hinsah, fand sie immer
wieder die eine oder andere brauchbare Kartoffel, und nach
und nach bedeckten sie den Boden des Korbes in ihrer Hand.

Die Turmuhr von St. Johannis schlug, und sie richtete sich
auf. Sehr viel mehr würde sie heute nicht finden, überlegte sie
und schritt über die Erdklumpen hinweg auf die Landstraße zu,
die sie nach Wyk führen sollte. Sie dachte an die Krümel von
Siegellack in Ingwers Hosentasche und an die Zeichen in seiner
Haut. Diesmal stiegen keine Tränen in ihr auf, stattdessen ballte
sie die Hand so feste zur Faust, dass die Nägel sich ins Fleisch
gruben. Flach lag das Land vor ihr, und in der von der Sonne
erwärmten Luft roch es nach Gras und aufgebrochener Erde.

Martin kam ihr in den Sinn, und sie fühlte, wie eine süße
Wärme sie durchströmte. Dann aber waren ihre Gedanken
bei dem entlaufenen Pana. Wo mochte er die Nacht verbracht
haben? Plötzlich raschelte es zu ihrer Rechten aus einem Gebüsch, sie schreckte auf. Wenn das Pana ist, dachte sie, was wird
er mit mir machen? Aufgeregt sah sie sich um, aber weit und
breit war niemand zu sehen. Vermutlich war es sowieso bloß
ein Hase oder Fasan gewesen. Als es erneut knackte, wollte sie
davonhasten, doch die Neugier ließ sie innehalten. Wieder ra-

119

schelte es, und zwischen bunt belaubten Ästen stolperte Focke Petersen auf den Weg. Der feiste Bauernsohn nestelte noch am Hosenlatz und grinste sie an.

»Na, so allein und ohne deinen Liebsten?« Er wischte sich die Finger am Hemd ab und kam näher. »Was hast du denn in deinem Korb?«

»Martin ist nicht mein Liebster«, sprach sie trotzig und wich zurück.

Wie konnte sie diesem Kuhjungen entkommen? Was wollte er überhaupt von ihr?

»Gib her!«, forderte er, entriss ihr den Korb und lachte, bevor sich seine Miene verdüsterte. »Hat deine irre Mutter dir aufgetragen, bei uns Kartoffeln zu stoppeln? Das ist Diebstahl, damit du es weißt. Auch wenn ihr Habenichtse seid. Vater sagt, wir arbeiten für Geld und nähren das Land. Die, die uns nicht bezahlen, sollen unsere Früchte auch nicht essen. Das hier gehört uns, du Diebin.«

In Laura stieg heiße Wut auf. Was bildete sich dieser dumme, fette Kerl ein? War es sein Verdienst, als Sohn eines Bauern geboren zu sein? Was konnte sie dafür, dass das Schicksal mit ihrer Familie so brutal umgegangen war? Wie nur hatte es Kapitän Hansen bisher mit ihm in der Rechenklasse ausgehalten? Einen echten Schüler wird er in ihm nie gesehen haben. Ingwer hatte auch nie verstanden, was Focke an die Schiefertafel und zu den dicken Büchern getrieben hatte. Alles um sie herum empfand Laura gerade als ungerecht, und dann verhöhnte dieser Mops auch noch ihre Mutter. Mit einem großen Satz sprang sie den kräftigen Kerl an, krallte ihre schmutzstarrenden Fingernägel hinter seine Ohren und riss seinen Kopf so weit hinunter, dass er überrascht den Korb fallen ließ und anschließend das Gleichgewicht verlor. Ächzend und benommen krabbelte er auf allen vieren von ihr weg, bevor er sich erhob. Sie aber setzte ihm nach und schlug auf seinen massigen Rücken.

»Wir sind brave Leute, tun niemandem etwas zuleide! Dir geht es so viel besser als uns, warum also verhöhnst du meine

Mutter und mich? Ist es das, was dir dein Vater beigebracht hat? Wenn Ingwer noch leben würde, er würde es dir schon zeigen.«

Ein Zittern hatte sich in ihre Stimme geschlichen, die erste Wut war heraus, und allmählich senkte sich wieder der graue Schleier der dörflichen Hackordnung über sie. Fockes Familie war gewiss nicht reich, aber sie musste auch nicht Hungers darben und war nicht das Gespött der Gegend. Sie fasste nach dem Korb und trat Schritt für Schritt zurück, jede Bewegung des sich aufrichtenden, massigen Burschen im Auge.

Der Knall einer Peitsche pfiff durch die Luft, und Focke wie Laura schraken herum. Da saß ein Herr auf dem Kutschbock eines von einem Schimmel gezogenen Einspänners, die blonden Haare vom Wind zerzaust, die Wangen gerötet. Das schwarze Gefährt mit seinen glänzend lackierten Schutzblechen, den leuchtend rot gestrichenen Rädern und einem Faltdach aus Leder war auf der Insel eines der eleganteren und wie die Kutschen der Ärzte und Prediger den meisten Föhrern wohlbekannt. Es gehörte dem Wyker Werftbesitzer Consul Schilling, der es an diesem Tag auch selbst lenkte. Den Kragen seines Rocks hatte er hochgeschlagen, Halstuch und Hemd dagegen nachlässig geöffnet.

Wie lange mag er dort schon stehen und unseren Streit belauscht haben?, dachte Laura, als der Herr ruckartig mit der Peitsche in Fockes Richtung knallte.

»Kanaille! Willst du die Deern wohl in Ruhe lassen! Die paar Knollen wird dein Vater nicht vermissen, allein weil er nicht danach sucht. Oder läuft er mit der Nase am Boden über seine Felder? Na siehst du. In Zeiten wie diesen müssen die Inselleute zusammenhalten.«

Vom Kutschbock herab wandte er sich Laura zu. »Bist du mit den Kartoffeln auf dem Weg nach Wyk? Dann steig auf, ich nehme dich ein Stück mit.«

Laura war hin- und hergerissen. Wie gern wäre sie Focke Petersen entronnen, der sie in seiner verdreckten Kleidung böse anstarrte. Aber konnte sie dem Consul trauen?

Der räumte bereits einige Utensilien aus dem Fußraum der Kutsche in die Falten des zusammengelegten Wagendaches, um ihr Platz zu machen. Unsicher trat sie näher, reichte dem Herrn ihren Korb und kletterte zu ihm hinauf. Wortlos knallte er mit der Peitsche und zog die Zügel, dann rollte der Wagen über den sandigen Weg gen Osten. Mit einem Anflug von Triumph sah Laura zurück auf den wie verloren dastehenden Focke, als sie die Gegenstände sah, die Consul Schilling eben noch für sie beiseitegelegt hatte. Es waren nachlässig verschlossene Lederfutterale, durch deren geöffnete Deckel sie ein glänzendes Messingfernrohr und Landkarten erkannte. Ein mit schwarzer Tinte beflecktes Behältnis konnte eine Schreibgarnitur sein, so was kannte sie von anderen Häusern, in denen sie diente.

»Uns Werth, ich danke auch für das Mitnehmen«, sprach sie in das Rattern des Wagens hinein und umschloss mit beiden Armen ihren Korb.

»Wo willst du denn genau hin?«, fragte Schilling, dessen Blick von ihren schmutzigen Füßen über die nackten Beine, ihr Kleid hinauf über ihren Schoß und die Brust glitt und erst am Hals des Mädchens endete.

Laura fühlte sich unbehaglich und rückte etwas von dem Herrn ab. Sie wusste, wie ungewaschen sie aussah und wie ärmlich. Oder flackerte da ein fremdes Begehren in seinen Augen? Am liebsten hätte sie sich hinter ihrem Korb versteckt.

»Zu einer Herrschaft nach Wyk«, sprach sie endlich, »diese Kartoffeln zu verkaufen. Wir brauchen etwas Geld.«

»Nun, wer braucht das nicht. Oder gibt es einen besonderen Anlass?«, fragte Schilling neugierig und schien über die Abwechslung während der Fahrt dankbar zu sein.

Laura schluckte. »Meinen Bruder. Er wurde erschlagen, und nun muss die Beerdigung bezahlt werden.«

Schilling ruckelte an den Zügeln, und fast hätte er die Kutsche zum Stillstand gebracht. Er betrachtete Laura mit neuem, wachem Interesse.

»Du armes Kind, welch schlimmer Grund. Dann bist du also

die Schwester dieses unglücklichen Jungen aus Goting, wie hieß er noch gleich?«

Laura runzelte die Stirn. Wie konnte es denn sein, dass Ingwers Brotherr seinen Namen nicht kannte?

»Ingwer Martens heißt er, aber das müssen Sie doch wissen. Hat er nicht morgens stets die Feuerstellen in Ihrem Haus entzündet und sich auch sonst nützlich gemacht? Gern hat er Ihr Kontor reinlich gehalten und wollte so gerne Steuermann werden.« Ein Vorwurf lag in ihrer Stimme, denn die Gleichgültigkeit dieses Herrn empörte sie.

»Richtig, richtig, der war das also. Ein wirklich fleißiger junger Mann, immer auf Zack und kein bisschen schwer von Begriff. Das kann ich nicht von allen meinen Leuten sagen.«

Für ein paar Sekunden herrschte zwischen den beiden eine nachdenkliche Stille, die jeder, wie es schien, dem Erschlagenen widmete.

»Was hat er denn so von meinem Haus erzählt? Ich will hoffen, dass er gut über mich gesprochen hat.«

Laura hob die Schultern und schaute über den Rücken des Schimmels nach vorne. »Er hat nie viel gesagt«, entgegnete sie und ließ ihre Stimme eintönig klingen. »Das Kontor war für ihn wie eine Kapitänskajüte, und gern hat er dort alle Knöpfe und Griffe zum Blinken gebracht. Manche Sachen rochen auch gut.«

»So, was denn?«

»Das Papier und ein Ledersessel. Von etwas anderem weiß ich nicht.«

Schilling sah aufmerksam zu Laura hin, als wollte er keine Reaktion verpassen. »Siegellack vielleicht?«

Wie kam der Consul jetzt darauf?, überlegte Laura. Aber natürlich, die Krümel in Ingwers Hose! Will er gar behaupten, mein Bruder habe etwas mitgenommen?

Heftig schüttelte sie den Kopf. »Nein, nichts weiter. Oh! Da vorne kommen ja die ersten Häuser. Kann ich dort absteigen?«

Schilling schien über das Gehörte nachzudenken, nickte

dann aber und steuerte auf das nahende Wyk zu. Plötzlich krachte und schwankte der Einspänner auf das Heftigste, denn der unaufmerksame Wagenlenker hatte ein tiefes Schlagloch übersehen.

Geistesgegenwärtig krallte sich Laura am Sitz fest und umklammerte mit der anderen Hand den Griff ihres Korbes. Sie warf einen Blick hinter sich und sah, wie eines der Lederfutterale aus einer Falte des zusammengelegten Kutschendaches heraus- und auf die Straße fiel. Schon öffnete sie den Mund zu einem Ausruf, aber ein Gefühl des Misstrauens ließ sie schweigen.

Fluchend steuerte Schilling den Wagen zurück in die Spur und schaute hinunter zum Wagenrad. »Verdammte Wegstrecke, ein Glück, dass nichts gebrochen ist. Der Staat muss mehr für gute Straßen tun, das ist ja lebensgefährlich. Ich werde mit Dorrien sprechen, immerhin zahle ich hohe Steuern in des Königs Schatztruhe.«

Sie erreichten die ersten Häuser.

»Hier kann ich aussteigen, Uns Werth«, rief Laura vor einer der größeren Villen, die am Ortsrand nach und nach mit ihren schmucken Vorgärten hinter frisch gestrichenen Zäunen, den Veranden und Teepavillons entstanden waren. Immer weiter fraß sich der Flecken Wyk in die umliegenden Weiden hinein, die den Ort wie ein grüner, mit sandgelben Sprenkeln durchsetzter Teppich umgaben.

Der Einspänner hielt, Laura sprang hinunter, und Schilling reichte ihr den Kartoffelkorb. Linkisch versuchte sie einen Knicks.

»Wenn ich noch etwas für dich tun kann, melde dich nur bei mir. Immerhin bist du ja die Schwester von dem armen, äh, Ingwer«, sprach er und schlug die Zügel.

Sie sah ihm hinterher. Hatte der Kerl um ein Haar Ingwers Namen erneut vergessen. Mit dem Interesse für seine Angestellten schien es nicht weit her zu sein. Sie wartete, bis der Wagen in einer Staubwolke verschwand, dann lief sie zurück zu der Stelle, an der das Lederfutteral heruntergefallen sein musste.

Flach lag es auf dem sandigen Weg, eine gefaltete Landkarte war hervorgerutscht. Laura sah sich hastig um, wusste sich allein und steckte die Ledertasche samt Inhalt in ihre grobe Leinenbluse. Was Schilling da genau mit sich herumgefahren hatte, würde sie später in aller Ruhe ansehen. Aber nun wollte sie die wenigen Kartoffeln im Korb in einem der besseren Häuser verkaufen und sich dabei etwas umhören. Bloß, wo sollte sie anfangen? Und wonach suchen? Etwa nach einem besonders rostigen Gerät?

Verzagt und voller Gedanken schritt sie auf den Badeort zu und sah an sich herunter. Sie war so schmutzig, keine Köchin oder Hausdienerin würde sie mit ihren dreckstarrenden Füßen eintreten lassen. So hielt sie am Rand einer Weide an, auf der klares Wasser in einer Pfütze stand, wusch sich und wischte sich übers Haar. Doch sosehr sie auch den Ackerboden aus ihrem Kleid klopfte, alles an ihr verriet, was sie war: ein einfaches Dorfmädchen.

Ein vom Pastor gern in den Predigten benutzter Bibelspruch kam ihr in den Sinn: »Gottes Wege sind vollkommen; er ist ein Schild allen, die ihm vertrauen.« Zwar hatte sie angesichts des harten Loses, das gerade die Armen befiel, darin eher einen Wunsch als Gewissheit erkannt, trotzdem fasste sie sich ein Herz. In einer der Villen, in der sie bereits gearbeitet hatte, wollte sie ihr Glück versuchen.

NIEBLUM

Johann Georg Kohl folgte gemessenen Schrittes der Promenade unter den jungen Ulmen, die in den Strand auslief. Die Zahl der Badegäste, die wie er den bräunlichen Schlickboden des Wattenmeeres entlanggingen, wurde immer kleiner, je weiter er die Zivilisation hinter sich ließ. Nur wenige Kinder, beaufsichtigt durch Gouvernanten und besorgte Mütter, spielten im Matsch. An einer abgelegenen Strandstelle zwischen der See und einer hohen, mit Gestrüpp bewachsenen Sandkante erkannte er einen einsamen Kastenwagen, vor dem ein zotteliger Kaltblüter stand. Müde ließ der magere, eingespannte Gaul seinen Kopf hängen, das vergilbte Weiß des Wagens hätte einen frischen Anstrich verdient. Die Bauart des Karrens erinnerte Kohl an die Fuhrwerke des fahrenden Volkes, wie er sie auf zahlreichen Jahrmärkten gesehen hatte. Dabei war dieser weniger als halb so lang.

Ein Rascheln im Gebüsch oberhalb der Sandkante riss ihn aus seinen Gedanken. Beherzt sprang ein hagerer Mann zu ihm hinunter in den Sand und stolperte auf ihn zu, während er etwas in der Innentasche seines abgetragenen Rocks verschwinden ließ. Er hob seine Hand grüßend an die wettergebleichte Schirmmütze und grinste Kohl mit einem Mund voller Zahnlücken an. Graue Bartstoppeln überzogen seine eingefallenen Wangen.

»Moin, Uns Werth«, begann er mit rauer Stimme, »eine Fahrt mit dem ollen Willem in die See gefällig? Da müssen Euer Wohlgeboren aber noch gut zwei Stunden warten, bis das Wasser wieder steigt. Natürlich können Sie Willem gern jetzt schon engagieren. Er wäre dann auch besonders günstig.«

Kohl zog seinen Kopf zurück, denn mit dem Atem dieser abgetakelten Figur schlug ihm der Dunst billigen Branntweins entgegen. Aber umwehte den Kerl nicht auch der Geruch von

Rauch? Ein Feuer jedoch war nicht zu erkennen, stellte Kohl irritiert fest.

»Nun, guter Mann, wer ist denn Willem? Sie oder das Pferd? Ich bin erst vor zwei Tagen auf die Insel gekommen«, erklärte er, ohne eine Erwiderung abzuwarten, und trat einen Schritt zurück. »Mit den Gebräuchen hier am Strand bin ich nicht vertraut. Worum also geht es?«

»Na, selbstredend um ein heilsames Bad in der See, Herr General«, antwortete der Unrasierte mit verblüfftem Gesichtsausdruck und schob seine Mütze in den Nacken. »Und natürlich steht der Willem vor Ihnen. Sie werden keinen bekannteren und wohlgerühmteren Karrenführer finden. Auf ganz Föhr nicht! Auch wenn der Karren nur geliehen ist. Herr Präsident betreten meinen feinen Badekarren, ziehen sich ungestört von liederlichen Blicken den Badeanzug an, Willem setzt den Karren rückwärts in die Fluten, und Uns Wohlgeboren steigen über die Treppe hinunter in Neptuns Reich. Unser Badearzt, der internationale Spezialist Dr. Eckhoff, rät wenige Minuten des Eintauchens im Kampf gegen allerlei Zipperlein. Danach geht das Ganze retour. Sie können gern in Willems Wagen schauen, es ist alles zu Ihrer Bequemlichkeit gerichtet.«

Damit ging er hinüber zu seinem Karren und öffnete die rückwärtige Tür.

»Willem, ich bin weder General noch Präsident«, kommentierte Kohl die eigentümlichen Bezeichnungen, mit denen dieser abgerissene Kerl ihn titulierte, folgte aber neugierig seiner Wolke aus Rauch und Branntweindunst. Im Wagen sah er eine Bank, eine Ablage für mancherlei Utensilien, Garderobenhaken, einen Spiegel und gefaltete Decken.

»Die Leute sagen, der Willem hat einen Tick, Durchlaucht, einen verzeihlichen, wie ich hoffe«, entschuldigte der sich und deutete auf die Decken. »Damit sich Euer Wohlgeboren nicht verkühlen«, erklärte er ihm und schien nun auf sein Engagement zu warten.

»Hat Willem hier den einzigen Badekarren?«

»Aber woher denn, er ist bloß sehr früh dran.«

Da Kohl keine Anstalten machte, sein Gast zu werden, schloss er die Wagentür. »Viele der Herrschaften ziehen es auch vor, direkt aus Wyk mit dem Wagen hierherzufahren, damit sie sich vor dem Gang ins kalte Wasser nicht durch körperliche Bewegung erhitzen«, flötete er in ironischem Ton. »Eine Empfehlung des Doktors. Auch unser Apotheker, der Herr Leisner, beehrt den Strand immer wieder, um der Damenwelt mit Elixieren und Salben aus seinem Vorrat beizustehen. Manchmal steuert er gar selbst direkt aus Wyk hierher.«

»Leider habe ich gar keine Vorkehrungen für ein Bad getroffen und muss daher Willems Angebot dankend ablehnen. Aber ich bin sicher, dass sich heute noch genug Kunden einfinden werden.« Damit setzte Kohl entschlossen seinen Gang über den einsamen Strand fort.

Bald wuchs niedriges Gebüsch fast bis ins Meer hinein, und der Sandstreifen endete. Er lenkte seine Schritte landeinwärts und folgte einem schmalen Trampelpfad durch hartes Silbergras und Buschwerk hindurch, bis er auf einen breiteren Weg traf, der ihn nach Westen führte.

Nach einem längeren Marsch durch die menschenleere Landschaft sah er endlich die Silhouetten eines Kirchturms und zahlreicher Bäume. Nun erschienen auch wieder Landarbeiter, Frauen zumeist, die gebückt und mit Hacken und Harken den Ackerboden bearbeiteten. Selten unterbrachen sie die Arbeit, um von ihm Notiz zu nehmen.

Von einem Kiepenkerl, der ihm entgegenkam und schwer an seiner Last trug, erfuhr er den Namen des Ortes: Nieblum. Als er den ersten Häusern so nahe kam, dass er in ihre Vorgärten sehen konnte, richtete er sein bis dahin gelockertes Halstuch, schloss den Rock und setzte seinen Zylinder auf. Die geschlossene Kleidung war zwar in der mittäglichen Wärme dieses Herbsttages wenig angenehm, aber Kohl wollte die Form wahren. Erstaunt bemerkte er, wie dicht der Ort mit Bäumen bewachsen war. Sie säumten die Straße und beschatteten die

Häuser, als stünden die Anwesen auf Waldlichtungen. Das war so ein ganz anderer Anblick als das dicht bebaute Wyk, dem erst der König eine Baumallee schenken musste. Hier war alles irgendwie breiter und höher. Einer Magd, die auf die Straße trat und mit Schwung einen Eimer Schmutzwasser ausgoss, entbot er seinen Gruß.

»Moin. Können Sie mir bitte sagen, wo ich das Haus von Kapitän Hansen finde? Ihr schönes Dorf ist mir gänzlich unbekannt.«

Die Deern stemmte die Hände in die Hüften und besah sich den feinen Herrn von Kopf bis Fuß. »Wollen Sie zur Rechenschule?«, fragte sie, ohne eine Miene zu verziehen. »Dazu scheinen Sie mir nicht mehr das rechte Alter zu haben. Aber Hansen wird gewiss eine Ausnahme machen, wenn Sie ihm jeden Abend den Ofen heizen.«

Dann deutete sie mit dem Finger die Straße entlang in nördliche Richtung. »Bis zur breiten Hauptstraße. Der Kapitän wohnt auf der anderen Seite, in Osterland. Seine Tür ist rot gestrichen, und davor liegt ein Anker. Na, dann strengen Sie sich mal an.« Sie griff den Eimer und verschwand lachend im Haus, ohne sich weiter um ihn zu kümmern.

Kohl, noch ganz verdutzt von ihrer merkwürdigen Vermutung, hob nachträglich den Zylinder und war sich sicher, durch eines der Fenster beobachtet zu werden. Richtig, es gab diese Grenze, die den Ort durchzog, erinnerte er sich, und so unterstand Hansen mit seinem verdächtigen Hausdiener Pana dem Wyker Landvogt Dorrien.

Zielstrebig schritt er in die angegebene Richtung, überquerte die breite und dadurch als Landesgrenze gut erkennbare Hauptstraße und fand bald den Anker mit der roten Tür. Anstatt jedoch gleich vor den Eingang zu treten, schlenderte Kohl neugierig die Gartenhecke entlang und versuchte, das Gebäude zu umrunden. Um durch den hohen Hut nicht unnötig aufzufallen, nahm er den Zylinder ab und schielte durch das Gebüsch. Doch obwohl die Sonne von Wolken ungestört Nieblum mit ihrem goldenen Licht ausleuchtete, gelang es ihm nicht, einen Blick ins Innere des Hauses zu werfen. Die Hecke hielt ihn gehörig auf Abstand, und die Schatten der Bäume legten sich dunkel auf die Fassade. Zu seinem Leidwesen grenzte ein anderes, nicht minder gepflegtes Domizil an die rechte Flanke des Gebäudes an. So konnte Kohl lediglich einen großen Gemüsegarten samt Geräteschuppen erkennen, neben dem ein Kaninchenstall stand. In einem abgetrennten Winkel pickten Hühner im Sand. Alles lag seltsam still da, das ganze Anwesen wirkte verlassen.

Worauf also hatte er gehofft? Darauf, dass sich der Hausdiener und nun mordverdächtige Südseemann hier verstecken und er ihn gleich beim ersten Hinsehen entdecken würde? Tatsächlich wäre das für Kohl ein schöner Beifang gewesen, allein der Grund seines Besuchs war ein anderer.

Bevor er sich aber durch sein Herumschleichen den Unmut der Nieblumer zuzog, überprüfte er den Sitz seiner Kleidung und trat an die rote Haustür. Laut dröhnte der eiserne Türklopfer.

Nach wenigen Momenten hörte er das Schlurfen von Schritten und ein trockenes Husten. Langsam, fast zögerlich wurde ihm geöffnet, und Kohl sah sich einem alten Mann mit einem breiten, freundlichen Gesicht gegenüber, der trotz seiner Jahre erstaunlich rüstig wirkte. Allein seine Augen hatten etwas Trauriges. Weiße Haare säumten eine glänzende Halbglatze, die Koteletten waren sauber rasiert. Der Herr trug den Kragen seines Hemdes durch ein schwarzes Halstuch hochgebunden, eine gelbe Weste spannte sich unter einem dunkelblauen Rock. Die lange Hose aus schwerer Wolle sah zerbeult und abgetragen aus und passte in ihrer Behaglichkeit gut zu den Samtpantoffeln, die der Alte trug.

Von oben nach unten verliert er die Form und gewinnt an Bequemlichkeit, dachte Kohl und zog mit einer Verbeugung den Hut.

»Moin und guten Tag«, begann er und lächelte. »Ich bitte die

Störung zu entschuldigen, aber ich komme in einer dringenden Angelegenheit. Habe ich die Ehre, mit Herrn Kapitän Hansen zu sprechen?«

»Dem ist wohl so«, sprach Hansen und räusperte sich. »Was drängt denn so? Die Zeiten sind gerade besonders schauderhaft, und alles scheint dringend. Da sehne ich mich zurück nach den Grönlandfahrten, da war noch Stille und Zeit. Und wer sind Sie?«

»Johann Georg Kohl, Reiseschriftsteller. Und selbstredend komme ich aufgrund des Ereignisses, bei dem auch auf Ihr Haus ein böser Verdacht fiel. Nun misstraue ich als außenstehender Inselbesucher aber den schnell geäußerten Mordbezichtigungen und glaube nicht an die Schuld Ihres Dieners. Kurzum, ich möchte mehr erfahren über den erschlagenen Jungen. Es gehört Licht in die tödliche Dunkelheit.«

Hansen brummte und blickte missmutig auf Kohl, die Hand immer noch an der Tür und, wie es schien, auch bereit, sie zuzuwerfen. »Sie sind nicht von hier, ja nicht einmal Friese. Was also geht Sie die Föhrer Gerechtigkeit an, so düster sie auch sein mag?«

»Dürstet nicht die ganze Welt danach?«, antwortete Kohl nach kurzem Überlegen. »Und ist die Betrachtung von außen oft nicht klarer und hilfreicher, als selbst Teil einer engen, in sich verstrickten Gemeinschaft zu sein? Ich kenne hier keine Menschenseele, bin niemandem verantwortlich oder unterworfen, mein Geist ist frei. Können das die mit der Untersuchung befassten Herren auch von sich behaupten?«

Hansen fuhr sich durch den weißen Haarkranz und legte die Stirn in Falten. »Na, Sie Streiter für die Gerechtigkeit, dann kommen Sie mal rein.« Er ging beiseite und ließ Kohl in den Hausflur eintreten.

»Pana!«, rief er. »Tee für zwei, wir haben Besuch.« Als er in Kohls überraschtes Gesicht sah, lachte er heiser auf. »Ach ja, der Kerl ist geflohen. Zu dumm, das. Meine Hausmagd kommt nur des Morgens und des Abends, mir beim Haushalt zu helfen.

So müssen wir auf den Tee verzichten, aber darf es ein Glas Rum sein?«

Er ging an Kohl vorbei, öffnete die rechts im Flur gelegene Stubentür und trat, ohne auf Kohl zu achten, an einen dunklen Vitrinenschrank. Kohl folgte ihm in den holzvertäfelten Raum. Vom Vorgarten fiel goldenes, durch die Schatten der Baumblätter belebtes Licht durch die Fenster. Die Stube wirkte heller, als man es von außen erwarten durfte. Ein bequemes Kanapee, ein langer Tisch und drei hohe Lehnstühle bildeten das Mobiliar. Auf dem Boden stapelten sich dicke Bücher, eine gerahmte Karte an der Wand zeigte die Westsee.

Das Klirren von Gläsern holte Kohl aus seinen Gedanken. Hansen stand mit zwei Portionen Rum in der Hand neben ihm, wies auf das Kanapee und setzte sich ans Fenster. »Dem Gast zu ehren«, sprach er und kippte den Rum hinunter.

Kohl tat es ihm gleich.

»Für gewöhnlich nehmen hier auf den harten Stühlen meine Schüler Platz, und ich sitze behaglich. Aber nun zu Ihrem Hiersein. Was wollen Sie herausfinden, was die Landvögte noch nicht wissen?« Damit lehnte er sich zurück und fixierte ihn mit wacher Miene.

»Nun, Herr Kapitän, Ingwer Martens war Ihr Rechenschüler und der entflohene Pana Ihr Hausdiener. Beide werden sich also gekannt haben. Und nun soll der eine den anderen brutal erschlagen und seinen Körper mit eingeritzten Zeichen heidnisch markiert haben.«

Hansen schüttelte langsam den Kopf und senkte den Blick auf die Tischplatte, dann wischte er sich über Augen und Stirn, sagte aber nichts.

»Ich frage mich nun: Wie war Ihr Schüler? Was lässt die Schicksalslinien des Ingwer Martens und Ihres Dieners Pana sich kreuzen? Hatte der Junge Feinde, die seinen Tod wollten? Was führte Pana in den frühen Morgenstunden zu der einsam gelegenen Lembecksburg und zur Leiche des Jungen?«

Er zog sein Notizbuch hervor und wartete. Hansen saß unbewegt und mit ausdrucksloser Miene in seinem Stuhl, und Kohl war sich nicht sicher, ob der Alte alle seine Fragen verstanden hatte.

Doch dann hob Hansen sein Gesicht und schaute seufzend zum Fenster hinaus. Er stand auf, schritt hinüber zum Vitrinenschrank und kam mit einer Kristallkaraffe goldblitzenden Inhalts zurück an den Tisch. Er füllte die Gläser, trank seines sogleich leer und setzte sich wieder. Nachdenklich schaute er zur Decke.

»Pana lebt seit sechzehn Jahren auf Föhr, damals war er dreiundzwanzig Jahre alt. Er scheint eine interessante Geschichte zu haben, die er aber nicht gänzlich enthüllt. Der Kerl verschweigt etwas. Tja, wer tut das nicht?«, meinte er.

Kohl nickte ihm auffordernd zu, und Hansen sprach weiter: »Immerhin ist ihm in all der Zeit, in Momenten der Wut und der Einsamkeit, der eine oder andere Satz entwichen. Nun, ich werde weiter ausholen. Es war im Jahr 1805, Napoleons Truppen verwüsteten die deutschen Lande, als ein Segler, der amerikanische Seelöwenfänger ›Nancy‹, mit seinem Kapitän Schoones auf den Osterinseln anlegte. Ohne Federlesen fielen die Seeleute über die Weiber der Eingeborenen her und taten ihnen Gewalt an. Dann drohten sie mit ihren Gewehren, raubten zehn Frauen und zwölf der Männer und verschleppten sie auf ihr Schiff.«

Kohl nahm einen Schluck Rum und folgte gespannt Hansens Worten.

»Auf der Insel Juan Fernández sollten sie Sklavendienste versehen, die Insel ist so etwas wie ein Stützpunkt der Robbenfänger auf dem Weg nach Amerika. Auf hoher See, fernab jedes Stückchen Landes, sprangen dann sechs der Männer über Bord. Niemand weiß, was aus ihnen wurde. Vermutlich nahm sie die See. Tapfere Kerle, lieber tot als versklavt, es hätten Friesen sein können.« Hansen lachte.

»Ein Jahr später, Napoleon hatte Berlin erobert, kam auf der Osterinsel Rapa Nui eine der überfallenen Frauen mit einem Knaben nieder. Sie war nicht verschleppt worden, und ihr Kind war, Sie ahnen es, unser Pana. Der arme Junge aber trug das Mal des Bastards und der Schande, blieb immer ein Fremdling.«

Hansen sah versonnen aus dem Fenster, dann blickte er Kohl scharf an.

»Dort in der Südsee ein Verstoßener, wurde er hier auf Föhr auch kein Teil einer christlichen Gemeinde oder überhaupt einer Gemeinschaft. Wer will ihm das verübeln? Immerhin waren die Männer dieses Robbenfängers Vertreter der Christenheit und haben brav den sonntäglichen Bibellesungen gelauscht. Wenigstens wurde das so auf den Schiffen gehalten, mit denen ich je zur See gefahren bin. Da draußen, in der Weite des Meeres und im Angesicht berghoher Wellen wie mörderischer Stürme, ist der Seemann Gott näher.«

»Das glaube ich gern«, meinte Kohl.

»Pana hat vermutlich nie einen Grund gesehen, unserm Herrn Jesus nachzufolgen, nachdem er verstanden hat, was für Bestien auch in dieser Religion zu Hause sind. Da blieb er lieber bei seiner eigenen. Aber ich greife vor.«

Hansen füllte sein Glas nach und hielt Kohl die Karaffe hin. Der jedoch verneinte stumm und notierte konzentriert.

So nippte Hansen am Glas und fuhr fort: »Als Pana elf Jahre alt war, legte ein Schiff an seiner Insel an. Diesmal waren es keine Menschenräuber und Robbenschläger, sondern Forscher. Der Kapitän sprach Russisch mit seinen Matrosen und einigen Wissenschaftlern und Deutsch mit einem Botaniker aus Berlin. Der soll übrigens auch ein Geschichtenerzähler gewesen sein, so wie Sie. Adelbert von Chamisso, schon von ihm gehört?«

»Aber natürlich, der Autor des Peter Schlemihl, der seinen Schatten verkauft.«

»So? Nun ja, Pana jedenfalls, der Ausgestoßene, Ungewollte, freundete sich mit den Fremden an und sah bald seine Chance, seine Welt aus Scham und Schande zu verlassen. Da die Dorfältesten nichts dagegen hatten, wurde er also ein Mitglied der Besatzung. Zuerst als Schiffsjunge, später als Diener des Kapitäns segelte er über die Weltmeere. Mehr als das hat er mir nicht erzählt. Es ist, als ob er seine Spur verwischen will.« Hansen schwieg einen Moment und sah abwesend aus dem Fenster.

»Im Jahr 29 hat er dann unsere Insel betreten. Er ist weit gereist, welterfahren und kann zupacken. Kurz und gut, seitdem arbeitet er für mich als Hausdiener und lebt auch hier im Haus. Lebte, muss ich wohl sagen.«

Hansen hob sein Glas. »Auf dass es ihm gut gehen möge!«, sprach er feierlich und stürzte den restlichen Rum hinunter.

Kohl schloss nachdenklich sein Notizbuch. »Und Sie haben nie erfahren, wo er überall gewesen ist? Wäre das für einen Seefahrer wie Sie kein großartiges Gesprächsthema an den dunklen Abenden?«

Hansen machte eine wegwerfende Geste. »Mal sprach er von Manila, dann von St. Petersburg. Einmal erwähnte er Brasilien, nur schien ihm das eher herausgerutscht zu sein, und er brach mitten im Satz ab. Wer weiß, was dem an seiner Seele so geschundenen Kerl da durch den Kopf ging. Er lebte zurückgezogen und hielt sich aus allem raus. Ich meine, er hatte nicht einmal Freunde.«

»Das klingt ein wenig tragisch.«

»Aber das will ich dann doch noch sagen, da er ja hier auf der Insel nun als Mörder gilt. Er hat nie die Hand gegen jemanden erhoben oder sich dazu hinreißen lassen, böse Reden zu führen. Mit den Jungs meiner Rechenklasse hat er sich gut verstanden.«

»Und warum ist er gestern in der frühen Dämmerung um die Lembecksburg geschlichen? Hat er das öfter gemacht? Vielleicht hat er dort in der Einsamkeit ungestört seinen Göttern gehuldigt?«, überlegte Kohl laut.

Hansen lachte. »Ritualmord, was? Tünkram! Hirngespinste nervenkranker Badegäste, die sich in ihrem Müßiggang langweilen und den Grusel suchen. Ich weiß nicht, was er da gemacht hat. Aber der Kerl ist im besten Alter, voller Saft und Kraft.«

»Vielleicht gibt es da draußen auf den Dörfern eine Magd, der er seine Gunst erweist?«, meinte Kohl.

»Das werden wir wohl nie erfahren, denn welches Weibsbild wollte mit dieser Schande leben. Unzucht mit einem braunen, tätowierten Heiden! Die Deerns gehen ja aus weit weniger gewichtigen Gründen ins Wasser.« Wieder lachte Hansen auf. »Oder er hatte ein geheimes Geschäft zu besorgen. Wobei ich bei ihm jeden Diebstahl ausschließe. Von der Ehrlichkeit dieses Südseewilden kann sich noch mancher Friese etwas abschneiden. Also, Herr Kohl, mir ist das alles ein Rätsel.«

Kohl, der wieder fleißig mitgeschrieben hatte, schaute auf und kaute an seinem Bleistift.

»Nach allem, was ich weiß, wurde Ingwer Stunden vor seinem Fund getötet. War Pana denn in dieser Nacht bei Ihnen?«

Hansen zuckte die Schulter.

»Dann wollen wir einmal Pana beiseitelassen und über Ihre Rechenklasse sprechen. Wer waren denn die Mitschüler von Ingwer Martens?«

»Ob das zu etwas führen wird? Daniel Krückenberg hier aus Nieblum, aber diesseits der Grenze aus Osterlandföhr. Sein Vater ist Bierbrauer, aber Daniel hält fest am Traum, einmal zur See zu fahren. Der andere ist Focke Petersen, Bauernsohn aus Borgsum auf Westerlandföhr. Beide sind ein Jahr älter als Ingwer und deutlich kräftiger gebaut. Das war ein feiner Gegensatz in der Klasse. Der kluge, schmächtige Schnellrechner aus einer Arme-Leute-Kate, in der seine Mutter umherspukt, und die Jungs in ihrer satten, fleischigen Denklahmheit. Von den dreien hätte ich allein Ingwer den Reedern empfohlen. Ich weiß von etlichen Schlägen und einiger Drangsal, denen dieser Hungerjunge ausgesetzt war.«

»Könnte es sein, dass einer der Schüler auf Ingwer so zornig geworden ist, dass er ihn erschlagen hat?«, wollte Kohl wissen.

Hansen fuhr sich nachdenklich über seine Glatze.

»Sind Sie auf dieser Insel eigentlich der einzige Lehrer für die zukünftigen Steuermänner, oder gibt es noch andere Schulen?«, fragte Kohl weiter.

»Einige Kapitäne geben ihr Wissen und die Rechenkunst an

die jungen Leute weiter, auch in den anderen Dörfern. Das mit der Konkurrenz habe ich auch überlegt«, antwortete Hansen. »Aber die Sache will mir nicht recht in den Kopf. Weil ja weitere Schulen auch ausbilden. Für Daniel und Focke, tja, da ist jeder, der besser rechnen kann, ein Rivale. Und derer gäbe es dann sehr viele.« Hansen schmunzelte. »Auf der anderen Seite waren die Jungen trotz allen Haders miteinander unterwegs. Gerade Daniel und Ingwer. Beides noch halbe Kinder. Mal war es ein Ritterkampf mit Knüppeln, mal die Eroberung der Insel von einem Beiboot aus. Entdecken, erobern, was Jungs eben im Kopf haben.«

»Und der andere, Focke?«

Hansen winkte ab. »Bauer Petersen hat immer einiges zu tun für seinen Sohn, und der mochte sich den anderen Träumern nicht anschließen. Sein Geist ist zu sehr auf Handfestes gerichtet, fette Speisen und dralle Schenkel. Was das angeht, ist er kein Kind mehr, da melden sich die Triebe.«

»Wann sind denn die Unterrichtszeiten bei Ihnen?«, fragte Kohl, als habe er das Letzte nicht gehört. Im Grunde war es für ihn auch ohne Bedeutung.

»Im Winter beginnen wir um fünf Uhr. Auf der Insel ist dann wenig zu tun. Dass ich die drei jetzt bei mir hatte, ist eher eine Ausnahme. Wegen Ingwer. Der sollte eigentlich in diesen Monaten noch auf See sein, aber er kam nicht weit.«

»Ich habe davon gehört«, sagte Kohl. »›Die-Drei-Brüder‹ und der Sturm auf der Grönlandfahrt. Pastor Stedesand hat es mir erzählt.«

»Ach, hat er das? Nun, dann wissen Sie ja Bescheid. Wie gesagt, eine Ausnahme.«

»Und wann begann normalerweise der Unterricht?«, bestand Kohl auf seiner Frage und schlug ein Blatt seines Notizbuches um.

»Gegen sieben Uhr abends«, murmelte Hansen mehr zu sich selbst, er schien in Gedanken. »Vorher hatte Ingwer in irgendwelchen Häusern in Wyk zu tun. Musste ja Geld verdienen.«

»Wann haben Sie ihn dann zuletzt gesehen?«

»Am Mittwoch, in der Klasse. Donnerstag hat er gefehlt. War überhaupt ein komischer Tag. Daniel war auch nicht bei der Sache. Hat gemeint, ohne Ingwer könnten wir ja den Unterricht ausfallen lassen. Seine Schiefertafel hatte er auch nicht vollgerechnet. Nicht dass das noch nie vorgekommen wäre, aber diesmal hatte er überhaupt nichts geschrieben. Das hätte sich nicht mal Focke erlaubt.«

Dann sollte ich wohl die beiden Jungen befragen, dachte Kohl und steckte sein Notizbuch endgültig weg. Dabei beobachtete er Hansen, der nun an seiner Unterlippe knabberte und kaum merklich den Kopf schüttelte.

»Das mit den Zeichen in der Haut ist eine falsche Fährte«, murmelte er.

Kohl war von seinem klaren, starken Blick beeindruckt.

»Etwas aus sehr rostigem, mürbem Eisen hat Ingwer am Kopf getroffen. Die Wunde war aber nicht sofort tödlich, denn der Junge wurde dann noch erstickt. Was also sollen die Ritzungen an Armen und Beinen, wenn wir von der Unschuld Panas ausgehen?«

»Oh, Sie kennen die Untersuchungsergebnisse?«

Hansen machte eine wegwerfende Bewegung. »Wir hier in Nieblum reden miteinander. Warum sollte mir Dr. Boey auch sein Wissen verheimlichen, oder halten Sie mich für einen Verdächtigen?« Hansen lachte kehlig. »Herr Schriftsteller, ich bleibe dabei, die Sache mit den Hautzeichen wird zu einer Fata Morgana. Der Mörder wird jemand sein, der noch auf Föhr umherläuft und sein Gesicht offen in die Sonne hält«, orakelte er.

ERBSEN UND BILLETTS

Auch wenn sich Handwerker, Waschfrauen und Gesinde unter die elegante Badewelt in den Wyker Gassen mischte, so fiel Mariane Brodersen in ihrer schwarzen Tracht und mit dem verhüllten Gesicht doch auf. Zwar kamen die Herrschaften bei ihren Landpartien auf der Insel herum, trotzdem hielten sich ihre Begegnungen mit den Dörflern in Grenzen. So trafen Mariane gerade auch von den Damen Blicke, die ihr eher das Gefühl gaben, eine Jahrmarktsattraktion zu sein, denn eine Föhrerin auf ihrer eigenen Insel. Aber derlei war sie inzwischen gewohnt, und so bewegte sie sich unter den Fremden, ohne diese wirklich wahrzunehmen. In einer Art verwischtem Sehen erahnte sie die Badegäste, verschwommen und schemenhaft. Die Einheimischen dagegen sah sie scharf und deutlich zwischen all den Leuten. Dabei unterstützte sie ihre Gewissheit, dass die Gäste ohnehin nur eine begrenzte Zeit blieben. Darin glichen sie den Graugänsen, die auf ihrem langen Flug auf den Wiesen zu Kräften kamen und schnell wieder fortzogen.

Diesmal jedoch schritt Mariane aufmerksam durch Wyk, denn nun galt es, besonders die Fremden zu beobachten.

Bald hielt sie die Luft an, betrat die Apotheke und versuchte in kleinen Portionen ein- und auszuatmen. Der Kontrast zwischen der guten Meerluft draußen und dem seltsamen Gemisch der Aromen hier drinnen war ihr zu scharf.

Leisner, der zu dieser Stunde in der Rezeptur eine Salbe mischte, unterbrach beim Schlagen der Tür seine Arbeit und stand bald beflissen hinter der Kundentheke.

»Moin, Mariane, ja ist es mal wieder so weit? Ich dachte, deine Postgänge für diese Woche seien erledigt.« Er strich sich über den Schnauzbart und wartete auf eine Antwort.

Mariane, die das Gesicht immer noch verhüllt hatte, überreichte ihm einen mit einfachem Kerzenwachs gesiegelten Brief.

»Für den Herrn Kohl. Er soll hier untergekommen sein?«
Leisner hob die Augenbrauen und nahm das Schreiben entgegen. »Ich weiß allerdings nicht, wann der Herr wiederkommt. Er ist ja unterwegs, die Sehenswürdigkeiten unserer Insel zu studieren und einen Artikel oder gar ein Buch darüber zu verfassen. Vielleicht werde ich ja auch erwähnt. Immerhin ist dies hier die einzige Apotheke auf Föhr, königlich privilegiert!«

»Es gibt auch nur eine Postfrau, in so ein Buch werde ich trotzdem nicht kommen«, antwortete Mariane. »Der Brief da ist nichts, womit er sich Zeit lassen soll.«

»Das richte ich aus. Worum geht es denn?«

Als er nichts außer einem entschlossenen Schweigen erntete, wandte er sich seinem Regal zu. »Ja nun, darf es sonst noch etwas sein? Eine Beinwellsalbe, Arnika, Veilchendrops?«

»Lieber nicht, ich muss meine Schillinge beieinanderhalten. Und meine Einreibungen bereite ich mir selbst zu. Aber sag, gibt es Neues über den Entflohenen? So allein über Land zu laufen, ich mache mir Sorgen um meine Sicherheit.«

»Das kann ich gut verstehen. Vielleicht solltest du in den nächsten Tagen deine Runden in der Gesellschaft eines kräftigen Burschen machen oder einen scharfen Hund an der Leine führen«, schlug Leisner vor. »Der Gendarm durchkämmt derweil mit einer Gruppe von Handlangern ganz Osterlandföhr und lässt nach allem, was man hört, keine Grube, keinen Schuppen, kein umgestürztes Ruderboot unbeachtet. So dienstbeflissen kennt man ihn gar nicht. Bei mir haben sie sich auch umgetan«, empörte er sich und wischte mit seiner Hand über seine hohe Stirn. »Ungehobelte Kerle waren das, mit einer unerquicklichen Neugier. Aber ich habe ja nichts zu verbergen. Jedenfalls ist Wyk inzwischen abgesucht, nun sollen sie sich über Övenum und Midlum auf Alkersum zubewegen. Genaueres weiß ich natürlich nicht, derlei Informationen müssen mir meine Kunden ins Geschäft tragen.« Leisner hob entschuldigend die Hände. »Der Badebetrieb immerhin geht seinen gepflegten, geregelten Gang, und unsere Gäste lassen sich nach einem ersten Schauder nicht von den Segnungen der Wassertherapie abhalten. Man promeniert tapfer weiter.«

»Nun, wenn Panas Greiftrupp schon hier durch ist, scheint Wyk ja sicher«, meinte Mariane. »Ob sie den Kerl vor sich hertreiben? Dann könnten ihnen die Westerländer Bauern ja entgegenkommen und den Mordbuben in die Enge hetzen.«

Leisner zuckte die Schultern. »Ich weiß nicht, ob die Landvögte so eine Treibjagd geplant haben. Jagdhunde wären dabei auch hilfreich.«

Mariane zupfte ihr Kopftuch, das beim Sprechen etwas verrutscht war, wieder über die Nase, sodass allein ihre Augen unbedeckt blieben. »Ich will nun weiter«, sprach sie und ging hinaus auf die Gasse.

Nach wenigen Schritten gelang es ihr wieder, den Blick auf die Herrschaften in den guten Tuch- und Seidenstoffen scharf zu stellen, und so bewegte sie sich langsam und ziellos unter ihnen.

Nach und nach legte sich ein weiches Licht auf die farbigen Hausfassaden, der Nachmittag kündigte sich an. Mariane hatte das Zentrum des kleinen Ortes durchschritten und war in eine westseitige Straße geraten, an der neuere Häuser standen, höher gebaut, pfannengedeckt und mit gepflegten Vorgärten. Hier war so mancher betuchte Badegast in einer ihm eigens zur Verfügung gestellten Wohnung abgestiegen, hier logierte, wen die Festländer selbst als Gesellschaft bezeichneten. Und selbstverständlich kam die ganz ohne Föhrer Eingeborene aus, vom Badearzt und den Haushilfen einmal abgesehen.

Am Rande Wyks gab es weniger Personen- und Wagenverkehr, es war ruhiger. Und so nahm sie die knirschenden Wagenräder und die in den Sand gesetzten Pferdehufe hinter ihrem Rücken schon von ferne wahr und drehte sich um. Ein junger Bursche führte ein Pferd am Zügel und kam an einem Haus mit zartgelbem Anstrich zum Stehen. Mariane beobachtete, wie er an den Gartenzaun trat, seine Mütze vom Kopf nahm und sich leicht verbeugte. Weder konnte sie hören, was gesprochen wurde, noch sah sie, wer da am Hauseingang stand. Nur, so alltäglich die Situation war, etwas ließ sie gebannt hinschauen. Denn bei dem Pferd handelte es sich um einen Falben und bei der Kutsche um eines jener schlanken Modelle, dem sie vor zwei Tagen mit einem Sprung in den Graben ausgewichen war. Es musste eines der Wyker Mietgespanne sein, vermutlich herbeibestellt.

Langsam ging Mariane auf das Haus zu. Dies war bei ihrem ganzen Gang durch den Ort der erste und einzige Hinweis, der etwas mit ihren Beobachtungen am Todestag des armen Ingwer zu tun haben konnte. Als sie beim Einspänner ankam, war der Bursche verschwunden und die Haustür stand offen. Sie atmete tief ein und durchschritt den Vorgarten, nicht ohne die Fenster des Hauses im Auge zu behalten. An der Tür lauschte sie in den Gang und hörte die resolute Stimme einer Frau, die das auf der Insel übliche Friesisch sprach.

»Madame ist oben und macht sich gerade für eine Ausfahrt zurecht, sie braucht keinen Kutscher. Das ist eine dieser ganz modernen Frauen, wobei ihr etwas mehr Anstand gut stehen würde. Aber was sage ich. Du kannst dein Gespann am Abend wieder abholen, Madame wird die Einladung zum Diner zu Fuß wahrnehmen. Ist mir auch recht, so habe ich nachher frei und komme einmal aus der Küche. Ihrer Klaviermusik bin ich überdrüssig. Bezahlt wird die Kutsche wie immer anschließend.«

Mariane klopfte an die Haustür, wobei sie absichtlich den eisernen Türklopfer vermied, lauschte einen kurzen Moment und folgte der Stimme in den Flur. Der gefliestet Gang führte sie an einer Wohnstube vorbei in eine geräumige Küche. In der Herdstelle brannte ein kleines Feuer, kupferne Pfannen und Töpfe hingen glänzend an der Wand. Leider konnte sie nicht alles im Raum erkennen, denn sie schaute auf den Rücken des Burschen, der ihr auch einen Blick auf die Sprecherin verwehrte. Aber rechts unter einem Fenster saß ein Mädchen, das mit einer Schüssel auf den Knien und einer zu den Füßen Erbsen auslas.

Es war Laura Martens, die scheinbar konzentriert dieser

Arbeit nachging, ohne sich um die Anwesenden zu scheren. Aber Mariane entging aus den Augenwinkeln nicht, dass ihre Aufmerksamkeit allein dem jungen Burschen mit der Kappe in der Hand galt.

»Aber nun darfst du gehen«, sprach die Frau, die vermutlich die Köchin war, »schöne Augen kannst du der Laura dann später machen. Wir haben noch zu tun und kommen gut ohne dich zurecht.«

Sie sah nun an dem Burschen vorbei auf Mariane und stemmte ihre kräftigen Hände in die Hüften. »Hat man noch Töne! Schleichst dich wie ein Gespenst herein und lauschst. So ganz in Schwarz vermummt, als wolltest du im Watt die Krabben fangen oder Schollen stechen. Dabei brennt hier in meiner Küche keine Sonne und schleift auch kein Sand deine Haut. Darfst dich also gern zivilisiert unter die Menschen mischen und dein Gesicht zeigen, Mariane. Aber was willst du eigentlich hier?«

»Die Postfrau«, entschlüpfte es dem Burschen, der sich zu ihr umgedreht hatte und sie neugierig ansah. Energisch drängte ihn die Köchin in den Flur, und kurz darauf schlug die Haustür.

»Eben«, antwortete Mariane, »die Post. Ich bin gerade hier vorbeigekommen und dachte, ich frag mal nach Sendungen. Jetzt, wo dieser Mordbube die Straßen unsicher macht, nehme ich die Gelegenheit vorher wahr und will auf meinen Posttagen nicht mehr alle Orte aufsuchen. So sammele ich ein, was sich ergibt.«

Während die Köchin ihr mit vorgestülpter Unterlippe zugehört hatte, hatte Mariane ihre Erklärung weniger an diese Frau als an Laura gerichtet, die sich ihr dann auch zuwandte und in Gedanken einige der trockenen Erbsen durch die Finger gleiten ließ.

»Ja, da tust du recht dran«, sprach die Köchin nun mit überraschend leiser, bebender Stimme. »So eine grausame Sache ist auf der Insel noch nie geschehen. Der Südseeheide schlachtet unseren Ingwer, trinkt sein Blut und ritzt ihm gottlose Zeichen in die Haut. Und immer noch«, sie schluchzte auf und deutete auf Laura, »müssen das arme Kind hier und seine Mutter darauf warten, den Körper in christliche Erde zu betten.«

Sie richtete sich auf und sagte resolut: »Und was tut die Obrigkeit? Sie lassen den Unhold beim Abendbrot laufen! Und jetzt ist die ganze Insel in Gefahr. Dabei ist es den Bauern und Seeleuten gar nicht recht, wenn die Männer der Landvogtei ihre Katen und Höfe durchstöbern. Du weißt ja selbst, wie gern überall schwarzgebrannt wird und auch das eine oder andere Stück Bergegut den Vögten ungemeldet bleibt.«

Sie trat neben Mariane und legte ihr in einer überraschend mitfühlenden Geste die Hand auf die Schulter. Jetzt hat sie ihr sonst so schroffes Herz ganz weichgeredet, dachte Mariane und lächelte.

Die Köchin bot Mariane den einzig freien Stuhl an. »Komm, setz dich. Ich will sehen, ob Madame etwas zum Verschicken hat. Sie soll ja einen Künstlernamen benutzen, hat mir mal einer der Gäste bei einer Abendgesellschaft zugeraunt. Dieser Wichtigtuer. Was wollte er denn damit andeuten? Vielleicht muss Madame ihren guten Namen schützen, wenn sie all diese Liebesgeschichten schreibt. Jedenfalls, in dieser Saison hat sie Tinte und Papier kaum benutzt, sie war oft in der Landschaft unterwegs oder eingeladen. Warte hier.«

Sie verließ die Küche und stieg die Treppe hinauf.

Sogleich wandte Mariane sich Laura zu. »Kind, was tust du hier? Solltest du nicht bei deiner Mutter sein?«

Laura schaute Mariane mit ernster Miene an. Die erwiderte den Blick, und für einen längeren Moment maßen sich die beiden in ihrer Entschlossenheit.

»Zufällig hier vorbeigekommen, um die Post zu sammeln?«, begann Laura leise und behielt dabei den Eingang zur Küche im Auge. »In wie vielen Häusern bist du denn schon gewesen? In keinem, möchte ich meinen. Und als ob es für dich jetzt weniger gefahrvoll ist, wieder zurück nach Süderende zu gehen, mit oder ohne Post.«

Laura ließ Erbsen in die Schüssel gleiten und sagte etwas

leiser: »Entweder ist das alles zu gefährlich und du bleibst zu Hause, oder du gehst deine normalen Postwege. Nein, deine Erklärung kann ich nicht glauben. Vielmehr scheinst du dem Martin gefolgt zu sein, weil er eine Kutsche geliefert hat. So eine, wie ich sie gesehen habe?«

Mariane war hin- und hergerissen. Was für ein Mädchen, dachte sie. Sollte sie ihr nicht bald reinen Wein einschenken?

»Du hast recht. Da war damals eine Mietkutsche mit einem Falben. So eine steht jetzt draußen. Ich wollte nicht, dass du dich in Kreise begibst, denen du nicht gewachsen bist. Denn es sah so aus, als ob der Kutscher nach Wyk gehörte. Was willst du da schon ausrichten in deiner Trauer?«

Laura hob trotzig das Kinn.

»Aber sag, was treibt dich denn in diese Küche? An einen Zufall vermag ich da genauso wenig zu glauben.«

Laura deutete auf einen Korb mit kleinen Kartoffeln. »Die habe ich vom Feld gestoppelt und bin mit dem Consul hierhergefahren. Ich bin auch der Meinung, dass diese Sache mit meinem Bruder etwas mit den Badegästen zu tun hat. Diese Zeichen in der Haut, ich glaube nicht, dass sich das ein Föhrer ausdenkt. Pastor Carstens meint auch immer, die Festländer in Wyk sind sittenlos. So will ich mich unter sie mischen und sehen, was ich erfahren kann. Und die Köchin hier ist eine von uns, sie würde mich in den Küchendienst nehmen und vielleicht weiterempfehlen, dachte ich. Und da bin ich nun.«

Sie horchte nach Schritten auf der Treppe, doch es blieb still im Haus. »Aber sag, wen hast du denn nun in der Kutsche gesehen, als mein Bruder dort den Tod fand? Und warum machst du dich in dieser Sache auf die Suche? Du als Frau allein mit dem Mörder bist genauso schwach wie ich als Mädchen.«

Mariane schüttelte den Kopf. »Die Männer nennen uns das schwache Geschlecht, aber damit unterschätzen sie uns. Das darfst du nie vergessen. Wenn die lauten Kerle sich auf See den Wind um die Nase wehen lassen, sind wir ach so schwachen Weiber gut genug, Haus und Hof, die Ernte und die Wirtschaft zu besorgen. Nein, es sind die Neugier und der Wunsch nach Gerechtigkeit, die mich umtreiben.«

»Gerechtigkeit?«

»Die Herrschaften haben sich viel zu schnell mit der einfachsten Erklärung zufriedengegeben, so als ob sie gar nicht wissen wollen, was wirklich geschehen ist. Es geht ja auch bloß gegen einen Wilden aus der Südsee, der wird sich kaum wehren können.«

Sie trat noch näher an Laura heran und senkte die Stimme zu einem Raunen. »Viel von der Kutsche habe ich gar nicht erkannt. Das Pferd war hell mit dunkler Mähne und dunklem Schweif, so eines steht draußen. Auch die Kutsche war einer dieser eleganten Einspänner, die man mieten kann. Wer aber auf dem Bock saß, konnte ich nicht wirklich erkennen, allein dass es eine Frau in einem blauen – «

»Nun, was haben wir denn hier?«, unterbrach sie eine dunkle Frauenstimme, und beide fuhren erschrocken herum.

Frau von Wolf verzog ihren Mund zu einem kalten Lächeln und band mit ihren behandschuhten Händen eine Schute aus schwarz gefärbtem Stroh über ihr schimmerndes Haar. Die Blicke von Mariane und Laura aber krallten sich in das tiefe Blau ihres Reitkleides, dessen enger Schnitt ohne aufgepuffte Ärmel, voluminösen Faltenwurf und empfindliche Spitzen auskam und seiner Trägerin mehr Bewegungsfreiheit gönnte. Aus dem rechten, fest umgenähten Umschlag ihres Ärmels lugte ein zierlicher Horngriff hervor, wie er bei kleinen Messern für die Damenwelt vorkam.

»Was starrt ihr zwei mich so an? Fast möchte ich meinen, in ein Bild von Vermeer geraten zu sein. Die züchtig verhüllte Muhme, die der jungen Magd am Herd eine Moritat zuraunt. Nun, wer seid ihr?«

»Die Postfrau, wegen der ich gerade bei Madame nachgefragt habe«, erklärte die Köchin hastig aus dem Hintergrund und kam eilig näher. »Und Laura Martens. Das Mädchen hat mir eben ein paar Kartoffeln geliefert und sich erboten, mir bei einigen Handgriffen in der Küche zu helfen. Sie ist auch ganz billig.«

»Nun, Post habe ich ja keine«, sprach Frau von Wolf und musterte die beiden Fremden mit einem scharfen Blick, der nichts gemein hatte mit der sinnesfrohen Kunstbetrachterin, die sie eben noch zu sein vorgab.

Laura nestelte nervös an ihrer Bluse und vergaß dabei, dass sie noch ein paar Erbsen in der Hand hatte. Plötzlich kullerten die über den Fliesenboden, und sie fiel auf die Knie, um sie unter der geringschätzigen Miene Frau von Wolfs wieder einzusammeln. Mit einem Mal rutschte der Lederumschlag aus ihrer Bluse und klatschte auf den Boden. Laura lief rot an und schob sich mit einer schnellen Drehung zwischen das Futteral und die Augen der Madame. Die schnalzte vernehmlich mit der Zunge. Hastig verdeckte Laura den Umschlag mit dem Knie.

»Gewiss ist die ungeschickte Deern billig, denn mehr als ausgemacht werde ich für Kost und Logis nicht zahlen.« Triumphierend blitzte sie die Köchin an. »Die Kutsche steht draußen? Gut. Bis zum Abend bin ich wieder zurück und wünsche kein fremdes Gesinde mehr vorzufinden.«

Sie überprüfte den Sitz der Haube, sah kritisch an sich hinunter und ging mit hallenden Schritten hinaus.

Schweigend verharrten die Übrigen in einer bleiernen Wolke aus Gedanken, die sich über den Raum legte.

»Du kannst wieder hochkommen, Kind.« Die Köchin atmete tief durch. »Madame soll ja eine so einfühlsame Künstlerin sein«, spottete sie.

Laura steckte das Futteral schnell wieder in die Bluse, erhob sich und fuhr mit dem Auslesen der Erbsen fort.

»Den Feinsinn spart sie sich wohl für die geschniegelten Herren auf und bellt dafür in der Küche wie der Hofmarschall von unserem König Christian. Anno 44, als der Dichter Andersen die Majestäten hier in der Sommerfrische besucht hat, war der Ton an den Töpfen und Pfannen auch so eisig. Vielleicht hat sie sich da was abgeguckt, unsere Madame.«

»Ach, woher denn«, bemerkte Mariane. »Die ist doch zu nichts zu gebrauchen, was im Leben nützlich ist. Oder meinst du, sie kann ein Feuer machen, ein Brot backen oder ein Huhn schlachten? König Christian würde sie nie in seine Küche lassen, der Hofmarschall auch nicht. Eher zeigt er ihr sein Schlafzimmer. Aber nun ist es Zeit, und das fremde Gesinde sollte gehen.«

Auffordernd sah sie Laura an, die mit einem Kopfnicken auf die Schüsseln deutete und keine Anstalten machte, ihr zu folgen.

»So ein Kleid wie das von dieser Madame habe ich schon einmal gesehen«, betonte Mariane dann auch in ihre Richtung, »bei Kutschfahrten ist da keine Handbreit Stoff im Weg. Aber nun will ich sehen, ob ich noch etwas Post einsammeln kann.«

»Ja, mach das. Was man hat, hat man«, sprach die Köchin und ließ sich stöhnend auf dem freien Stuhl nieder. »Und pass auf dich auf, es sind wilde Zeiten. Wir werden uns jetzt einen feinen Kaffee machen, von Madames echten Bohnen, vielleicht einen Pfannkuchen dazu, genug Glut ist noch im Herd, und dann die Küche aufräumen, was, Laura?«

Die las die Erbsen immer langsamer aus, bis ihre Hände endlich ganz erlahmten, und sah grübelnd Mariane nach.

»Ja, ist gut«, murmelte sie mehr zu sich selbst, dann, mit erwachender Stimme, »ich müsste mal in den Hof. Oder würde die Madame zetern, wenn ich ihren feinen Abort benutze?«

»Aber Kind«, widersprach die Köchin, »ist die Katze aus dem Haus, freuen sich die Mäuse. Das war von jeher so. Geh ruhig hinauf, du darfst sie es aber nicht merken lassen. Dort oben bist du wie eine echte Dame und ungestört. Ihren Leibstuhl muss ich ohnehin noch leeren, da kommt es also nicht mehr drauf an.«

»Ja, ungestört ist gut«, wisperte Laura kaum hörbar, stellte die Schüssel mit den Erbsen auf den Boden und ging hinauf.

LEERE FÄSSER

Am nördlichen Rand Nieblums, nahe der Kirche St. Johannis, lag die Brauerei Krückenberg. Kohl stand vor dem dazugehörigen Dorfkrug und ließ das große reetgedeckte Anwesen auf sich wirken. Daneben lag der Eingang zum breiten Hof, an den sich die Braustätte anschloss. Es roch nach würzigem Hopfen und deftigem Brot. Zwei schwere Kaltblüter, vor ihren Wagen gespannt, warteten geduldig, während die Brauereiknechte ein letztes Fass aufluden. Kohl ging auf die ungeschlachten Kerle zu, hob seinen Zylinder und deutete auf die Brauerei.

»Moin zusammen, ich suche den Sohn des Brauers, Daniel Krückenberg. Wissen die Herren, wo er sich aufhält?«

Die Männer sahen sich an, grinsten, und einer zeigte auf den linken von mehreren Eingängen.

»Uns Daniel bringt den Kessel zum Blinken«, spottete er. »Auch wenn er mault, der Alte hatte kein Einsehen. Erst von der Pike auf lernen, sagt er immer, dann erben. Und so poliert der Junge, was ihm dereinst mal zufallen mag. Der Herr kann ihm ruhig dabei auf die Finger sehen.«

Kohl dankte mit einer Verbeugung und schritt über den Hof in eine dunkle Halle. Im schummrigen Dämmerlicht glänzte das Kupfer eines großen Braukessels golden auf, und Kohl blieb stehen. Er schien allein im Raum zu sein und lauschte. Doch als Wischgeräusche und leises Stöhnen an sein Ohr drangen, räusperte er sich vernehmlich.

»Ja, ja doch«, schimpfte eine junge Stimme, »ich bin gleich so weit. Brauchst mich gar nicht zu hetzen, davon glänzt es auch nicht schöner.«

»Daniel Krückenberg?«, rief Kohl und ging um den Kessel herum. »Dein Lehrer, Kapitän Hansen, hat mir gesagt, dass ich dich hier finden würde und dass du mir einige Fragen beantworten könntest«, log er.

Die Wischgeräusche erstarben, und Kohl sah sich einem jungen Mann gegenüber, der ihn trotz seiner gerade fünfzehn Jahre überragte und ihm auch gemessen an der Massigkeit von Leib und Gliedern an Kraft deutlich überlegen war.

»Nein, mein Herr, der alte Hansen kann nur in seiner Klasse über mich verfügen, da ist er mein Meister.« In seinem Blick lag aufmüpfige Bockigkeit.

»Verstehe. Und in der Brauerei verfügt der Brauer über dich. So bist du selten dein eigener Herr«, sprach Kohl, nahm seinen Zylinder in die Hände und strich sich über sein Haar. »Aber, wer ist das schon? Jeder ist Untertan von irgendwem, immer gibt es ein Oben und ein Unten. Selbst Kapitän Hansen ist nicht gänzlich frei. Die Prediger, der Landvogt, der König, die Meinung der anderen Leute, die Frage des ausreichenden Einkommens. Nein, niemand ist sein eigener Herr, es sei denn, er ist tot.«

»Kommen Sie deshalb, wegen Ingwer?« Daniel warf seinen Putzlappen in eine Kiste und taxierte Kohl misstrauisch.

»Das ist richtig. Mein Name ist Kohl, ich schreibe Bücher und möchte die Wahrheit erfahren über den Tod deines Klassenkameraden. Vielleicht bist du ja einer der wenigen, die ihn zuletzt lebend gesehen haben? Denn er wurde vermutlich nicht an dem Morgen ermordet, als man seinen Körper gefunden hat.«

Daniel hob die Augenbrauen, sein Mund blieb offen stehen. Diese Nachricht schien ihm neu zu sein.

»Nun, hast du etwas zur Wahrheitsfindung beizutragen? Wann hast du Ingwer das letzte Mal getroffen?«

»Am Mittwoch in der Rechenklasse. Da ging es ihm noch gut, und er war wie immer der Schnellste im Kopf. Am Tag darauf habe ich leere Fässer abladen und umstellen müssen, da habe ich ihn nicht gesehen«, antwortete Daniel mit fester Stimme. »Eine verdammte Plackerei war das. Meine Arme tun mir jetzt noch weh. Aber auf ewig werde ich hier sowieso nicht arbeiten«, setzte er nach.

»So, da ist dann also ein Leben auf See geplant?«, ging Kohl auf Daniel ein und deutete auf seinen kräftigen Oberkörper. »Wen der Herrgott mit so viel Kraft gesegnet hat, der sollte auf den sieben Meeren was Rechtes schaffen. Wie geht es denn nach Hansens Schule weiter?«

Daniel wiegte den Kopf. »Steuermann kann ich werden, wenn ich dem alten Hansen gut genug rechne und die Kurse setze. Dann empfiehlt er mich einem Reeder. Vielleicht sogar nach Sloman in Hamburg. Keiner hat mehr Renommee, sagt der Alte. Aber bis dahin heißt es, noch viele Seiten zu studieren und Schiefertafeln vollzuschreiben.«

Kohl überlegte, was er von Hansen über diesen Daniel Krückenberg erfahren hatte.

»Ich kann mir vorstellen«, begann er, »dass so ein Arbeitstag für euch junge Kerle ganz schön anstrengend ist. Ingwer hatte auch irgendwelche Arbeitsstellen, und abends ging er wie du in die Klasse, du musst vorher bei deinem Vater in der Brauerei knechten. Gab es da nie Pausen, kleine Fluchten aus dem Arbeitstrott? Eingespannt wie die Treidelpferde müssen sich eure Tage ja endlos hinziehen.«

Daniel blickte Kohl von der Seite an und brummte: »Ganz so traurig ist es nicht. Focke muss seinem Vater auf Feld und Hof dienen, sein Tag ist länger. Ingwer und ich haben uns immer wieder getroffen, am Nachmittag, wenn die meiste Arbeit getan war. Dann sind wir an den Strand gegangen oder haben in einem der Siele nach Hechten geangelt.«

»Oder ihr seid zur Lembecksburg und habt mit Stöcken die Kämpfe von Ritter Lembeck auf dem Ringwall nachgespielt«, ergänzte Kohl und folgte wie beiläufig dem Flug einer Schwalbe unter der Hallendecke. Dabei schielte er nach Daniel, dessen Miene sich verdüsterte.

»Wer behauptet das? Da war keiner dabei. Aber es ist wahr, wir sind manchmal über den Wall gelaufen und haben uns im Stockkampf gemessen. Ingwer hat mir so manchen blauen Fleck geschlagen, aber ich bin ihm selten eine Antwort schul-

151

dig geblieben. Nur«, jetzt sah er Kohl direkt und bestimmt an, »da wurde nie einer wirklich verletzt. Und an dem Morgen, als sie Ingwer gefunden haben, war ich hier in der Brauerei.«

»Und den Tag davor?«, fragte Kohl mit einem möglichst ausdruckslosen Gesicht.

»Fässer abgeladen«, knurrte Daniel empört. »Habe ich eben gesagt. Sie glauben mir wohl nicht! Dann brauche ich auch mit Ihnen nicht mehr zu reden.«

Er steckte die Hände in die Hosentaschen, trat einen rostigen Fassreifen aus dem Weg und stürmte aus der Halle.

»Natürlich glaube ich dir«, rief Kohl ihm nach. »Bist ein feiner Kerl, fleißig und ein guter Kamerad. Hast du denn keine Idee, wer deinen Freund erschlagen haben könnte?«

Daniel, der ihm den Rücken zugekehrt hatte, hielt abrupt an und drehte sich langsam zu ihm um. Sein Blick hatte nun etwas Weiches, Unsicheres. Einen Moment schien er zu überlegen, dann schüttelte er stumm den Kopf.

»Und Pana, dieser Südseemann?«

»Wir hatten nie Probleme mit ihm, aber der Kerl ist voller Geheimnisse. Vielleicht ist Ingwer ihm darauf gekommen, was er zu verbergen hat? Der Kleine war immer neugierig und hat seine Nase in Sachen gesteckt, die nicht die seinen waren.«

Damit verließ Daniel mit großen Schritten die Halle, überquerte den Hof, und Kohl verlor ihn aus den Augen. Nachdenklich ging er hinaus und blieb bei den Brauereiknechten stehen, die nach dem letzten verstauten Fass ihre Pfeifen rauchten.

»Die Sache mit dem erschlagenen Jungen aus Goting liegt Daniel deutlich auf der Seele«, sprach er zu ihnen.

Sie lauschten seinen Worten, ohne eine Miene zu verziehen, und stießen dabei kleine Tabakwölkchen aus.

»Kein Wunder, es war ein Kamerad von ihm. Aber die Arbeit hier wird ihn ablenken, oder? Und es ist gewiss gut, dass er als Erbe der Brauerei lernt, mit anzupacken. Lehrjahre sind nun mal keine Herrenjahre. Eben noch hat er über die Plackerei am

Donnerstag gestöhnt, als er die leeren Fässer abladen musste. Seine Arme täten ihm jetzt noch weh.«

Einer der Brauereiknechte nahm seine Pfeife aus dem Mund und kratzte sich mit dem Mundstück am Kopf. »Also, donnerstags werden die Fässer geschrubbt. Dabei braucht er keine Hilfe, das kann der Junge auch allein«, erklärte er mit monotoner Stimme und rauchte weiter.

»Mittwochs die leeren Fässer einsammeln und hier abladen«, fügte der andere Knecht hinzu, »das machen wir zu zweit. Donnerstags sauber schrubben, freitags befüllen, samstags aufladen und ausfahren. So ist es der Brauch. Heute ist Samstag. Da ist unser Daniel gewiss durcheinandergekommen. Und besonders fleißig war er beim Schrubben auch nicht, der hat die Hälfte der Fässer stehen lassen und ist auf und davon.«

Kohl überlegte, deutete ihnen gegenüber eine Verbeugung an und ging hinaus auf die gepflasterte Straße. Nach einem Augenblick der Orientierung schritt er hinüber zur Kirche St. Johannis, die mit ihrem hohen Kirchenschiff und dem breiten Turm imposant, aber für so ein Dorf wie Nieblum etwas überdimensioniert wirkte. Als er den alten Friedhof vor dem Gotteshaus betrat, mischte sich das Quietschen des schmiedeeisernen Tores mit dem Rauschen der Bäume. Ansonsten herrschte Stille.

Kaum dass Kohl sich unbeobachtet fühlte, zog er sein Notizbuch hervor und schrieb eifrig auf, was ihm bei der Brauerei aufgefallen war. Was war der wirkliche Grund für Daniel Krückenbergs falsche Aussage?

Neugierig strich Laura durch das Ankleidezimmer mit den Kleidern aus Seide und feiner Baumwolle, den eleganten Schuhen und den Schachteln mit bestickten Hauben. Es roch nach Puder, Veilchen- und Orangenwasser. Vorsichtig fuhr sie mit ihren rauen Fingerspitzen über einen samtenen Kragen und ließ schimmernde Bänder durch die Hände fließen. Doch dann ermahnte sie sich, die schönen Dinge beiseitezulassen. Gezielt begann sie nach etwas zu suchen, das ihre Aufmerksamkeit erregte. Nur, was es sein würde, wusste sie nicht. Aber es musste mit ihrem Bruder Ingwer in Verbindung stehen. So schlich sie vom Ankleidezimmer in das anschließende Schlafzimmer, in dem neben dem Bett auch ein schlanker Sekretär mit wenigen Schubladen stand. Ihre Finger glitten über das dünne Bettzeug aus kühlem Leinen. Entschlossen hob sie das Kopfkissen und legte es vorsichtig wieder so hin, wie es gewesen war. Leider hatte Frau von Wolf nichts daruntergelegt. Auch auf der ledernen Schreibunterlage des Sekretärs gab es kein Schriftstück oder irgendetwas, was Lauras Interesse gefunden hätte.

Nach und nach zog sie die wenigen Schubladen auf und durchwühlte sie hastig. Nähnadeln und Fäden förderte sie zutage, ein Pariser Modejournal und eine Fotografie in Grautönen auf fester Pappe, auf der sie erst mit dem zweiten Blick den Werftbesitzer aus Wyk erkannte, Consul Schilling. Dann gab es noch einige Bögen Papier, beschrieben mit einer spitzen, säuberlichen Handschrift. Laura las jeweils die ersten Zeilen und hielt das Ganze für eine Geschichte über Leute der feinen Gesellschaft. Jedenfalls fand sie die Beschreibungen und Gefühle sehr kompliziert ausgedrückt. Das würde ich einfacher sagen, dachte sie, und es wäre nicht weniger wahr.

Dann, in der letzten Schublade, stieß sie auf ein zerknittertes, an einer Ecke abgerissenes Schriftstück, das noch den Teil eines roten Siegels trug. Es war in einer anderen Handschrift geschrieben, und schlagartig wurde sie neugierig. Eingehend las sie, doch die ausdrucksvolle, geschnörkelte Schrift machte ihr das Verstehen nicht leichter. Der Schreiber empfahl einem Staatssekretär im Kriegsministerium eine gleichzeitige Anlandung bei Dunsum, Wyk und im nördlichen Vorland durch Flachbodenboote. Dort riet er auch, Stützpunkte einzurichten, und betonte die Tiefe der Priele im Westen. Er verneinte eine nennenswerte Verteidigungsbereitschaft der Bewohner und regte ein entschlossenes Zuschlagen an, bevor feindliche Truppen die Insel besetzen würden.

Laura war ratlos. Es ging um Föhr, das hatte sie verstanden, doch das Schreiben klang sehr nach Krieg. Dabei herrschte Frieden. War das ein Brief aus der Zeit, als Napoleon von sich reden machte? Das war lange vor ihrer Geburt gewesen.

Sie fühlte über das glänzende, in edlem Rot leuchtende Wachsrelief, das in Teilen abgebröselt war. Sollte das so ein Siegel sein, von dem man in Ingwers Hosentasche Krümel gefunden hatte? Zu erkennen war noch ein Adler mit weiten Schwingen, der eine Krone trug und in der linken Klaue ein Schwert. Die rechte Klaue fehlte. In einigen Zeilen des Textes waren Wörter durchgestrichen und andere dafür an den Rand geschrieben worden. Das Papier war stark zerknittert, als hätte es jemand zerknüllt.

Aber, dachte Laura, so schreibt man keinen Brief an einen Minister. Vielleicht war das Schreiben noch gar nicht fertig gewesen und hatte Fehler. Es war auch ohne Unterschrift. Wenn sie in der Schule etwas auf ihrer Schiefertafel falsch schrieb, konnte sie es einfach auswischen. Das ging nicht mit der Tinte, da musste man die Wörter durchstreichen.

Sollte Ingwer dieses Stück Papier bei sich gehabt haben, vielleicht wegen des schönen Siegels? Ein Teil davon ist dann zerbröselt und in seiner Tasche geblieben. Aber wie war es dann hierhergekommen, überlegte sie. Und von wo könnte ihr Bruder diesen Brief mitgenommen haben? Möglich, dass ihn der Schreiber aufgrund der Fehler weggeworfen und Ingwer ihn beim Aufräumen in einem der Herrenhäuser Wyks gefunden hatte. Das alles war sehr mysteriös, fand sie.

In Gedanken, als würden sich ihre Finger selbstständig machen, knickte sie das Wachssiegel, brach die Hälfte des noch erkennbaren Vogels ab und steckte das Stück in eine kleine Tasche ihres Kleides. Dann legte sie das Schreiben zurück in die Schublade. Da bemerkte sie zwei Pappkarten in dunkelgrüner Farbe, die sie vorher gar nicht wahrgenommen hatte. Abgebildet war dort eines dieser neumodischen Dampfschiffe, wie es die Wellen durchpflügte. Neugierig las sie mit leiser Stimme. »Hamburg–São Paulo mit der ›Helena Sloman‹. Billett erster Klasse.«

155

Auf den bedruckten Karten war jeweils ein Name von Hand eingetragen worden. Margarethe von Wolf und Sören Friedrich Schilling. Das fand Laura reichlich merkwürdig. Der Werftbesitzer und die Madame zusammen auf einer Reise? São Paulo, das war doch eine Stadt in Südamerika. Aber war der Consul nicht verheiratet? Was wollte er denn mit dieser schrecklichen Frau in der Fremde. Kopfschüttelnd legte sie auch die Billetts wieder zurück in die Schublade und wollte noch kurz in das Speisezimmer, das an den Schlafraum angrenzte, als sie von unten die Köchin rufen hörte.

Neugierig sah sie schnell in den Raum. Seidenbespannte Stühle standen um einen Tisch herum. Neben einer Anrichte entdeckte sie ein Regal, in dem große Bücher mit goldgeprägten Rücken standen, als habe man versucht, aus diesem Raum auch eine Bibliothek zu machen. Oder wollte jemand mit den teuren Bänden angeben?

Der Duft von gerösteten Bohnen und Pfannkuchen stieg zu ihr auf. Da fiel ihr ein, dass sie ja noch einen Blick auf den Inhalt des Lederfutterals werfen wollte, dass sie in ihrer Bluse versteckt hielt. Der Kaffeeschmaus konnte noch etwas warten, entschied sie und zog das Lederfutteral aus ihrer Bluse. So ungestört wie hier würde sie so bald nicht mehr sein. Also trat sie an den Speisetisch, zog die Landkarte hervor und schlug sie gespannt auf. Die in Grün und Braun gehaltene Darstellung zeigte ihre Insel mit eingezeichneter Landesgrenze, allen Dörfern, dem Hafen, Mühlen und Vogelkojen. Ja, sogar die wichtigsten Priele im Watt waren zu erkennen. Die Karte war, wie Laura sofort verstand, keine selbst gemalte, sondern wie eine von denen, die Ingwer schon mal mit nach Hause gebracht hatte, um im Schein einer blakenden Öllampe das Kartenlesen zu lernen. An einigen Stellen sah sie mit Tinte geschriebene Hinweise. »Anlandung« war mehrfach zu lesen, und diese Plätze waren mit einem Kreuz markiert. Ebenso las sie die Worte »Stützpunkt« und »Wacht«.

Laura musste an das gesiegelte und doch zerrissene Schriftstück denken. Es war dieselbe Schrift. Sollte der Brief ans Kriegsministerium gar vom Consul selbst stammen? Immerhin war die Karte ja aus seinem Wagen gefallen. Was führte Schilling also im Schilde? In Lauras Überlegungen fügte sich ein Stück zum andern. Denn hatte Ingwer nicht stets das Kontor des Konsuls aufgeräumt und sauber gehalten? Wer also hatte ihrem Bruder das Schreiben an das Ministerium abgenommen? Denn dass er es einmal besessen hatte, machten die Krümel Siegellack in seiner Hosentasche deutlich. Musste er deswegen sogar sterben? Sie schluckte bei dem Gedanken und verstaute die Karte wieder in der Bluse.

Sie musste dringend mit jemandem über ihren Verdacht sprechen, mit jemandem, der ihr zuhörte und glaubte. Doch wer sollte sie gegen die bedeutenden und reichen Herrschaften unterstützen?

Wieder hörte sie die Köchin von unten rufen, diesmal deutlich ungehaltener. Schnell betrat sie vom Flur einen kleinen Nebenraum, klappte die Sitzfläche des hohen Leibstuhls hoch und ließ sie wieder fallen. Mit dem lauten Knall über dem darunter montierten Nachttopf hoffte sie, jeden Argwohn der Köchin zu vertreiben, und stieg eilig die Treppenstufen hinab.

OCHSENKARREN

Kohl hielt auf der Landstraße an und wischte sich die Stirn. Zu seiner Linken durchzogen Wassergräben das grüne Marschland, zur Rechten lag es trocken und vergilbt da. Der Wind trieb eine Melange aus grauen und weißen Wolken über ihn hinweg, die Brise versprach Kühlung. Bevor er seinen Rock auszog, sah er auf seine Taschenuhr. Die Mittagszeit war lange vorüber, aber noch dürfte der Höchststand des Wassers am Inselrand auf sich warten lassen. Bis zu seinen Beobachtungen zum therapeutischen Badeleben blieb ihm also noch etwas Zeit.

Kohl genoss die Weite des Landes, das Glitzern der Wassergräben und das grün-blaue Farbspiel des sich im Wind wiegenden Schilfgrases. Kaum vorstellbar, dass dieser Frieden durch eine Bluttat geschändet worden war. Er ließ seinen Gedanken freien Lauf. Wohin würde dieser Weg ihn führen? Soweit er das am Stand der Sonne erkennen konnte, ging er in nordöstlicher Richtung. Im Anblick einer Gruppe gefleckten Hornviehs, das durch hohes Weidegras strich, überkam ihn ein Gefühl von Zeitlosigkeit. So oder ähnlich musste es hier schon immer ausgesehen haben, dachte er. Dabei fehlte ihm auf Föhr das rechte Inselgefühl, umgeben von Wasser und somit gefangen zu sein. Lediglich in Wyk fanden Strand und Küste Eingang in sein Bewusstsein. Ansonsten wirkte diese Insel wie ein Stück grenzenloses Friesland. Das war kurios.

Ein klappernder Ochsenkarren hinter ihm störte seine Betrachtungen, und er trat beiseite, hob grüßend den Hut, und das vorbeifahrende Gespann kam zum Stehen. Der pausbackige Wagenlenker zog ebenfalls seine Kappe und schaute neugierig auf Kohl hinab, wie er da in modischer Stadtkleidung am Wegrand stand.

»Moin. Hat der Herr sich verlaufen?«

»Aber keineswegs. Ich komme soeben aus Nieblum und

wollte ein paar Schritte hinaus in die Natur wagen. Angesichts der fortgeschrittenen Zeit wäre ich Ihnen aber dankbar, wenn Sie mich ein Stück des Weges mitnehmen könnten. Wohin führt Sie denn diese Fahrt?«

»Nach Midlum. Natürlich ist so ein Leiterwagen keine Kutsche, will sagen, ist hart und schmutzig.«

Kohl machte eine wegwerfende Bewegung und trat näher an den Bock. »Bin ich hier, um über Ihren Wagen zu mäkeln? Wenn Sie mich mitnehmen, habe ich dankbar zu sein und ohne Klage.«

»Na, denn mal an Bord«, sprach der Bauer grinsend und reichte Kohl seine fleischige Hand.

Kaum dass er auf der harten Bank Platz genommen hatte, trottete der Ochse weiter. Während der Wagenlenker hin und wieder an den Zügeln zog und darüber hinaus kein Bedürfnis nach einem Gespräch zu haben schien, kam Kohl ins Grübeln. Denn sowohl die Stimme des Bauern als auch sein Gesicht waren ihm schon einmal begegnet. Endlich fiel es ihm ein, und seine Augenbrauen hoben sich.

»In Nieblum soll es ja einen alten Kapitän Hansen geben, der eine Rechenklasse führt. Kennen Sie den Mann?«

Der Bauer lüpfte seine Kappe, kratzte sich am Kopf und schielte zu Kohl hinüber. »Kann wohl sein, mein Herr. Föhr ist eine kleine Insel, da kennt man sich. Welcher Art ist das Interesse?«

»Entschuldigen Sie, ich habe mich Ihnen noch gar nicht vorgestellt. Ich bin Johann Georg Kohl aus Bremen. Dem Kapitän soll einer seiner Schüler erschlagen worden sein«, erklärte er in bewusst beiläufigem Ton. »Ich möchte mehr erfahren über die ganze Sache. Wissen Sie, die Abendgesellschaften in Wyk mit den Leuten von Stand sind auf die Dauer ein wenig öde. Blasse Themen von blassen Menschen. Da wäre es schön, mehr über das wirkliche Inselleben zu hören, etwas mit Herzenswärme, Schicksal und Dramatik. Die Damenwelt begeistert sich ja gern für so etwas.«

Der Bauer lachte heiser in sich hinein und nickte.

»Ja, die Deerns. Suchen immer was zum Mitleiden und Seufzen. Da wird es den Herrn interessieren, dass ich es war, der den Mörder gefangen hat von dem jungen Martens.«

Kohl tat überrascht. Hatte er also recht gehabt, und es war tatsächlich der Kerl, der am Morgen nach seiner Ankunft in Wyk alle Welt wissen ließ, welche Heldentat er vollbracht hatte.

»So nah wie Sie werden die feinen Herrschaften an die Mordsache nicht herankommen. Man wird staunen, was Sie zu erzählen haben.«

»Donnerwetter! Wie war es denn nun, als Sie auf diesen Südseemann gestoßen sind? Wie ich hörte, waren Sie an jenem Morgen auf der Weide und haben ihn bei der Lembecksburg gesehen. Und dann?«

»Den Heiden kenne ich ja seit Jahren. Er stand gebeugt, hob etwas wie einen Sack Mehl kurz an, stierte zu mir und meinem Knecht und rannte mit einem Mal davon. Die ganze Hastigkeit war so seltsam, dass wir gleich nachsahen. Ja, und da lag dann Ingwer, den Kopf in einer mächtigen Blutlache, bleich und starr. Sofort sind wir Pana hinterher.«

»Ist Ihnen bei dem Toten etwas aufgefallen?«

Irritiert sah der Bauer Kohl an, er schien die Frage nicht zu verstehen.

»Er war ganz normal angezogen und barfuß.«

»Und die eingeritzten Zeichen in Armen und Beinen?«

»Uns Werth, die haben wir in der Aufregung gar nicht gesehen. Ich meine, ich kann mich in etwa an ein Kreuz auf seinem Unterarm erinnern, aber es war der tote Junge in seinem Blut, der uns ins Auge stach.«

»Trug Ingwer eine Jacke? Konnten Sie dann auf die Arme blicken?«

»Seine Rockärmel waren hochgeschoben«, antwortete der Bauer und nickte zur Bestätigung der eigenen Erinnerungen. »Da wird Pana sich an dem Toten vergriffen haben, mit heidnischem Zeug«, murmelte er weiter.

»Oder er war entsetzt von dem, was er sah«, gab Kohl zu
bedenken. »Jedenfalls hat man später kein Messer bei ihm gefunden, auch nichts anderes Spitzes. Gott sei Dank haben Sie
dem Kerl mutig nachgesetzt und ihn gefangen. Was hat er denn
dabei gesagt? Ich glaube nicht, dass er stumm geblieben ist.«
    Der Bauer lachte höhnisch auf und schlug die Zügel. »Er
hätte Ingwer nicht erschlagen, hat er gleich geschrien, als wir
ihn am Kragen packten. Was er dann mit dem Jungen angestellt
hat, wollte ich wissen. Nichts, meinte er, Ingwer sei ja auch
schon länger tot und steif. Das habe er gemerkt, als er ihn an
den Schultern hatte.« Er hob seine Stimme. »Was er dann so
früh an der Lembecksburg gewollt habe, fragte ich ihn weiter.
Er sei aus Süderende gekommen, hat er dann wütend gezischt,
habe den Pastor gesucht und sei auf dem Heimweg an der Burg
vorbeigekommen. So eine freche Lüge! Dieser Heide und der
Prediger, im Morgengrauen, lachhaft. Der Kerl hat uns dreist
angelogen, das sieht man ja jetzt auch an seiner Flucht. Mit
einem reinen Gewissen kann sich jeder der Gerechtigkeit stellen, das sag ich Ihnen.«
    »Zu den Zeichen, die Ingwer eingeritzt in der Haut trug,
haben Sie ihn nicht befragt?«
    »Nein, mein Herr, wie gesagt, ich habe die gar nicht richtig
gesehen. Aber wie man hört, sollen das magische Bilder sein,
auf einer Leiche wie für ein Menschenopfer hergerichtet. Dabei ist die Lembecksburg gar kein Opferplatz. Ja, wenn es ein
Hügelgrab gewesen wäre, würde mir das passend erscheinen.
Da haben unsere Ahnen in grauer Vorzeit auch geopfert.«
    »Aber Pana stammt aus der Südsee«, erwiderte Kohl, »der
hat mit der Bronzezeit oder Wikingergräbern nichts zu schaffen.«
    »Da kenne ich mich nicht aus«, gab der Bauer zu. »Aber ist
nicht ein Heide wie der andere?«
    Bald schoben sich reetgedeckte Dächer aus dem satten
Marschland. Es war das Dorf Alkersum, das ein wenig vor
Midlum lag. Aber nicht die nahende Siedlung bannte Kohls

Aufmerksamkeit, sondern eine Frau, die mit wehendem Haar, die Arme weit zum Himmel geöffnet, in großen Schritten die grünen Weiden durchquerte.

»De Spöök«, kommentierte der Bauer und schnalzte mit der Zunge. »Sollte eigentlich zu Hause sein, von den Nachbarinnen im Dorf bewacht und in Vorbereitung der Beerdigung.«

Der Wind trug Fetzen klagender Rufe zu ihnen herüber und offenbarte das Leid der Frau, die in einem wahllosen Hin und Her über die Weiden lief.

Wenn Sie nur nicht in einen der Gräben stürzt, hoffte Kohl, doch dann elektrisierte ihn schlagartig ein anderer Gedanke. De Spöök, den Namen hatte er bereits gehört. Es war, als er bei der Wyker Abendgesellschaft den Diener Heinrich mit dem jungen Kofferträger Martin belauscht hatte. Kein Zweifel, die bedauernswerte Frau musste die Mutter von Laura und vom ermordeten Ingwer sein.

»Die glaubt ja, Wikinger hätten ihren Sohn erschlagen«, erklärte der Bauer weiter. »Will abends an der Burg zwei Schwertkämpfer gesehen haben, einer davon ging zu Boden. Wer weiß, vielleicht hat sie ja wirklich das zweite Gesicht. Focke sagt, Ingwer wollte ihr von seinem Steuermannslohn einen Diener zur Seite stellen, der immer auf sie aufpasst. Ein feiner Junge war das.«

»Focke? Wer ist das?«

»Mein Sohn. Und ich heiße Meenhard, Meenhard Petersen. Focke geht auch beim alten Hansen in die Rechenklasse. Die Jungs waren ja befreundet. Er hat nie schlecht über Ingwer geredet.«

Kohl zog die Stirn in Falten und dachte nach.

»Wann hat Ihr Sohn Ingwer denn zuletzt gesehen? Vielleicht weiß er ja etwas und kennt dessen Feinde?«

»Mein Junge war am Mittwoch den Tag über als Treiber bei der Hasenjagd von unserm Landvogt Trojel, abends war er zu Hause«, antwortete Bauer Petersen entschieden. »Eigentlich hätte er am Strand nach Bergegut suchen sollen, nach Brauchbarem, was die Wellen anspülen. Da ist immer wieder Wertvolles dabei, mal ein langes Stück Holz, ja sogar Fässer mit Branntwein. Aber wenn der Landvogt ruft, dann muss das halt warten. Jedenfalls kann er Ingwer nicht getroffen haben, der hatte andere Wirtschaftsstellen. Und als wir ihn am Donnerstag in aller Frühe gefunden haben, war Focke im Stall. Nein, mein Herr, der Junge weiß nichts. Und von Feinden habe ich bei Ingwer nie etwas gehört, der wurde allgemein gemocht.«

De Spöök schritt über das Gras, weg von der nahenden Siedlung und den Menschen dort, und geriet aus Kohls Blickfeld. Bald führte die Straße das Gespann links an Alkersum vorbei, das mit seinen ansehnlichen Höfen satt dalag. Wenig später zeigte sich auf der rechten Seite des Weges eine einsame Mühle, deren Flügel sich munter im Wind drehten, und bald kamen die ersten Midlumer Dachgiebel ins Bild. Wie um die Ortschaft zu begrüßen, meldete sich Kohls Magen laut knurrend.

Der Bauer lachte auf. »Da wird der Herr wohl lange nichts gegessen haben«, meinte er. »Dabei mangelt es doch auf unserer Insel nicht an gedeckten Tafeln und allerlei Gebratenem. Sie sollten sich gleich im Dorfkrug zu Midlum stärken, der Wirt dort versteht sein Handwerk.«

Sie fuhren in das nicht minder gepflegte Dorf ein und kamen kurz darauf an einer scharfen Rechtskurve zum Stehen. So seltsam diese Wegführung Kohl auch erscheinen mochte, sie war sicher nicht der Grund, warum Petersen angehalten hatte. Er sah den Bauern neugierig an, und der deutete auf ein längs der Straße gelegenes, niedriges und mit Reet gedecktes Haus. Über dem Eingang, der links und rechts von gestutzten Linden gerahmt war, schaukelte ein Messingkrug im Wind.

»Der Midlumer Krog.« Der Bauer grinste. »Auf dass Uns Werth einen Bissen Brot finde, dass Ihr Euer Herz labt.«

»Was denn, ein Bibelzitat?« Kohl war erstaunt.

»Aber gewiss. Leben wir nicht alle in der Furcht des Herrn? Dann wünsche ich wohl zu speisen und Erfolg bei den Deerns. Mich führt mein Weg nun ein paar Höfe weiter.«

Kohl kletterte vom Bock und dankte dem Bauern für die Fahrt. Unter dem Knallen der Zügel rumpelte der Wagen davon. Kohl sah ihm nach.

Was er eben über Focke gehört hatte, klang ihm nach zu viel freundlichem Sonnenschein. Die Harmonie der Schüler empfand er als herbeigeredet, Fockes Alibi könnte Löcher zeigen. Als Treiber bei einer Hasenjagd war es ein Leichtes, für eine Zeit zu verschwinden. Fehlte noch das Motiv.

Sein Magen meldete sich vernehmlich und machte ihm die elementaren Dinge des Lebens deutlich. So überquerte er die Dorfstraße und trat durch den niedrigen Eingang in die Gaststube.

Kohl schlug eine dichte Mischung aus Tabakqualm und fettem Speisedunst entgegen, die seine überraschten Lungen zu einem Husten reizte. An den groben Tischen im Schankraum saßen Männer aus dem Landvolk, aßen den letzten Bissen oder zogen bei Branntwein oder Bier an ihren Pfeifen. Schummrig drang das Tageslicht durch die kleinen Fenster und beleuchtete dürftig ihre Gesichter. Allerdings hatten sich auf einer Eckbank zwei Herren niedergelassen, die Kohl aufgrund ihrer Kleidung für Festländer und Wyker Badegäste hielt. Den Hut in der Hand, grüßte er in die Runde und schaute sich um. Der ein oder andere Kopf, rotgesichtig und pausbackig, nickte ihm verhalten zu, Blicke taxierten ihn, ansonsten ließ man ihn stehen. Eine Schankmagd drückte sich mit zwei schweren Gläsern Bier an ihm vorbei und deutete auf den Ecktisch.

»Wenn der Herr noch Platz nehmen möchte, die Gäste dort haben gewiss nichts dagegen.«

So folgte ihr Kohl, als sie das Bier dort abstellte, und zog mit fragender Miene einen Stuhl vom Tisch. Einer der zwei Herren, ins Gespräch vertieft, bedeutete ihm sein Einverständnis, nahm aber ansonsten keine Notiz von ihm.

»Sollten Sie noch etwas essen wollen, so ist die Auswahl nicht mehr groß«, erklärte die Magd, bevor Kohl sich gesetzt hatte. »Die Fleischtöpfe sind zur Gänze geleert, wir haben nur noch Birne mit Bohnen und Speck, einen Eintopf. Ihren Rock können Sie dort drüben aufhängen.«

Kohl war in diesem Moment ganz zufrieden, sich nicht zwischen Speisen entscheiden zu müssen, und lächelte die Magd an. »Fein, und ein Bier dazu.«

Da er ihr keine andere Bestellung auftrug, verschwand sie in der Küche, nicht ohne vorher dem Wirt hinter dem Tresen Bescheid zu geben.

Den Kerl hatte Kohl bisher gar nicht wahrgenommen, so ruhig stand der im Halbdunkel und beobachtete aus klugen Schweinsäuglein das Treiben. Kaum hatte Kohl sich seines Rockes entledigt und am Tisch Platz genommen, holte er sein Notizbuch hervor. Ganz mit sich in Gedanken schrieb er die Begegnungen und Beobachtungen der Kutschfahrt nieder.

Doch schon bald unterbrach ihn die Magd und brachte einen dampfenden Teller grüngelben Eintopfs samt einem Glas Bier. Das Aroma von Bohnenkraut stieg ihm in die Nase, das Rauchige des Specks, begleitet vom süß-fruchtigen Duft der mitgekochten Birne. Andächtig schnupperte er, doch zuerst nahm er einen tiefen Schluck. Mit dem ersten Löffel, die Augen auf den Teller gerichtet, öffneten sich seine Ohren für das Gespräch der beiden Herren am Tisch.

»An dem Mordfall, der in der Damenwelt immer neue Schilderungen von Blutriten und Menschenopfern gebiert, lässt sich die ganze Idiotie gut darlegen«, raunte der eine, den Kohl aufgrund seines Dialekts als Kieler identifizieren konnte.

»Eine Insel, durch eine Grenze geteilt, dort Dänemark, hier Schleswig. Und beides unter einem König. Friesisch die Sprache der Insulaner, Deutsch die der Kirchenpredigt. Und Verordnungen wie Gesetze allzu oft in Dänisch. Zwei Landvögte, die den Mord untersuchen. Dort der Tatort und das Opfer, hier der Täter und sein Umfeld. Das Dorf Nieblum durch die Grenze geteilt. Irrsinn nenne ich das.«

Der andere drehte nachdenklich den Kopf hin und her.

»Föhr sollte ganz zu Schleswig gehören, wenn Sie mich fragen. Und sind das Herzogtum und Holstein nicht seit vierhundert Jahren durch den Vertrag von Ripen *up ewig ungedeelt*, wie es so heißt? Einen eigenen Staat, das brauchen wir. Was geht uns der König in Kopenhagen an. Wenn Holstein bereits Teil des Deutschen Bundes ist, dann sollte das auch für Schleswig gelten.«

»Aber, aber«, versuchte der zweite zu beschwichtigen, bei dem Kohl die Lübecker Mundart erkannte. »Ich gebe Ihnen recht, die Situation ist vertrackt. Wenn wir allerdings über Verträge reden, dann müssen wir auch die Abmachung zwischen Karl dem Großen und dem Wikingerkönig Hemming vor über tausend Jahren bedenken. ›Bis zur Eider und nicht weiter‹, heißt es dort. Demnach ist Schleswig Teil Dänemarks.«

»Das ist die Sprache der dänischen Nationalisten«, ereiferte sich der Kieler. »Wikingerkönig! Tragen wir noch Helme mit Hörnern, bestatten unsere Toten in Hügelgräbern oder glauben an Wotan? Nichts davon. Die Welt hat sich verändert. Der deutsche Bruder will zum deutschen Bruder und nicht länger eines fremden Fürsten Untertan sein!«

»*Pacta sunt servanda*«, erklärte der Lübecker in belehrendem Ton, »Verträge sind einzuhalten. Seit den Römern ist dies ein Grundsatz in der zivilisierten Welt. Wir können uns nicht darüber hinwegsetzen.«

»Dann haben wir eine Pattsituation«, rief der Kieler und schlug mit der Hand auf den Tisch, um sogleich, erschrocken vom eigenen Getöse, seine Stimme wieder zu dämpfen. »Zwei Verträge, die sich widersprechen und die Deutschen diesseits und jenseits der Eider in Geiselhaft nehmen. Und was ist mit den Dänen, die unter uns Schleswigern leben und ihrem König die Treue halten? Da wittere ich Bürgerkrieg! Soll das Schwert diesen gordischen Knoten zerschlagen!«

»Nun, so weit ist es noch nicht«, beruhigte der Lübecker. »Solange die Inselfriesen einige Privilegien ihr Eigen nennen, werden sie sich schwerlich für nationale Fragen begeistern. Wie ich höre, sind ihre Söhne vom Militärdienst befreit und die Sprachautonomie ist verbrieft. Wer weiß schon, wie sich das entwickeln würde, wären Schleswig und Holstein Spielbälle größerer Mächte?« Er unterstrich seine Worte mit ausladender Geste.

»Wenn uns zum Beispiel die militärverliebten Preußen fräßen, was geschähe mit den Inselsöhnen? Alle Maße und Gesetze würden geändert, über das ganze Leben käme ein preußisches Joch. Wollen wir das? Dann lieber nicht die Lunte daran legen und gemütlich als eines von vielen Völkern unter dänischer Krone leben. Da kennen wir uns aus. Den Isländern und den Schäfern auf den Färöer-Inseln, den Eskimos in Grönland und den Kariben in Dänisch-Westindien geht es ja nicht anders.«

Der Kieler hatte mit steigender Unruhe zugehört, einen Schluck Bier hinuntergestürzt und schnaubte nun empört. »Sie vergleichen uns mit Seehundmenschen und Zuckerrohrsklaven? Ich muss schon sehr bitten!«

»Aber, aber, hat Dänemark die Sklaverei nicht als eines der ersten Länder längst abgeschafft? Und eben dort, aus der Karibik, nehmen wir die Insel St. Croix, strömt der Rohrzucker in den Flensburger Hafen und macht ihn zum bedeutendsten der dänischen Westindienflotte. Die Stadt ist reich, und das Getränk, dass sie aus dem karibischen Zucker brennen, ist weltberühmt. Rum, ja, ich denke, wir sollten jetzt einen probieren. Mein Friedensangebot an Sie.«

Er winkte nach der Schankmagd.

Kohl, der nicht ohne Interesse und Amüsement der Diskussion gelauscht hatte, schob seinen inzwischen geleerten Teller von sich und nahm einen Schluck Bier. Erst jetzt nahmen die Herren ihn wieder wahr und nickten ihm freundlich zu. Angst, an einen Geheimpolizisten geraten zu sein, der nationale Aufwiegler aufspürt, schienen beide in diesem Dorfkrug nicht zu haben.

»So ein ehrlicher Eintopf ist die rechte Belohnung für einen ordentlichen Marsch über Dörfer und Weiden, nicht wahr?«, kommentierte der Kieler Kohls leeren Teller.

Bevor Kohl antworten konnte, wurde mit lautem Getöse die Eingangstür zum Krug aufgestoßen, und eine Gruppe kräftiger Männer, bewaffnet mit Forken und Knüppeln, polterte in den Raum.

»Die Prügel lasst ihr gleich draußen, die Hunde ebenfalls«, bestimmte der Wirt, »der Mordbursche ist nicht hier. Auch nicht in Keller, Küche, Stall noch Schuppen. Aber auf einen Becher dürft ihr gern hereinkommen, leider sind alle Tische besetzt. Bei mir am Tresen steht es sich aber auch ganz gut.«

Er zapfte ungefragt einige Biere und verteilte sie unter den Männern, die ihm dankbar zuprosteten.

»Wir haben keine Hunde«, sprach einer von ihnen, »dafür aber die Westerländer. Es wird auch ohne gehen, und wir werden nicht verbellt.«

»Sehen Sie«, raunte der Kieler, dabei die handfesten Föhrer im Blick, »nicht nur Zucker kommt von den Karibikinseln, auch der Mordinsulaner.«

»Aber was hat das eine denn mit dem anderen zu tun?«, widersprach der Lübecker ungehalten. »Und überhaupt, die dänischen Inseln liegen bekanntermaßen im Atlantik. Die Osterinseln dagegen, von denen der Gesuchte stammen soll, im Pazifik. Dazwischen zieht sich von Nord nach Süd der amerikanische Kontinent. Das müssten Sie als weltläufiger Bürger einer bedeutenden Ostseestadt aber wissen.« Er schüttelte vehement den Kopf. »Und natürlich hat der Wunsch nach Freiheit für Schleswig und Holstein so gar nichts mit dieser Mordgeschichte zu schaffen. Egal, ob das Herzogtum dänisch bleibt oder deutsch wird, der arme Junge wäre so oder so erschlagen worden. Die Gründe liegen da ganz woanders, wir werden es sehen.«

Er beugte sich zum Kieler und zwinkerte ihm zu, bevor er flüsternd darauf bedacht war, den nächsten Satz nicht in den weiten Raum zu entlassen. »Oder glauben Sie, dass König Christian auch an diesem Mord seinen Anteil hat?«

Der Kopf des Kielers schreckte ob dieser Majestätsbeleidigung zurück, und er versicherte sich mit einem furchtsamen Rundblick der Vertraulichkeit dieses ungeheuerlichen Satzes.

Kohl, der die robusten Kerle an der Theke musterte, hatte den beiden Streithähnen mit gespitzten Ohren zugehört, doch außer einem ersprießlichen Zwist um die Sache hatte er nichts zum Tod des Ingwer Martens erfahren. Wie auch, speiste sich das Wissen der Badegäste ohnehin aus Gruselgeschichten und Gerüchten.

»Und, Männer, seid ihr auf der Suche weitergekommen?«, fragte der Wirt und füllte derweil die Krüge nach. »Wo ist denn überhaupt der Gendarm abgeblieben? Hat den Herrn die plötzliche Fußfäule ereilt?«

Die Kerle lachten rau und nickten.

»Er hat sich entschieden, Strand und Promenade von Wyk zu bewachen, und lässt uns allein suchen«, erklärte einer von ihnen. »Das Geschrei der Leute bei den Haussuchungen wurde ihm zu viel. Sobald er mit uns ein Haus betrat, drohten ihm die feinen Bürger mit Beschwerden beim Landvogt, und die Landleute versprachen ihm Prügel im Dunkeln. Der Apotheker zeterte etwas von geheimen Rezepturen und kostbaren Zutaten, die er durch uns in Gefahr sah, und stellte sich uns in den Weg. Aber nicht lange.«

Er lachte und trank einen Schluck. »Die Putzmacherin hatte Sorge, wir würden ihre feinen Seidenstoffe mit unseren groben Händen ruinieren, und im Wyker Brauhaus gar rollte ein Fass verdächtig präzise auf uns zu. Nein, keiner mochte, dass der Gendarm bei ihm stöberte, im Nachbarhaus dagegen war es natürlich angeraten. Also lässt die Polizei nun Föhrer bei Föhrern suchen, ohne das staatliche Augen alles sehen. Das macht es einfacher. Und da es ja um einen flüchtigen Mörder geht, traut er uns auch die nötige Entschlossenheit zu.«

»Was auch sonst!«, rief ein anderer, der schon das zweite Bier geleert hatte. »So entschieden, wie der Gendarm den Pana bewacht hat, sind wir allemal.«

Zustimmendes Brummen und erhobene Krüge gaben ihm recht.

»Ihr Leute, wenn ihr mich mal vorbeilassen wollt.«
Die Kerle stutzten und bildeten respektvoll eine Gasse, denn überraschend stand Dr. Boey vor ihnen. Er musste hinten im Gastraum gesessen haben, nun drängte es ihn zum Ausgang.

»Wie ich höre, ist de Spöök auf den Wiesen unterwegs, ich muss schauen, wie ich sie ruhigstellen kann. Wie gut, dass mein Mahl beendet ist.« Er seufzte. »Gebe Gott, dass ihr Geist endlich Frieden findet.«

Als jemand zum Aufbruch gemahnte, drehte Kohl sich wieder an den Tisch zurück und notierte einige Gedanken, was bei den Herren aus Lübeck und Kiel unruhiges Scharren der Füße und nervöses Zucken der Finger zur Folge hatte.

»Ich darf Sie beruhigen«, erklärte Kohl in das Poltern des Suchtrupps hinein und lächelte, »Ihr Gespräch über nationale Freiheiten findet keinen Eingang in dieses Büchlein. Vielmehr sind es die Ereignisse um den Tod des Föhrer Jungen, die meine Gedanken fesseln.«

Der Atem der Herren wurde ruhiger.

»Eine wirklich garstige Geschichte ist das«, meinte dann auch der Lübecker. »Aber ich frage mich, warum diese Inselfriesen ihren Mörder nur in den Dörfern suchen, anstatt auch die Weiten der Marsch zu durchkämmen. Dort wird sich dieser tätowierte Südseeinsulaner vor den Augen der Friesen wunderbar verstecken können. So manches Gebüsch beherbergt einen Bretterverschlag, Viehunterstand oder Geräteschuppen. Die Systematik dieser Leute ist mir ein Rätsel.«

»Es sei denn«, überlegte der Kieler, »sie wollten ihn genau in die feuchte grüne Einöde treiben. Es ist ja auch ein Trupp aus Westerlandföhr unterwegs. Das Ganze scheint eine Treibjagd zu werden«, meinte er und rieb sich dabei die Hände.

»Oder die Einheimischen vermuten, dass eine verderbte Seele dem Pana Unterschlupf gewährt«, ergänzte Kohl die Überlegungen. »Was wissen wir Außenstehende schon von den Verstrickungen auf diesem Eiland. Immerhin lebt der Südseemann fast zwei Jahrzehnte unter diesen Menschen.«

»Hilfe für den Mörder«, murmelte der Kieler und sah misstrauisch zu den übrigen Gästen im Schankraum. »Zeigt sich die Bevölkerung deshalb so garstig bei den Hausdurchsuchungen? Wenn sogar der Apotheker sich der Obrigkeit in den Weg stellt, nicht auszudenken.«

Für ihn schien das vorzügliche Mahl im Midlumer Krog ein unangenehmes Ende genommen zu haben, denn entschlossen winkte er der Schankmagd und verlangte die Rechnung.

Kohl beobachtete ihn mit verstecktem Amüsement. Sollte der verschreckte Herr gar vorzeitig zurück ans sichere Festland reisen? Auf derlei verzagte Gestalten der besseren Gesellschaft dürften die Schleswiger im Kampf um ihre Freiheit gern verzichten wollen.

DAME IN BLAU

Den süßen Geschmack des buttrigen Pfannkuchens noch auf den Lippen, trat Laura nach draußen. Ratlos schaute sie die Straße mit ihren schönen Häusern entlang. Wohin sollte sie sich wenden? Ohne Kartoffeln konnte sie in den anderen Küchen schwerlich weiter vorgeben, etwas verkaufen zu wollen. Sie musste sich selbst verdingen. Aber wo? Allein das, was sie bei Frau von Wolf erfahren hatte, bedrückte und verwirrte sie. Jemand aus der Welt der Erwachsenen würde ihr erklären müssen, was der zerfetzte Brief, der Siegellack und die Karte in dem Lederfutteral zu bedeuten hatten, und die Reisebilletts nach São Paulo waren auch noch da …

Vielleicht konnte ihr dieser modisch angezogene Bücherschreiber helfen, er war gewiss weit herumgekommen. Hatte er nicht auch schon bei der Lembecksburg über Ingwers Tod nachgedacht? Beim Apotheker wollte er wohnen, und so lenkte sie ihre Schritte ins Zentrum des Fleckens Wyk.

Weit kam sie nicht, denn an der nächsten Abzweigung ertönte ein Pfiff, und sie fuhr herum. Martin Hassold löste sich aus dem Schatten eines Hauseingangs und ging langsam auf sie zu.

»Dass du aber auch gleich bei dieser Frau arbeiten musstest«, schimpfte er leise. »Hast du wenigstens als kleine graue Küchenmaus etwas erfahren, wie du es vorhattest? Diese von Wolf kennt die Wyker Gesellschaft, war auch bei dem letzten fetten Essen eingeladen, hat geraucht und am Piano gespielt. Ich glaube nicht, dass sie ein Herz hat für einfache Leute oder ermordete Friesenjungs.«

»War der Werftbesitzer Schilling auch an dem Abend da?«, wollte Laura wissen.

Martin stutzte, nickte dann aber mit fragendem Blick.

»Es gibt irgendeine besondere Verbindung zwischen dieser

Frau und ihm«, erklärte sie. »Irgendetwas hat das mit Ingwer zu tun. Über die beiden muss ich mehr wissen.«

»Diese Madame ist doch ausgefahren. Aber kaum dass ihr Gaul richtig angetrabt war, hat sie angehalten und plötzlich die Richtung gewechselt. Als ob sie ihre Meinung geändert hat. Zum Hafen ist sie gerollt, ich bin ihr hinterher. Schnell konnte sie ja nicht fahren bei all dem Gedränge.«

Laura sah ihn mit leiser Bewunderung an.

»Sie hat dann bei der Werft so getan, als ob ihr Pferd nicht mehr gehorchen würde. Die Zügel hat sie dabei nicht berührt, dafür die Hände in die Luft geworfen und laut geschimpft. Wie zufällig ist dann Werftbesitzer Schilling zu ihr getreten, und beide haben schnell und aufgeregt miteinander gesprochen. Ich weiß aber nicht, was. Nur, dass die zwei schlechter gelaunt auseinandergegangen sind, als sie aufeinandergetroffen waren. Glaub mir, Laura, du solltest dich mit solchen Leuten nicht einlassen. Das würde auch Ingwer nicht wollen.«

»Es gibt da wirklich Sachen, die bei dieser Madame komisch sind«, meinte Laura, ohne weiter auf Martins Sorgen einzugehen. »Ich habe bei ihr einen merkwürdigen Brief gesehen, ganz zerknüllt, aber mit einem schönen roten Siegel. Das Schreiben war für ein Kriegsministerium, und es ging um die Eroberung unserer Insel.«

Martins Augen weiteten sich.

Laura hob die Schultern. »Leider war es nicht unterschrieben und auch an einer Ecke abgerissen. Irgendwie passt die Karte dazu, die ich beim Werftbesitzer gefunden habe. Da sind Stellen mit den Worten ›Anlandung‹ und ›Wacht‹ markiert, seltsam.«

Sie fasste nach dem Lederfutteral unter ihrer Bluse, zögerte und schüttelte dann den Kopf. »Ich brauche jemanden, der die Welt kennt, ich muss zur Apotheke«, sprach sie entschieden und wollte weiter. »Und du, du musst gewiss irgendwo etwas verladen?«

»Ja, am Kai. Und im Stall wartet auch noch Arbeit. Aber sag mal, wie sah denn das Siegel aus?«

»Es hatte einen schönen Glanz, und ein Adler war zu erkennen, mit einer Krone und einem Schwert in der Klaue. Die andere Klaue war kaputt.«

Martin dachte nach. »An ein Kriegsministerium«, murmelte er. »So ein Siegel hat die Regierung des Königs nicht. Da gibt es mal drei Löwen oder drei Kronen, aber so einen Adler? Nein, das ist nicht dänisch.«

»Woher willst du das denn wissen?«, spottete Laura. »Du schreibst nicht für unseren König, und Briefe bekommst du von ihm auch nicht.«

»Ich bin halt neugierig. In den Kontoren der Kapitäne oder auch beim Werftbesitzer liegen immer wieder offizielle Dokumente auf den Pulten. Da hat man schnell raus, was ausländisch ist und was nicht. Und dein Siegel ist es ganz bestimmt. Ich bin sicher, es war ein preußischer Brief.«

»Preußisch«, wiederholte Laura unsicher, denn mit diesem Begriff verband sie eine unbekannte, fremde Macht, ohne sich aber wirklich etwas darunter vorstellen zu können. Politik oder der Streit zwischen Königreichen war für sie nicht greifbar.

»Ja, Schilling ist auch preußischer Consul, erinnerst du dich? Hat er vielleicht den Brief geschrieben?«

»Und was, wenn Ingwer das Schreiben gefunden und der Consul es ihm wieder aus den Händen gerissen hat?«, überlegte Laura laut.

»Die Krümel von Siegellack«, fügte Martin ein weiteres Stück zum Bild hinzu, das sie gerade zusammensetzten. »Und dann haben sie es bei Madame von Wolf versteckt?«

Sie sahen sich an. Jeder bemerkte in den Augen des anderen die heraufziehende Gefahr.

»Und weißt du, wen Mariane am Abend an der Burg hat vorbeifahren sehen, bevor sie Ingwer am Morgen dort gefunden haben? Madame von Wolf in ihrem blauen Reitkleid. Das hat Mariane mir heute Mittag verraten.« Laura senkte ihre Stimme. »An jenem Abend war meine Mutter in der Nähe. Sie war schrecklich aufgeregt wegen der Männer, die sie dort kämpfen sah. Ich habe natürlich gedacht, es ist wieder eines ihrer schlimmen Gesichte, und habe sie von der Burg weggezerrt.«

Abrupt schluchzte Laura auf und hielt die Hände vors Gesicht. »Und wenn das dort Ingwer gewesen ist? Wir hätten ihm vielleicht noch helfen können. Aber dann war da diese Kutsche, und ich wollte nur, dass niemand meine Mutter in ihrem Zustand sieht. Und wenn das jetzt wirklich Madame von Wolf war, die an jenem Abend vorbeigefahren ist? Eine Mietkutsche war es ganz gewiss.«

Martin seufzte. »Ich hoffe, du bist vorsichtig«, sprach er leise und strich Laura eine Strähne aus der Stirn. »Diese Leute sind dir über.«

Sie schluckte und versuchte ein zaghaftes Lächeln. »Darum muss ich mir helfen lassen. Und du musst auch auf dich aufpassen.«

Wie als rufe sie die Gäste zum Bade, brach die Herbstsonne durch die Wolken und erwärmte den Nachmittag. So verließen dann auch die Festländer ihre Quartiere und machten sich auf, einen der letzten Tage der Saison am Strand zu verbringen und den Regeln der Badekur gemäß in die kalt anflutende See einzutauchen.

Laura schlängelte sich durch die ihr entgegenkommenden Fremden, sie wollte ins Zentrum von Wyk.

Kaum stand sie vor der Tür der Apotheke, als sie beinahe von einem eleganten Herrn umgestoßen wurde, der, ohne von ihr Notiz zu nehmen, hinausstürmte. Besonders aufgefallen waren ihr seine glänzenden, flachen Schuhe mit großen silbernen Schnallen.

Laura schlüpfte widerwillig hinein und blieb sogleich neben dem Türrahmen stehen. Natürlich weckten die unzähligen Tiegel, Vorratsgläser und Schubladen ihre Neugier, gleichzeitig aber gemahnte sie dieses Geschäft mit seinen scharfen und fremden Gerüchen an Leiden und Krankheit. Denn wegen ihrer Mutter hatte sie so manches Mal vor dem Tresen gestanden, in der Hand ein Rezept für ein krampflösendes Mittel. Oft musste sie anschreiben lassen. Und die eleganten Herrschaften, die dort in der Badesaison so gekünstelt sprachen und Magendruck, Juckreiz oder nächtliche Unruhe beklagten, hatten ihr immer das Gefühl gegeben, minderwertig zu sein und ein Habenichts.

Ihre Augen erfassten den Apotheker, der sich auf eine Kundin konzentrierte und sie wohl gar nicht wahrgenommen hatte.

»Ja, unser Dr. Eckhoff«, sprach die Dame zu Leisner, »immer in Eile. Nicht wahr, die Flut ruft ihn zu seinen Patienten.«

Für einen Moment riss Laura die Augen auf, denn bevor sie die Stimme wiedererkannte, hatte ihr bereits das straffe Kleid mit seinem schönen blauen Stoff verraten, wer da vor ihr stand. Eben noch hatte sie in den Räumen dieser Frau herumgestöbert, und jetzt wäre sie am liebsten unter der Tür hindurch verschwunden. Leider kam kein neuer Kunde, der ihr das leise Hinausschlüpfen ermöglicht hätte.

Lauras Herz schlug wild. Was, wenn Frau von Wolf sich zu ihr umdrehte?

Sie wird sich von mir verfolgt fühlen, dachte sie, wollte mich ja schon nicht in ihrer Küche haben. Und als mir das Futteral auf den Küchenboden gerutscht ist, hat sie so komisch geguckt. Aber diese Madame muss etwas über Ingwers Tod wissen.

Und so schluckte sie ihre Furcht hinunter und konzentrierte sich auf das, was sie hörte.

»Und was er da von dem neuen Mittel gesprochen hat, klingt ja höchst interessant«, fuhr Frau von Wolf fort. »Der Fortschritt ist nicht mehr aufzuhalten. Und Sie, mein guter Herr Leisner, sind mit Ihrer Apotheke die Speerspitze der Pharmazie, ein Leuchtturm im Kampf der Menschheit gegen die Despotie von Schmerz und Leid«, sprach sie in schmeichelndem Ton.

Leisner verbeugte sich, wobei seine Mundwinkel zuckten und er sich über die Stirn fuhr. »Meinen ergebensten Dank, allergnädigste Madame, nur bitte ich zu bedenken, dass dieses neue Mittel eher dem ausgebildeten Mediziner und Geburtshelfer zugedacht ist, weniger dem privaten Gebrauch.«

»Papperlapapp! Wen glauben Sie vor sich zu haben? Irgend-eine stumpfe Landtrine, kaum des Lesens fähig und nicht Herr ihrer Sinne?«

Leisner schüttelte hastig den Kopf, es war ihm anzumerken, wie unwohl er sich gerade fühlte.

»Mein lieber Leisner, ich darf betonen, dass ich Teil der europäischen Kulturwelt bin und es mir nicht leisten kann, dass mir Migräne, Konzentrationsschwäche und nächtliche Unruhe die Macht über meine Texte rauben. Ein tiefer Schlaf ist der Quell, aus dem ich schöpfe. Wollen Sie mich also verdursten lassen? Ich verspreche Ihnen auf das Heiligste, höchstens zwei, drei Tropfen zu nehmen. Es soll Ihr Schaden nicht sein und wird Ihren Ruhm als wahrer Freund aller leidenden Badegäste mehren.«

Leisner zauderte, zog dann aber doch eine Schublade auf, wollte noch etwas zu ihr sagen, brach ab und hielt endlich ein braunes, verkorktes Fläschchen in den Händen.

»Aber wirklich nicht mehr als drei Tropfen und nicht zum täglichen Gebrauch«, sagte er ernst. »Es ist noch sehr unerforscht in seinen Wirkungen. Das macht dann achtzehn Schillinge.«

Mit diesem letzten Satz schien er nicht nur zur Kasse zu bitten, sondern beendete den ganzen für ihn offensichtlich sehr unerfreulichen Vorgang.

Entschlossen griff Frau von Wolf zu und ließ die Medizin in einem seidenen Beutel verschwinden, bevor sie eine kleine Geldbörse hervorholte.

»Ein stolzer Preis. Von dem Mittel darf ich mir also einiges erhoffen.«

Abrupt wandte sie sich zum Ausgang und machte einen Satz zurück, als sie Laura neben der Tür stehen sah. »Du schon wieder! Eine merkwürdige Begegnung. Aber wer weiß, wofür das gut ist.«

Sie verzog ihren Mund zu einem blassen Lächeln und musterte Laura von Kopf bis Fuß.

Die fröstelte und sank etwas in sich zusammen, als die Dame an ihr vorbei hinausschritt. Das Räuspern des Apothekers holte sie aus ihren Gedanken in die Wirklichkeit zurück.

Aufmerksam hatte Leisner die letzten Worte von Frau von Wolf verfolgt. »So eine namhafte Herrschaft kennst du? Auf dass dir das nützen möge. Ist wieder etwas mit deiner Mutter?«

Laura trat zögernd an den Tresen.

»Nein, es ist, also ich würde gern, ist der Herr Kohl im Haus? Ich weiß von ihm, dass er hier übernachtet, und er hat mir seine Hilfe angeboten.«

»Auch mit Herrn Kohl pflegst du Bekanntschaft, du, Laura Martens aus Goting? Das ist ja höchst kurios. Nein, mein Gast ist über Land gen Westerlandföhr. Das weiß ich von unserem Badearzt. Aber ich glaube nicht, dass du ihn belästigen solltest, Kind. Vielleicht hast du ihn ja auch falsch verstanden.«

Laura verließ ohne ein weiteres Wort diesen schrecklichen Raum mit all seinen Arzneien. Wenn eine Dame von Stand sich so verabschieden konnte, dann wollte sie es ihr gleichtun.

Unschlüssig mischte sie sich unter die Flaneure, als sie auch schon einen harten Griff auf ihrer Schulter spürte. Erschrocken und überrascht sah sie in das von einer dunklen Haube umschattete Gesicht Frau von Wolfs. Diese versuchte, sie mit ihrem dünnen Lächeln zu beruhigen, doch Laura wich hastig einen Schritt zurück.

Erwischt, dachte sie, diese Madame weiß längst, dass ich an ihren Sachen war. Wer wird sich um meine Mutter kümmern, wenn ich nun bestraft werde?

»Kind, Kind, ich muss mich entschuldigen«, hörte sie die dunkle Stimme Frau von Wolfs und öffnete erstaunt den Mund. »Bist du nicht die Schwester des armen erschlagenen Jungen? Da war ich allzu garstig zu dir. Solltest du nicht zu Hause sein, anstatt in fremden Küchen zu schaffen? Nun, gewiss hatte der Gang in die Apotheke auch etwas mit der traurigen Lage deiner Mutter zu tun. Aber nun hast du ja alles erledigt, ist es nicht so?«

Laura nickte langsam.

»Bitte schau nicht so erschreckt, Kind, ich will dir nur Gutes. Und da ich ohnehin, wie du weißt, im Begriff bin, eine Ausfahrt zu tun, nehme ich dich gern ein Stück mit. Meine Kutsche wartet am Hafen, hier kann ich sie ja schlecht lassen.«

Ohne auf eine Reaktion von Laura zu warten, schob sie diese vor sich her durch das Gedränge, und bald saßen beide auf der Kutschbank.

Laura war immer noch verwirrt, sah auf ihre schmutzigen Füße und klopfte verlegen ihre Bluse ab. So nah war sie noch nie einer Dame in einem edlen Kleid gekommen. Und mit dieser Madame sollte sie nun fahren? Wo kam die unerwartete Freundlichkeit her, und wieso wusste sie, wer sie war?

Frau von Wolf schlug mit den Zügeln, und der Wagen rollte an. Aber anstatt in die nächste große Straße nach links und damit weg vom Hafenbecken zu steuern, fuhr die Kutsche weiter den Kai entlang. Nach wenigen Momenten zerrte Frau von Wolf die Zügel mal nach links und mal nach rechts und brachte das Pferd abrupt zum Stehen. Laut beschimpfte sie das Tier ob seiner Sturheit, gab ihm aber keine Signale mit den Zügeln.

Die Arbeiter der Werft, vor der sie angehalten hatten, johlten. »Madame kann es ja immer noch nicht!«, rief einer.

Mit theatralisch in die Höhe gehobenen Händen schaute Frau von Wolf hilfesuchend hinauf zu den Fenstern des Werftgebäudes. An einem zeigte sich kurz ein Herr mit kräftigem Kopf und starkem Backenbart und nickte ihr zu.

Das war doch Consul Schilling, dachte Laura, da schlug Frau von Wolf auch schon entschlossen die Zügel, und sie rollten weg vom Hafen.

Laura war alarmiert, denn hier stimmte so einiges nicht. Was führte diese Madame im Schilde? So bald wie möglich wollte Laura die Kutsche verlassen. Aber noch rollte sie in flotter Fahrt die Häuserfronten entlang und sah in die erstaunten Gesichter der Passanten. Ja, wie sie so neben dieser Dame saß, das musste wirklich ein merkwürdiger Anblick sein.

Nicht lange, und sie ließen den Flecken Wyk hinter sich und rollten in das weite Land. Frau von Wolf hatte die Straße nach Nieblum genommen, und bis dort wollte Laura mitfahren und sich dann möglichst schnell verabschieden. Sie legte den Kopf in den Nacken und tat so, als würde sie das Schauspiel der Wolken genießen, unter denen sie dahinglitt. Wie gut, dass Madame sie in Ruhe ließ und nicht mit Fragen traktierte. Doch in diesem Moment vernahm sie das Schlagen von Pferdehufen und das Rasseln von Rädern, die sich wenig harmonisch in die Geräusche ihrer Kutsche mischten. Sie schaute hinter sich und erkannte einen schwarzen Einspänner, der von einem Schimmel gezogen wurde. Schon zog das Gespann an ihnen vorbei, der Mann auf dem Kutschbock schlug die Zügel, und seine blonden Haare wehten im Wind. Frau von Wolf, die bei diesem Manöver auf der engen, von Schlaglöchern durchzogenen Straße merkwürdig ruhig blieb, straffte ihren Rücken und warf einen kurzen Blick auf Laura.

Die sah dem Gespann hinterher und zog die Augenbrauen zusammen. Denn trotz des kurzen Augenblicks hatte sie das Gesicht des Wagenlenkers erkannt. Es war der Consul. Laura fühlte, wie ihre Brust enger wurde und ihr Herz zu rasen begann. Am liebsten wäre sie von der Kutsche gesprungen, aber die fuhr zu schnell.

Was war das für ein seltsames Zusammentreffen?, dachte sie und hielt suchend Ausschau nach jemandem, der ihr würde helfen können.

Doch in diesem Moment war sie allein mit Frau von Wolf, die auch keine Anstalten machte, langsamer zu fahren, sondern das Pferd laufen ließ. Dann aber erhob sie sich leicht von der Kutschbank und zog derart stark an den Zügeln, dass sie den Gaul fast zum Scheuen brachte. Endlich kam der Wagen zum Stillstand.

Laura hielt sich mühsam fest und sah irritiert von ihr nach vorne auf die Straße. In Höhe eines kleinen Gehölzes stand das Gespann quer, das sie eben noch überholt hatte, und Schilling kam energischen Schrittes auf sie zu. Sie sprang auf, alles in ihr rief zur Flucht. Da krallte sich die überraschend kräftige Hand der Madame in ihre Schulter und drückte sie auf die Kutschbank.

»Ruhig, mein Kind«, zischte Frau von Wolf, und Laura erschauderte ob ihrer kalten Stimme. »Der Herr wird Hilfe brauchen, vielleicht ist ihm eine Speiche gebrochen. Wir werden ihn bis nach Nieblum mitnehmen können.«

Jetzt war Schilling so nahe, dass Laura seine grauen Augen sehen konnte, die unruhig zwischen ihr und Frau von Wolf hin- und herzuckten. Hastig zog er ein Tuch aus der Hosentasche und fuhr sich damit über Nacken wie Stirn.

»Madame, bitte entschuldigen Sie, ein Malheur mit dem Rad«, erklärte er, fasste das Zaumzeug und tätschelte den Falben, um das Tier endgültig zu beruhigen.

Auf Laura wirkte das so, als ob er es festhalten wollte, und sie versuchte, sich vom Griff der Madame loszureißen. Schnell stand Schilling auf ihrer Seite der Kutsche, sah zu ihr hoch und reichte der Madame sein Taschentuch. Sein kräftiger Backenbart wehte im Wind.

»Nun, gutes Kind, wir werden etwas zusammenrücken müssen«, sprach er zu ihr, und seine Lippen probierten ein Lächeln.

Laura fühlte, wie ihr das Herz im Hals schlug, und sie sah verzweifelt zu Frau von Wolf. Doch in dieser Sekunde näherte sich schemenhaft ein Stück Stoff ihrem Gesicht, und ein widerlich süßlicher Geruch, gepaart mit einer künstlichen Kühle, fuhren ihr in die Nase. Jemand fasste ihren Hinterkopf und presste sie weiter gegen das Tuch. Noch bevor Laura wusste, wie ihr geschah, wurde ihr schwarz vor Augen, und sie verlor das Bewusstsein.

VERSCHWIEGENES STELLDICHEIN

Johann Georg Kohl klopfte den Sandstaub von seiner Kleidung und trat steifbeinig durch das Gestrüpp an die Sandkante, von wo aus er einen erhöhten Blick über das Treiben am Strand zu Wyk hatte. Die rumplige Fahrt auf einem weiteren Ochsenkarren zurück in die Zivilisation hatte ihn durchgeschüttelt, und von dem kantigen Balken als einziger Sitzgelegenheit schmerzte sein Gesäß. Immerhin, so war er noch rechtzeitig aus Nieblum zurückgekehrt, um der zentralen Daseinsberechtigung der Badegäste seine Aufmerksamkeit zu schenken.

Plötzlich knackten hinter ihm einige Äste, und jemand gesellte sich zu ihm. »Nun, Herr Direktor, haben Sie es sich anders überlegt?«, fragte der unrasierte Kerl und blies Kohl seinen Branntweinatem in den Nacken. Auch der Rauchgeruch, der seinen Kleidern entstieg, hatte nicht nachgelassen.

Kohl machte einen Schritt zur Seite. »Ah, Willem, Sie sind das.« Er musste schmunzeln. Welchen Titel würde er noch bekommen? »Nein, ich werde Ihre Dienste nicht in Anspruch nehmen. Mir reicht es, meine neugierigen Augen zu weiden. Aber was tun Sie hier? Ist dort unten nicht Ihr Geschäft?«

Willem nahm seine Kappe ab und fuhr sich durch die fettigen Haare.

»Je nun, zu viel Arbeit ist auch nicht gesund. Das sagt auch immer unser Doktor. Außerdem war der Willem in der See heute bereits zu Diensten.«

Kohl sah die Karren, die mit ihren hohen Rädern in den Wellen standen. Der Wind trug ihm das Kreischen und Prusten der Gäste zu, die einige Male untertauchten oder sich sogar im Schwimmen versuchten. Für einen frühherbstlichen Tag war es warm, doch für so ein Badetreiben schien ihm die Zeit abgelaufen. Bei dem Gedanken an das kalte, salzige Wasser überrieselte ihn ein Schauer. Ganz zu seiner Rechten, abgelegen und am Ende des Strandes, stand ein einsamer Badekarren. Kohl blinzelte in das Gegenlicht und vermeinte, die Silhouette des Fahrers auf dem Kutschbock zu erkennen.

»Aber, ist das nicht der Apotheker?«

»Gewiss, Herr Intendant, das hat der Willem ja gesagt. Unser Herr Leisner kommt gern hierher, um seine Elixiere und belebenden Einreiböle zu vertreiben.«

»Ach, und dann steht er so am Rande, halb versteckt?« Verwundert schritt Kohl die Sandkante hinunter zum Strand. Das wollte er genauer wissen.

Leisner, die Ellenbogen auf die Knie gestützt, hockte auf dem Kutschbock und schaute versonnen über die glitzernden Wellen. Aber ganz so entspannt schien er nicht zu sein, denn während der wenigen Schritte, mit denen Kohl sich ihm näherte, zog er zweimal mit prüfendem Blick seine Taschenuhr hervor. Als Kohl in sein Gesichtsfeld trat, reagierte Leisner zuerst mit einer unwirschen Miene, die sich aber sogleich geschäftsmäßig aufhellte.

»Ah, sieh da, macht der Herr Autor sich anheischig, das Treiben der Badewelt zu beobachten?«, begrüßte er Kohl. »In wenigen Tagen wird hier wieder Ruhe einkehren, und die Föhrer werden ihre Insel wieder ganz für sich haben. Bis dahin nutze ich die Gelegenheit, den verehrten Herrschaften noch etwas von meinem reichhaltigen Angebot an nützlichen Substanzen anzubieten.«

Er griff in einen Korb zu seinen Füßen und zeigte eine braune Glasflasche. »Hier zum Beispiel eine Arnikaeinreibung. Und was haben Sie bisher auf der Insel erlebt? Ich höre sogar vom Kontakt mit den niedrigen Volksschichten. Das nenne ich strammen Einsatz im Dienste Ihrer Kunst.«

Kohl nahm seinen Zylinder vom Kopf und wischte sich die schweißnasse Stirn. Den ganzen Tag war er unterwegs gewesen. Was für Volksschichten mochte Leisner meinen, fragte er sich? Er hatte schon mit so vielen Leuten gesprochen, sollte der

183

Apotheker darüber informiert sein? Der Inseltratsch schien sich bestens zu verbreiten. Er war im Begriff zu antworten, als Leisner mit der flachen Hand gegen seine breite Stirn klatschte und in die Innenseite seines Rocks griff.

»Das hier hätte ich um ein Haar vergessen«, meinte er und zog einen an den Ecken zerknitterten Brief hervor. »Den hat unsere Postfrau für Sie abgegeben und gemeint, Sie sollten sich damit keine Zeit lassen. Von wem er ist, hat sie verschwiegen. Das Siegel jedenfalls scheint ein billiges zu sein. Ich hoffe, es ist kein Schreiben ärmlicher Kreise, die Sie anbetteln wollen. Eine rätselhafte Sache.«

Kohl nickte dankend, nahm den Brief in Empfang und warf einen neugierigen Blick darauf. Tatsächlich schien das Siegel aus einfachem Wachs zu sein, aber immerhin war es unversehrt. Als er es öffnete, ließ ihn ein barscher Ausruf Leisners zusammenzucken.

»Heda, Willem, was schleichst du hier herum und hältst Maulaffen feil? Sind dir deine Kunden davongelaufen? So hast du am Badestrand nichts mehr zu suchen! Ist da nicht auch noch etwas Torf zu verbrennen? Oder geh Strandgut suchen, Kanaille!«, setzte er nach und schlug zufrieden seine Hände auf die Schenkel.

Willem knurrte etwas Friesisches, aber Kohl hatte beim Lesen kaum aufgesehen. Immerhin vermied er es so, seinem Gastgeber weiter Rede und Antwort stehen zu müssen. Als sich seine Augenbrauen hoben und er seine Lippen spitzte, beugte sich Leisner tief zu ihm hinunter, um ja keine Regung zu verpassen. Doch Kohl ging um den Badekarren herum und nahm auf einem Sandhügel Platz, um den Brief noch einmal in Ruhe zu lesen. Der Inhalt rief ihn in das Dorf Süderende. Plötzlich legte sich ein Schatten auf das Papier, und er sah auf. Willem deutete grinsend auf den immer noch auf dem Kutschbock sitzenden Leisner.

»Ja, gräfliche Gnaden, da wartet er nun auf die Herrschaften, um ihnen seine Einreibungen zu verehren.«

Er senkte seine Stimme und schaute sich vorsichtig um. »Und alles soll natürlich äußerst diskret ablaufen, deswegen steht er ja hier auch so einsam. Denn wirklich, ab und an verirrt sich eine Madame in seinen Wagen, und dann beginnt das Schaukeln«, raunte er, kniff ein Auge zu und wedelte vielsagend mit der Hand.

Kohl sah ungläubig von Willem zu Leisner hinüber, faltete seinen Brief zusammen und erhob sich. Was Willem da andeutete, war ungeheuerlich, aber so etwas konnte er nun auf gar keinen Fall schriftstellerisch verwerten. Schilderungen dieser Art widersprachen dem allgemein sittlichen Empfinden. Aber die Information an sich war durchaus pikant. Wer hätte das erwartet, dachte er schmunzelnd und ging wieder auf die erhöhte Sandkante zu, um das Inselufer zu verlassen. Er verzichtete darauf, Leisner zu grüßen, und durchschritt das sandige, von Sträuchern bewachsene Land oberhalb des Strandes, als ein Wiehern seine Aufmerksamkeit weckte.

Merkwürdig, dachte er, zwischen den Büschen und Gräsern hier liegt weder Weg noch Feld, was also soll da ein Gaul? Allerdings, so gelangte man ziemlich nahe an den Badestrand, ohne die Front der anderen Kurgäste abschreiten zu müssen. Andererseits, welche der Herrschaften würde sich den Gang durch Heide und Gebüsch hindurch zumuten, gar die Schuhe ruinieren und im Falle unerwünschter Aufmerksamkeit Stirnrunzeln und Gerüchte auf sich ziehen? Aber vielleicht ging es ja gar nicht um den Badestrand, sondern vielmehr um ein verschwiegenes, zärtliches Beisammensein.

Kohl erwog ein vorsorgliches deutliches Räuspern, entschied sich aber für ein indianergleiches Dahinschleichen. Seine Neugier zog ihn in Richtung des schnaubenden Pferdes, und bald sah er den Kopf des Tieres, an einen Busch gebunden. Sein auffallend helles Fell glänzte im goldenen Nachmittagslicht, der Wind spielte mit der dunklen Mähne. Behutsam trat er näher, doch niemand schien bei dem Einspänner zu sein.

Er sah sich suchend um, dann hörte er das Knacken von Ästen und gewahrte noch den Saum eines dunkelblauen Kleides, das durch die Büsche in Richtung Strand verschwand. Noch einmal schaute er auf die Kutsche und schüttelte den Kopf. Das war kein einfaches Gefährt, und selbst wenn es gemietet war, sprach einiges dafür, dass die gerade im Gebüsch verschwundene Frau bessergestellt war. Für gewöhnlich streiften solche Damen nicht allein durch menschenleere Landstriche, fand er und setzte ihr vorsichtig nach. Natürlich könnte sie auch dem Ruf der menschlichen Natur gefolgt sein, fiel ihm ein, und er wurde langsamer. Nur, für derlei Bedürfnisse hätte sie sich nicht so tief vom Weg ab in das Buschland wagen müssen. Schritt für Schritt ging er wieder zurück in Richtung Strand. Eigentlich hatte er dafür gar keine Zeit, denn der Brief der Postfrau rief ihn zur Eile.

Endlich lichteten sich die Büsche, und Kohl verharrte. Unten auf dem Sand gewahrte er die Dame in Blau, das Gesicht unter einer dunklen Schute verborgen, wie sie sich mit kleinen, hastigen Schritten dem Badekarren näherte. Zuletzt hatte er dort auf dem Bock Leisner gesehen. Wie es schien, hatte der es inzwischen aufgegeben, auf Kundschaft zu warten, und führte das Pferd am Zaumzeug in Richtung Wyk. Der Strand hatte sich auch geleert. Doch als Leisner die Dame sah, hielt er an, kletterte nach einem kurzen Rundumblick eilig auf den Kutschbock und verschwand im Inneren des Badekarrens. Wenige Momente später öffnete sich die hintere Tür des Karrens, und eine schmale Holztreppe wurde der Dame entgegengeschoben, die diese sogleich erklomm, bevor sie ins Dunkel stieg.

Kohl erstarrte ungläubig über dieses Treiben, dann lachte er leise und wandte sich zum Gehen. Hatte Willem also recht gehabt. Die einfachen Leute waren stets eine gute Quelle für Geschichten, die die bessere Welt gern verheimlichen würde. Noch einmal erschien Leisner vorne auf dem Bock, griff seinen Korb mit den Elixieren und verschwand endgültig im Inneren des Karrens. Kohl hatte genug gesehen, auf das angekündigte Schaukeln wollte er nicht mehr warten.

Er sah auf seine Taschenuhr, es war bereits fünf Uhr am Nachmittag. Jetzt wäre eine schöne Tasse Tee genau das Richtige, dachte er und seufzte. Eindrücke über das sorgenfreie Treiben der Badeurlauber hatte er genug gesammelt, nun lief ihm die Zeit davon.

»Wie komme ich möglichst unauffällig in dieses Dorf?«, murmelte er, als ihn ein Branntweinatem anwehte. Er fuhr herum, und da stand er wieder, dieser schäbige, dem Trunk ergebene Willem mit einem Füllhorn voller Titel, und grinste ihn mit seinen wenigen Zähnen an.

»Wo soll denn die Reise hingehen, Herr Magistrat? Zu einem verschwiegenen Stelldichein, einem galanten Abenteuer?« Er rieb sich die krummen Hände und kicherte. »Doch wohl nicht mit einer unserer Landschönheiten, will ich hoffen. Davon rate ich ab, die Föhrer halten die Ehre ihrer Deerns hoch und sind bereit, sich auf das Übelste dafür zu schlagen.« Erwartungsvoll sah er Kohl an, der den Mund verzog.

»Nichts dergleichen«, knurrte der, »der Grund ist die Geschichte von Westerland- und Osterlandföhr. Man möchte mir Dokumente zeigen, ganz ohne Aufsehen. Und überhaupt, Willem, was geht Sie das an? Sie wissen ja selbst, wie schnell hier dummes Zeug geredet wird. Da tue ich gut daran, wenig von mir zu erzählen.«

Willem sah zu Boden, nahm mit einem Mal seine Mütze ab und drehte sie in seinen Händen. »Wenn Herr Generaldirektor dem Willem sagen möchte, wohin Sie wollen, könnte Willem es vielleicht gegen eine kleine Aufwandsentschädigung möglich machen. Eventuell steht sogar ein Boot bereit, und er setzt Uns Werth an einem verschwiegenen Ufer ab.«

Kohl horchte auf und überlegte. So wie dieser Kerl ihm das anrüchige Treiben des Inselapothekers zugeraunt hatte, so würde er auch über seine eigenen Unternehmungen schwatzen, da war er sich sicher.

Er sah sich nach einer flachen, unbewachsenen Stelle Sandbodens um, zeichnete mit der Schuhspitze die Umrisse der

Insel und legte hier und dort ein kleines Steinchen als Symbol hinein.

»Habe ich Dörfer vergessen?«, fragte er Willem, der sich niederhockte, gleich zwei Steine verschob und zwei dazulegte.

»Nun, wie heißen diese Siedlungen? Helfen Sie mir auf die Sprünge, und ich sage Ihnen, wo ich hinmöchte.«

Gehorsam tippte Willem auf die Markierungen und nannte die Namen.

»Dunsum! Ich muss nach Dunsum«, rief Kohl entschlossen, und Willem blickte ungläubig zu ihm auf. Das Dorf lag am westlichen Inselrand, unweit von Süderende.

»Euer Ehren, in dem Nest gibt es keine Dokumente. Da ist niemand, der mehr als das Nötigste weiß. Dort lesen sie die Bibel, sonst nichts. Ich bin nicht weit davon groß geworden.«

»Es ist, wie ich sage, Dunsum. Nun, können Sie mich verschwiegen und ohne zu säumen dorthinbringen?«

Kohl setzte zum Zeichen, dass das Gespräch sein Ende gefunden hatte, den Zylinder auf und ordnete seinen Rock.

»Gewiss, Herr Consul«, meinte Willem grinsend und erhob sich. »Der Wind steht sogar günstig.« Damit stolperte er wieder in Richtung Strand und winkte, ihm zu folgen.

Als sie den Badekarren von Leisner passierten, den Kohl gern in einem größeren Bogen umschritten hätte, deutete Willem auf den Wagen und lachte auf. Und tatsächlich kam Kohl nicht umhin, eine leicht schaukelnde Bewegung des Karrens zu bemerken. Ja, er vernahm sogar ein kurzes wohliges Stöhnen, das aber sogleich abbrach. Peinlich berührt wandte er sich dem Strand zu und ging schneller. Willem hatte Mühe, ihm zu folgen.

»Dort drüben«, rief er und deutete gen Westen, den sich verengenden Sandstreifen entlang.

Kohl erkannte eine halb an Land liegende Schaluppe, einem Beiboot gleich und mit einem Mast versehen. Das Segel war gerefft. Ein Friese stand dabei, in Statur und Schäbigkeit Willem ganz ähnlich, und rauchte eine Pfeife. Weit und breit war kein anderes Boot zu sehen. In einer Mischung aus Geringschätzung

und Misstrauen taxierte der Pfeifenraucher den modisch gekleideten Kohl, sah fragend zu Willem hinüber und legte lässig zwei
Finger an den Schirm seiner Mütze. Willem winkte ihn beiseite,
sodass Kohl ihr Gespräch nicht verfolgen konnte, dabei hätte
er es ohnehin nicht verstanden. Bald kam Willem zurück und
bedeutete ihm, in das Boot zu steigen, schob es ächzend und
mit Hilfe des anderen ins Wasser, dann sprang er hinein.

»Ein Tausch«, erklärte er nach einigem Luftholen ungefragt,
während er das Segel setzte. »Ich dachte mir, dass der Herr Ge-
sandte gern weiter mit Willem vorliebnehmen möchte, wir sind
inzwischen aneinander gewöhnt. Mein Freund dort und Willem
kommen beide aus dem gleichen Dorf, nun kann er Willems
Karren dem Verleiher zurückbringen, und Willem bringt sein
Boot zurück. Bei so einem kleinen Zusatzverdienst muss man
sich anstellig zeigen.«

»Was hatte denn der Kerl da am Strand verloren?«, wunderte
sich Kohl. »Zum Pfeiferauchen wird er wohl kaum an Land
gekommen sein.«

Willem lachte heiser und griff das Ruder. »Der Herr Konsis-
torialpräsident ist nicht der Einzige auf Föhr, der sein Handeln
verborgen hält. Nun, so mancher Personenverkehr bleibt im
Dunkeln.«

Kohl blickte auf die flache Küstenlinie der Insel, die selten
durch ein Gehölz oder ein höheres Dach unterbrochen war.

Was für eine kryptische Bemerkung, dachte er. Hatte der
andere Kerl auf jemanden gewartet, der Föhr verlassen wollte,
oder hatte er jemanden heimlich an Land gebracht, der dann
gleich im angrenzenden Gestrüpp verschwunden war? So gesehen waren die Suchaktionen nach dem Südseeinsulaner Pana so
etwas wie das Fischen mit einem löchrigen Netz, fand er. Wenn
dem Mörder dieses Jungen auf diese Weise geholfen worden
war, würde er unauffindbar bleiben. Und für Kohl sprach einiges dafür, dass dieser ein echter Inselfriese war, mit Familie und
Freunden, die bereit waren, ihm zu helfen. Seufzend schaute er
auf die vorbeigleitende Landschaft.

Die spätnachmittägliche Sonne tauchte Föhr in ein rötliches Licht. Die Wolken verfärbten sich, die Luft wurde kühler. Willem, der der Küstenlinie in gleichbleibendem Abstand folgte, deutete mit einem Mal an Land, und Kohl gewahrte aufsteigende Rauchsäulen.

»Die Feuer der Salzbrenner bei Hedehusum«, rief er. »Da komme ich her.«

Kohl sah neugierig zu ihm hinüber und erinnerte sich an die skizzierte Inselkarte.

»Und bis Dunsum, wie weit ist es dann noch?«, wollte er wissen.

Willem wiegte den Kopf. »Noch einmal so lang, herzogliche Gnaden.«

Kohl überlegte. So etwas Archaisches wie die Salzgewinnung durch das Verbrennen von Salztorf hätte er gern gesehen. Gehört hatte er davon. Diese Technik galt inzwischen als unwirtschaftlich und ausgestorben. Dass sie hier noch betrieben wurde, ergab für seinen Reisebericht eine schöne Merkwürdigkeit. Im Augenblick aber hatte er sich einer anderen Aufgabe verschrieben, Kuriositäten mussten warten. Er knöpfte seinen Rock zu und wies über den Bug auf die Inselküste, die nach rechts weglief.

»Ein andermal, Willem, Dunsum bleibt das Ziel.«

Sie passierten ein weiteres Dorf, dessen Dächer sich am Horizont zeigten, und bald erhöhte sich die Silhouette der Küstenlinie. Sie blieb seltsam gerade und unverändert.

»Der Deich«, erklärte Willem, der Kohls Augen zu folgen schien.

Endlich, die Dämmerung hatte bereits eingesetzt, steuerten sie das Inselufer an. Der begraste Wall des Deiches erlaubte Kohl keine weitere Sicht ins Inselinnere. Lediglich ein paar Schafe empfingen ihn.

»Das Boot hat einen flachen Boden«, sagte Willem, »aber es kann trotzdem nicht ganz an Land. Der Herr Minister wird ein paar Schritte durch die See waten müssen.«

Er traut mir also nicht zu, dass ich ihn zurück ins Meer schiebe. Damit könnte er recht haben, dachte Kohl schmunzelnd, zog Schuhe und Strümpfe aus und krempelte seine Hose so weit hoch, wie es ihr enger Schnitt erlaubte.

Bald legte Willem das Boot längs zum Land, reffte das Segel und sah Kohl erwartungsvoll an. »Herr Admiral kann hier ruhig in die See springen, sie geht ihm nicht mal an die Knie«, erklärte er, während Kohl misstrauisch in das trübe Wasser schaute, das seinen Grund verbarg. Den Zylinder in der einen Hand, Schuhe und Strümpfe in der anderen, setzte er sich auf den Bootsrand.

»Aber wenn ich Euer Wohlgeboren vorher noch um den Lohn bitten dürfte«, murmelte Willem und rutschte zu ihm hinüber.

»Aber gewiss doch, daran hätte ich auch denken müssen«, entschuldigte sich Kohl, legte umständlich seine Kleidungsstücke ab und entnahm seiner Geldbörse einige Münzen, die er ihm in die raue Hand drückte. »Das müsste für einige Laib Brot oder Branntwein reichen. Normalerweise wird der Fährmann ja vor der Fahrt bezahlt.«

»Ja, besonders wenn er in die Unterwelt übersetzt«, erklärte Willem und deutete auf das Land. »Hinter dem Deich liegt Dunsum. Es führt eine Passage von dort durch das Watt nach Amrum, aber man muss den Weg kennen, sonst kommt man in den tiefen Prielen um. Ich hoffe, der Herr Verlagsdirektor wird zurechtkommen.«

Noch eine Möglichkeit, die Insel zu verlassen, dachte Kohl, und die Suche nach dem Mörder erschien ihm immer sinnloser. Verlagsdirektor! Ich werde die bunte Welt der hochgestellten Titel vermissen, dachte er und glitt vorsichtig vom Rand des Bootes ins kalte Wasser. Zischend zog er die Luft durch die Zähne und stand schon auf sandigem Boden. Ein letztes Mal sah er sich nach Willem um. Der legte grüßend zwei Finger an seine Mütze, setzte das Segel, griff das Ruder und schipperte hinaus in die See, über der sich rötliche Wolken türmten.

191

Sich barfuß vortastend durchwatete Kohl das flacher werdende Wasser. Vor ihm wuchs der dunkle Deich, das schwindende Sonnenlicht hatte hier keine Farben mehr für den Himmel übrig, alles wirkte düster und leer.

PESTMARSCH

Ein quälender Schmerz durchfuhr Lauras Kopf, das stechende Pochen holte sie aus der Ohnmacht. Noch hielt sie benommen die Augen geschlossen und versuchte zu schlucken.

Mein Hals ist ganz trocken, dachte sie, und mein Mund schmeckt sauer. Aber warum kann ich ihn nicht öffnen?

Entsetzt riss sie ihre Augen auf und blickte gegen die Bretter einer rissigen Holzwand, durch die dämmriges Licht fiel. Da war ein Dach über ihr, mehr konnte sie nicht erkennen. Etwas lag auf ihren Lippen, drückte dagegen, und als sie es wegnehmen wollte, erschrak sie erneut. Ihre Arme waren auf dem Rücken zusammengebunden und unbeweglich. Der Schrei, der ihr entwich, kam nur als dumpfer Ton in die Welt und verging.

Lauf weg, rief sie sich im Geiste zu und spannte die Muskeln an, vergebens.

Wie ein sorgfältig geschnürtes Paket saß sie auf einem wackligen Stuhl, unfähig, sich zu rühren. Wieder schrie sie, gedämpft durch das Tuch vor ihrem Mund, dann füllten Tränen ihre Augen. Der pochende Schmerz im Kopf ließ nach, dafür raste ihr Herz, und im schnellen Takt hob und senkte sich ihre Brust. Nur mühsam bekam sie durch die Nase Luft.

Wo bin ich, was ist mit mir geschehen?

Langsam kroch die Kälte an ihren Beinen hoch, sie zitterte.

Bin ich nicht mit der Madame in ihrer Kutsche gefahren?

In verwaschenen Bildern erinnerte sie sich an den Mann, der auf sie zugekommen war: Consul Schilling.

Warum bin ich gefesselt und geknebelt, ich habe doch nichts Böses getan.

Langsam sah sie klarer. Sie war in einem Holzverschlag, einer löchrigen, schiefen Hütte, mit einem Boden aus Lehm. Alles in ihr schrie nach Flucht, sie war hilflos und allein. Mehr und mehr gewöhnten sich ihre Augen an das diffuse Halbdunkel, da zuckte sie zusammen.

Was lag dort in der Ecke? Ein Schauder überrieselte sie. Da lag ein Mensch, lang ausgestreckt, reglos und mit seltsamen Konturen. Zaghaft sah sie genauer hin, und erst nach einer Weile atmete sie ruhiger. Es waren einfach die großen, steifen Falten hingeworfenen Segeltuchs.

Bin ich noch auf Föhr?, fragte sie sich und lauschte auf vertraute Stimmen oder Geräusche. Seevögel schrien, sie erkannte die aufgeregt schimpfenden Austernfischer und den lang gezogenen Schrei einer Silbermöwe. Und durch das Rauschen von Bäumen und Büschen, in die der Wind fuhr, drang deutlich das Quaken von Enten. Gehölze mit viel Bewuchs haben wir nur wenige auf Föhr, überlegte sie. Als sie auch kein Meeresrauschen vernahm, stieg Mutlosigkeit in ihr auf. Hatte man sie ans Festland verschleppt? Wieder liefen ihr Tränen die Wangen hinab. Ihre Mutter ging ihr durch den Kopf, die war sicher ganz krank vor Sorge. Erst wird der Sohn erschlagen, dann verschwindet die Tochter spurlos. Laura musste hier raus und ihr beistehen.

Während eine Böe die Bäume draußen laut durchwehte, öffnete sich in ihrem Rücken die Tür des Verschlags, und sie vernahm knirschende Schritte, die näher kamen. Heftig zerrte sie an den Stricken.

»Laura, Laura, gutes Kind, was bringst du dich auch in so große Schwierigkeiten«, sprach die dunkle Stimme eines Mannes. »Was stöberst du auch in Sachen, die nicht die deinen sind, und nimmst sogar meine Karte an dich.«

Plötzlich berührte etwas Kaltes Lauras Nacken, und sie fuhr zusammen. Consul Schillings kräftige, vom Herbstwind gekühlte Hand glitt ihren Hals entlang bis unter das Kinn. Sie zitterte. Mit einem Mal riss der Consul ihren Kopf nach hinten, und sie sah seinen Blick. Kalt und ruhig.

»Du wirst uns keinen weiteren Ärger machen, nicht wahr?«, sprach er leise durch sich kaum bewegende Lippen. Sie verneinte stumm. Er tätschelte ihre Wange. »Gut so, dann bleibt dir mehr Leiden erspart. Ich sähe es ungern, wenn du den Weg deines Bruders gehen müsstest.«

»Friedrich, wo steckst du? Ich habe mich verspätet. Ah, wie ich sehe, bist du schon dabei, dem Vögelchen seinen Käfig zu erklären«, unterbrach ihn Frau von Wolf, die unbemerkt den Holzverschlag betreten hatte. »Wir werden ihr etwas Wasser und Verpflegung holen müssen, wenigstens bis wir sie endgültig allein lassen. Ein Kanten Brot dürfte reichen. Aber bis dahin wirst du keinen Laut von dir geben, haben wir uns verstanden, Mädchen? Es ist ohnehin zwecklos, auf Hilfe zu hoffen. Du bist einsam in der Landschaft, und niemand, wirklich niemand wird dich hier suchen. Wie ich höre, sollen deine abergläubischen Leute diesen Ort ja meiden. Von Untoten wispern sie, vom pestigen Hauch, der aus der Erde steigt.«

»Margarethe! Erklär ihr nicht so viel.«

»Diese rückständigen Seefahrer«, höhnte sie weiter, ohne auf Schillings Einwurf einzugehen. »Also, dann verhalte dich still und weck sie nicht auf, die grauenhaften Wiedergänger, Fetzen faulenden Fleisches noch auf den bleichen Knochen, auf dass sie nicht ihre Zähne und überlangen Nägel in dich schlagen. Besonders in der Nacht sollen sie es ja ungemein wild treiben. Willst du ihnen zum Fraß vorgeworfen werden, so wehrlos und gefesselt, wie du bist?«

Laura schluchzte stumm, die Augen weit geöffnet, und legte ein Flehen in ihren Blick. Natürlich hatte sie Angst. Was würde mit ihr geschehen? Bloß, wenn man ihr Wasser und Essen holen wollte, so ließ der Tod noch auf sich warten, schloss sie aus dem Gehörten.

Aber diese Madame wollte sehen, dass sie vor Todesangst verging und sich fügte. Gedanken rasten durch ihren Kopf. Sie hatte von ihren Leuten gesprochen, vom Pesthauch und von Wiedergängern. Einem einsamen Ort. Sie war noch auf Föhr!, erkannte sie und hätte um ein Haar vergessen, ängstlich dreinzuschauen. Laura kniff die Augen zu und schüttelte sich in gespielter Verzweiflung. Geschichten von Geistern und Untoten gab es viele, ihre arme Mutter war gefangen in dieser Welt und hatte stets davon erzählt.

Als kleines Mädchen war sie voller Furcht gewesen vor Friedhöfen, einsamen Hügelgräbern, Nebelschwaden und zuckenden Schatten. Längst war sie zu einer anderen Erkenntnis gelangt. Wer tot war, war tot und kam nicht wieder. Das galt für ihren Vater wie auch für Ingwer. Man musste sie gehen lassen und ohne sie weiterleben. Aber in all diesen Geistererzählungen gab es nur einen Ort, an dem der Atem der Pest eine Rolle gespielt hatte. Sie ahnte, wo sie war. Auch das Rauschen der Bäume draußen machte nun einen Sinn.

»Oh, was für ein Jammerbild. Friedrich, da mag ich nicht hinsehen«, spottete Frau von Wolf und fuhr Laura mit dem Fingerknöchel über die Wange.

Die sah sie an. Sie war oben im Norden in der Marsch, nahe am Deich, wusste Laura und fühlte angewidert, wie Frau von Wolf an ihrem grauen Kleid herumfingerte. Ein aromatischer, starker Geruch ging von ihr aus, nicht vergleichbar mit den Duftwässern, die Laura kannte. Er erinnerte sie an ein Öl, dass ihre Mutter immer nahm, wenn ihre müden Beine schmerzten. Der Duft passte so gar nicht zu der Madame, dachte sie. Doch dann sah sie entsetzt, wie Frau von Wolf ein kleines Messer aus dem Umschlag ihres Ärmels zog und ein Stück aus ihrem Kleid herausschnitt, bevor sie es triumphierend schwenkte.

»Das hier wird uns noch nützen, mein lieber Friedrich.« Dann tastete sie nach dem braunen Fläschchen in ihrem Rock, zog den Stöpsel heraus und tröpfelte den Inhalt auf den Stofffetzen.

Der Geruch stach Laura in die Nase, als ihr schon jemand das Stück Stoff ins Gesicht drückte. Abgrundtiefe Dunkelheit umfing sie.

Kohl stieg, inzwischen wieder mit Socken und Schuhen an den Füßen, auf den begrasten Deich. Die feinen Sandkörner zwischen seinen noch feuchten Zehen scheuerten unangenehm. Von der Deichkrone aus schaute er über Weiden hinweg auf ein paar Bauernhäuser und Katen, nicht weit von ihm an einer Straße aufgereiht. Das war Dunsum, laut Willem ein Dorf ohne Dokumente oder Gebildete. In größerer Entfernung, etwas rechts von ihm, erhob sich einsam der Kirchturm von St. Laurentii, von wenigen Baumkronen umstanden. Diese Kirche hatte er erst gestern aus der anderen Richtung, vom hohen Wall der Lembecksburg aus, gesehen. Hinter Dunsum musste Süderende liegen. Eine Böe kalten Abendwindes fuhr ihm in die Kleider, und er schloss fröstelnd seinen Rock.

Ich muss mich sputen, bei dem schwindenden Licht mein Ziel zu erreichen, dachte er, sonst verlaufe ich mich in dieser Einöde. Ungern möchte ich jemanden nach dem Weg fragen müssen.

So stieg er den Deich an der Landseite hinunter, umrundete das Dorf in südlichem Bogen und hielt links von dem Kirchturm auf den Horizont zu, bis er auf eine Straße geriet, die hoffentlich in die richtige Richtung führte. Immer darauf gefasst, sich vor Begegnungen hinter Büschen wegzuducken, schritt er voran und gelangte nach über einer halben Stunde an den Dorfrand von Süderende.

Das dämmrige Tageslicht hatte an Kraft verloren, und so blickte er gegen schwarze Gebäudesilhouetten vor einem gräulichen Himmel. Die ersten Hunde schlugen an, und Kohl verließ die Straße nach rechts, um über Weiden weiter voranzuschreiten. Sein Ziel war eine zwischen dem Dorf und der Kirche St. Laurentii abseits gelegene Kate. Er stieß auf einen weiteren Weg, stand bald vor einem von Büschen dicht umstandenen Häuschen und hielt an. Kaum konnte er die im Dunkeln vom Gesträuch gut verborgene Pforte finden. Vorsichtig trat er in einen Vorgarten. Im Fenster neben der Haustür leuchtete trübe das gelbliche Licht einer Öllampe. Allein das Rauschen des Windes im Geäst war zu hören, ansonsten umgab ihn Stille.

War er hier richtig? Hatte er die Wegbeschreibung auch nicht missverstanden? Er setzte seinen Zylinder korrekt auf, atmete tief durch und stellte sich vor die Tür. Wie sollte er sich ankündigen, ohne zu verschrecken oder zu ängstigen? Aber er wurde ja erwartet.

So schlug er mit der Faust dagegen. »Ich bin es, Johann Georg Kohl«, rief er. »Ist jemand da?«

Wieder klopfte er gegen die Tür, die plötzlich von innen geöffnet wurde. Kohl sah sich einer schwarz gekleideten Frau gegenüber, die im dunklen Flur ein Licht in der Hand hielt. Der warme Schein legte sich auf ihr blasses Gesicht und das schimmernde Haar. Lediglich von der Stirn bis zur Nase zeigte die Haut etwas Farbe.

»Frau Brodersen?« Kohl zog seinen Hut.

»Sie kommen allein?«, wollte Mariane wissen und bedeutete ihm einzutreten. Misstrauisch sah sie nach draußen, bevor sie hinter ihm die Tür schloss.

»Vergeben Sie mir, dass ich sie nicht gleich erkannt habe«, entschuldigte sich Kohl, »aber bisher habe ich Sie stets vermummt gesehen. Haben Sie mich hierherbestellt?« Er zog den Brief hervor.

Mariane sah ihn gefasst an und geleitete ihn stumm in die Stube, wo sie ihm einen Stuhl am Tisch anbot. Die ruhige Flamme eines Öllichts sorgte für etwas Helligkeit.

»Sie wollen also eine gute Geschichte über Föhr schreiben? Eine, die wahr ist? Und Sie möchten den Tod des Ingwer Martens aufklären?«, sprach sie unumwunden, und in ihren Augen lag ein großer Ernst.

Kohl nahm Platz und sah sie erwartungsvoll an. Was mag die Frau von mir wollen?, fragte er sich. Sie redet so, als hätte sie mir etwas anzubieten.

»Genau so ist das, Frau Brodersen. Eine wahre Geschichte über Leid und Gerechtigkeit.«

»Dann geben Sie mir Ihr Ehrenwort, dass durch Ihr Geschreibe niemand anders zu Schaden kommt als der Mörder? Keines Menschen Ruf wird beschmutzt?«

Kohl nickte langsam und übertrieben tief. In diesem Moment formten sich Marianes strenge Gesichtszüge zu einem warmen Lächeln, und sie trat näher. »Es ist ja nur, weil ich nicht einen wüsste, an den ich mich wenden kann. Wir haben die ganze Insel gegen uns, und Hilfe ist nicht zu erwarten.«

»Wir?«

Kohl vernahm draußen vor der Stubentür leise Schritte. Sein Magen krampfte sich zusammen. Wer oder was mochte da jetzt in dieser einsamen, schlecht beleuchteten Kate auf ihn zukommen? Er scharrte mit den Füßen, räusperte sich und fingerte nach seinem Notizbuch, das er mit vorgespielter Konzentration hervorholte. Dabei wäre er am liebsten aufgestanden und weiter nach hinten in den dunklen Raum getreten.

»Komm rein«, rief Mariane und öffnete die Stubentür.

Augenblicklich verdeckte die breite Silhouette eines Mannes das Licht in ihrer Hand und wurde gleichzeitig als übergroßer Schatten an die Wand geworfen. Kohl, sitzend, zuckte zurück. Da stand er, der gesuchte Südseeinsulaner, und sah ihn herausfordernd an. Sein kräftiger Körper war angespannt, das konnte er gut erkennen, bereit zum Angriff oder zur Flucht. Die spärlichen Lichter im Raum warfen Schatten auf Wangenknochen und Nase und schärften seine Gesichtszüge, die Tätowierung am Kinn begann im Schein der Lampen zu leben. Widerspenstige Haarsträhnen, nicht ganz durch den Knoten gehalten, betonten die Verwegenheit des Mannes.

»Pana, aber natürlich«, krächzte Kohl und räusperte sich. Sein Hals war ganz trocken geworden.

Das also war der Mordverdächtige. Was tat der hier? Gab es ein zärtliches Einverständnis mit dieser Postfrau, oder hatte sie ihn aus reiner Barmherzigkeit versteckt? Nun, das war jetzt ohne Belang, fand Kohl und stellte sich die Muskeln unter Panas Hemd vor. Er hätte Ingwer leicht überallhin tragen können, da war er sich sicher. Und ein Stück Metall, von diesen Armen gegen den Kopf geschlagen, wäre tödlich.

»Wo bleiben meine Manieren«, murmelte er, stützte sich auf

die Tischplatte und stand auf. Mit einem unsicheren Schritt trat er auf Pana zu, der ihm aber auswich. »Mein Herr, wenn ich mich Ihnen vorstellen dürfte, ich heiße Johann Georg –«

»Bitte, Herr Kohl, nehmen Sie wieder Platz«, unterbrach Mariane die Begrüßung und stellte sich zwischen die beiden Männer. »Ich habe ihm von Ihnen erzählt. Pana, du setzt dich am besten auf den anderen Stuhl«, wies sie Pana an, der ihr zögerlich folgte.

Der Mann ist auf der Hut, dachte Kohl und nahm wieder Platz. So gab er vor, Pana nicht weiter zu beachten, und blätterte in seinem Notizbuch nach den Seiten, auf denen die Angaben vom alten Kapitän Hansen standen.

»Madame, ich gebe zu, das ist eine Überraschung. Und nun verstehe ich auch, warum Sie mir gegenüber so misstrauisch waren. Aber seien Sie versichert, ich werde mich an mein Versprechen halten. Weit gereist, wie ich bin, ist mir kaum etwas Menschliches fremd. Niemand kann aus seiner Haut, nicht wahr, und wer ist schon vor Amors Pfeilen sicher. Doch nun sollten wir zu der schlimmen Tat kommen, wegen der die öffentliche Meinung Sie, Pana Nancy Schoones, des Mordes verdächtigt.«

Als Pana seinen Namen vernahm, rutschte er unruhig auf dem Stuhl hin und her und schielte zur Tür.

»Ja, ich weiß um Ihre tragische Geschichte. Ihr Brotherr, Kapitän Hansen, hat sie mir erzählt und keinen Zweifel daran gelassen, wie rechtstreu und friedfertig Sie sind. Vielleicht etwas zu verschlossen, zu geheimnisvoll, aber eben in seinen Augen kein Mörder. Ich sage das, weil auch ich nicht an Ihre Schuld glaube, Pana. Ich darf Sie so nennen? Hier in meinem Buch stehen einige Beobachtungen, die diese Meinung unterstützen. Aber warum sprechen Sie nicht einmal selbst, denn es muss ja einen Grund haben, dass Madame Brodersen uns hier in aller Verschwiegenheit zusammengebracht hat.«

Pana sah unsicher zwischen Kohl und Mariane hin und her, dann endlich sprach er, mit einer warmen, tiefen Stimme. »Ich nicht töten armen Jungen, der war tot. Früh am Morgen ich zurück nach Nieblum. Er da liegen, kalt und hart, alles voll Blut.«

»An der Burg? So wurden Sie gesehen und als Verdächtiger gefangen«, ergänzte Kohl das Ereignis. »Aber wenn nicht Sie der Mörder sind, muss vorher etwas geschehen sein. Ist Ihnen am Toten etwas Besonderes aufgefallen oder in der Umgebung?«

Pana saß unbeweglich da, sein Gesicht war ausdruckslos. »Spuren von Wagen in Gras und Arme und Beine nackt, sein Zeug hochgeschoben. Hosentaschen rausgezogen, wie durchsuchen. Diese Zeichen auf der Haut, was bedeuten?« Fragend blickte er zu Kohl, der die Schultern zuckte.

»Für die Leute ist das ein Ritualmord. Sie sagen, der Menschenfresser Pana hat sie dem Toten eingeritzt.«

Pana ballte die Fäuste, der ganze Körper bebte vor Anspannung. Kohl beobachtete ihn genau, bereit, jederzeit aufzuspringen.

»Ich kein Menschenfresser«, zischte Pana durch die geschlossenen Zahnreihen. »Wir machen Toten keine Zeichen in Haut, wir machen Tattoo für Schutz und Kraft. Sind schön, haben Seele. Nicht so wie bei Ingwer.«

»Genau das habe ich auch gesagt«, gab Kohl ihm recht.

»Hand!«, stieß Pana hervor und starrte wieder vor sich hin. »Sein Hand wie Kralle, wie etwas festhalten wollen. Und Siegelwachs, rot. An Finger.«

Vielleicht ein gesiegeltes Schreiben, überlegte Kohl. So machte der Siegellack auch Sinn. Er blätterte in den Seiten seines Notizbuchs weit zurück und zwirbelte gedankenverloren seinen Schnauzbart.

»Wir müssen uns auf den Donnerstagabend und die Nacht konzentrieren, die Zeit, bevor Sie den toten Ingwer gefunden haben«, erklärte er. »Denn wie es aussieht, fand er bereits da den Tod. Nun, Pana, wo waren Sie? Diese Frage wird man Ihnen auch vor Gericht stellen, sollten die Föhrer Sie ergreifen.«

Pana sprang auf, hastete zum Fenster und versuchte draußen in der Dunkelheit etwas zu erkennen. Ängstlich schaute er zu Mariane, die zu ihm ging, ihre Hand auf seinen Nacken legte und ihn zurück zum Tisch führte.

»Komm, wir wissen ja, dass du es nicht warst«, beruhigte sie ihn leise und drückte ihn auf den Stuhl. »Dieser Herr hier kann auf der ganzen Insel herumlaufen und Fragen stellen, niemand wird ihn verdächtigen. Er glaubt an deine Unschuld, ist in keine Freundschaft oder Feindschaft verstrickt. Seine Augen sind klar. Hilf ihm, damit er dir helfen kann.«

Sie trat hinüber zu dem schweren Schrank und kam mit einer geschliffenen Karaffe und drei Gläsern zurück. Wortlos goss sie den goldig schimmernden Inhalt ein und prostete ihnen zu. »Das hier stammt noch aus besseren Zeiten, mögen sie bald wiederkommen.« Ehe die Männer reagierten, hatte sie den Rum hinuntergekippt und sich gesetzt.

Eine handfeste Frau, stellte Kohl fest und trank. Eine kurze wohlige Wärme schoss durch seine Adern. »Nun, Pana, was können Sie mir denn zum Abend vor dem Leichenfund sagen? Wo waren Sie? Was wissen Sie über die Klassenkameraden des Erschlagenen? Hatte Ingwer Feinde?«

Wieder stierte Pana in das Öllicht. »Oft Streit, Daniel und Focke gegen kleinen Ingwer. Der schlauer Kopf, andere langsam denken. Alter Hansen oft fluchen. War gar nicht zufrieden. Trotzdem miteinander spielen, Ingwer und Daniel. Halbe Kinder noch. Auch an Nachmittag, bevor Ingwer tot. Daniel ist weggelaufen von Arbeit in Brauerei, ich ihn treffen auf der Straße nach Borgsum. Hat mir gesagt, er freihaben, und mir zurufen, dass er fechten will mit Ingwer. An Burg. Da schon Dämmerung. Und abends in der Klasse dann Ingwer fehlen. Daniel kommen Minuten spät, aber ist aufgeregt und mag nicht rechnen. Hansen mächtig fluchen.« Pana strich über seine Kinntätowierung und verfiel in Schweigen.

»Ich kennen Daniel, seit er kleines Kind«, fuhr er nach einigen Momenten fort. »Als Junge er mir gesagt, wo er seine

Schätze verstecken. In Holzkiste im Pferdestall, ganz oben, wo Tauben sitzen. Bei Ingwer war schlimme Wunde mit altem Eisen, richtig? Eisen wie vergraben. Vielleicht Jungen finden beim Spielen und streiten darum. Kann sein wertvoll und Schatz für Kiste? Erde offen, da, wo Ingwer liegen. Kann sein noch finden Krone von König oder schöne Axt?«

Kohl hörte ihm zu, hatte jedoch andere Bilder im Kopf. Da lag der Schwerverletzte, daneben Wagenspuren im Gras. Die Taschen durchwühlt und ein Schreiben aus den Fingern gezerrt. Spuren von Siegellack. Eine unbekannte Hand versucht, Ingwer zu erwürgen. Die Kleidung wird ihm hochgeschoben, die Zeichen eingeritzt. Sollte das das Werk von Daniel Krückenberg sein? Panas Idee erzählte da eine ganz andere Geschichte. Ein Streit um Metall aus der Erde, ja, das war ein interessanter Gedanke. Aber eine Krone? Nein, das war dann doch zu viel Einbildung. Vielleicht ließen sich die beiden Phantasien trotzdem verbinden?

»An jenem Morgen, als Sie den Toten in aller Frühe fanden, kamen Sie da aus diesem Haus?«, fragte er unvermittelt und vermied es, Mariane anzusehen.

Die lehnte sich im Stuhl zurück, verschränkte die Arme und blickte ihn trotzig an. »Er hat die Nacht hier verbracht, mit mir. Was lohnt das Leugnen? Wenn Ingwer an dem Morgen danach schon kalt und starr im Gras gelegen hat, bin ich Panas Rettung für die Zeit davor. Ich fürchte, wenn ich das vor dem Richter aussagen muss …«

»Das wäre auf dieser Insel Ihr gesellschaftlicher Tod. Auf dem Festland ebenso. Ganz gleich, wie sehr Ihre Herzen vereint sind, solch eine exotische Liaison leisten sich unbeschadet nur Fürsten und jene Künstler, die auf die bürgerliche Welt pfeifen. Aber eine Föhrer Postfrau? So werden wir also den wirklichen Mörder präsentieren müssen. Können Sie Pana solange verbergen?«

»Ich hier unter Dach mit Decke hinter Seekiste. Ganz dunkel und nur runterkommen, wenn Haus leer. Sonst Gefahr für Mariane zu groß.«

»Na ja, das klappt so nicht immer. Beim Frühstück sind wir nicht gern allein, nicht wahr«, meinte sie und lächelte versonnen.

Mit einem Mal sprang Pana auf und hastete ans Fenster. »Hunde!«, rief er und lief zur Tür.

Auch Kohl und Mariane hörten es. Das Bellen war noch weit entfernt, kam aber immer näher.

»Ein Glas zurück in den Schrank«, befahl Kohl, »und Pana in sein Versteck! Ich nehme an, die Bauern hier benutzen Jagdhunde? So werden wir ihnen was bieten müssen«, erklärte er, griff seinen Zylinder, schloss den Rock und ging ebenfalls an die Stubentür. Dann zog er sein Notizbuch samt Bleistift hervor und kritzelte hastig etwas auf ein Blatt, riss es heraus und drückte es der überraschten Mariane in die Hand.

»Es ist ein Versuch. Hören Sie, Frau Brodersen, ich bin eben bei Ihnen gewesen, um mehr über die Föhrer und ihre Verstrickungen in die Bluttat zu erfahren. Beim geschickten Lügen soll man immer nahe an der Wahrheit bleiben. Allerdings, um meinen und Ihren Ruf zu wahren, wollte ich nicht bei Ihnen gesehen werden. Das leuchtet ein, nicht wahr? Sie dürfen den Zettel in Ihrer Hand gern einem der Kerle des Greiftrupps zeigen. Aber unbedingt sehr widerwillig, das erhöht die Wirkung. Für den Moment nun muss ich mich verabschieden und wünsche Ihnen beiden alles Gute.«

Er schritt hinaus in das fahle Mondlicht, versank mit seinen Schuhen im rückwärtigen Teil des Gartens in frisch umgegrabenen Beeten und suchte fluchend in den Büschen der Begrenzung eine Stelle, von der aus er das Haus beobachten konnte.

Am Ende ruiniere ich mir hier noch meine Kleidung, dachte er, seufzte und tastete nach einem geeigneten Ast, an den er vorsorglich seinen Zylinder hängte. Wie viele Bücher über Föhr werde ich verkaufen müssen, um die nächste Rechnung beim Schneider wieder reinzuholen? Aber was tue ich nicht alles für eine gute Geschichte. Und überhaupt, wann hat ein Mensch

schon mal die Gelegenheit, einem derart Bedrängten zur Gerechtigkeit zu verhelfen? Er spürte, wie sich eine kalte Nässe
auf seine Füße legte. Nur musste das gleich mit erdverschmier-
ten, durchweichten Schuhen einhergehen?

DER FALSCHE

Kurz nach Kohl hatte auch Pana die Stube verlassen, und Mariane hielt für einen Moment inne. Was hatte dieser Kohl vor? Draußen bellten die Hunde immer lauter, sie waren am Haus angekommen. Ihre Gedanken rasten, ihr Herz pochte, doch sie zwang sich zur Ruhe und konzentrierte sich.

Ja, ich hatte gerade heimlichen Besuch. Lächelnd blickte sie auf den Tisch, auf dem zwei benutzte Rumgläser standen, und schob diese so ins Licht, dass sie jedem neuen Betrachter sofort ins Auge fallen mussten. Schnell überflog sie in Gedanken den Alkoven und die Küche. Nur eins der Betten war benutzt, ihre Nachthaube lag auf dem Kissen. In der Küche sprach nichts für eine zweite Person im Haus, das Frühstücksgeschirr war weggeräumt. Sie fröstelte. Ich muss etwas Torf nachlegen, dachte sie, die ganze Aufregung macht mir kalte Glieder.

Kaum hatte sie an der Herdstelle den Schürhaken ergriffen und die Glut zusammengeschoben, als sie zusammenzuckte. Kräftige Schläge gegen die Tür hallten durchs Haus. Es war also so weit.

»Mariane, mach auf! Wir suchen den Menschenfresser«, übertönte eine Männerstimme das Kläffen der Hunde.

Sie griff das Licht und ging, in der anderen Hand den Schürhaken, in den Flur. »Es ist offen«, rief sie, und sogleich wurde die Tür aufgestoßen. Der Trupp polterte herein, bereit, sie beiseitezuschieben und das Haus zu durchsuchen. Unter den Männern waren auch welche aus Süderende.

Der Vorderste, ein großer, kräftiger Kerl mit einem Vollbart, wies lachend auf den Schürhaken in ihrer Hand. »Aber Mariane, was willst du denn damit? Vor uns brauchst du dich nicht zu fürchten, wir sind hier, um den Mordbuben zu ergreifen. Du wirst ja von der Sache gehört haben. Also geh beiseite, dann wird das auch nicht lange dauern.«

Sie wich nicht von der Stelle. »Die Hunde bleiben draußen«, bestimmte sie. »Und wehe, ihr durchwühlt meine Wäsche. Der, den ihr sucht, ist nicht hier. Sicher würde er auch nicht warten, bis er ergriffen wird.« Zögerlich machte sie den Flur frei, und die Männer verteilten sich in den Räumen.

»Der Kerl ist geschickt«, sagte ein anderer aus der Gruppe, klein gewachsen, von hagerer Statur und mit deutlich vorstehenden Schneidezähnen. »Er wird sich Unterschlupf suchen, ohne zu fragen. Vielleicht hat er sich bei dir unterm Dach eingenistet. Wir wollen dort gleich einmal nachsehen.«

Mariane wurde heiß und kalt. Der Kerl sieht aus wie eine verhungerte Ratte, schoss es ihr durch den Kopf, und sie hätte ihm am liebsten den Schürhaken übergezogen.

»Nicht so sprunghaft«, widersprach sie, »am besten sucht ihr hier unten erst einmal systematisch alle Räume ab, um dann eine Ebene höher zu klettern.«

Der Kerl zog die Nase hoch, fuhr sich mit der Zunge über die Zähne und verschwand in der Küche. Mariane hörte ihn in der Speisekammer rumoren und das Scheppern von eisernen Gerätschaften. Ärgerlich trat sie zu ihm. »Na sag mal, glaubst du etwa, der Südseemann ist ein Flaschengeist und versteckt sich in Kochgeschirr und Tiegeln?« Sie hörte, wie die anderen lachten.

Der Gescholtene jedoch deutete mit ausdrucksloser Miene auf eines der Regalbretter, auf dem sich Eisentöpfe und Pfannen befanden. Das freiliegende Holz war dunkel von der rußigen Luft. Doch neben einem Topf war eine helle Stelle ohne Ruß, auf der etwas gestanden haben musste.

Der Kerl tippte auf den Platz und schaute Mariane forschend an. »Was fehlt denn hier?«, wollte er wissen. »Die Herdstelle ist leer. Dein Tischchen da auch. Nun?«

Ein anderer Mann steckte den Kopf in die Küche, und Marianes Herz begann zu rasen. Wie dumm von mir und wie leichtsinnig.

»Die kupferne Bettflasche«, murmelte sie.

»Ist sie in deinem Alkoven?«, forschte die Ratte nach.

Sie schüttelte den Kopf. Das jetzt zu behaupten wäre zu gefährlich gewesen.

»Dann hat sie der Kerl genommen, um durch die kalten Nächte zu kommen. Fehlt dir vielleicht auch noch eine Decke?«

Mariane gab sich Mühe, besonders verwirrt und ängstlich dreinzublicken, dabei galoppierten ihre Gedanken. Da hatte sie einen Einfall. »Dann müsste er sich auch noch warmes Wasser machen. Nein, ich habe sie verliehen«, sagte sie bedächtig, als käme ihr die Erinnerung daran langsam wieder in den Sinn. »Der alten Kresche Frödden war immer kalt auf ihre letzten Tage, und so habe ich ihr die Bettflasche vorbeigebracht. Nun ist sie tot. Ich habe das Ding ganz vergessen.«

Der Mann brummte, nahm ein Öllicht und machte sich daran, vom Flur aus auf den Dachboden zu klettern.

Mariane hielt die Luft an. Was konnte sie noch anstellen, um ihn abzulenken?

Mit einem Mal waren von draußen Rufe zu hören, und die Hunde bellten wie wild.

»Da läuft er!«, brüllte jemand, »die Kanaille macht sich aus dem Staub!«

»Ich wusste es«, knurrte der Kerl, bleckte die Zähne, stieß Mariane beiseite und lief mit den anderen aus dem Haus.

Das war also Kohls Plan, dachte sie und holte den Zettel aus ihrer Kleidertasche hervor. Fast hätte sie den vergessen. Verschmitzt lächelnd verbarg sie das Papier in ihrem Ärmel, achtete aber darauf, dass noch ein kleines Stück davon zu sehen war. Sorgenvoll schaute sie gegen die Zimmerdecke, seufzte und trat vor das Haus.

Kohl hatte die im Dunkeln liegende Kate beobachtet und gesehen, wie die Männer eingetreten waren. Nur einer von ihnen, mit einer Fackel in der Hand, hielt zwei unruhige Jagdhunde an den Leinen und wartete draußen. Im Geiste stellte er sich vor, wie die Kerle einen Raum nach dem anderen abschritten und

in ihrer ungehobelten Neugier Truhen und Schränke durch-
wühlten. Endlich meinte er, der richtige Zeitpunkt sei gekommen. Laut fluchend zerbrach er einige Äste des Gebüschs und
entfernte sich langsam vom Haus. Die ohnehin aufgeregten
Hunde hatten seine Bewegungen und Geräusche sofort wahrgenommen, angeschlagen und hätten sich um ein Haar losge-
rissen. In der Gewissheit, nun verfolgt zu werden, hockte Kohl
sich vorsichtig auf die nasskalte Erde, immerhin wollte er seine
Kleider schonen, und gab vor, gestürzt zu sein. Er hoffte, dass
diese Kläffer ihn nicht beißen würden, und überlegte, welchen
seiner Arme er ihnen hinhalten sollte. Doch schon hörte er die
Stimmen der Männer, ihre schweren Schritte, das Jaulen der
Hunde, roch ihr feuchtes Fell und legte schützend sein Gesicht
in die Armbeuge.

»Da ist er! Wir haben ihn!«, rief jemand, und Kohl spürte,
wie er an Armen und Schultern gepackt und hochgerissen
wurde. Mit einem Mal verstummten die Kerle, allein die Hunde
bellten weiter. Er blinzelte in das Licht der Fackel und in ratlose
Mienen.

»Das ist nicht Pana«, murmelte einer und spuckte aus. »Das
ist ein Badegast.«

Der harte Griff lockerte sich, aber noch ließen sie ihn nicht
los. »Was schleicht der denn in der Nacht um Marianes Haus,
dieser Tunichtgut«, meinte einer. »Los, wir nehmen ihn mit
rein. Die Sache müssen wir klären. Da ist was faul.«

Sie zerrten Kohl durch den dunklen Garten zurück in den
Hausflur, wogegen er sich seiner Rolle entsprechend sperrte
und wehrte. So, mit dreckverschmierten Schuhen und be-
schmutzter Hose, fand er sich bald vor Mariane wieder, die
ihn und die Männer im Flur erwartete.

Anklagend deutete sie auf den Boden. »Die halbe Insel
schleppt ihr mir herein«, schimpfte sie. »Ist das eine Art? Wer,
glaubt ihr, macht euren Dreck weg? Ich kann mir keine Dienstmagd leisten.«

Kohl, immer noch im Griff der Föhrer, versuchte sich zu

verbeugen, was die Kerle ihm kaum gestatteten. »Madame, es ist mir außerordentlich unangenehm, Ihre reizende Wohnstatt so verschmutzt betreten zu müssen«, säuselte er und musste dabei grinsen. »Auch möchte ich mich für den Ton meiner Begleiter entschuldigen.«

Ein ordentlicher Stoß in den Rücken hieß ihn zu schweigen. Es war der Kräftige mit dem Vollbart.

»Rede nicht so geschwollen daher! Sag, was treibst du im dunklen Garten einer ehrenwerten Friesin, die so einsam wohnt? Wolltest sicher über sie herfallen, wenn wir weg sind! Die lockeren Sitten in Wyk, das ganze Sodom und Gomorrha dort hat dir wohl Lust gemacht.«

Ein weiterer Stoß ließ Kohl zusammenschrecken. Jetzt muss etwas geschehen, dachte er, sonst reden die Kerle sich in Rage und kühlen ihr Mütchen an mir. Ängstlich sah er zu Mariane, die seinen Blick richtig deutete. Immer noch stand die ganze Gruppe im Flur.

»Sag, Frau, kennst du den hier?«, wollte der Vollbärtige wissen.

Sie zögerte, hängte ihr Öllicht an einen Nagel und machte einen Schritt auf Kohl zu. Dabei nestelte sie sichtbar nervös an dem Saum ihres Ärmels, und sein Zettel kam zum Vorschein. »Der Herr ist mir bereits in Wyk begegnet«, sagte sie und legte ein leichtes Zittern in die Stimme. »Er soll ein Schriftsteller sein und beim Apotheker wohnen.«

Immer noch spielten ihre Finger fahrig mit dem Ärmelsaum, als einer der Kerle wie erhofft vorsprang, ihren Arm ergriff und das Papier hervorzog. Wieder war es der Friese mit dem rattenhaften Gebiss.

»Ja, was haben wir denn hier?«, rief er und faltete das Papier auseinander, um es ins Licht zu halten. Seine Zunge fuhr über die Schneidezähne, als er den Text auffallend langsam vor sich hin wisperte, bevor er den Inhalt laut wiederholte: »›Werthe Dame, Hinweise jeder Art werden entlohnt. Ich bin erreichbar beim Apotheker Leisner, Wyk.‹«

Er sah in die Runde, und in seinen Augen blitzte der Triumph. »Die beiden kennen sich gut, will mir scheinen, was, Mariane? Vielleicht bist du doch nicht so ehrenwert? Hast den Herrn bei dir empfangen, sonst wäre der Zettel kaum in deinen Ärmel geschlüpft. Aber als einsame Witwe, da kommt dir so ein öliger Seelentröster gerade recht.«

Mariane spannte ihre Schultern und fixierte ihn mit eisigen Augen. Einige der anderen Männer räusperten sich und sahen betreten zu Boden.

»Da stehen zwei Gläser mit Resten von Rum auf dem Stubentisch«, erklärte einer von ihnen, »und das Bett im Alkoven ist nicht zerwühlt.«

Nun riss Kohl sich los und stampfte wütend auf. »Was für ein armseliger und brutaler Haufen Sie doch sind, meine Herren! Einer Friesin aus Ihrer Mitte, der geschätzten Postfrau von ganz Föhr, ja einer untadeligen Witwe dermaßen zuzusetzen und ihr schlüpfrige Unmoral zu unterstellen ist ganz und gar abscheulich! Bei den Pastoren und in den Dorfkrügen werden Sie gewiss weniger forsch auftreten und fremde Betten zerwühlen, habe ich recht?« Er schaute die Männer herausfordernd an. »Ja, es ist wahr, ich war heute Abend hier. Und wie Sie meiner Notiz entnehmen können, die nicht für Ihre Augen bestimmt war, bat ich Frau Brodersen um Informationen. Und zwar zum Mörder des armen Ingwer Martens, denn ich möchte meinen Lesern darüber berichten. Leider ist mein Versuch, jede Peinlichkeit für die Dame zu vermeiden, ja nun gründlich misslungen. Aber wenn Sie wollen, dass ich nicht die widerwärtigen Schnüffeleien in fremder Leute Betten beschreibe, sondern den großartigen Erfolg des Westerländer Greiftrupps, dann sollten Sie sich alle Mühe geben, den Südseemann auch zu fassen, anstatt als Moralpolizei über eine alleinstehende Frau herzufallen. Hier jedenfalls ist er nicht, dieser Menschenfresser, das dürfte inzwischen klar sein.«

Kohl, ganz ergriffen von seiner eigenen Wut, holte Luft und lockerte seine Halsbinde. In Marianes Augen meinte er so etwas wie ein Lächeln zu erkennen, doch sie blieb starr und ausdruckslos stehen.

»Ja, dann wollen wir mal weiter«, brummte einer aus der Gruppe, und die Männer schlurften hinaus.

»Wenn ich mich Ihnen anschließen dürfte«, sprach Kohl, deutete eine Verbeugung in Richtung Marianes an und folgte der Truppe vors Haus. »Ich muss allerdings noch meinen Zylinder aus dem Garten holen, er hängt dort an einem Busch. Ich hätte nie gedacht, dass mich meine Recherchen derart derangieren. Kann mir jemand sagen, wie ich nun zurück nach Wyk komme? Gott sei Dank ist die Nacht noch jung, aber den ganzen Weg zu Fuß, das möchte ich gerne vermeiden.«

Bevor die Männer losschritten, löste sich aus der Gruppe der Kerl mit dem Rattengebiss und trat noch einmal vor Mariane, die in der Tür den Abzug des Greiftrupps beobachtete. Beide Arme in die Hüften gestemmt, baute er sich breitbeinig vor ihr auf. »Nur dass du es weißt, Frau, wir kommen wieder«, sprach er mit ruhigem, bedrohlichem Ton. »Irgendwas stimmt hier nicht.«

Er griff sich in den Schritt und grinste sie an. »Wenn der Südseemann noch auf der Insel ist, werden wir ihn finden, so wahr auf Ebbe die Flut kommt. Vielleicht schützen ihn ja einsame Weiber wie du, und er ist ihnen gefällig? Sei gewiss, er wird keine mehr beglücken, wenn wir mit ihm fertig sind.« Damit ließ er Mariane stehen und folgte den anderen auf die Straße.

NAGEZAHN

Benommen wachte Laura auf. Ihr war übel, und sie zitterte. Die Kälte des Bodens griff immer weiter nach ihr, und verzögert drang die Umgebung in ihr Bewusstsein. Sie lag auf der Seite.

Ich sehe nichts, alles ist dunkel. Und bewegen kann ich mich auch kaum, mein ganzer Körper ist irgendwie auf der Erde festgemacht, und im Mund habe ich diesen scheußlichen Knebel. Aber was ist das für ein komischer Druck auf mir?

Auf der nackten Haut ihrer Beine wie auch auf den Wangen kratzte etwas. Das war ein Stoff. Das Segeltuch. Sie war immer noch in diesem Verschlag und lag jetzt unter dem Segelzeug aus der Ecke. Ja, je mehr sie danach fühlte, desto sicherer war sie, und für einen Moment freute sie sich über die Gewissheit. Doch schon wieder griff die Furcht nach ihr.

Bin ich allein? Sie horchte in die Dunkelheit. Allein das Rauschen des Windes drang gedämpft zu ihr und hin und wieder vereinzeltes Entenquaken. Die werden jetzt schlafend auf dem Wasser treiben, es wird Nacht sein.

Sie versuchte, mit heftigen Kopfbewegungen das Gesicht vom Segeltuch zu befreien. Schnell ließ sie wieder davon ab, denn mit verbundenem Mund wurde ihr das Atmen schwer.

Dieser Pestort am Inselrand, wer kommt hier schon vorbei? Ich bin allein, auf immer gefesselt. Tränen stiegen in ihr auf. Die schreckliche Madame hat ganz recht, die Vogelkoje ist ein verrufener Ort mit bösen Geschichten. Nur die verkommensten Menschen trauen sich hierher. Und denen bin ich nun ausgeliefert wie ein gebundenes Lamm in der Löwengrube, noch dazu stumm.

Voller Grusel weinte sie still und schluckte. Ihr Hals war ganz trocken, sie hatte Durst. Aber da war noch etwas. Ihre Blase drückte, und jetzt erst wurde ihr bewusst, dass sie schon geraume Zeit dagegen angekämpft hatte. Nun, da der Druck all ihre Furcht überlagerte, wurde er stärker, und mit Anspannung versuchte sie ihm zu begegnen. Nein, dachte sie und zerrte wütend an den Riemen, das will ich nicht! Niemand soll mich so schmutzig und verkommen finden. Trotzdem musste sie mit ohnmächtiger Wut zulassen, dass die nasse Wärme ihren Oberschenkel entlangrann und unter ihr versickerte.

Die Männer trotteten auf der Straße in südliche Richtung. Müde baumelten die Laternen in ihren Händen, eine Fackel an der Spitze leuchtete einige Schritte in das Land. Selbst die Hunde waren ruhig geworden. Der Trupp schien Kohls Begleitung unwillig hinzunehmen. Er ging als einer der Letzten, und niemand richtete das Wort an ihn.

»Wie lange noch wollen Sie umherstreifen, um den Entwichenen zu finden?«, fragte Kohl in die Stille. »In der Nacht erscheinen mir die Erfolgsaussichten sehr gering.«

Unwirsches Geraune war aus der Gruppe zu hören, die langsamer wurde und zum Stehen kam.

»Auch wenn Sie meine Anwesenheit nicht mögen, die Frage ist angebracht«, stellte Kohl fest.

»Der Herr hat recht«, meinte jemand aus der Dunkelheit. »Nicht dass dieser Badegast mir sympathisch wäre. Aber so im Dunkeln, auf Öllicht und Fackel angewiesen, sehen wir wirklich nicht gut. Und wollen wir jedem Hasen hinterherlaufen, den die Hunde jetzt verbellen? Wir sind heute ein gutes Stück vorangekommen, Süderende liegt hinter uns, der Kirchturm von St. Laurentii vor uns. Was denkt ihr, sollen wir morgen an der Kirche weitermachen und uns hier und jetzt auflösen? Die ganze Insel weiß Bescheid, und ein jeder wird den Südseemann suchen.«

»Es sei denn, man versteckt ihn.«

Diese Stimme erkannte Kohl sofort, für ihn klang sie nach Machtmissbrauch und Inquisition. Mariane und Pana waren noch nicht in Sicherheit.

Einige der Männer beschlossen, zurück nach Süderende zu

gehen, andere wollten beim nächsten Hof um einen Transport bitten. Schnell löste die Gruppe sich auf, und Kohl folgte denen, die weiter in die Nacht hineinschritten.

Endlich erreichten sie die Wegkreuzung, an der der massige Turm von St. Laurentii in den Nachthimmel wuchs. Einsam stand die Kirche da, von einigen Büschen und Bäumen umgeben. Zwischen ihr und den Männern lag der Friedhof, ein wenig einladender Ort. Nicht weit von ihnen wussten die Föhrer um einen Hof auf der Straße nach Utersum.

Kohl schmerzten die Füße, er hatte Hunger und war müde. Würde man es ihm anbieten, auf der Stelle wäre er mit einem Strohlager einverstanden gewesen. Doch die Natur um sie herum offerierte bloß taunasse Weiden unter einem nachtgrauen Himmel. Auch setzte ihm das Gefühl zu, ein Paria zu sein, abgeschnitten vom Interesse seiner Mitmenschen. So etwas war er nicht gewohnt. Aber sollte er im Dunkeln allein, ohne Licht die Straße entlangwanken? Nein, er war im Schlepptau dieser Leute, unfrei und auf sie angewiesen.

»Na, lässt der Herr Badegast den Kopf hängen?«, höhnte jemand hinter ihm. »Er kann gern einen anderen Weg einschlagen oder an der Kreuzung auf ein Gespann warten. Allerdings wird keins mehr kommen bis zum Morgengrauen. Wenn der Herr also mit uns weitergehen möchte, muss er sich zusammenreißen.«

Kohl verzichtete auf eine Antwort, drehte sich noch nicht mal nach dem Kerl um und raffte sich auf, weiter durch die Nacht zu stolpern. Nach endlosen Minuten hielt die kleine Gruppe unerwartet an. Vor ihnen sah Kohl rechter Hand drei Lichter, die sich beim Näherkommen als beleuchtete Fenster herausstellten und zu einem Hof gehörten. Schwarz hoben sich die Umrisse des niedrigen Wohnhauses und weiterer Gebäude gegen den Himmel ab. Ein Ruck ging durch die Männer, und sie schritten, wohl in der Hoffnung auf Wärme und eine Fahrgelegenheit, kräftiger aus. Doch dann, kurz vor dem Ziel, hielten sie wieder inne und lauschten. Tatsächlich, aus dem Haus erklangen Gesang und eine Fiedel.

Jemand lachte auf. »Da geht es ja hoch her, hat Boy Clausen etwas zu feiern?«

»Es ist eher seine Frau Amalie, das ist eine ganz Lustige. Immer guter Dinge und ein Lied auf den Lippen. Der Pastor hat sie mehr als einmal ermahnt, die Ehrfurcht vor Gott nicht zu verlieren und das schwere Los unseres Erdendaseins mit Würde anzunehmen.«

»Ja, ja, der Pastor, und wer spielt die Fiedel?«

»Nickels, der Sohn. Auf Festen verdient er sich damit etwas dazu.«

»Na, dann wollen wir mal hoffen, dass die gute Laune der Familie erlaubt, uns durch die Nacht nach Hause zu fahren.«

Bald donnerte einer der Männer gegen die Tür der Bauernkate. Augenblicklich wurde es still.

»Ach, ihr. Auf unserem Hof ist der Mordbube nicht«, begrüßte sie nuschelnd Bauer Clausen, einen Pfeifenstiel zwischen den Zähnen. Mit einer Kerze in der Hand stand er in der Tür.

»Die Suche haben wir abgebrochen, der Rest von uns braucht eine Heimfahrt«, erklärte ihm einer.

»Dann kommt für einen Moment an den Ofen, es wird sich gewiss was finden lassen.«

Brav kratzten sie die Sohlen an einem Eisen neben der Tür sauber, klopften ihre Schuhe ab und traten ein.

»So spiel doch weiter«, hörte Kohl eine Frauenstimme sagen, die ihm bekannt vorkam, und gespannt folgte er den anderen in die von mehreren Lichtern erhellte Stube. Es roch nach Getreidekaffee, süßem Fettgebäck und Tabak. In einem gemütlichen Durcheinander stand benutztes Geschirr auf dem Tisch. Zwei Jungen, einer davon mit einer Fiedel in der Hand, und zwei Frauen saßen und schauten neugierig, wer da hereinkam.

»Das Fräulein Kühl«, entwich es Kohl, und er vergaß sogar eine Verbeugung.

Emma Kühl, diesmal nicht wie in Wyk à la mode, sondern eher einer Landfrau gemäß in grobes Kattun gekleidet, sprang auf und rief: »Der Herr Schriftsteller, was für eine Überraschung! Was treibt Sie denn in diese abgelegene Gegend?« Fahrig fingerte sie nach ihrer in den Nacken gerutschten Haube, zögerte und beließ es dabei.

»Die Liebe zur Wahrheit«, murmelte Kohl und holte seine Verbeugung nach, die er mit einem Schwenk auch der vermeintlichen Bäuerin neben dem Fräulein zudachte.

»Sieh an, man kennt sich. Ja, ja, die Welt ist klein«, hörte Kohl den Kerl aus dem Greiftrupp sagen, der Mariane Brodersen aufs Widerlichste zugesetzt hatte. »Der Festländer scheint schnell Bekanntschaften mit den Deerns der Insel zu machen, ihr Ruf ist ihm egal.«

Nagezahn, das will ich hier mit dir nicht diskutieren, dachte Kohl und ballte eine Hand zur Faust. »Die Herren waren auf der Suche nach dem entwichenen Südseeinsulaner und so nett, mich durch die Nacht zu begleiten. Nun hoffen wir alle auf eine Gelegenheit, bald nach Hause zu kommen«, erklärte er stattdessen.

»Oh je, schon so spät, wir haben wirklich die Zeit vergessen«, stellte Emma Kühl fest, während sie einen Mann nach dem anderen taxierte.

»Emma, ich habe Martin aus dem Stall geholt«, ließ Bauer Clausen sie wissen, als er in die Stube kam und dabei an seiner Pfeife zog. »Er hat im Stroh gelegen, jetzt kann er dich heimfahren. Auf eurem Wagen ist bestimmt noch Platz für einige der Männer hier. Den Rest bringe ich selbst heim.« Während er sprach, schaute er im hellen Stubenlicht neugierig auf den ihm unbekannten Kohl.

»Es tut mir leid, dass wir Ihre kleine Musikstunde so jäh unterbrochen haben«, bedauerte der. Gern hätte er mehr von der Musik gehört. Dabei fragte er sich, was um alles in der Welt das Fräulein Kühl aus dem Zentrum der feinen Badewelt hier im Westen der Insel bei dieser Bauernfamilie machte? Und welchen Martin wollte der Bauer geholt haben? Doch nicht den, den Kohl bereits kannte?

»Je nun, was für eine gedrechselte Rede«, sprach einer aus dem Suchtrupp, in seiner Stimme lag Ungeduld. »Wir sind müde und wollen nach Hause. Morgen sollten wir die Gruppe verstärken und uns unterhalb von Süderende noch mal durch die Dörfer kämpfen. Das Fräulein fährt, nehme ich an, nach Wyk?«

Emma Kühl nickte. »Südlich über Nieblum. Nördlich über Alkersum wäre ein Umweg. Und Sie, Herr Kohl, sitzen vorne neben mir und dem Kutscherjungen. Dann können Sie mir berichten, welche Erlebnisse Sie in Ihr Föhrbuch schreiben werden. Meiner Ehre dürfte das gewiss keinen Abbruch tun.«

Den letzten Satz hatte sie besonders deutlich in Richtung des selbst ernannten Sittenwächters gesprochen, sie knickste unverbindlich gegenüber den Menschen im Raum und trat hinaus auf den Flur.

Als Kohl Emma Kühl in die Nacht folgte, musste er lachen. Da saß tatsächlich sein Gepäckjunge auf dem Bock und grinste ihn an. Der Leiterwagen, den er steuerte, war mit einigen Säcken beladen, auf die sich sogleich die Männer hockten.

»Ja, sag mal, du scheinst ja überall dein Geld zu verdienen«, wunderte sich Kohl und half Emma Kühl auf den Bock, bevor er sich neben sie setzte.

Martin lüpfte seine Kappe. »Gewiss, Uns Werth, man muss nehmen, was kommt. Die Zeiten werden nicht besser, wenn die Badesaison vorüber ist. Allein das Armenhaus von Nieblum hat Platz für fünfzig Bewohner, da will ich nicht landen.« Er lachte auf. »Das wäre meinem Vater auch nicht recht, als Armenvorstand.« Martin schlug die Zügel, und sie rollten in die Nacht.

»Bitte verzeihen Sie meine Neugier«, begann Kohl, »aber was macht ein Fräulein aus Wyk gerade hier, am andern Ende der Insel und bei Bauern?«

»Freunde besuchen, das einfache Leben genießen und Kartoffeln holen«, erklärte sie. »Föhr besteht ja nicht nur aus den gepuderten Herrschaften in Wyk, nicht wahr. Hin und wieder tut auch das Landleben gut. Und wundern Sie sich nicht über

meinen bescheidenen Aufzug bar jeder Eleganz, der Haushalt
verlangt robuste Kleidung. Meine Mutter bat mich, einige Säcke
zu besorgen, auch für ihre Freundinnen. Aber nicht von irgendwem, weit gefehlt. Sie möchte die Knollen haben, die Pastor
Stedesand auf seinem Land zieht. Die beschaffe ich natürlich
nicht im Musselinkleid. Auf dem Rückweg sind wir auf etwas
Gebäck bei meiner Freundin vorbeigefahren. Ihr Sohn spielt so
schön die Fiedel, und da haben wir dann die Zeit vergessen.«

»Kartoffeln vom Pastor?«, wiederholte Kohl ungläubig,
während der Wagen weiterrumpelte.

»Aber gewiss, Gott sei Dank hatte er noch welche, trotz der
Braunfäule. Unsere Prediger können selten von ihrem schma-
len Salär leben, zumal wenn sie mit einer großen Kinderschar
gesegnet sind. Da ist eine eigene Landwirtschaft unerlässlich.
Pastor Mechlenburg auf Amrum gilt dort sogar als größter
Landbesitzer. Aber nun sagen Sie, gibt es Neuigkeiten von der
Jagd auf den Mörder? Die Männer vom Suchtrupp scheinen ja
ordentlich niedergeschlagen zu sein.«

Kohl überlegte, was er Emma Kühl erzählen konnte, ohne
dass sein Wissen gleich die Inselrunde machen würde. Sollte er
das merkwürdige Verhalten von Daniel Krückenberg, Ingwers
Klassenkameraden, erwähnen? Oder das Alibi des anderen,
Focke? Es könnte löchrig sein, aber wo war das Motiv? Die
anzügliche Begegnung zwischen dem Apotheker und Frau von
Wolf würde Emma sicher aufs Allerhöchste interessieren, aber
mit der Mordtat hatte das nun gewiss nichts zu tun.

»Noch ist die Suche vergebens«, erklärte er und senkte seine
Stimme, »aber die Kerle benehmen sich in den Häusern, als
wäre jeder Föhrer ihr Feind. Selbst den Zorn des Apothekers
haben Sie auf sich geladen. Die Schnüffelei, gerade auch bei den
Weibspersonen, scheint ihnen Spaß zu machen.«

Er wandte sich zu den Männern hinter ihm um, die auf der
Ladefläche saßen. Der Hagere mit den Nagezähnen war nicht
dabei. »Wo dürfen wir die Herren denn absetzen?«, rief er in
das Klappern des Wagens hinein.

»Borgsum«, kam es als Antwort.

»Nun, das liegt ja auf dem Weg«, überlegte er laut. »Kommen wir nicht auch in Goting vorbei? Vielleicht könnte ich dort kurz die Schwester des Erschlagenen aufsuchen und einen Blick auf ihre Mutter werfen.«

Martin schnaubte und schüttelte den Kopf. »So spät? Das wird Lauras Mutter ganz schrecklich aufregen. Oder sie stiert im Stuhl vor sich hin, von Pillen betäubt. Nein, Uns Werth, das ist keine gute Zeit für einen Besuch.«

Kohl hob die Augenbrauen. Dieser Dienstbursche ließ ihn aber recht deutlich an seiner Meinung teilhaben.

»Laura habe ich heute Mittag im Haus der Madame von Wolf gesehen«, berichtete Martin weiter, »dabei ist das keine von Lauras Dienststellen. Und Madame war dann später am Hafen seltsam vertraut mit Werftbesitzer Schilling. Laura vermutet ja, dass der Mord an ihrem Bruder etwas mit der feinen Gesellschaft in Wyk zu tun hat. Vielleicht sollte Uns Werth lieber mit ihr sprechen oder Madame von Wolf näher besehen.«

»Aber nicht zu dieser Stunde«, mischte sich auch Emma Kühl ein. »Da ist nichts, was nicht auch bis morgen Zeit hätte. Das arme Mädchen braucht sicher Schonung. Natürlich ließe sich bei Madame von Wolf Interessantes finden, wenn man genauer hinsähe.« Sie spitzte die Lippen und schaute Kohl vielsagend an. »Wie man so hört, soll sie eine große Reise planen, gleich hier von Föhr aus. Die einen sprechen von Schulden und Flucht, andere vermuten einen Liebhaber aus adeligen Kreisen. Mich würde nicht wundern, wenn sich alles als ausgemachter Blödsinn entpuppt und Madame von Wolf die Gerüchte höchstselbst streut, um sich interessanter zu machen. Ich weiß gar nicht, wann sie ihren letzten Roman geschrieben hat. Vielleicht versucht sie so, ihren Ruhm wieder aufzufrischen. Aber ob sie deshalb etwas mit dem Ritualmord und den eingeritzten Hautzeichen zu tun hat, ist doch fraglich. Aufregend genug ist die Überlegung natürlich.«

»So lassen Sie mich bitte in Nieblum absteigen«, bat Kohl,

»denn einiges will besser im Schutze der Nacht herausgefunden werden.«

Emma Kühl legte ihren Arm um den seinen und sah ihn von der Seite an. »Aber nur wenn Sie mir später davon erzählen. Sie scheinen ja unentwegt den Dingen auf der Spur zu sein, lassen dabei aber eine wissbegierige Frau wie mich ahnungslos zurück. Das gehört sich nicht. Mein früherer Verlobter war weniger neugierig, dafür aber mitteilsamer.«

Kohl war irritiert. Hatte sie für ihn eine neue Rolle vorgesehen? Was plapperte sie da über einen Verlobten? Sollte er diesen Mann kennen?

»Rechtsanwalt Storm aus Husum«, erklärte Emma Kühl ungefragt, »Theodor Storm. Sie werden ihn nicht kennen. Bisher hat er kleinere Gedichte und Geschichten verfasst und sogar in der Zeitung veröffentlicht. Nun ja, zu einem Buch hat es noch nicht gereicht. Da sind Sie erfolgreicher.«

Mariane stand in Gedanken an der Feuerstelle, das Gesicht von den glimmenden Torfstücken beleuchtet, dann wandte sie sich um. Ein Frösteln ließ sie erschaudern, und sie zog ihr Schultertuch enger.

»Du kannst hier nicht bleiben«, sprach sie leise und suchte Panas Blick, der an dem kleinen Tisch in der Küche saß, einen leeren Teller vor sich. Langsam erhob er sich, trat auf sie zu und legte seine Arme um sie. Sie drückte ihn an sich und sog seinen vertrauten Körperduft ein.

»Da war ein dünner Kerl mit widerlichen Rattenzähnen.« Sie zog ihre Unterlippe unter die Vorderzähne und äffte ihn nach. »Das ist ein ganz Misstrauischer. Ich fürchte, er hat den rechten Spürsinn und wird wiederkommen, um unter dem Dach nachzusehen. Nach Amrum übers Watt wirst du nicht können, sie werden den Weg bewachen und auch Sylt informiert haben. Jemanden zu bitten, dich ans Festland zu bringen, wage ich nicht. Du könntest dich an Bord eines Bootes schmuggeln oder musst dich verstecken, bis der echte Mörder gefunden wurde. Aber wo bloß, und wie lange mag das noch dauern?«

Sie fuhr ihm über den dünnen Backenbart und legte eine Strähne aus seiner Stirn, dann gab sie ihm einen Kuss. »Am besten, du gehst gleich. Der Suchtrupp wird weiter gen Süden durch die Dörfer ziehen, vielleicht weichst du ihnen nach Norden in die Marsch aus, an den Deich. Da gibt es nichts außer Schafen, Rindern und Viehverschlägen.«

»Ich nicht warten, bis Mann von Festland Mörder finden«, sprach Pana mit Entschlossenheit. »Lange Jahre ich wohnen in Ruhe, und keiner fragen nach Pana. Nun alle suchen, und Name ganz bekannt. Das nicht gut. Gewiss nicht viele Männer von Rapa Nui leben im Norden. Wenn Zeitungen schreiben, ich entdeckt.«

»Du und deine Osterinseln, wen interessieren denn die Geschichten vor neunzehn Jahren. Außerdem war das in Brasilien, als die Sache mit dem Mädchen geschah.«

»Kapitän arbeiten für Zar, der mächtiger Mann. Kapitän war von wichtige Familie. Ganz sicher Zar mich suchen.«

»Ach Pana, von Kotzebue, das ist kein bedeutendes Geschlecht«, beschwichtigte sie. »Otto hieß er, richtig? Wenn überhaupt, kennen die Leute seinen Vater August, der war bekannt für seine Theaterstücke. Aber so etwas lesen die Föhrer nicht. Du bist ein brauner Mann unter vielen, die mit der Seefahrt nach Europa gekommen sind, an dir ist nichts Besonderes. Ist Ingwers Mord aufgeklärt, wird dich keiner mehr suchen.«

Pana löste die Umarmung und ging an die Hintertür, die zum Garten hinausführte. »Daniel mehr wissen als sagen, und ich werde fragen. Freiheit ist nicht in Marsch, ist in Nieblum.« Er seufzte, sah sie traurig an und umfasste die Klinke.

»Ich wusste es!«, dröhnte es Mariane im Ohr, und sie fuhr zum Flur herum. Der widerliche Klang von Nagezahns Stimme ließ sie zusammenzucken. Da stand der Kerl und zeigte grinsend seine Schneidezähne. Er musste sich hereingeschlichen haben. »Mit wem hast du da geredet? Hast du den Wilden also doch versteckt.«

Den Oberkörper wie zum Sprung bereit nach vorne gebeugt, trat er in die Küche, schob Mariane grob beiseite, blickte hektisch in die Speisekammer und hastete dann zum Hintereingang. Die Tür stand einen Spalt offen, und er stieß sie auf. Kalt strömte die Luft in den Raum, das Rauschen der Büsche draußen war zu hören. Mit dem Gesichtsausdruck eines Tieres, das Witterung aufgenommen hatte, drehte er sich langsam zu Mariane um.

Die atmete heftig, ihre Brust hob und senkte sich. Was mache ich nur mit dem Kerl?, dachte sie, dann kam ihr Pana in den Sinn. Er hatte die Flucht gerade noch geschafft. Ich muss ihm Zeit verschaffen, den Schnüffler ablenken, erkannte sie und wich dem Näherkommenden mit kleinen Rückwärtsschritten aus. Ihr Blick blieb an einer Eisenpfanne hängen, am Schürhaken und dem großen Hackmesser. Mit sicherem Instinkt erfasste der Eindringling ihren Gedanken und lachte auf.

»Na los«, zischte er, »greif mich an. Schon beim geringsten Zucken in meine Richtung schlage ich dich nieder, du ehrloses Stück!«

Mariane hatte den Flur erreicht, ihr Gesicht war fahl geworden. Wohin konnte sie ihm ausweichen?

Mit einem Satz war er bei ihr, fasste ihren Arm und stieß die Tür zur Stube auf. Sie sperrte sich mit aller Kraft, schlug mit der freien Hand nach ihm und versuchte, ihn zu beißen.

»Du wilde Katze!«, zischte er und lachte. »Bist du bei anderen auch so heißblütig? Hat dich das dein Südseemann gelehrt? Komm, still meine Glut.« Immer noch rangen sie an der Stubentür, Kratzer überzogen Hals und Wange des Angreifers.

»Mich nimmt keiner mit Gewalt!«, keuchte Mariane und schaffte es in einem Moment äußerster Wut sogar, ihn wieder zurück in den Flur zu stoßen. Sie wirbelten herum.

»Dann hier auf den Steinen!«, presste er hervor und überrumpelte ihre sperrige Gegenwehr, indem er blitzschnell auf sie zuschoss und sie umstieß.

Mariane schlug hart auf dem Boden auf, sein Gesicht mit den Nagezähnen drohend über ihr. Schweiß tropfte auf ihre Wange, angewidert schüttelte sie den Kopf. Schon lag sein Körper auf ihr, sie roch seinen sauren Atem. Der Kerl schien sechs Hände zu haben, überall fasste er sie an, zerrte am Kleid, schob es hoch, berührte die Brust. Mit einem Mal zuckte er hoch, brach zusammen und blieb leblos auf ihr liegen. Stille. Mariane, von all dem Grauen gebannt, wagte sich nicht zu rühren und sah starr zur Decke. Keinen klaren Gedanken konnte sie fassen. Ein Hauch kalter Luft zog an ihr vorbei, und sie spürte die Haare des Angreifers an ihrem Hals. Als sie seinen Kopf von ihrer Brust schob, um sich aufzurichten, fühlte sie an ihrer Hand etwas Warmes, Klebriges und erschrak. Ihre Finger waren rot.

ROSTIGE SPUR

Klappernd rollte der Leiterwagen mit den Leuten durch die Nacht, immer wieder von Schlaglöchern erschüttert. Die Gespräche waren verstummt, müde sahen die Menschen ins Dunkel. Die Laterne am Wagen gab kaum etwas von dem Weg vor ihnen frei, nur gut, dass die Pferde die Strecke kannten. Selbst die eben noch so lebhaft plappernde Emma Kühl saß in Gedanken versunken, hielt sich aber weiterhin an Kohls Arm fest. Endlich erreichten sie das Dorf Borgsum, und die verbliebenen Männer des Suchtrupps stiegen ab. Grußlos verschwanden sie in der Nacht.

»Und was genau wollen Sie nun in Nieblum erkunden?«, fragte Emma Kühl, während der Wagen weiterrollte, seine Schonzeit war also vorüber. »In der Düsternis umherzuschleichen wie ein Dieb, das verspricht eine gute Geschichte zu werden.«

Kohl seufzte. Irgendetwas musste er ihr sagen, sonst würde sie nie Ruhe geben. »Es scheint einige Ungereimtheiten mit dem Alibi von Ingwers Klassenkamerad zu geben, dem Bierbrauersohn Daniel Krückenberg. Aber das ist nichts, was man jetzt hinausposaunen sollte, vielleicht tue ich dem Jungen ja auch unrecht. Deshalb, verehrtes Fräulein Kühl, wähle ich die Nacht, allein um der Diskretion willen.«

»Aber Herr Kohl, ich kann schweigen«, flötete Emma Kühl und rutschte noch etwas an ihn heran.

Sie näherten sich Goting, ließen aber das Dorf mit den wenigen dürftig erleuchteten Katenfenstern rechts liegen und rollten auf das nahe gelegene Nieblum zu. Hier war der Weg besser, die erhellten Fenster in den hohen Häusern gaben dem Ort etwas Herrschaftliches. Ein einsamer Hund schlug an, doch bald hatte sich das Gekläffe wieder gelegt. Menschen waren nicht zu sehen. An der Hauptstraße, die auch die Grenze auf Föhr darstellte, sprang Kohl vom Wagen, zog grüßend den Zylinder und verschwand.

Kein weiteres Wort wollte er mit Emma Kühl sprechen, je weniger sie wusste, desto besser. Die Informationen, die sie ihm geben konnte, waren so sehr gespickt mit Gerüchten und Tratsch, dass er ihren Wert nicht zu bemessen vermochte. Überhaupt galt es nun, sich Daniel Krückenberg zu widmen. Dabei hatte er noch keine rechte Idee, wie er das bewerkstelligen wollte. Würde ihm der Junge irgendwo in die Arme laufen und seine Fragen beantworten? Besser war, erst einmal Fakten zu schaffen.

Kohl schritt auf die Kirche St. Johannis zu. Aus dem Krug gegenüber fiel das Licht auf die Pflastersteine vor dem Haus. Drinnen ging es hoch her, das konnte er gut erkennen. Die Männer ließen sich das frische Bier schmecken, würfelten, rauchten und redeten sich in Hitze. Gut so, auch die Schankleute waren abgelenkt. So gelangte er in den Hof und verharrte im Dunkeln. Irgendwo zwischen Schänke und Braustätte mussten die Pferde stehen. Schnell wiesen ihm das Schnauben der Tiere und ihr Geruch den Weg, und so betrat er den finsteren Stall. Kaum hatte er das Tor hinter sich zugezogen, umhüllte ihn der warme, scharfe Tierdunst.

Wie gut, dass ich durch meine Reisen herumkomme, dachte er, hin und wieder stoße ich so auf echte Kuriositäten. Er tastete seinen Rock ab. Aus der Innentasche zog er ein Pappschächtelchen und entzündete ein Streichholz. Grell flackerte die kleine Flamme auf. Die Dinger gab es noch gar nicht so lange. Kohl wusste, dass sie gefährlich waren und dazu neigten, von allein zu entflammen. Die Dämpfe des weißen Phosphors galten zudem als ungesund. Aber die Hölzchen waren ungemein praktisch. So nutzte er sie allein in Notfällen wie diesem hier. Er schaute sich um, nahm hastig einen Kerzenstummel von der Fensternische und steckte ihn an, bevor sein Zündholz erlosch.

Ein plötzliches Wiehern und Scharren ließ ihn zusammenzucken. Aber außer seinem unruhigen Schatten an der Stallwand sah er nichts, was die Pferde hätte erschrecken können. Er durfte die Tiere nicht nervös machen, sonst wäre er bald nicht mehr allein. Die Kerze hoch über sich haltend, orientierte er sich im Stall. Die Leiter, die hinauf zu einem Strohlager führte, war schnell gefunden. Da würde er nun einhändig hinaufklettern müssen, überlegte er und drückte seinen Zylinder fest auf den Kopf. Den wollte er nicht irgendwo liegen lassen und hinterher gar vergessen.

Oben angekommen, legte sich der Kerzenschein über das Stroh und das Strebewerk. Sein Blick glitt die Holzbalken entlang, fuhr in jede Ecke. Wo würde ein Junge, der hier sein Versteck hatte, seine Kostbarkeiten horten, die er vor den Augen aller anderen verbergen wollte? Wo konnte sich die Kiste, von der ihm Pana berichtet hatte, verbergen? So kroch er weiter nach hinten an die Wand und vergaß dabei, sich um seine Hosen zu sorgen, die er an den Knien in den dreckigen Staub drückte. Immer darauf bedacht, dass der Kerzenstummel kein Feuer entfachte, hielt er die Flamme möglichst hoch.

Was ich hier tue, ist sehr fahrlässig, schalt er sich. Aber was soll ich machen? Warten, bis es hell wird? Dann wäre die heimliche Suche kaum möglich.

Da bemerkte er etwas. Am Ende des Bodens, in einer Ecke, lagerten volle Jutesäcke. Kohl befühlte und untersuchte sie genau. Einige waren mit vergilbtem Hopfen gefüllt, andere mit Stroh. Schließlich stieß er auf einen Sack, der etwas Eckiges, Hartes umhüllte. Sorgsam wischte er die Holzbohlen vor sich frei, setzte den Kerzenrest mit Wachstropfen fest und öffnete den Sack. Fast musste er lachen, denn mit einem Mal fühlte er sich selbst wie ein Junge auf Schatzsuche, so kräftig schlug sein Herz. Vorsichtig zog er eine schmale Kiste hervor, gut einen halben Arm lang. Ihr dunkles Holz war mit Staub überzogen, nur an zwei Stellen zeigten sich die Abdrücke von Fingern. Der Deckel war vor Kurzem erst geöffnet worden, schloss Kohl daraus, zögerte einen Moment, hielt den Atem an und legte den Kistendeckel um. Seine Augen glänzten im Kerzenschein, als er den Inhalt bestaunte.

Glasmurmeln lagen auf einem Fetzen kostbar gewirkter Seide, Knöpfe aus Elfenbein und Kupfer sah er, Zinnsoldaten und eine verbeulte Taschenuhr aus Silber. Der Schweiß brach ihm aus, und er spürte, wie ein Hauch von Panik ihn ergriff. Keine verrostete Waffe, weder eine Klinge noch ein Beil. Dabei war er so sicher gewesen, Daniel Krückenberg zu überführen. Die Vermutung Panas hatte ihn gelockt. Doch was nützten all die Hinweise auf ein falsches Alibi, Streit und Missgunst, wenn der Junge leugnen würde? Nein, nein, die Mordklinge musste den Mörder entlarven. Er seufzte müde und fuhr sich über das Gesicht. Noch einmal leuchtete er mit dem Kerzenstummel das Innere der Kiste ab und stutzte. Was war das? Er benetzte einen Finger mit Speichel und betupfte damit den Boden. Kleine orange Partikel klebten an der Haut. Das war Rost. Aber was bewies das? Kohl war ratlos.

Plötzlich schnaubten die Pferde, und Stimmen drangen zu ihm. Draußen standen Männer. Kohl hielt den Atem an. Wollten sie herein? Er wäre beim Kerzenschein sofort entdeckt. Mit einem Mal vernahm er das Schleifen des Stalltores.

Geistesgegenwärtig stülpte er seinen Zylinder über die Kerze und erstarrte in der Dunkelheit. Im gleichen Augenblick zog der Geruch angebrannten Stoffes in seine Nase, und er fluchte innerlich. Jetzt hatte er auch noch seinen Hut ruiniert, und das Licht war erloschen. Am Ende seiner Föhrer Tage würde er im Aufzug eines Stadtstreichers das Festland betreten, verdreckt, mit aufgeweichten Schuhen und Brandlöchern in den Kleidern. Zuvor würde er allerdings im Dunkeln hinunterklettern müssen.

»Nein, hier ist kein Lichtschein, da hast du dich getäuscht«, hörte er einen der Brauknechte nach draußen rufen. »Die Gäule sind auch ganz ruhig. Das ist wieder eine deiner Spukgeschichten. Torfkopf! Und deshalb wird mein Bier schal.« Damit schlurfte er hinaus und schob das Tor zu.

Kohl atmete auf, als sich sein Magen mit einem lauten Knurren meldete. Ja wirklich, er war hungrig. Aber bevor er vom Strohboden hinabstieg, tastete er nach dem leeren Sack und der Kiste und verstaute alles so gut es ging im Dunkeln, wie es vorher gewesen sein mochte. Unsicher bewältigte er die Leiter und trippelte mit kleinen Schritten zum Tor. Da durchfuhr ihn ein Schreck. Sein Hut! Er fasste sich an den Kopf und atmete auf. Er hatte ihn aufgesetzt.

Bald war er wieder im Hof der Brauerei und atmete tief durch. Doch die kühle Luft besänftigte nicht seine Ratlosigkeit, sondern vertiefte die Gewissheit, sich dilettantisch und völlig sinnlos in diese Inselangelegenheit eingemischt zu haben. Er wusste inzwischen viel über die Leute hier, aber Pana hatte er damit bisher nicht helfen können. Wieder knurrte sein Magen.

Wenn ich schon ganz unsinnig meine Kleidung ruiniere, so sollte ich wenigstens auf meinen Körper achten, dachte er beim Anblick der einladenden Fenster, lächelte grimmig und betrat die Schänke.

Mariane kam langsam wieder zu sich, der Schreck saß ihr gehörig in den Knochen. Noch lag der Nagezahn auf ihr, und sie roch seinen Schweiß. Verwirrt sah sie auf ihre klebrige, blutige Handfläche. Dann schrie sie auf, denn gleich einem aufgehenden Mond schob sich ein Kopf in ihr Gesichtsfeld, und sie kam nicht von der Stelle. Schnell aber folgte dem Grausen die Erleichterung. Pana sah auf sie hinunter und lächelte.

»Gerade rechtzeitig«, flüsterte sie, als wollte sie den Kerl auf ihr nicht wecken. Dabei fühlte sie sich einfach nur kraftlos.

Pana schob den Liegenden von ihr und kniete sich neben sie. Seine kräftigen Hände streichelten ihre Wangen mit einer Zartheit, als wären sie Schmetterlingsflügel.

»Was machen wir mit groß Schwein?«, raunte er und half ihr, sich aufzusetzen.

Immer noch dröhnte ihr Kopf. »Ist er …«, sie zögerte, es

auszusprechen, und schielte auf den blutigen Hinterkopf, »ist er tot?«

Pana verneinte stumm und zeigte auf eine Axt, die am Boden lag. Sie zuckte zusammen. Mit der Axt? Das überlebte niemand.

»Mit Stiel«, sagte er. »Der noch atmen. Er mich nicht entdecken.«

Mariane sah die offen stehende Haustür und rappelte sich auf. Mit zittrigen Beinen stakste sie zum Eingang und verschloss ihn.

»Wir binden ihn und legen ihn in den Stall. Morgen lasse ich ihn laufen. Wird er bei den Leuten ein Wort über mich verlieren, werde ich berichten, wie er mich angegriffen hat und wie ich ihn zu Boden gestoßen, verletzt und ohnmächtig geschlagen habe. Er ist zu schwach für ein Weib wie mich, werde ich sagen, und alle werden lachen. Dann ist sein Ruf zerstört, auf immer. So etwas vergessen die Föhrer nicht. Und wer sonst soll ihn denn verprügelt haben? Du etwa? Das klingt allzu sehr nach einer passenden Ausrede. Außerdem, was hat er noch so spät bei mir gemacht? Das kann er auch nicht erklären. Nein, er wird schweigen, oder er redet sich um Kopf und Kragen.«

Als Pana noch unschlüssig dreinblickte, hatte sie schon eine Leine aus der Speisekammer geholt und hielt sie ihm hin. »Binde ihn, mach ihn wehrlos.«

Während Pana ihm mit grimmigem Gesichtsausdruck Arme und Beine band und die Knoten festzog, knebelte sie den Widerling mit einem Küchentuch, dann schleiften sie den Körper hinaus in den Stall.

Stickiger Tabakdunst nahm Kohl beim Betreten der Schänke den Atem, und er hustete. Wie er von außen erkannt hatte, mangelte es hier nicht an Gästen. Im Schein der Kerzen und Tranlichter sah er an sich hinunter und seufzte. Wirklich, seine Erscheinung war eines erfolgreichen Schriftstellers unwürdig. Peinlich berührt suchte er einen freien, weniger gut beleuchteten Platz am Ausgang und ließ den Trubel auf sich wirken. Da saßen sie, die zur Ruhe gesetzten Kapitäne, die Handwerker, Bauern und Kaufleute, zechten, spielten Karten und erzählten Geschichten.

»Bier oder Branntwein?«, holte eine junge Frauenstimme Kohl aus seinen Gedanken, und er schaute in das blasse, aufgedunsene Gesicht einer Rothaarigen.

»Bier und etwas zu essen«, antwortete er. Wann hatte er zuletzt etwas getrunken? Jetzt erst bemerkte er, wie trocken seine Kehle war.

»Die Küche ist schon geschlossen, aber Sie können noch Schmalzbrot haben und kalten Braten.«

Kohl nickte ergeben und spürte, wie die schwindenden Kräfte seinen erschöpften Körper zur Erde zogen. Nachdem er einige Minuten gedankenverloren auf die Tischplatte gestarrt hatte, fingerte er nach seinem Notizbuch und blätterte lustlos in ihm herum. Zwischendurch sah er zu den Männern an den Tischen, ohne dass einer von ihnen seine Aufmerksamkeit fesselte. Die Rothaarige kam zurück und stellte einen Krug und einen Teller vor ihm ab. Kohl trank gierig sein Bier, schlug seine Zähne in das Schmalzbrot und schlang den Bissen hinunter.

Diese Insel macht mich noch zum Tier, stellte er fest, doch Gott sei Dank nahm keiner der Anwesenden von seinem schlechten Benehmen Notiz.

Nachdem er Durst und Hunger gestillt hatte, wurde ihm wärmer, und die Lebensgeister kehrten zurück. Kohl schaute zur Tür, die sich gerade öffnete. Drei Männer kamen aus einem Nebenraum herein. Kohl erkannte den Wyker Landvogt Dorrien und Pastor Stedesand von St. Laurentii. An dessen Kirche war er heute Abend vorbeigekommen. Der dritte Mann war an seiner Lederschürze, der Leibesfülle und der Art, wie er sich im Schankraum bewegte, unschwer als Wirt des Dorfkrugs zu erkennen. Das musste Daniel Krückenbergs Vater sein.

Die Geistlichkeit von Westerlandföhr, die Obrigkeit von Osterlandföhr hier in Nieblum beim vertraulichen Hinterzimmergespräch? Das mochte natürlich überhaupt nichts bedeuten, aber irgendetwas kam Kohl daran komisch vor. Krückenberg blieb in Höhe der Theke stehen und verabschiedete die Herren mit einer Verbeugung. Sie schritten ins Gespräch vertieft an Kohl vorbei, dem auffiel, wie seltsam steif sich der Pastor bewegte. Sein linker Arm hing wie gelähmt herunter, seine Hand war nach innen geknickt. Was mochte er haben? Kohl war elektrisiert.

»Nun, mein lieber Pastor, da wünsche ich recht viel Freude mit dem neuen Stück. Wenn Ihre Sammlung weiter so wächst, wird sie auch den Ruhm der Insel mehren. Aber, wie gesagt, vorerst sollten Sie Stillschweigen bewahren. Ich bin zuversichtlich, dass unsere beiden Suchtrupps den Verdächtigen wieder in Ketten legen werden, so groß ist Föhr ja nun doch nicht. Das Gerichtsverfahren dürfte sich schnell bewerkstelligen lassen.«

Bevor sie in die Nachtkälte hinausgingen, schlossen die Herren ihre Röcke, wobei Stedesand sich mit seinem hängenden Arm einhändig behelfen musste. Davon unbekümmert setzte Dorrien seinen Zylinder mit aller Sorgfalt auf, Stedesand blieb barhäuptig.

Kohl erinnerte sich an den Abend in der Wyker Gesellschaft. Der war erst gestern gewesen. Dorrien wünschte also einen schnellen Prozess, denn immerhin klopfte der König mit einem Adelstitel an seine Tür. Ungeklärte Mordfälle, in denen die Fehler seiner Amtsführung deutlich würden, kämen da sehr ungelegen.

Vernehmlich räusperte er sich und erhob sich langsam. Eher beiläufig nahmen die beiden Herren von ihm Notiz, doch dann meinte Kohl beim Landvogt das schreckhafte Zucken seiner Augenbrauen zu erkennen. Dorrien fuhr sich mit der Zunge über die ohnehin speichelglänzende Unterlippe, was ihm einen etwas blöden Gesichtsausdruck gab.

»Herr Kohl! Was um alles in der Welt treibt Sie zu dieser Nachtzeit hierher?« Wie um seinen Worten eine gewisse Dramatik zu geben, schwenkte er mit der Hand über den Raum.

Tja, das Gleiche könnte ich dich fragen, dachte Kohl und verbeugte sich.

»Und in diesem Aufzug. Mein Gott, was ist mit Ihnen geschehen? Sind Sie vom Wagen gestürzt? Ich hoffe, Sie sind wohlauf?«

Ja natürlich, das musste er sich jetzt anhören. Kohl verzog den Mund zu einem entschuldigenden Lächeln. »Uns Werth, in der Tat, ein Missgeschick bei der Exkursion über die Insel.«

»Wenn ich mich dann verabschieden dürfte«, unterbrach Stedesand in hastigem Ton und wandte sich dem Ausgang zu. »Es ist spät, und ich will früh aufstehen und mich ›halten nur an mit Fleiß, dass ich tue nach dem Gebot und Gesetz‹. Jeremia 25.«

Flucht, schoss es Kohl durch den Kopf. Aber so kommst du mir nicht davon. Lass dich noch einmal anschauen. Entschlossen trat er auf Stedesand zu, der ihn ungehalten ansah. Doch auch Unsicherheit erkannte Kohl in seinen Augen.

»Herr Pastor, ich bin heute Abend an Ihrer Kirche vorbeigekommen. Es ist ein so beeindruckender Bau. Gern würde ich ihn bei Tageslicht auch von innen besehen.«

Stedesand nickte fahrig.

»Was ist denn mit Ihnen geschehen, sind Sie verletzt?«, wechselte Kohl das Thema und deutete auf den linken Arm. Trotz der schlechten Beleuchtung sah er, wie sich Stedesands Gesicht rötete.

»Es ist nichts«, antwortete er und schüttelte den Kopf. »Das Wetter und Alter setzen mir zu.« Damit wandte er sich endgültig zum Gehen.

»Nun, dann wünsche ich Ihnen noch einen schönen Abend«, sprach Kohl, reichte ihm die Hand und sah ihm dabei tief in die Augen. Verwirrt erwiderte Stedesand den Händedruck, und Kohl erstarrte. Die Hand des Pastors war innen ockerrot, wie von Rost.

Kohl ließ sich nichts anmerken und wandte sich an Dorrien. »Wäre es sehr vermessen, wenn ich Euer Wohlgeboren um eine

Mitfahrgelegenheit zurück nach Wyk bitten würde? Sonst laufe ich Gefahr, gar nicht mehr ins Bett zu kommen.«

Den letzten Satz musste Kohl deutlich lauter sprechen, denn im Schankraum war auf einmal ein Tumult entstanden. Einige der Gäste drängten hinaus und schoben ihn und Dorrien grob beiseite.

»Was zum Kuckuck – «

»Sie haben Pana!«, rief jemand. »Bei den Pferden.«

Kohl erschrak, folgte aber voller Neugier Dorrien nach draußen in den Hof. Dort stand bereits eine größere Gruppe von Männern, Öllichter in den Händen. Eine Fackel wurde entzündet. Der kräftige Wirt Krückenberg bahnte sich einen Weg und blieb vor den beiden Brauknechten stehen, von denen einer Panas Kopf im Schwitzkasten hielt und der andere seine Arme nach oben bog. Auf die Schmerzenslaute des Gefangenen reagierten die Umstehenden mit höhnischem Gelächter.

»Wo kommt der Kerl denn her?«, rief Krückenberg, und jemand deutete auf den Pferdestall.

»Da war ein Lichtschein«, keuchte sein Knecht und drückte wie zur Bestätigung die Zange seiner Armbeuge um Panas Kopf noch einmal kräftig zu. »Das war schon das zweite Mal heute Abend. Zuerst konnten wir niemanden sehen, aber noch einmal haben wir uns nicht täuschen lassen. Der Kerl hat oben im Stroh gehockt und in den Säcken gewühlt.«

»Wollte er da reinkriechen?«, kommentierte ein Witzbold, und die Gaffer lachten.

Kohl beobachtete die Szene mit klopfendem Herzen, Pana tat ihm leid. Er hatte also die gleiche Idee gehabt und sich in die Höhle des Löwen begeben.

»Du da, hol kräftige Leinen«, kommandierte Krückenberg. »Wir müssen ihn ordentlich binden und bewachen, damit er nicht wieder entkommt. Hier ist nicht das verlotterte Wyk.« Er sah sich unsicher um und räusperte sich. »Wir hier machen das anders, uns entwischt keiner.«

Während die Männer zustimmend murmelten und ihren

Spaß an Panas schmerzerfülltem Gesicht hatten, sah Kohl sich nach Dorrien um, der eben noch neben ihm gestanden hatte. Wo war der feine Herr abgeblieben? Endlich sah er ihn. Des Königs oberster Verwalter für die östliche Hälfte Föhrs hatte sich unauffällig zurückgezogen und beobachtete aus dunkler Entfernung, wie es weiterging. Kohl ging langsam auf ihn zu.

»Nun, dieses Problem wäre dann gelöst«, brummte Dorrien, ging zu seinem Einspänner hinüber und band das Pferd los.

Kohl kletterte nach ihm auf den Kutschbock, und Dorrien schlug die Zügel. Unbeachtet von der johlenden Gruppe im Brauereihof rollte das Gespann an. Kohl lief ein Schauer über den Rücken. Was mochten sie noch mit ihrem Gefangenen anstellen?

TORFRAUCH

Sand knirschte und dünnes Metall klapperte. Zuerst hielt Laura es für den Teil eines Traums, war nicht sicher, ob sie noch schlief. Dann aber fühlte sie den Stoff auf ihren Beinen und merkte, wie sie am ganzen Körper vor Kälte zitterte. Sie war wach. Das Knirschen kam näher, und sie erkannte Schritte. Verdeckt unter dem Segeltuch, von Dunkelheit umgeben, hielt sie den Atem an.

Wer mochte da kommen, was würde geschehen? Ihre Brust hob und senkte sich immer schneller. Werden sie mich jetzt töten oder weiter verschleppen? Und wenn dies jemand ist, der mir nichts Übles will? Der Knebel im Mund machte ihr das Atmen schwer, gebunden und festgepflockt, wie sie war, konnte sie sich kaum bewegen. Sie lauschte.

»Was denn, was denn«, brummte die raue Stimme eines Mannes. »Da war ja einer an Willems Ecke.«

Sie vernahm das Geräusch von Metall, wenn es in sandigen Boden gestoßen wird. Da wurde gegraben. Aber schon nach wenigen Schaufeln war es damit vorbei, und jemand klopfte gegen Holz.

»Den guten Stoff haben sie nicht gefunden«, triumphierte die Stimme und ächzte.

Es gluckerte. Laura hörte, wie der Mann gierig trank und danach zufrieden grunzte. In diesem Moment spürte sie ihren Durst. Hatten ihre Peiniger nicht etwas Wasser für sie dagelassen? Aber allein kam sie da nicht dran.

Mit einem Mal, ohne nachzudenken, versuchte sie wild und entschlossen zu zappeln und trotz Knebel im Mund um Hilfe zu nuscheln. So sehr kämpfte sie unter dem Segeltuch, dass sie heftig zusammenschrak, als es hochgerissen wurde. Eine Öllaterne schwenkte über ihr Gesicht, und sie kniff ob der plötzlichen Helligkeit die Augen zusammen.

»Ei, ei, was strampelt denn hier für ein Hühnchen? So schön

festgebunden und auch noch geknebelt«, grummelte der Mann und grinste.

Laura, die sich langsam an das Licht gewöhnte, sah Bartstoppeln und wenige gelbe Zähne, und der Kerl roch auch noch nach Branntwein. Ein wüstes Gesicht, dachte sie, aber gütige Augen. Erleichterung machte sich breit, und sie atmete ruhiger. Endlich war sie gerettet.

»Was für eine seltsame Geschichte mag das hier sein? Das ist ganz nach Willems Geschmack. Wer hat dich denn so schön parat gemacht? Der wird es sich gewiss etwas kosten lassen, dich wiederzubekommen. Willem riecht schon die Schillinge.«

Laura verstand nicht, was geschah. Der Kerl machte jedenfalls keine Anstalten, sie vom Knebel zu befreien, sondern löste allein die Pflöcke, die sie am Boden hielten. Ehe sie begriff, packte er sie grob, rollte sie in das Segeltuch, sodass sie wieder nichts sehen konnte, und schleifte sie als Bündel über die Erde. Auf einmal wurde sie gehoben und landete auf einer Holzfläche. Ihr Untergrund schwankte, sie hörte eine Peitsche knallen, dann fuhren sie davon. Alles Kreischen und Zappeln nützte nichts, geknebelt und gebunden, wie sie war. Erneut lag sie gefangen auf einem Wagen, der sie ins Unbekannte karrte.

Mariane stand im Stall und beleuchtete mit einem Licht das Gesicht ihres stöhnenden Peinigers. Natürlich hatte sie ihn auf ihren Postgängen über die Insel hin und wieder gesehen, war mit ihm aber nie enger in Kontakt getreten. So, mit geschlossenen Augen, wirkte sein nagetierhaftes Antlitz fast harmlos. Was hatte den Kerl dazu getrieben, sich dermaßen an ihr zu vergreifen?

Bald würde er wieder zu sich kommen, und Mariane spürte so etwas wie Panik in sich aufsteigen. In ihrem Stall konnte sie ihn nicht gefangen halten, wie sollte sie das erklären? Sie musste es schaffen, ihn in die Freiheit zu entlassen und trotzdem zum Schweigen zu bringen. Nachdenklich betrachtete sie den am Boden liegenden Mann. Wieder stöhnte er und regte sich. Ihr blieb nicht mehr viel Zeit. So kniete sie sich nieder, fasste einen der Knöpfe seines Rocks und riss ihn ab. Dann durchsuchte sie seine Taschen, fand ein Taschenmesser, eine Dose mit Schnupftabak und steckte alles ein.

Als sie an den Stricken rüttelte, um ihre Festigkeit zu prüfen, und aufsah, schrak sie zusammen. Unbemerkt war der Kerl erwacht und funkelte sie böse an. Für die Dauer zweier Herzschläge maßen sich ihre Blicke, dann löste sie den Knebel, erhob sich langsam und griff nach dem Messer in einer Fensternische. Sollte er doch reden, sie würde ihm den Mund wieder stopfen, wann immer es ihr gefiel.

»Du verdorbenes Weibsstück«, krächzte er und spuckte aus. »Hast mit dem Menschenfresser rumgehurt und versteckst ihn. Das wird dich ins Zuchthaus bringen, und niemand auf Föhr wird wieder ein Wort mit dir sprechen. Einsam wirst du Hungers sterben, das geschieht dir recht.«

Mariane schluckte, denn sollte ihre Verbindung zu Pana bekannt werden, mochte er mit dem Elend und der Einsamkeit recht behalten. Ihr blieb allein die Hoffnung, dass dieser Schriftsteller die Unschuld ihres Geliebten beweisen würde. Sie setzte ein trotziges Grinsen auf und trat auf Nagezahn zu, der zu ihr hochschauen musste.

»Alles, was du sagst, ist Lüge. Du suchst nach Ausreden, um über mich, eine alleinstehende Frau, herzufallen. Erst willst du meinen Ruf ruinieren, dann erlaubst du dir, mich zu bestrafen. Du bist wie ein geiles Tier ohne Verstand, dein Trieb macht dich blind. Aber ich werde dich laufen lassen. Nur wirst du feststellen, dass dir einige persönliche Sachen fehlen, die ich gut versteckt, vielleicht sogar vergraben habe. Jedem, der mich fragt, werde ich sagen, wobei du sie verloren hast. Wie sollte ich auch sonst an sie gekommen sein? Keiner wird glauben, dass ich mich freiwillig mit jemandem wie dir eingelassen habe.«

Sie hob ihren Fuß und fuhr damit sein Bein entlang bis zum Schritt. Der Gefesselte konnte dies nicht verhindern, auch wenn er wütend versuchte, sich wegzudrehen. Obwohl der Kerl sie anwiderte, behielt sie ihren triumphierenden Blick bei, drückte mit der Fußspitze gegen das weiche Gemächt und ließ die Spitze ihres Messers darüber kreisen.

»Ein Wort über mich, ein Versuch, mir nahe zu kommen, so werde ich mein Kleid zerreißen, weinend und kreischend von deinem Überfall berichten und davon, dass deine Manneskraft versagte, als du auf mir lagst. Was wird für dich schlimmer sein? Die Strafe dafür, dass du mich schänden wolltest, oder der Hohn der Föhrer Männer, dass du die Frau nicht bespringen konntest? So oder so wirst du gebrandmarkt sein. Und dabei habe ich noch gar nicht von der Schmach gesprochen, dass du dich von einem Weib hast niederschlagen und binden lassen. Morgen früh werde ich dich erlösen, dann kannst du im Hellen nach Hause. Bis dahin hat die Nacht dich abgekühlt.« Ehe er wusste, was geschah, zog sie den Knebel wieder vor seinen Mund und ging hinaus.

Obwohl die erneute Ergreifung des Mordverdächtigen Dorrien eigentlich in eine heitere Stimmung hätte versetzen müssen, machte dieser auf Kohl einen missmutigen Eindruck. Denn als er Dorrien zur Festnahme beglückwünscht hatte, hatte der nur die Zügel geschlagen und mürrisch geknurrt. So polterte der Einspänner durch die Nacht, und Kohl musste sich ordentlich festhalten.

Die Ereignisse beschäftigten ihn, all die Gespräche und Ungereimtheiten ließen ihn nicht los. Egal, wie Dorrien zu diesem Mordfall stand, Kohl wollte die Gelegenheit ergreifen und mit ihm reden. Noch waren die ersten Lichter des Fleckens Wyk nicht zu sehen.

»Euer Wohlgeboren, ich bin bei meiner Reise über die Insel auf einige Fakten gestoßen, die eine Täterschaft des Südseeinsulaners bezweifeln lassen«, begann er und versuchte trotz der Dunkelheit, in Dorriens Gesicht zu lesen. Der befeuchtete seine hervorstehende Unterlippe mit Speichel und starrte geradeaus, während er die Zügel schlug. »Da ist zum einen die Frage des Motivs, *cui bono*? Wem nützt es, haben die Römer in solchen Fällen stets gefragt. Zum anderen erscheinen gewisse Alibis fragwürdig. Und auch über die Tatwaffe wird man reden müssen.«

»Herr Kohl, Ihre Überlegungen in Ehren«, sagte Dorrien in einem entschiedenen Ton, »aber das ist nicht Ihre Sache. Ich bin Ihnen dankbar für Ihr Interesse an unserer Insel, aber die Morduntersuchung wollen wir den hiesigen Autoritäten und dem königlichen Gericht überlassen, nicht wahr.«

»Ich frage mich zum Beispiel«, fuhr Kohl fort, »inwieweit uns Pastor Stedesand mit seinem Wissen über Wikingerschwerter und dergleichen helfen könnte. Hat der Mann nicht eine beachtliche Sammlung von Artefakten, die hier auf der Insel gefunden wurden? Ich meine, die Lembecksburg als Ort der Tat und die überaus rostigen Partikel in der Wunde des Erschlagenen lenken die Gedanken zu diesen alten Funden, denken Sie nicht?«

Dorrien wandte sein Gesicht Kohl zu und funkelte ihn an. »Uns helfen? Wer ist denn uns? Herr Kohl, ich muss Sie dringlichst bitten, keine weiteren Nachforschungen anzustellen. Wenn Ihre Überlegungen nun auch vor der Geistlichkeit Föhrs nicht haltmachen, scheint mir die Grenze überschritten. Pastor Stedesand sammelt antike Funde aus Föhrer Erde, aber das macht ihn nicht zum Experten. Und bedenken Sie, der verdächtige Pana Nancy Schoones ist bisher überhaupt noch nicht vernommen worden. Das hat er durch seine Flucht verhindert.« Empört räusperte er sich. »Gleich morgen früh werde ich mit meinem Amtsbruder Trojel die offizielle Untersuchung und das erste Verhör beginnen. Die Meinung von Laien, sei sie noch so wohlmeinend, ist dabei entbehrlich. Wir Landvögte ergründen Kriminalfälle und führen die Verdächtigen der Justiz zu. Reiseschriftsteller dagegen erweitern den Horizont ihrer Leser durch bunte Beschreibungen von Land und Leuten. Und eben nicht umgekehrt. So wollen wir es weiter halten.«

Kohl nickte und starrte in die Nacht. Von Dorrien war vorerst nichts zu erwarten. Dessen durchsichtiges Spiel konnte er allein mit unumstößlichen Tatsachen durchkreuzen.

Die Zeit, die Laura geknebelt und in das Segeltuch gerollt auf
der Ladefläche des Leiterwagens verbringen musste, kam ihr
endlos vor. Immer wieder knallte der Wagen durch ein Schlagloch, und schmerzhaft stieß sie gegen Holzbohlen. Der Kutscher schien sich keine Gedanken über sie zu machen und
wollte anscheinend so schnell wie möglich ans Ziel. Laura ver-
wünschte den groben Kerl und fragte sich ängstlich, was mit ihr
geschehen würde. Wenigstens war der Anklang von Todesangst
verflogen. Denn, überlegte sie, wenn er mich hätte umbringen
wollen, so hätte er es längst in der einsamen Holzhütte getan.
Wenn ich wirklich bei dieser Vogelkoje im Norden gelegen
habe, dann wird dieser wilde Kerl die ganze Insel durchqueren,
so lange wie die Fahrt dauert.

Irgendwann in der Nacht, sie hatte aufgehört über ihr Woher
und Wohin nachzudenken und sich zu ihrer Mutter geträumt,
hielt der Wagen an. Laura schreckte auf und gewahrte den Geruch verbrannten Torfs, der die Luft erfüllte.

Willem sprang vom Bock und hob sie ohne Federlesen von
der Ladefläche. »Versuch ja keinen Mucks, sonst mach ich dir
den Garaus.«

Sie hörte seine Schritte, wurde abgelegt, dann quietschte eine
Tür. Für einen kurzen Moment trug er sie weiter, dann landete
sie auf einem kalten, glatten Lehmboden. Es stank nach unge-
waschener, ranziger Wäsche und fauligem Stroh. Sie vernahm
das Brechen von Zweigen, das Schlagen von Eisen und Stein,
hörte, wie er blies, und roch Verbranntes. Endlich zog er ihr das
Segeltuch vom Gesicht. Sie lag in einer kaum besseren Hütte als
zuvor, in der Ecke flackerte ein kleines Feuer und entließ den
Rauch durch ein Loch im Dach. Der Schein der Flammen legte
sich auf ein Durcheinander aus rußigem Kochgeschirr, Seilen
und einem Haufen Kleidung.

Willem beugte sich zu ihr hinunter und lockerte den Knebel,
ließ sie aber weiterhin gefesselt. »Weißt du, wo du hier bist?«,
fragte er leise und versuchte, in ihrem Gesicht zu lesen, als sie
den Kopf schüttelte.

Sie hielt es für besser, ihre Vermutung für sich zu behalten, denn was der wilde Kerl mit ihr vorhatte, wusste sie nicht.

»Aber du hast mich schon mal gesehen? Auf dieser Insel laufen wir Föhrer uns ja auch ständig über den Weg, so viele von uns gibt es ja gar nicht.« Sie nickte zaghaft. »Na also. Wo denn?« Er griff ins Dunkel hinter sich, hatte mit einem Mal ein Seemannsmesser in der Hand und legte es zwischen sich und Laura. Dann löste er ihren Knebel.

»Du bist bei den Badekarren am Strand«, krächzte sie, hustete und holte tief Luft. Wenigstens konnte sie wieder frei atmen. Von draußen hörte sie Männer, die sich etwas zuriefen.

Los, schrei!, schoss es ihr durch den Kopf, du musst laut schreien.

Doch als Willem das Messer in die Hand nahm und sie anstierte, blieb sie still und sah zu Boden.

»So ist's recht. Wie heißt du überhaupt?«

Als sie ihren Namen nannte, runzelte er die Stirn. Für einen Moment wirkten seine Augen klug und hellsichtig. »Die Schwester vom erschlagenen Ingwer, verschleppt und geknebelt«, murmelte er. »Dann erzähl mal. Wer hat dich da oben hingezerrt und warum? Hier, trink.«

Er setzte ihr einen Krug mit Wasser an die Lippen, doch bevor sie davon trank, schnupperte sie misstrauisch. Es roch aber weder salzig noch brackig, und so nahm sie einen Schluck. Schließlich erzählte sie langsam, was sie über sich und ihre Entführung wusste, und überlegte dabei, was sie besser verschweigen sollte. Den Brief an das Ministerium und die Karte mit den merkwürdigen Markierungen unterschlug sie und vermutete gegenüber Willem lediglich, dass es mit der Madame von Wolf und dem Werftbesitzer Schilling zusammenhängen könnte, denn die beiden schienen zusammen nach Brasilien verreisen zu wollen.

»Vielleicht bin ich in der Wohnung der Madame auch auf etwas gestoßen, das ich nicht wissen darf«, sagte sie geheimnisvoll. »Aber was genau, ist mir ein Rätsel. Nur das kann der Grund sein, warum sie mich versteckt haben.«

Ich muss mich für ihn interessant und wertvoll machen, so behandelt er mich vielleicht gut, dachte sie.

Willems Augen weiteten sich, dann rieb er sich die Hände. »Düvel noch eins, das ist ja unerhört. Das riecht nach Skandal und Unzucht, da wird der Willem sich etwas einfallen lassen.«

Als habe er eine Eingebung, starrte er sie ernst an. »Die Schwester vom Ermordeten schnüffelt im Haus dieser Madame von Wolf. Und auf einen Schlag verschwindet sie, gefesselt, im Nirgendwo. Und die feine Madame und unser Werftbesitzer wollen auf große Fahrt. Ne, ne, mein Deern, das riecht nach mehr als einem Liebesabenteuer, auf das du da gestoßen bist. Hast du gar die Mörder aufgeschreckt?«

Laura war ratlos. Sollte sie ihm erzählen, dass sie die Madame an der Lembecksburg gesehen hatte, an dem Abend, an dem wahrscheinlich ihr Bruder zu Tode kam? Und ihm von dem Siegellack in Ingwers Hose und am Brief berichten? So hätte sie alle Geheimnisse preisgegeben, und dieser verkommene Trinker könnte die Madame und Schilling erpressen. Ihr Leben wäre dann wertlos.

»Bitte sag, wo hast du mich gefunden?«, fragte sie stattdessen. »Bei der verlassenen Vogelkoje am Deich?«

Willems Mund verzog sich zu einem stummen Lachen, und er entblößte sein Gebiss voller Zahnlücken. »Kluge Deern«, sagte er und nickte anerkennend. »Genau da, bei den Pesttoten.« Heiser lachte er auf. »Aber mit denen ist das ja nun schon lange vorbei. Nur gut, dass der Ort immer noch so verrufen ist. Da kann der Willem ihn nutzen.«

Wie zum Beweis zog er eine Flasche aus der Rocktasche, entkorkte sie und nahm einen tiefen Schluck. Mit einem wohligen Stöhnen schlug er den Korken wieder in den Flaschenhals und blies Laura den Dunst von Branntwein ins Gesicht. »Das aber soll deine Sache nicht sein.«

BLECHNAPF

Vor dem Hauseingang neben der Apotheke nahm Kohl den Zylinder ab und klopfte in der Dunkelheit Rock und Hose aus. Seine arme Garderobe, nicht einmal auf der Reise durch die sibirischen Weiten war sie derart in Anspruch genommen worden. Erst jetzt merkte er, wie sehr ihn dieser Tag erschöpft hatte. Jede Bewegung schmerzte, seine Arme waren bleischwer. Spät war es geworden, und er sehnte sich nach einem Bett. Kaum war er leise in den schwach beleuchteten Flur getreten, als ihm der inzwischen vertraute, trotzdem eigentümliche Geruch dieses Hauses in die Nase stach. Ruhig lag es da, sein Gastgeber schien sich zur Ruhe begeben zu haben. Als er seine unverschlossene Wohnung betrat, stutzte er. Die Schatten der Möbel und des großen Koffers zuckten im schwachen Schein eines Öllichts, das auf dem Schreibtisch stand. Jemand musste es angezündet haben.

Immerhin kann ich mich gleich besser orientieren, dachte er, das war sehr aufmerksam. Gähnend zog er seinen Rock aus, hängte ihn mit dem Hut auf einen Haken und bückte sich, um die Schnürstiefel zu öffnen. Doch das Knarzen von Dielen ließ ihn innehalten. Das Geräusch kam aus dem offen stehenden Schlafzimmer nebenan. Wachsam, ohne sich zu erheben, versuchten seine Augen die Dunkelheit zu durchdringen.

Da, wieder hatte es geknackt. Mit einem Ruck erhob er sich und wich zwei Schritte zurück. Hastig sah er sich im Raum nach etwas um, mit dem er sich verteidigen konnte, erblickte aber nur den Kleiderbügel im großen Koffer. Eine wahrhaft heroische Waffe, dachte er spöttisch und verzog den Mund. Wie praktisch waren die Zeiten gewesen, als der Mann von Welt noch mit dem Degen reiste, aber das war nun schon hundert Jahre her.

»Uns Werth, Sie müssen nicht erschrecken«, sprach eine

Stimme, und Kohl fuhr zusammen. Aus dem dunklen Schlaf-
zimmer kam Martin auf Strümpfen in das schwach beleuchtete
Zimmer, seine Kappe in der einen, die Schuhe in der anderen
Hand.

»Was in drei Teufels Namen machst du hier?«, zischte Kohl,
atmete dann aber erleichtert auf. »Ich hoffe, du hast einen guten
Grund, nächtens bei mir einzudringen.«

»Die Laura ist fort«, platzte Martin mit der Nachricht
heraus, »spurlos verschwunden. Ihre Mutter weiß nicht, wo
sie abgeblieben ist, niemand in Goting scheint sie seit dem Vormittag gesehen zu haben.«

»Hast du selbst nicht gesagt, es wäre zu spät in der Nacht,
um sie und ihre trauernde Mutter zu besuchen?«

Er dachte an das Zusammentreffen mit dem ernsten Mädchen oben an der Lembecksburg. Die Erde war noch nass vom
Blut ihres Bruders gewesen, und sie hatte damals schon Zweifel
an Panas Schuld, wusste mehr.

»Ja, das habe ich gesagt«, erklärte Martin mit einem Hauch
von Trotz. »Aber dann, ganz plötzlich, kam so ein Gefühl
von Sorge über mich. Ich hatte sie gewarnt, sich nicht mit den
Herrschaften einzulassen, weil das gefährlich ist. Sie aber wollte
nicht auf mich hören. Ja, und als ich dann das Fräulein Kühl mit
ihren Kartoffeln abgesetzt hatte, bin ich noch mal rüber nach
Goting. Zu spät.«

»Madame von Wolf?«, murmelte Kohl und erinnerte sich
an das, was Martin ihm über Laura im Haushalt dieser Frau
erzählt hatte.

Der nickte mehrmals mit gerunzelter Stirn. »Und vielleicht
auch Werftbesitzer Schilling. Aber was könnten sie von Laura
wollen? Ich habe überlegt, an wen ich mich wenden kann, und
da sind Sie mir eingefallen.«

Kohl bemerkte das leichte Zittern in Martins Stimme, spürte
seine Sorge um das Mädchen und lächelte mitfühlend. Trieb die
zarte Pflanze junger Liebe diesen kräftigen Burschen um?

»Nun, das ist ein gravierender Vorwurf gegen in der Gesellschaft sehr angesehene Leute«, gab Kohl zu bedenken. »Vielleicht solltest du dich den beiden Landvögten offenbaren, sie haben ja die Gewalt auf der Insel.«

Martin verzog den Mund. »Ach nein. Bei den hohen Herrschaften zu arbeiten ist das eine, aber sie um Hilfe zu bitten etwas ganz anderes. Für die sind wir kleine Fische. Und die fragen nicht den Wal um Hilfe. Denn ehe man sich's versieht, ist man verschluckt. Selbst mein Vater ist da sehr vorsichtig, auch wenn er als Armenvorstand immer wieder mit der Obrigkeit verhandelt.«

Die Welt der See, dachte Kohl, ihre Bilder scheinen das ganze Leben der Insulaner zu durchdringen.

»Gut, dann werde *ich* also mit Landvogt Dorrien sprechen müssen«, erklärte er. »Das rätselhafte Verschwinden der Schwester des Erschlagenen dürfte keine Nachricht in seinem Sinne sein. Es wird ihm schwerfallen, zu begründen, warum er es nicht untersucht. In den Augen der Welt würde das roh und herzlos wirken. Ich habe Gründe, anzunehmen, dass ihm der Eindruck einer makellosen Amtsführung in den nächsten Wochen besonders heilig sein wird. Mit dieser Möhre, denke ich, werden wir den Esel in unsere Richtung lenken können.« Wieder musste er gähnen. »Wenn dann nichts mehr anliegt, danke ich dir und wünsche eine gute Nacht. Mein Tag war lang.«

Ohne eine Antwort abzuwarten, öffnete er die Wohnungstür, um Martin hinausschlüpfen zu lassen. Dabei erinnerte er sich noch einmal an den Tatort an der Lembecksburg. Die Erde dort war aufgewühlt gewesen. Sollte Stedesand tatsächlich heute Abend ein Fundstück von dort, die Tatwaffe gar, an sich genommen haben? Er dachte an den Rost an der Hand des Pastors. Lembecksburg, Ritterburg oder Wikingerwall?

Er hielt Martin an der Schulter fest, bevor der hinausschleichen konnte. »Störtebeker«, murmelte er, und Martin sah ihn verständnislos an. »Weißt du, wo sich der tote Freund unseres Apothekers gerade aufhält?«

246

»Das Skelett stand den ganzen Tag in der Apotheke«, flüsterte Martin, schon halb im Flur.

Kohl zog ihn zurück ins Zimmer und schloss die Tür. »Ich fürchte, der Knochenmann muss uns einen Dienst erweisen, der ihm an die Substanz gehen wird. Hast du eine Idee, wie wir zu ihm gelangen könnten?«

Martin setzte seine Kappe auf, steckte die Hände in die Hosentaschen und machte einige Schritte in den Raum hinein. Ihm war anzusehen, wie merkwürdig er Kohls Ansinnen fand.

»Es ist wichtig«, betonte Kohl und legte einen besonderen Ernst in seine Miene.

Schließlich zuckte Martin die Schultern, griff das Öllicht vom Schreibtisch und ging wieder zur Tür. »Ich weiß, wo der Schlüssel liegt.«

Schnell trat er hinaus in den Flur und wandte sich zur Hintertür, die in den Garten führte. In einer Ecke stand ein irdenes Gefäß, das normalerweise zur Lagerung von Sauerkraut diente. In diesem Haushalt hatte man es zu einem Schirmständer umfunktioniert. Martin bückte sich, hob den Behälter etwas an und zog einen Schlüssel darunter hervor.

»Die Hausmagd muss ja zum Saubermachen auch in den Verkaufsraum, wenn die Apotheke geschlossen hat«, flüsterte er und wedelte verschmitzt grinsend mit seiner Beute.

»Was *du* nicht alles weißt.«

Willems Augen ruhten auf Lauras schmutzigem Gesicht, dann glitt sein Blick ihren dürftig bekleideten Körper entlang bis hinunter zu ihren dreckigen Füßen.

Laura meinte, die berechnende Gier eines Fuchses zu erkennen, der vor dem Mauseloch auf seine Beute lauert. Im Halbdunkel des Verschlages war sie ihm ausgeliefert, ja fühlte sich geradezu nackt. Sie zitterte und versuchte, ihre Beine trotz der Fesselung an sich zu ziehen. Mit einem Mal sprang Willem auf und zerrte das steife Segeltuch über ihren Körper, sodass ihr etwas wärmer wurde. Kaum dass sie ob dieser fürsorglichen

Geste Dankbarkeit verspürte, stopfte er ihr den Stoffknebel in den Mund und zurrte sie so zusammen, dass sie sich nicht mehr bewegen konnte.

»Keinen Mucks machst du«, zischte er und deutete auf das lange Messer, das er wie zur Warnung in den Boden rammte. »Der Willem ist sofort wieder zurück.«

Er stieß die Tür des Verschlages auf, ging hinaus in die Nacht, und für einen Moment sah Laura im ungewissen Licht die Umrisse eines umgestürzten Beiboots, einige Grasbüschel und hörte, wie die Wellen anschlugen. Dem Geräusch nach war die See ruhig. Torfiger Rauch wehte zu ihr hinein, dann kamen in den Sand gesetzte Schritte näher. Laura versuchte, sich vom Segeltuch freizuschütteln, und starrte erwartungsvoll zur Tür.

Das Erste, was sie sah, war ein Blechnapf, von einer groben Hand gehalten. Grinsend kam Willem zurück, schloss den Eingang und setzte den dampfenden Napf neben ihr auf den Boden. Der Geruch von Sellerie und Lauch stieg ihr in die Nase.

»Hast wohl gedacht, der Willem lässt dich verhungern. Aber der Willem ist kein Unmensch.« Aus seiner Hosentasche zog er einen Holzlöffel, wischte ihn an seinem Rockärmel ab und legte ihn zu der Suppe, bevor er Laura erneut so weit losband, dass sie essen konnte.

Sie schloss die Hände um das Gefäß und versuchte, das kleine bisschen Wärme in sich aufzunehmen. Gierig setzte sie den Gemüsesud an die Lippen und trank unter den Augen Willems, dem es Spaß zu machen schien, dass es ihr schmeckte. Erst zum Schluss nahm sie den Löffel und schob die verbliebenen Gemüsestücke in den Mund. Laura schielte zu ihm hin, sie wurde aus diesem ranzigen Kerl mit seinen Zahnlücken und Bartstoppeln nicht schlau.

»Wohnst du hier?«, wollte sie wissen und deutete mit dem Gesicht in den Raum. Arme und Hände ließ sie bewusst unbewegt, vielleicht vergaß er ja, sie erneut zu fesseln.

»Die meiste Zeit schon«, antwortete er, »nur im Winter nicht, da hat der Willem einen trockenen und warmen Platz.

Aber bis die Stürme kommen und die eisigen Winde, ist der Willem gern draußen bei den Wellen. Er ist auch selten allein.«

»Wenn das Wasser so nahe ist … also ich muss mal, und mein Gesicht und meine Hände möchte ich auch waschen.«

Willem überlegte kurz, zuckte die Schultern und suchte zwischen dem Durcheinander aus Kleidung und Gerätschaften ein langes Seil hervor. »Damit du mir nicht davontreibst«, erklärte er und knüpfte eine bewegliche Schlaufe, die er ihr um den Hals legte. Mit einem Ausdruck des Bedauerns knebelte er sie wieder, löste ihre Fesseln und bedeutete ihr, aufzustehen.

Endlich, dachte Laura, endlich kann ich etwas umhergehen und sehen, wo ich wirklich bin. Und wenn ich zur rechten Zeit einen lauten Schrei tue, bloß einen einzigen, besonders schrillen, dann wird man mir helfen. Wie zur Antwort auf ihre Gedanken riss Willem am Seil. Schmerzhaft zog es sich um ihren Hals und schnitt in die empfindliche Haut. Erschrocken und doch mit einem wütenden Glitzern in den Augen schaute sie zu ihm. Grinsend stand er da und hielt die Leine wie bei einem störrischen Fohlen. Sie zwang sich, ihren Zorn zu unterdrücken, und legte Furcht in ihren Blick.

Du musst schwach wirken, sagte sie sich, wehrlos und ängstlich, nur so wird er unachtsam und macht einen Fehler. Solange ich mich wehre, wird er auf der Hut sein.

Sie trat vor den Verschlag hinaus in die Dunkelheit. Ein dürftiger Mond schien durch die Wolken, Sterne waren so gut wie keine zu sehen. Die nahen Wellen schlugen mit einem leichten Rauschen an den Strand. Schnell hatte sie der Rauch umhüllt, der kurz zuvor schon in die Hütte gedrungen war. Sie sah sich um. Es gab noch andere Bretterverschläge, etliche Schritte entfernt, deren Umrisse sich in den schwarzen Nachthimmel erhoben. Da waren also weitere Salzsieder. Zwischen den Hütten schwelte ein mannshoher Berg ebenjenes Torfes, dessen Qualm auch in der Luft lag.

Laura ging vorsichtig weiter und wäre fast über eine Garbe Stroh gestolpert. Als sie mit dem nächsten Schritt scheppernd gegen etwas aus Metall stieß, das ein Topf oder eine Pfanne sein konnte, zog Willem wieder heftig am Seil und knurrte.

»Mach keinen Lärm, es wird dir nichts nützen. Der Willem ist heute der einzige Brenner am Ort und muss auf den Meiler achten. Außerdem ist die See in der anderen Richtung.«

Laura verharrte für einen Moment und lauschte. Außer dem Wind und den Wellen war es still, die übrigen Hütten lagen stumm und verlassen da. Ja, wie es schien, war sie wirklich mit ihrem Peiniger allein. Aber nun wusste sie wenigstens, wo sie war. Bei den Salzbrennern von Hedehusum. Dort verbrannten sie den getrockneten, salzhaltigen Torf, der unter dem Schlick im Watt lag und mühevoll ausgegraben werden musste. Die Asche wurde mit Salzwasser durch Stroh gefiltert, die gewonnene Salzlake in Pfannen über Feuern zum Sieden gebracht. Übrig blieb ein grobes graues Salz. Gegen diese Gerätschaften war Laura eben gestoßen. Dass überhaupt noch jemand diese besonders schmutzige Arbeit machte, wunderte sie. Selbst ihre Mutter kaufte lieber das feinkörnige weiße Salz beim Kaufmann, auch wenn es etwas teurer war als das von der Insel. Kein Wunder, dass Willem sich noch anderweitig verdingen musste und trotzdem nicht auf die Füße kam.

»Na, was ist denn nun?«, mahnte der. »Ich dachte, die Sache sei dringend.«

Ich werde heute nicht viel ausrichten, erkannte Laura, hier ist keine Hilfe in Sicht. Gebe Gott, dass ich die Nacht mit diesem wüsten Mann gut überstehe. Sie wandte sich dem Strand zu, schürzte den Rock und watete in die schwarzen Wellen.

ZÖGERLICHER GENDARM

Kohl schlug die Augen auf. Trotz all der Erkenntnisse und Mutmaßungen, die ihm im Kopf umherschwirrten, hatte er eine bleischwere und traumlose Nacht verbracht. Den Geist erfrischt, fühlte er sich aber an den Gliedern seltsam zerschlagen. Das Umherlaufen und Durchrütteln auf den Kutschen war dann doch etwas viel gewesen für seinen nicht mehr ganz so jugendlichen Körper.

Aus dem Nachbarraum drang das Klappern von Porzellan zu ihm ins Schlafzimmer, und es duftete nach Kaffee und frischem Brot.

»Ist der Herr schon wach?«, rief die Hausmagd mit so kräftiger Stimme, dass spätestens jetzt jeder Schlaf beendet gewesen wäre.

»Aber natürlich«, krächzte Kohl und räusperte sich. »Es wäre ja auch unverzeihlich, den Sonntag zu verschlafen.«

Er richtete sich im Bett auf, setzte seine bloßen Füße auf die Dielen und sah sich suchend im Raum um. Die Hälfte seiner Kleidung lag noch auf dem Kanapee nebenan.

So kann ich kaum vor das Frauenzimmer treten, dachte er. Warum zum Kuckuck servierte man ihm noch vor der Morgentoilette das Frühstück?

»Ja, der Sonntag ist der Tag des Herrn«, erklärte die Magd. »Uns Werth wird die frühe Störung verzeihen, aber unser Pastor legt Wert darauf, seine Gemeinde zu sehen. Wyk hat ja keine eigene Kirche, wir müssen rüber nach St. Nicolai in Wrixum. Und da dachte ich, ich stelle noch schnell das Frühstück parat und mache mich dann auf.«

»Ist recht«, brummte Kohl und tappte unsicher im Schlafraum umher. Als er durch den Türspalt sprach, achtete er darauf, dass ihn die Magd nicht in seinem Nachthemd sah. »Aber sagen Sie, gibt es etwas Neues auf der Insel, einen frischen Aufreger?«

»Sie haben den Südseemann eingefangen«, erklärte sie.

Das wusste er natürlich. Er steckte seinen Kopf durch den Türspalt, wobei er sich aus Schicklichkeit sehr verrenkte.

»Und Madame von Wolf war im Morgengrauen beim Landvogt. Gehört sich denn so was?«

»Interessant«, murmelte er. Was mochte sie im Schilde führen? Gewiss ging es ihr dabei nicht um die Literatur. Doch bevor er darüber weiter grübeln konnte, griff die Erinnerung an die vergangene Nacht nach ihm. »Sagen Sie, was wissen Sie vom Prediger von St. Laurentii? Soll der nicht eine außergewöhnliche Sammlung von Fundstücken aus grauer Vorzeit besitzen?«

»Altes Zeug und rostiges Eisen«, meinte die Magd und unterstrich ihre Meinung mit einer wegwerfenden Handbewegung. »Hässlich und zerbeult sind die Sachen, der Pastor ist ganz vernarrt darin. Er zeigt sie jedem, der danach fragt. Man möchte meinen, er habe den verkehrten Beruf.« Sie strich ihre Schürze glatt, schielte zur Schlafzimmertür und schenkte Kohl einen Kaffee ein.

»Danke, es ist gut«, entließ er sie und wartete, bis sie den Raum verlassen hatte, dann wagte er sich nur im Hemd an den Frühstückstisch. Mit der dampfenden Tasse in der Hand ging er zum Schreibtisch und blätterte durch sein Notizbuch. Nachdenklich sah er aus dem Fenster in den Garten und betrachtete die Wolken, die den schmalen Himmelsausschnitt durchzogen. Er nippte am Kaffee und brummte vor sich hin. Auch dieser Tag würde ihm keine Ruhe geben, die Ereignisse forderten unverzüglich seine Aufmerksamkeit. Aber wenn schon, dann in einem vorzeigbaren Aufzug, ermahnte er sich, stellte die Tasse ab und widmete sich entschieden der Morgentoilette. Durch das Waschwasser erfrischt, die duftenden Haare in Form gebracht und mit Hose und Weste bekleidet, nahm er am Frühstückstisch Platz, um sich der wichtigsten Mahlzeit des Tages zu widmen.

Kaum hatte er den ersten Bissen im Mund, als es an der Tür klopfte. Kohl rief ein ungehaltenes »Herein«, schlug sein Notizbuch zu, das er mit einem Marmeladenbrot in der Hand studierte, und begrüßte Leisner, der bereits halb im Raum stand.

»Ich bitte die Störung zu entschuldigen«, sagte Leisner gedämpft und schloss sogleich die Tür. »Wir machen uns gerade fertig zum Kirchgang, und vorher wollte ich noch kurz bei meinem Gast vorbeischauen. Die Tage ihres Föhrer Aufenthaltes sind ja überaus turbulent, wie es scheint, aber ich hoffe, dass sie etwas vom ganz gewöhnlichen Badeleben mitbekommen. Über Pana und den Pastor hat Sie die Magd unterrichtet, nicht wahr?«

Kohl nickte, und Leisner ging ein paar Schritte auf ihn zu, nicht ohne einen absichernden Blick zur Tür zu werfen. Dabei spielten seine Finger nervös miteinander.

»Dieser Mordbube aus der Südsee, der so lange unter uns gelebt hat, scheint ein wirklich schlimmes Subjekt zu sein«, zischte er leise und starrte Kohl bedeutungsschwer an.

Kohl hob die Augenbrauen und schenkte sich Kaffee nach. Er hatte keine Lust, in die seltsame Aufgeregtheit von Leisner mit einzustimmen.

»Denken Sie sich nur, er erschlägt nicht nur den unschuldigen Ingwer Martens, nein, jetzt hat er auch noch dessen Schwester Laura verschleppt.«

Kohl setzte verdattert seine Tasse ab. Von Lauras Verschwinden hatte ihm Martin noch in der Nacht berichtet, und er musste sich schuldbewusst eingestehen, dass er an diesem Morgen nicht mehr daran gedacht hatte.

»Wie das? Nachdem man ihn gestern Abend im Nieblumer Krug gefangen hat? Wie soll das gehen?«

»Aber nein, es muss am vergangenen Nachmittag geschehen sein. Das arme Mädchen hat noch bei Madame von Wolf im Haushalt geholfen, irgendwann danach ist sie verschwunden.«

Immer diese von Wolf, dachte Kohl. »Ja, aber wer sagt denn das? Hat ihre Mutter sie als vermisst gemeldet?«

»Madame von Wolf selbst hat es angezeigt«, sagte Leisner. »Sie ist heute noch im Morgengrauen bei Hochwohlgeboren

Dorrien erschienen. Sehr aufgelöst muss sie gewesen sein nach einer schlaflosen, sorgenvollen Nacht, wie mir der Landvogt berichtet hat. Denn der Umstand, dass es sich bei dem verschleppten Mädchen um die Schwester des Ermordeten handelt, gibt diesem Fall ja eine besondere Note. So hat er sich gleich noch vor dem Frühstück zu mir begeben, um mich über das Kind zu befragen.«

Kohl sah ihn verständnislos an. »Sie?«

»Nun, Landvogt Dorrien weiß, dass Laura sehr oft in meiner Apotheke war, um Medizin für ihre Mutter zu kaufen. Er hat vermutlich gehofft, auf kurzem Wege bei mir einige Informationen über das Kind und irgendwelche Hinweise zu erlangen. Leider konnte ich damit nicht dienen. Das Mädchen war immer überaus schweigsam.«

Kohl sah aus dem Fenster, konzentrierte sich auf einen der Gartenbüsche und fand, dass die beginnende Herbstverfärbung zu früh einsetzte. »Ja, mit dieser Laura habe ich auch gesprochen«, antwortete er leise. »Und sie hat gestern bei meiner schreibenden Kollegin gearbeitet, obwohl deren Haushalt nicht zu ihren Dienststellen gehörte, wie ich weiß. Warum ausgerechnet bei Madame von Wolf?«

Er sah Leisner streng an, der sich räusperte und seine Arme auf dem Rücken verschränkte. Kohl bot ihm keinen Sitzplatz an, er wollte beobachten, wie er reagieren würde.

»Diese dem Liebesleid dramatisch zugeneigte Schriftstellerin hat wirklich etwas Geheimnisvolles, finden Sie nicht? Gestern Nachmittag – das muss gewesen sein, nachdem Laura ihren Haushalt verlassen hatte – habe ich die Madame oberhalb des Strandes gesehen, ganz in der Nähe von Ihrem Badekarren, lieber Herr Leisner.«

Der wippte mit den Füßen und räusperte sich verlegen.

Kohl fuhr unerbittlich fort: »Dann, mit einem Mal, war Madame von Wolf verschwunden. Erinnern Sie sich an unsere Begegnung? Dieser merkwürdige Schrat Willem war auch dabei. Ich frage mich, wo und wann Madame gesehen haben will, dass dieser Pana Laura verschleppt hat. Irgendetwas passt mir nicht.«

Unruhig lockerte Leisner seine Halsbinde, als bekäme er nicht genug Luft. Schweiß stand auf seiner Stirn. »Das wird sicher in den Abendstunden gewesen sein«, sagte er und vermied es, Kohl direkt anzusehen. »Madame von Wolf ist eine außergewöhnliche, sehr selbstständige und neuen Dingen gegenüber aufgeschlossene Vertreterin unserer Zeit. Seien es Moden oder die Wissenschaften. Und doch schlägt in dieser zuweilen sehr hart wirkenden Frau ein mitfühlendes Herz, wie ihre Sorge um Laura ja beweist.«

»Niemand sonst hat Pana mit dem Mädchen gesehen? Auf ganz Föhr ist der markante Insulaner gestern keinem aufgefallen? Nein, Herr Leisner, das mag ich nicht glauben. Ich frage mich, was die Madame wirklich im Schilde führt und was mit Laura in Wahrheit geschehen ist. Polizei und Landvogt können Pana noch so intensiv befragen, er wird dazu schweigen, weil er nichts weiß. Das Mädchen bleibt verschwunden und in Gefahr.«

Kohl erhob sich vom Frühstückstisch und ging im Raum einige Schritte auf und ab. Leisner stand da und sagte kein Wort. Plötzlich blieb Kohl stehen. »Ihre Messe! Der Prediger wartet nicht.«

Leisner wirkte wie aus einem Traum gerissen und schien erleichtert, Kohl verlassen zu dürfen. Mit einer hastigen Verbeugung verschwand er.

Kohl sah ihm nach und setzte sich an den Schreibtisch. Er musste noch einmal mit Dorrien sprechen. Was genau hatte Frau von Wolf zu Lauras Verschwinden gesagt? Vielleicht hatte sich Laura ja auch nur versteckt. Wollte sie sich aus einer gefährlichen Situation befreien, weil sie zu viel wusste? All das musste mit dem Tod ihres Bruders zusammenhängen. Würde ihm Martin bei der Suche helfen können?

Nach weiterem Grübeln griff er entschlossen zu einem Bogen Briefpapier und tunkte die Feder in die Tinte. Dabei war

255

ihm eins klar: Heute bedurfte er einer Kutsche, denn seine Wege würden ihn quer über die Insel führen, und die Zeit drängte. Und Schuhe sowie Rock musste er auch noch herrichten, immerhin war Sonntag.

Bald war er mit seinem Schreiben fertig und legte es zusammengefaltet in sein Notizbuch. Schon im Begriff, vor die Apotheke zu treten, eilte er noch einmal zurück in seine Räume und holte einen kleinen Koffer. Erst in der Nacht hatte er den Inhalt des Koffers ausgewechselt und war gespannt, welche Wirkung die gegeneinanderklappernden Gegenstände bald erzielen würden.

Gekleidet in seine zweite, nicht lädierte Hose, einen ausgebürsteten Rock und mit leidlich geputzten Schuhen fragte er sich nach dem Stall mit den Mietkutschen durch. Die in Sonntagsstaat gewandeten Herrschaften schienen überwiegend keine Föhrer zu sein, die zog es vermutlich mehr in die Kirche oder an den eigenen Herd.

In der Nähe des Hafens endlich fand er den Wyker Kutschendienst, betrat auf der Suche nach einem Verantwortlichen die Stallungen und musste grinsen, als er auf Martin Hassold stieß, der einen der Falben striegelte. Er trug noch dieselbe, inzwischen zerknitterte Kleidung und bemerkte Kohl nicht.

»Moin, Martin, hast du hier im Stall geschlafen?«, fragte Kohl und lugte in das Halbdunkel des Verschlages.

Martin ließ die Arme sinken und kam auf ihn zu. Stroh hing in seinem Haar. »Moin, Uns Werth, das ist richtig. Diese Nacht ist es spät geworden, und ich wollte am Sonntagmorgen pünktlich sein.«

»Ich möchte eine eurer Kutschen mieten«, erklärte Kohl, »denn das Verschwinden der Laura Martens und noch einige andere Ungereimtheiten treiben mich heute über die Insel. Ich denke an einen Zweisitzer.«

Martin nickte und deutete zwischen den Pferdeboxen ans Ende des Stalls. »Das müssen Sie im Kontor besprechen, sicher ist jemand da. Und es ist gut, dass Sie so früh kommen, denn am Sonntag wollen viele der Gäste über Land.« Leise und mit traurigem Blick fuhr er fort: »Das mit der Laura, da muss ich immer dran denken. Sie hat herumgestöbert und ist dabei vielleicht einigen Leuten zu nahe gekommen. Bevor sie so spurlos verschwunden ist, hat sie mir noch erzählt, was sie alles an Merkwürdigem bei der Madame gefunden hat.«

»Was hat sie dir gesagt?«

Martin fasste Lauras Beobachtungen rund um die Karte, den Brief und das Stück Siegellack zusammen.

»Und dann wurde die Madame an jenem Abend bei der Lembecksburg gesehen, an dem man Ingwer vielleicht erschlagen hat. Mit einer unserer Mietkutschen muss sie unterwegs gewesen sein. Aber an diese Madame von Wolf traue ich mich nicht heran.« Er sah zerknirscht zu Boden. »Ich will Laura auch suchen. Gleich nach meiner Arbeit werde ich loslaufen. Ob die Leute aus ihrem Dorf damit schon begonnen haben?«

Kohl war versucht, ihm tröstend durchs Haar zu fahren, doch er beließ es bei einem freundlichen Klaps auf die Schulter. Auf dem Weg zum Kontor dann drehte er sich noch einmal um. »Keinen Zweisitzer! Wenn ich einen Viersitzer haben kann, so nehme ich den. Ich denke, den Platz werden wir heute brauchen.«

Schnell waren die Formalitäten beim mürrischen Stallbesitzer erledigt, der allerdings bei dem Wunsch nach einer größeren Kutsche Kohls Garderobe kritisch beäugte und hören wollte, ob der Herr bereits Mehrsitzer gefahren habe. Als Kohl ihn wissen ließ, dass er als Reiseschriftsteller ohne jede Hilfe mit den seltsamsten Fahruntersätzen das weglose Sibirien durchkreuzt habe, hatte der Kerl aufgelacht. »Wir auf Föhr haben zwar keine Taiga, aber hier ist es auch so speziell genug«, hatte er gebrummt und ihm den Mietvertrag zur Unterschrift hingeschoben.

Kohl lenkte den Wagen, kaum dass Martin das Pferd eingespannt hatte, zurück in den Ortskern und so nah an die Polizeiwache, wie es die engen Gassen zuließen.

Ich hoffe sehr, dachte Kohl, dass der Gendarm nicht auch in der Kirche ist. Ob sie Pana wieder in das Wyker Gefängnis geschafft hatten? Dann wäre der Gendarm dort gebunden.

Er sprang vom Bock, band das Pferd an und eilte durch die schmalen Straßen. Vor dem niedrigen Haus am Ende eines Pfades blieb er stehen und klopfte an. Deutlich war ein kleines Fenster mit Gitter zu erkennen. Nach dem zweiten Schlag gegen den Hauseingang ging die Tür auf, und er sah sich dem Wyker Gendarmen gegenüber. Der trug zwar eine Uniformhose, doch sein Hemd war nachlässig zugeknöpft und bauschte bequem unter den Hosenträgern hervor.

Immerhin trägt er Stiefel und keine Pantoffeln, dachte Kohl und zog grüßend seinen Zylinder.

»Wenn ich die Gendarmerie des Herzogtums Schleswig an diesem Sonntag stören dürfte«, begann er und machte ein ernstes Gesicht. »Ich habe gewichtige Mitteilungen zum Mord an Ingwer Martens und zum Verschwinden seiner Schwester Laura zu machen. Hinweise, die keinen Aufschub dulden, vermutlich ist das Leben des Mädchens in Gefahr.«

Der Gendarm räusperte sich, stopfte sein Hemd straff in die Hose und bedeutete Kohl, einzutreten. »Die Gendarmerie des Herzogtums Schleswig«, brummte er, »das klingt recht förmlich. Die Gendarmerie von Osterlandföhr hätte es auch getan, da fühle ich mich etwas heimischer. Und Laura Martens soll verschwunden sein, wie das? Dann bliebe der Spöök ja gar nichts erspart. Aber das fiele in die Zuständigkeit von Westerlandföhr. Hermine! Haben wir noch Tee?«

Er führte Kohl in die spärlich möblierte, mit wenig bürgerlichem Zierrat verschönerte Stube, hieß ihn, auf einem Holzstuhl Platz zu nehmen, und trat an ein Schreibpult. Kohl zog sein Notizbuch hervor und legte es mit einem Gesichtsausdruck auf den Tisch, als handele es sich um eine bedeutende Staatsakte.

»Wenn doch nur diese dunklen Tage bald vorüber wären«, seufzte die Gattin des Polizisten und trug ein Teetablett in die zum Dienstraum umfunktionierte Stube. »Erschlagen und verschwunden. Als ob wir auf der Insel nicht schon genug grausame Verluste durch Stürme und Wellen hätten. Jetzt reißt auch noch ein Wolf in Menschengestalt die Kinder Föhrs.«

Kohl empfand ihre Betrachtung seltsam hellsichtig. Mit knappen Bewegungen goss sie ihm schwarzen Tee ein und schob ihm Milchkanne und Zuckertopf zu, wobei sie ihre Augen nicht von ihm ließ.

Wie gut, dachte Kohl, dass ich auf mein Äußeres Wert lege, bald werde ich Gegenstand des Wyker Hausfrauentratsches sein, und er lächelte ihr galant zu.

»Aber dieser Pana ist ja nun wieder hinter Schloss und Riegel«, meinte sie und versuchte ein Lächeln.

»Meine Dame, haben Sie vielen Dank«, sagte Kohl und nahm einen Höflichkeitsschluck. »Aber es ist durchaus möglich, dass sich die Dinge ganz anders entwickeln werden. Eben deswegen muss ich mit Ihrem Gatten sprechen, die Staatsgewalt ist gefragt.«

Wie zur Bestätigung war der Gendarm inzwischen in seinen Uniformrock geschlüpft, hatte ihn bis zum Hals zugeknöpft und schloss gerade das Koppel. »Hermine, du hast es gehört. Dringende dienstliche Angelegenheiten.« Damit griff er nach einem Bleistift, schob einen Bogen Papier zurecht und wartete mit ernster Miene, dass seine Frau den Raum verließ.

»Ist ja schon gut, dann erzählst du es mir eben später«, murmelte sie und ging hinaus.

Kohl war sich sicher, dass sie sogleich von außen ihr Ohr an die Tür pressen würde, und berichtete mit gedämpfter Stimme.

Bald machte der Gendarm beim Schreiben ein immer ernsteres Gesicht, und Kohl konnte sehen, wie es hinter seiner Stirn arbeitete. Kein Wunder, hatte er dem Polizisten doch seine Informationen mundgerecht serviert.

Der Gendarm kaute auf dem Ende des Bleistifts und schüttelte den Kopf. »Geschichten sind das, unerhört. Aber wo bleiben die Beweise? Und, Herr Kohl, ein Protokoll nehme ich jetzt nicht auf, das hier sind bloß dienstliche Notizen. Die Zeit drängt, und für ein amtliches Schreiben braucht es eine ruhige Handschrift. Die habe ich gerade nicht.«

»Die Beweise werden wir uns heute verschaffen. Ist ein unterschriebenes Geständnis nicht die Krone einer jeden ordentlichen Kriminaluntersuchung?«

»So weit wagen Sie sich vor? Das ist ja grundsätzlich die Sache vom Landvogt, der führt die Untersuchung. Unsereins darf der Hand des Königs höchstens etwas zuarbeiten«, gab der Gendarm zu bedenken.

»Ausgezeichnet!«, rief Kohl, schlug sich auf die Schenkel und erhob sich. »Dann leisten Sie mir bitte Gesellschaft, denn Wohlgeboren Dorrien wollte ich gleich nach Ihnen aufsuchen. Ja, ja, schauen Sie nicht so überrascht, sondern machen Sie sich lieber parat. Allerdings sollten Sie Ihrem Vorgesetzten gegenüber unser Vorhaben verschweigen. Haben Sie Erfolg, wird Dorrien nicht umhinkönnen, sie zu loben. Scheitern wir, so können wir unsere Ermittlungen getrost im Dunkeln lassen. Bis dahin dürfen Sie mir gern die Initiative überlassen und warten, bis die reife Frucht vom Baum fällt.«

Der Gendarm sah Kohl unsicher an. Große Eigeninitiative schien er in seinem dienstlichen Leben bisher vermieden zu haben. So musste Kohl ihm die Sache weiter schmackhaft machen.

»In einem so wichtigen Kriminalfall mehr als nur ein Handlanger zu sein, das hat Bedeutung, meinen Sie nicht? Denken Sie nur an die Zeitungen, an Ihren Ruhm. Im Falle eines Erfolges dürften höhere Stellen geradezu gezwungen sein, Sie zu befördern.«

Die Miene des Gendarmen hellte sich auf.

»Nehmen Sie auch ein oder zwei Handfesseln mit. Der Staat sollte handlungsfähig sein. Ich warte dann draußen«, sagte Kohl entschlossen.

WELTUMSEGLER

Sie verzichteten darauf, die geringe Entfernung zwischen der Gendarmerie und dem Haus des Landvogts mit der Kutsche zurückzulegen, hätte doch die Fahrt durch die engen Straßen unnötig Zeit in Anspruch genommen. So gelangte Kohl bald vor die Residenz, an seiner Seite der schwitzende Gendarm.

Der alte Diener Heinrich, an amtliche Besuche dieser Art gewöhnt, ließ sie wortlos ein, geleitete sie schlurfend zur Amtsstube im Erdgeschoss und stieß, ohne anzuklopfen, die Tür auf.

»Der Gendarm und der Schriftsteller vom Festland!«, rief er, machte auf dem Absatz kehrt und ließ die beiden an der Schwelle stehen.

»Nur herein, kommen Sie gleich durch zu mir«, hörten sie Dorriens Stimme.

Dieser saß an einem reich verzierten Schreibtisch und lehnte sich in seinem Sessel bequem zurück. Der übrige Raum war mit einem kleinen runden Mahagonitisch und vier passenden Stühlen sowie Regalen voller Bücher möbliert. Karten an den Wänden zeigten die Insel Föhr und das Herzogtum Schleswig.

»Herzlich willkommen im Zentrum von Osterlandföhr«, begrüßte sie Dorrien lächelnd und schob eine Akte beiseite. »Bitte nehmen Sie Platz. Was führt Sie so früh zu mir, ich hoffe, nichts Unangenehmes? Ich habe mir angewöhnt, an den sonntäglichen Morgen etwas zu arbeiten. Die Ruhe, die sich dann über das Leben legt, ist meiner Konzentration dienlich.«

Unsicher blieb der Gendarm stehen, suchte Kohls Blick, und der räusperte sich.

»Euer Wohlgeboren, wir bitten die frühe Störung natürlich zu entschuldigen, aber wir kommen wegen der verschwundenen Laura Martens«, kam Kohl jeder Erklärung des Gendarmen zuvor und sah ihn streng an, während er auf den freien Stuhl deutete. »Wie ich höre, hat Madame von Wolf eine weitere

Beschuldigung gegen den mordverdächtigen Südseemann erhoben. Darf ich Genaueres erfahren? Denn ich wollte mich gleich in die Richtung von Lauras Dorf aufmachen, und vielleicht kann ich ja mit mehr Wissen zu ihrer Auffindung beitragen. Die Gendarmerie selbst habe ich zur Informationsgewinnung hierhergebeten, die Angelegenheit ist ja noch ganz frisch.«

»Wie haben Sie denn davon erfahren?«, wunderte sich Dorrien. »Das geht bei Ihnen ja schneller als beim Dienstbotentratsch. Aber richtig, Sie logieren ja beim Apotheker. Nun, dann ist die Sache wohl klar. Die Verschwiegenheit dieses Mannes habe ich überschätzt. Jedenfalls konnte er mir nicht weiterhelfen.«

»Ja, aber was genau hat Madame von Wolf denn nun gesehen?«, wollte Kohl wissen. »Was soll Pana mit dem Mädchen gemacht haben, wo und wann?«

Dorrien hob die Hände. »Mein lieber Kohl, unsere gemeinsame Freundin kam aufs Höchste erregt in aller Frühe hierher, sehr zur Freude des alten Heinrich, wie Sie sich vorstellen können. Wie von Sinnen schlug sie gegen die Tür und weckte dabei das halbe Haus auf. Noch im Morgenrock musste ich sie empfangen. Letztendlich will sie gesehen haben, wie der damals noch flüchtige Südseeinsulaner Pana einen Leiterwagen gefahren hat, mit einem langen Bündel aus Segeltuch oder Ähnlichem auf den Planken. Das muss gestern am späten Abend gewesen sein, in der Dunkelheit. Eine genaue Zeit konnte Madame von Wolf nicht nennen. Jedenfalls war es nach dem Souper und an der Straße, die an der Lembecksburg vorbeiführt.«

Dorrien atmete tief durch. »Sie selbst habe an jenem mysteriösen Ort, an dem auch der Mord geschah, die Sterne beobachtet und den Geist des Schauplatzes auf sich wirken lassen. Für mich klang das alles so, als sammele sie Inspirationen für ein neues Werk.«

»Aha.«

»Pana, den sie schemenhaft erkannt haben will, muss ihr dann auf ihrem Heimweg entgegengekommen sein und den

Abzweig zur Vogelkoje genommen haben, die unweit der Lembecksburg liegt. Der Leiterwagen rumpelte durch Schlaglöcher, die Plane verrutschte, und im schwachen Licht des Mondes identifizierte Madame von Wolf diese Laura, die wie tot dalag. Sie bestand heute Morgen darauf, dass Pana das Mädchen im Teich der Vogelkoje versenken wollte, um so seinen Lustmord zu vertuschen.«

Kohl hätte am liebsten laut aufgelacht, beließ es aber dabei, zu schnauben. Glaubte der Landvogt diese Räuberpistole etwa? »Ja, und warum hat sie nicht gleich Bescheid gesagt, anstatt bis zum frühen Morgen zu warten?«

Dorrien machte eine beschwichtigende Geste, verdrehte aber trotzdem die Augen, bevor er gekünstelt weitersprach. »Sie hat ihr zartes Gemüt angeführt und die Angst, die wie ein Alpdruck auf ihr lastete. Immerhin war sie gerade dem absolut Bösen entronnen, das seine giftigen Klauen beinahe auch noch in sie geschlagen hätte. Ja, genauso hat sie sich ausgedrückt. Zu Hause wollte sie erst einmal zu sich kommen, und so habe sie zu den bewährten Opiumpillen unseres Apothekers gegriffen und sei infolgedessen eingedämmert.«

Der Gendarm war von seinem Stuhl aufgesprungen und stand stramm. »Euer Wohlgeboren, dann müssen wir drüben an der Vogelkoje nach der Laura suchen, vielleicht lebt sie ja noch. Ich rufe schnell einige Männer zusammen.«

»Dergleichen werden Sie nicht tun«, widersprach Dorrien. »Selbstredend habe ich meinem Amtsbruder Trojel unverzüglich eine Nachricht zukommen lassen, infolge derer besagte Vogelkoje um diese Zeit bereits abgesucht sein dürfte. Allein das Ergebnis steht noch aus.«

»Kein Wort glaube ich davon!«, rutschte es Kohl heraus. »Diese Frau dosiert nichts über. Sie ist kalt und berechnend und mit Leisners Produkten bestens vertraut.«

»Nun, nun, schwingt da nicht etwas Neid auf die berühmte Kollegin mit? Mein lieber Schriftsteller, seien Sie gerecht.«

Kohl stöhnte auf. »Nein, es geht um mehr.«

»Wie auch immer war es die Schilderung einer empfindsamen Seele. Doch, verzeihen Sie, einen Umstand habe ich unterschlagen. Denn als der Wagen mit Laura in Richtung der Vogelkoje entschwand, sei Madame von Wolf vom Leiterwagen aus ein Stück Stoff entgegengeweht. Ein grauer Fetzen, den sie aufgrund seiner Farbe und des billigen Gewebes sogleich wiedererkannte. Vermutlich ein Arme-Leute-Kleid. Den Stoff hat sie mir überlassen.«

Kohl sah ihn an, sein Mund blieb offen stehen.

»Nicht wahr, das ist mal ein bezeichnender Hinweis«, betonte Dorrien. »Wenn ein Kind verschwindet, muss die Obrigkeit schnell handeln, ist es nicht so? Der Unmut der Bevölkerung ist da nicht zu unterschätzen. In der Eile dachte ich gleich an den Apotheker, dass er mir vielleicht mehr zu dem Mädchen sagen kann. Ich weiß, dass die Deern oft Medizin für ihre Mutter gekauft hat.«

»Und konnte Herr Leisner Ihnen helfen?«, wollte Kohl wissen.

»Er war sich bezüglich ihres Kleides nicht so sicher. Wir mussten zudem beide feststellen, dass dem Fetzen ein eigentümlich chemischer Geruch entströmte, der schwerlich mit dem Mädchen in Verbindung gebracht werden kann. Es bleibt zu hoffen, dass wir bald über mehr Erkenntnisse verfügen.«

Warum hatte Leisner ihm heute Morgen gar nichts davon berichtet? Merkwürdig. So ein Stück herausgerissener Kleiderstoff gab Lauras Verschwinden etwas Konkretes, Dramatisches. Und genau das sollte dem Apotheker entfallen sein? Nein, das hatte Leisner absichtlich verschwiegen. Frau von Wolf. Wollte Leisner diese Frau schützen? Zur rechten Zeit ein Stück Stoff, das dieser Vertreterin der Zuckergussromantik vom Leiterwagen des Entführers zuweht und zur Kleidung der Vermissten passt – Zufälle, eines Schicksalsromanes würdig. Kohls Mundwinkel zuckten. Und dieser chemische Geruch, worauf mochte der hindeuten? Das Ganze sprach eher dafür, dass Madame von Wolf einem Farb- oder Terpentinlappen eine herzergreifende Bedeutung gegeben hatte. Das wiederum machte Leisners Schweigen umso merkwürdiger.

»Und wenn an dieser Geschichte mit Pana und Laura auf dem Leiterwagen überhaupt nichts dran ist?«, zweifelte Kohl noch einmal das Gehörte laut an.

»Aber das Mädchen wird vermisst, oder nicht?«

»Ja. Und was, wenn es weiter verschwunden bleibt?«, fragte Kohl.

»Dann liegt der Fall in der Zuständigkeit von Westerlandföhr«, erklärte Dorrien mit ausdruckslosem Gesicht.

»Wo kam denn der Leiterwagen her, den Pana gefahren haben soll? Hat den noch keiner vermisst? Auch nicht den Gaul? Pferde sind wertvoll. Und diese Lustmordphantasie scheint mir geradezu ein Beleg für den überspannten Geist meiner Kollegin zu sein. Gern will ich glauben, dass sie Dr. Leisners Opiumpillen genossen hat. Aber leider wird sie dann ihre Visionen im Rausch für bare Münze genommen haben und ist mit der Reihenfolge ihrer Geschichte durcheinandergekommen, wenn ich das so sagen darf.« Kohl sah Dorrien eindringlich an. »Oder sie verfolgt einen ganz anderen, dunklen Plan und lenkt das öffentliche Interesse auf Lauras Verschwinden und in die Irre. Immerhin ist Laura ja noch am Nachmittag in ihrem Haushalt gewesen, und dort verliert sich ihre Spur. Ein seltsamer Umstand, nicht wahr?«

Dorrien erhob sich und stützte sich dabei auf die Schreibtischplatte. »Herr Kohl, ich muss sehr bitten.« Seine Stimme bekam etwas Schneidendes. »Madame von Wolf ist in der Saison eine loyale Bürgerin unserer Insel. Sie ist über jeden Verdacht erhaben, irgendetwas Unredliches zu tun. Dazu ist sie einfach zu sehr Teil des geistigen Lebens und der besseren Gesellschaft hier in Wyk. Ihre Schmähungen rechne ich dem Umstand zu, dass Sie die Madame noch nicht wirklich kennengelernt haben und ihr gegenüber so eine Art Konkurrenz empfinden.«

»Liebert, was höre ich, ein Disput wegen Madame von Wolf?«, unterbrach die Stimme der Landvogtsgattin an der Tür das Gespräch, und die Männer wandten sich ihr zu.

Kohl erhob und verbeugte sich. Madame Dorrien trug ein dunkelgraues Samtkleid mit einem Spitzenkragen, darüber eine Schürze. So ohne ihre Abendgarderobe und Seidenbänder im Haar wirkte sie geradezu gouvernantenhaft streng.

»Was hat diese Madame an sich, dass sich die Männerwelt dermaßen für sie begeistert? Gott sei Dank gibt es noch anderes, über das es sich zu sprechen lohnt.« Sie wedelte mit einem Brief in der Hand und trat an den Schreibtisch ihres Mannes. »Denk dir nur, wer heute Morgen im Hafen eingelaufen ist. Ein ehemaliger Weltumsegler, baltischer Adel. Kapitän Otto von Kotzebue.«

Sie schob ihm das Schreiben hin und nickte Kohl bedeutungsschwer zu, als müsse dieser ihre Nachricht besonders zu schätzen wissen. »Natürlich ist das mit der Weltreise schon Jahrzehnte her, jetzt kommt der Mann zu uns, um sich zu erholen, und logiert mit der Erlaubnis des dänischen Hofes im Sommerhaus des Königs. Er hat im Auftrag des Zaren die Meere befahren. Ein Mann von Welt, der auch gleich darum bittet, dem Oberhaupt der hiesigen Gesellschaft seine Aufwartung machen zu dürfen.«

Sie wandte sich wieder ihrem Gatten zu und reckte dabei das Kinn vor, was leider die Falten an ihrem dürren Hals betonte. »Trotzdem bin ich etwas enttäuscht, mein Lieber. Bereits in seiner ersten Nachricht fragte er nach dem Verbleib einer, wie er es nennt, *lieben Freundin*, ebendieser Madame von Wolf. Das ist doch wirklich kurios, immer diese Frau.«

Dorrien überflog die Zeilen und lächelte säuerlich. »Wir werden ihn natürlich einladen, diesen weit gereisten Mann, der in den besten Kreisen verkehrt. Und selbstredend auch unsere liebe Freundin, was denkst du? Weiß der Himmel, in welcher Verbindung die beiden zueinander stehen. Die Nähe zu König Christian und dem Zaren scheint überdeutlich, das muss man berücksichtigen.« Beim letzten Satz sah er Kohl an, als wollte er ihn mit den erwähnten Monarchen zur Ordnung rufen.

Nun erhob sich Kohl und drehte gedankenverloren seinen

Zylinder in den Fingern. Das Ganze hier hatte keinen Zweck. Landvogt Dorrien war wieder mit den Möglichkeiten und Fallstricken des gesellschaftlichen Aufstiegs befasst. Er musste ihm mit Beweisen kommen, und auf dem Weg dorthin war er auf sich gestellt. Kohl schielte zu dem Gendarmen hinüber, der sich inzwischen nicht mehr sicher schien, was er hier beim Landvogt machte. So verbeugte er sich tief und verharrte einen Moment, um damit seinem Gegenüber eine Demutsgeste anzudeuten.

»Unverzeihlich von mir, Ihre mit der Verwaltung der Insel so knapp bemessene Zeit in Anspruch zu nehmen. Euer Wohlgeboren, wenn ich mich dann verabschieden dürfte«, sagte er und gab dem Gendarmen ein Zeichen. Der salutierte vor Dorrien und begleitete Kohl hinaus.

LEMBECKS SCHWERT

»Wollen Sie nun zu dieser Madame von Wolf?«, fragte der Gendarm, als sie vor Kohls Kutsche standen. Kohl schüttelte den Kopf. »Das ist auch besser so. Nach dieser Ansprache hätte ich es schwer, einen Hausbesuch bei der Dame zu begründen. Ich käme in Teufels Küche.«

Kohl griff die Zügel und steuerte den Viersitzer aus Wyk hinaus gen Nieblum. »Ich kann Ihnen leider nicht versprechen, dass Sie nicht doch dorthin geraten. Aber wenn mein Plan aufgeht, dürfte der Landvogt sich in Ihrem Glanze sonnen.«

Während sie an unbestelltem Land und Weiden vorbeifuhren, deren taunasse Gräser im Morgenlicht Kohl einen bis dahin nicht gesehenen Grünton zeigten, wechselte der Gesichtsausdruck des Gendarmen zwischen sorgenvoll zerfurchter Stirn und glücklichem Strahlen. Er schien seine Überlegungen im Guten wie im Bösen durchzuspielen.

Bald wurden die ersten Baumkronen und der Turm von St. Johannis sichtbar, Nieblum lag vor ihnen. Mit einem Mal zog Kohl an den Zügeln, sprang vom Bock, griff nach seinem kleinen Koffer und eilte zu einem Gebüsch am Wegesrand, das ihn sogleich verbarg. Wenige Augenblicke später kam er mit beschmutzten Händen zurück und verstaute den Koffer wieder.

Der Gendarm hob die Augenbrauen. »Haben Sie etwas vergraben? Ich dachte, Sie wollten Beweise sichern und nicht vernichten.«

»Davon kann nicht die Rede sein, auch wenn Sie mit Ihrer Bemerkung der Wahrheit sehr nahekommen«, antwortete Kohl und setzte die Fahrt fort.

Endlich erreichten sie die Nieblumer Brauerei, wo gerade die Gläubigen aus der gegenüberliegenden Kirche kamen. Misstrauisch sahen sie zu dem Gendarmen aus Wyk hinüber, und bald löste sich aus einer Gruppe Männer ein älterer Herr und eilte mit bebendem Backenbart auf sie zu. Der Gendarm, der inzwischen vom Bock gestiegen war, salutierte, und Kohl verbeugte sich tief.

»Was macht die Polizei von Osterlandföhr bei uns in Westerlandföhr?«, fragte Trojel streng.

»Euer Wohlgeboren, es ist wegen der Ermordung des Ingwer Martens«, erklärte Kohl leise, bevor der Gendarm etwas sagen konnte. »Soviel ich weiß, hegen Uns Werth selbst beachtliche Zweifel an der Schuld des mordverdächtigen Pana, ist es nicht so? Ich dagegen habe Beobachtungen angestellt, die den Verdacht gegen Daniel Krückenberg begründen, den Sohn des Bierbrauers. Der Gendarm ist so freundlich, mit seiner Amtsautorität meinen Nachforschungen den nötigen Nachdruck zu verleihen.«

Trojel blickte ungehalten und doch neugierig von einem zum anderen. »Private Ermittlungen durch ausländische Polizei und einen Schriftsteller.« Er schnaubte ungehalten. »Hat man je so etwas gehört? Ich fürchte, es ist ganz und gar unmöglich, dass ich das gestatten kann.«

»Es geht um beseitigte Beweise«, erklärte Kohl, »die ich wieder herbeischaffen werde, und um ein fehlerhaftes Alibi. Ich bin gewiss, dass Sie dem Recht zum Durchbruch verhelfen können und alles in Panas Verfahren berücksichtigen, was ihn be- wie auch entlastet. Im Übrigen: Gibt es nicht Hinweise darauf, dass sich eine zweite Person am armen Ingwer Martens zu schaffen gemacht hat?«

Trojel rutschte ein überraschtes »Oh!« heraus, und Kohl schmunzelte.

»Vielleicht geben Sie uns die Ehre, den nächsten Ermittlungsschritten beizuwohnen«, fuhr Kohl fort und deutete nochmals eine Verbeugung an. »Wir sind hier, um mit Daniel Krückenberg und seinem Vater zu sprechen. Haben wir Ihre Erlaubnis?«

Trojel zögerte, dann nickte er. »Aber dann werde ich dabei sein.«

Kohl atmete auf. Den zuständigen Landvogt gegen sich zu haben hätte sein ganzes Unterfangen unmöglich gemacht. »Darf ich dann Euer Wohlgeboren hinüber in den Pferdestall bitten«, bat er den skeptisch dreinblickenden Trojel. »Jetzt sollten wir Daniel holen. Wo könnte der Junge sein?«

»Er hilft dem Vater im Ausschank«, meinte Trojel, und Kohl gab dem Gendarmen ein Zeichen.

»Aber ohne viel Aufsehen«, rief er ihm hinterher, »wir wollen hier keinen Auflauf, sondern in Ruhe ein Geständnis erwirken.«

Während Kohl unter den interessierten Augen Trojels im Pferdestall seinen Koffer abstellte und das mitgebrachte Schreiben glättete, trat auch schon Daniel Krückenberg in Begleitung des Gendarmen ein.

»Der Wirt war gerade nicht im Raum.« Der Gendarm grinste und schob Daniel zu Trojel und Kohl. Daniel zuckte zusammen, als er die beiden Herren erkannte, aber den Impuls, den Stall sofort wieder zu verlassen, ließ der Gendarm nicht zu.

»Beruhige dich, Daniel, wir sind ja miteinander bekannt«, sagte Kohl. »Auch wirst du euren Landvogt kennen, Wohlgeboren Trojel, nicht wahr? In seinem Auftrag werde ich eine kleine Befragung durchführen, bei der es auch um den Tod deines Freundes Ingwer geht.«

»Aber Sie haben mich doch schon befragt, etwas Neues kann ich dazu nicht sagen«, erklärte Daniel und verschränkte die Arme.

»Sehr richtig. Deshalb möchte ich unser Gespräch auch mit einem anderen Umstand beginnen«, antwortete Kohl und wies auf seinen kleinen Koffer. »Du kennst die Stelle, an der Ingwer gefunden wurde? Die Erde dort war ja seltsam aufgebrochen, als habe jemand etwas ausgegraben, was flach unter der Grasnarbe lag. Und du weißt auch, dass es auf der Insel Gerüchte gibt, dass Ritter Lembeck oder ein Wikingerfürst dort wertvolles Gut versteckt hat, Waffen, goldene Münzen und Geschmeide?«

In Daniels Blick lag etwas Lauerndes, und er beantwortete die Frage nicht. So öffnete Kohl seinen Koffer und entnahm ihm jene Teile, die Martin und er in der Nacht zuvor vom Hausskelett des Apothekers gefleddert hatten: Störtebekers Unterkiefer und einen Unterarmknochen. Beide waren inzwischen dreckverschmiert und wirkten wie frisch ausgegraben.

Kohl hielt sie Daniel hin, der aber keine Anstalten machte, sie anzufassen. »Sie stammen von dort. Weißt du, demjenigen, der diese Stelle zuerst geöffnet hat, stehen alle Funde zu. Ich habe mir diesen Bereich noch einmal genau angesehen und erst in der Dämmerung begonnen zu graben. Deshalb bin ich nicht sehr tief gekommen. Aber eins weiß ich: Diese Knochen hier gehören einem bedeutenden Krieger und wurden noch von einer Waffe bewacht, die darüber gelegen haben muss. Das Grab scheint unberührt, und wir dürfen daher mit einem Schatz rechnen.«

Trojel, der Kohls Plan nicht kannte, trat hinzu und fuhr mit den Fingern scheu über die Knochen.

»Ja, Uns Werth, ein herausragender Fund auf Westerlandföhr. Und diesem jungen Mitglied Ihrer Gemeinde hier gebührt die Ehre, die Erde dort als Erster aufgebrochen zu haben.«

Landvogt wie Gendarm entwich ein Ruf der Überraschung, Daniel hingegen legte entsetzt die Hand vor den Mund.

»Ja, du kannst dich noch so sehr hinter der harten Arbeit und deinem bescheidenen Wesen verstecken, ich habe es trotzdem herausgefunden«, log Kohl im Ton der Überzeugung und ließ den Jungen nicht eine Sekunde aus den Augen. Er war enttäuscht, dass Daniel sich verstockter zeigte als erwartet. Nicht einmal ein in Aussicht gestellter Schatz schien ihn zu locken, und so wechselte er das Thema. »Am Donnerstag – hast du da nicht hier in der Brauerei geholfen?«

Daniel nickte zögerlich. »Ja.«

»Was war es denn noch gleich?«

»Leere Fässer habe ich hin und her gewuchtet«, erklärte er. »Das war anstrengend.«

»Danach taten dir die Arme weh, ich weiß. Und später?«

»Abends war ich in der Rechenschule. Der Ingwer hat gefehlt.«

»Nun, dazu kommen wir vielleicht gleich noch«, meinte Kohl. »Denn ich frage mich, warum du niemandem etwas von deinem Fund bei der Lembecksburg erzählt hast? Ja, du hast sogar dein Tagwerk verschleiert.«

Daniels Miene verfinsterte sich, und Trojel wirkte ungeduldig. »Herr Kohl, also bitte, Sie haben mich gewiss nicht in diesen Pferdestall gerufen, um über einen Schatz zu streiten!«

»Höre, Daniel, du wurdest von Menschen gesehen, die dich kennen. An jenem Donnerstag hast du Fässer schrubben müssen und bist frühzeitig von dieser Arbeit davongelaufen. Zur Lembecksburg. Das mit dem Umladen war einen Tag davor, und da warst du nicht allein. Am Donnerstag jedoch hast du für dich gearbeitet und dich unbeobachtet gefühlt. Dann hast du bei der Burg etwas in der Erde gefunden, etwas Rostiges, aber Wertvolles, ist es nicht so?«

Daniel schaute zu Boden.

»Dein Fundstück hast du nach Hause gebracht und gut versteckt, doch es blieb nicht geheim. Ich darf den Gendarmen bitten, oben ins Strohlager über uns zu klettern und hinten an der Wand nach einer Holzkiste zu suchen, die er uns herunterbringt.«

Der Gendarm murrte, tat aber wie ihm geheißen. Holzbalken knarzten und Stroh raschelte, die Pferde schnaubten unruhig. Kohl stellte sich beiläufig zum Eingang des Stalls, um einer eventuellen Flucht Daniels zuvorzukommen. Doch schon bald stieß der Gendarm einen freudigen Ruf aus und kletterte mit der gesuchten Holzkiste herunter. Neugierig traten die Herren näher.

»Sollte Daniel nicht die Kiste öffnen?«, schlug Kohl vor. »Immerhin hat er darin alle seine Jungenschätze verwahrt. Auch das, lieber Daniel, weiß ich von einem Menschen, der dich sehr lange kennt. Möchtest du nicht?«

»Da ist kein Schwertgriff drin«, antwortete Daniel. »Was soll das hier alles?«

»Wer das Schwert gefunden hat, dem gehört auch der ganze Grabinhalt«, erklärte Kohl noch mal. Daniel jedoch schüttelte den Kopf. »Sei nicht so bescheiden. Natürlich ist das Schwert nicht mehr hier, denn dein Vater hat es gestern Abend dem Pastor von St. Laurentii gegeben, der es liebend gern in seine Sammlung übernommen hat.«

Dass diese Übergabe auch im Beisein des Osterländer Landvogts Dorrien geschehen war, behielt Kohl für sich. Vielleicht konnte er diese Karte noch zu einem Trumpf ausspielen. Daniel erbleichte, und Kohl zog das mitgebrachte Schreiben hervor.

»Wie du siehst, bin ich bestens informiert und sehe durch dich hindurch wie durch ein Glas Wasser. Alles ist klar. Aber eins müssen wir noch ansprechen«, betonte er und erhob seine Stimme im Ton eines Anklägers. Die Pferde in den Boxen wieherten. »Denn du warst nicht allein an der Lembecksburg, dein Klassenkamerad und Abenteuergefährte Ingwer Martens war mit dir dort, um gegen die Wikinger und Ritter an der Burg zu kämpfen.«

Zischend zog Trojel Luft durch die Zähne, doch Kohl ließ sich nicht unterbrechen. »Ich habe hier dein Geständnis vorbereitet, indem du zugibst, deinen Freund Ingwer erschlagen zu haben. Bedenke, in jeder Gerichtsverhandlung mildert es die Strafe, wenn der Täter freiwillig gesteht.«

Das laute Schimpfen einer Männerstimme lenkte die Aufmerksamkeit der Anwesenden zur Stalltür, die auch sogleich aufgestoßen wurde. Dort stand Vater Krückenberg mit seiner massigen Statur, das Gesicht hochrot. Immer wieder wischten seine Hände über die Lederschürze, während sein Blick aus verengten Augen vom einen zum anderen sprang.

»Was geht hier vor?«, brüllte er und zog seinen Sohn zu sich. »Ein geheimes Tribunal, abgehalten auf meinem Grund gegen das eigene Kind? Uns Werth, ist das die Gerechtigkeit des Königs? Nicht auszudenken, wenn mir meine Gäste nicht

Bescheid gesagt hätten. Sag, Daniel, was werfen dir die Männer vor?«

»Ich soll Ingwer erschlagen haben, mit dem Schwertgriff«, krächzte Daniel.

»Du? Womit?«

»Aber Herr Krückenberg, beleidigen Sie nicht unsere Intelligenz«, fuhr ihn Kohl an. »Mit dem Rest einer Waffe, scharf genug, dem Kopf des armen Opfers eine tödliche Wunde beizubringen. Rostig genug, um dort und auch in der Schatzkiste ihres Sohnes Materialspuren zurückzulassen. Und am Ende für ihren Erben gefährlich genug, dass Sie das Stück gleich gestern Abend weiterverschenkt und so aus dem Haus geschafft haben. Man hat Daniel gesehen, wie er sich von seiner Arbeit davonstahl, er hat ein falsches Alibi abgegeben.«

»Mich freut, dass Daniel sich in seiner Verzweiflung an seinen Vater gewandt hat«, erklärte Trojel in einem versöhnlichen Ton, der Kohl irritierte, »denn die Generationen sollen zusammenstehen. Und natürlich muss niemand gegen den eigenen Sohn aussagen. Aber Sie, Herr Krückenberg, dürfen auch kein falsches Zeugnis ablegen oder dem Verdächtigen helfen. Daniel muss ganz allein für seine Tat geradestehen.«

»Mein Sohn ist kein Mörder!«, donnerte Krückenberg. »Es gibt keinen Grund, warum er Ingwer hätte niederschlagen sollen.«

»Alles Harmonie, wie?«, höhnte Kohl. »Dabei war Daniel neidisch auf Ingwers klugen Kopf, zumal der Junge ihm körperlich unterlegen und ein Habenichts war. Und bei ihren Abenteuerspielen an der Burg kam es mehr als einmal zu ernsthaften Blessuren. Aber wissen Sie, was Ihren Sohn am deutlichsten verdächtig macht? Dass Sie die Tatwaffe verschwinden ließen«, erklärte er. »Welchen Grund sollten Sie dazu haben, wenn Sie nicht an seine Schuld glauben würden.«

»Vater, ich wollte –«

»Schweig!«, zischte Krückenberg. »Sie können dir nichts beweisen, die waren ja nicht dabei.«

»Das brauchen wir auch nicht«, betonte Kohl. »Das hat Ihr Sohn bereits erledigt. Denn allein er hat von dem Schwertgriff gesprochen, nicht wahr, Uns Werth? Niemand anderes hat gewusst, um welchen Tatgegenstand es sich handeln würde. Der Täter kennt die Waffe, die Waffe zeigt den Täter. Jetzt liegt sie in der Sammlung des Pastors Stedesand. Nun, Daniel, möchtest du nicht dein Gewissen erleichtern?«, lockte Kohl und hielt ihm das vorgefertigte Geständnis hin.

»Aber Ingwer war nicht tot!«, rief Daniel. »Nur verletzt. Er hat stark geblutet, konnte aber sprechen. Wir haben an der Burg wie immer gerauft. Der Boden dort ist weich, und plötzlich trat Ingwer gegen ein Stück Metall. Wir haben es aus der Erde geholt und waren ganz aufgeregt, als wir erkannten, dass es der Griff eines Schwertes mit dem Rest einer Klinge war. Zuerst haben wir uns im Spiel darum geschlagen, dann wurde es irgendwie ernster. Ingwers Schläge wurden roher, und es war gar nicht so einfach, mich zu wehren, auch wenn der kleiner war als ich.«

Daniel verstummte, und Kohl fragte ungeduldig: »Was geschah dann?«

»Auf einmal lag das Ding am Boden. In einer Bewegung fasste ich danach und schwang den Rest der Schneide hoch gegen Ingwer. Es war nicht gezielt, eher zog mein Arm im Schwung einen Halbkreis. Ingwer schrie auf und stürzte nieder, dann sah ich all das Blut. Ingwer lag im Gras, und ich wusste nicht, was ich machen soll. Um uns herum war viel Nebel, aber durch die Schleier hindurch sah ich weiter weg zwei Frauen auf einer Weide stehen. Und eine Kutsche kam auf die Lembecksburg zu. Da hat mich große Angst gepackt, und ich bin von der Burg geflohen. All das Blut. Ein Teil von mir hat gehofft, dass die Leute Ingwer helfen würden, ich selbst wollte bloß weg von dort.«

Kohl faltete sein vorbereitetes Schreiben zusammen.

»Wenn du Hilfe geholt hättest, anstatt davonzulaufen«, erklärte Trojel, »wer weiß, wie es dem Verletzten ergangen wäre?«

Daniel wandte sich ab, die Hände vor dem Gesicht.

»Und die hochgezogenen Ärmel und Hosenbeine«, setzte Kohl ungerührt nach, »und die eingeritzten Zeichen auf Ingwers Haut?«

Daniel riss den Kopf herum, wischte sich über die tränennassen Wangen und starrte ihn an. »Das war ich nicht! Das muss Pana gemacht haben, als er Ingwer gefunden hat.«

»Pfui, Daniel«, schimpfte Kohl. »Hast du nicht schon genug Elend über den armen Mann gebracht? Er ist gefangen und mordverdächtig, weil du zu feige warst, dich zu stellen. Und jetzt willst du ihm die nächste Gräueltat unterschieben?«

»Aber, aber! Wie die Dinge liegen, ist die Unschuld des Südseeinsulaners ja noch nicht bewiesen«, erklärte Trojel. »Gerade haben wir gehört, wie es zu den Verletzungen bei Ingwer Martens gekommen sein soll. Das sagt uns aber nicht, was dieser Pana so früh am Morgen an der Leiche zu tun hatte und warum er davonlief. Und diese seltsamen Ritzungen in der Haut, sehr kurios. Nun, so sind wir jedenfalls in der komfortablen Lage, gleich zwei Tatverdächtige präsentieren zu können. Jetzt gilt es, die Spreu vom Weizen zu trennen.«

Trojel gab dem Gendarmen von Osterlandföhr ein Zeichen, und dieser legte seine Hand auf Daniels Schulter.

»Ich werde die Vernehmung in der Landvogtei fortsetzen und einen ordnungsgemäßen Akt draus machen«, erklärte Trojel. »Immerhin obliegt mir die offizielle Untersuchung in diesem Inselteil. Vielleicht überzeugen wir den jungen Mann hier ja noch, dass eben Geschilderte auch zu unterschreiben. Einstweilen, lieber Herr Kohl, haben Sie unseren Dank. Mit Ihrem vorfabrizierten Schriftstück allerdings kommen wir nicht weiter.«

Trojel verließ mit den anderen den Stall, und Kohl blieb allein bei den Pferden zurück.

Ja, ja, dachte er und schnaubte verächtlich, nimm den Jungen ordentlich in die Mangel. Dein Wyker Amtsbruder wird dir sowieso nicht helfen. Auf Föhr gab es dieser Tage mehr als ein Geheimnis zu lüften.

So nahm er sein Notizbuch, blätterte es durch und konzentrierte sich auf die Informationen rund um Frau von Wolf. Was hatte sie zur Lembecksburg geführt? Hatte sie Ingwer noch blutend gefunden? Und warum war Laura verschwunden? Wenn jemand wusste, wo das Mädchen war, war es diese Frau.

Schnell rannte er vor den Stall und rief Trojel hinterher. »Uns Werth, noch eine Frage bitte, was ist mit Ingwers Schwester Laura? Wurde das Kind aufgefunden?«

Trojel sah ihn ungehalten an, schüttelte dann aber den Kopf. »Ihr Interesse für Belange der Insel ehrt Sie wirklich, Herr Kohl, aber Sie dürfen gewiss sein, dass wir hier sehr gut zurechtkommen. Die Männer aus Goting und Borgsum sind seit dem frühen Morgen unterwegs und durchkämmen Weiden und Wassergräben. Natürlich waren sie zuerst bei besagter Vogelkoje, die diese Madame von Wolf beschrieben hatte. Vergebens. Kein Zeichen von Laura, keins von einem in letzter Zeit zu Wasser gelassenen Boot. Dort jedenfalls wurde sie nicht versenkt.«

»Und Pana?«

»Der zeigt sich störrisch und leugnet jede Beteiligung an ihrem Verschwinden wie auch am Mord an ihrem Bruder. Ein verstockter Kerl. Aber dass er etwas verheimlicht, ja sogar Angst hat, ist deutlich zu spüren. Ich denke, wir sollten ihn gleich heute noch nach Wyk überführen und dort in Eisen legen. Damit er den Ernst seiner Lage erkennt.«

SCHWARZ GEGEN ROT

Noch im Morgengrauen dieses Sonntags hatte Mariane ihren Gefangenen im Stall aufgesucht und seine Fesseln so weit gelöst, dass es ihm mit etwas Geduld und Geschick selbst gelingen würde, sich zu befreien.

»Kein Wort von dir«, hatte sie gezischt. »Alle kennen dein aufbrausendes Wesen, auch deine lüsternen Blicke haben die Männer vom Suchtrupp gestern gesehen. Komm nie wieder in meine Nähe und untersteh dich, schlecht von mir zu sprechen. Ich bin die Postfrau, ich verbreite Nachrichten und werde nicht zögern, deinen Ruf gänzlich zu zerstören. Und wenn es sein muss, suchen dich einige kräftige Kerle des Nachts heim.«

Sie hatte den Mann im Stall zurückgelassen und war zum Pfarrhaus des Pastors Stedesand geeilt. Nach all den vergangenen Schrecken hatte sie in der dortigen Küche nach der Wärme menschlicher Gesellschaft gesucht und auf eine Tasse Kaffee gehofft. Ja, sie hatte sich sogar bereit erklärt, eine der Küchenmägde zur Messe in St. Laurentii zu begleiten.

Inzwischen war der Gottesdienst, den Mariane über sich hatte ergehen lassen, vorüber. Während der Predigt hatte sie an Pana und Laura gedacht. Dass Pana nun endgültig gefangen war, versetzte sie in große Unruhe, wusste sie doch, dass sie gegen die Haft nichts auszurichten vermochte. Konnten die Überlegungen zu Laura ihr sorgenvolles Herz da ablenken? Das Kind hatte, als es bei Frau von Wolf in der Küche war, etwas gegen diese Madame im Schilde geführt, das war ihr klar. War es, weil sie an Ingwers Todesort vorbeigefahren war? Mariane kannte auch die Gerüchte um diese Frau, nachgesagte Liebschaften und eine geplante große Reise, misstraute aber dem Wahrheitsgehalt. Wie viel Gerede gab es auf Föhr über das Jahr. Wenn nicht die Badegäste ihr seichtes Dasein mit gegenseitigem Klatsch würzten, belebten die Einheimischen gerade in den dunklen Monaten den üblichen Klöönsnack mit Phantasie. Was also war dran an den Geschichten?

So hatte sich Mariane nach dem Gottesdienst nach Wyk aufgemacht und stand nun vor dem Haus der Madame. Leer lag die Straße da, weder Kutschen noch Passanten waren zu sehen. Sie zog das Tuch vor ihrem Mund hoch bis unter die Augen, durchquerte den kleinen Vorgarten und öffnete die Haustür, ohne anzuklopfen. Wie viele Föhrer Häuser war auch dieses unverschlossen. Vorsichtig schlich sie zur Küche und lauschte. Es war still im Raum, keine Köchin, die geschäftig darin rumorte. Sollte auch die Madame außer Haus sein?

Ungewiss, was sie erwarten würde, stieg Mariane auf Zehenspitzen die Treppe hinauf. Als eine der Stufen knarzte, hielt sie inne, lauschte und schlich, da sie nichts weiter hörte, in das Reich der Madame von Wolf im Obergeschoss. Eine Mischung aus kaltem Tabakrauch und Veilchenwasser lag in der Luft, dann roch sie etwas anderes. Da brannte Papier. Vom Gang folgte sie dem Geruch und kam in einen Raum mit einem großen Tisch und mehreren Stühlen. Das musste das Speisezimmer sein, dachte sie und schrak zusammen. Denn vor einer Anrichte, den Rücken ihr zugewandt, stand Frau von Wolf in einem Kleid aus dunkelroter Seide. Rauch stieg über ihrem Kopf empor, und sie hielt ein Papier in der Hand, das an zwei Enden brannte.

Beweise!, blitzte es in Marianes Gedanken, sie verbrennt Beweise! Sie sprang vor, riss ihr das Blatt aus den Fingern, warf es zu Boden und trat das Feuer aus.

»Bodenloser Leichtsinn! Wenn es hier brennt, steht gleich der ganze Straßenzug in Flammen!«, rief sie vorwurfsvoll und schob die verdutzte Frau von Wolf beiseite, deren Kleid laut raschelte. Bei jedem Faltenwurf änderte die Seide ihren Ton. Neben einer flackernden Kerze erfasste Marianes hastiger Blick ein Durcheinander. Da lagen ein Lederfoliant mit Goldprägung, eine leere Zinnschale, ein geöffnetes Lederfutteral mit einer Landkarte, zwei Schiffspassagen und das etwas unscharfe Porträtfoto eines Mannes.

Schon hatte Frau von Wolf den ersten Schreck überwunden und stieß nun ihrerseits Mariane brüsk zurück. »Was erlauben Sie sich?«, keifte sie und versuchte gleichzeitig, das angebrannte Stück Papier aufzuheben. Doch Mariane war schneller und stopfte es in eine ihrer Kleidertaschen. Beide rangen miteinander, und Frau von Wolf gab nicht auf, an das Schriftstück zu gelangen. »Kommen herein wie ein Dieb, überfallen mich, elende Landtrine.«

»Sie haben Laura Martens verschleppt«, zischte Mariane und stieß Frau von Wolf mit einem gewaltigen Stoß gegen die nächste Wand. »Das Mädchen hat gewusst, was Sie im Schilde führen, und zuletzt wurde es mit Ihnen zusammen gesehen.« Mariane deutete auf die Gegenstände neben der Zinnschale. »Und nun wollen Sie Ihre Spuren verwischen. Sie und Werftbesitzer Schilling.« Entschlossen griff sie nach den Schiffsbilletts und der Karte und steckte auch diese ein. »Wo ist Laura, was haben Sie mit ihr gemacht?«, schrie sie und drohte mit erhobenem Arm einen Hieb an. Schwarz vermummt, wie sie war, glitzerten ihre Augen angriffslustig.

Beide Frauen überhörten in ihrer Erregung die schweren Schritte, die die Treppe heraufstürmten. Eine kräftige Hand riss Marianes Arm nach hinten und schleuderte sie herum. Beinahe wäre sie mit dem Kopf gegen den Türrahmen geschlagen und sah erschrocken den Mann an, der breitschultrig im Raum stand. Ein gewaltiger Backenbart zierte sein Gesicht, und ein muskulöser Bauch spannte eine mit goldfarbenen Knöpfen bestückte Kapitänsjacke.

Auch Frau von Wolf hielt inne, sah sich dann aber nach einer Möglichkeit um, dem wüsten Kerl zu entfliehen. Plötzlich erhellte sich ihre Miene zu einem ungläubigen Staunen, und sie kam einen Schritt näher.

»Kapitän Otto von Kotzebue?«, stotterte sie und schien dabei ganz die Anwesenheit von Mariane zu vergessen, die immer noch schwarz verhüllt im Raum stand. Aber auch Mariane konnte es nicht glauben, als sie den Namen vernahm. Der beinahe sechzig Jahre alte Mann grüßte militärisch und deutete eine Verbeugung an.

»Ebender, liebste Freundin, und ich scheine gerade rechtzeitig gekommen zu sein.« Mit einem Satz war er bei Mariane und legte seine Hand einem Schraubstock gleich um ihr Handgelenk. »Ich kam her, um meine Aufwartung zu machen, als ich von unten Geschrei vernahm und es mir so vorkam, als sei jemand in Gefahr.«

Sein Blick glitt von Marianes Haube bis hinunter zum Saum ihres schwarzen Kleides. »Was für eine seltsame Erscheinung hat sich denn hier eingeschlichen? Diese Maskerade erinnert mich sehr an die afrikanische Wüste. Sind Sie denn wohlauf?«, zeigte er sich gegenüber Frau von Wolf besorgt, die sich schnell wieder fasste.

»Ich bin unverletzt«, seufzte sie, rang aber die Hände. »Welch schicksalhafte Fügung, Sie sendet der Himmel. Meinen Retter in der höchsten Not! Denken Sie nur, ich habe diese Landfrau beim Plündern überrascht. Schauen Sie in ihrer Kleidertasche nach, der Brief und die Reisebilletts dort gehören mir.«

»Und die Landkarte nicht?«, spottete Mariane und versuchte sich aus dem harten Griff zu befreien. »Sind Sie nicht der Kapitän, der mit dem Schiff ›Rurik‹ die Welt umsegelt hat? Lernt man da, so mit Frauen umzugehen?« Von Kotzebue starrte sie mit offenem Mund an. »Und auf den Osterinseln, haben Sie nicht einen jungen Insulaner mitgenommen, der Sie dann begleitet hat?«

Kotzebue nickte und schien zu versuchen, durch den Augenschlitz der Vermummung hindurch zu erkennen, wer da so viel über ihn wusste. So lockerte sich sein Griff, und Mariane riss sich los. Doch statt zu fliehen, fasste sie in ihre Kleidertasche und holte hastig die Beweisstücke hervor.

»Auf Föhr wurde ein Junge erschlagen«, erklärte sie in anklagendem Ton und deutete auf Frau von Wolf. »Diese Dame war am Tatort. Dann wird die kleine Schwester des Ermordeten verschleppt, Laura. Madame war mit dem Mädchen zuletzt zusammen. Und das hier«, sie hielt die Papiere in die Höhe, »wird uns erklären, warum all das geschehen musste.«

Kapitän von Kotzebue sah verständnislos von Mariane und den Schriftstücken in ihrer Hand zu Frau von Wolf. Es fiel ihm sichtbar schwer, sich auf die Geschichte einen Reim zu machen. Unbeirrt fuhr Mariane fort: »Aber wo ist Laura? Vielleicht können wir sie noch retten.«

»Lieber Freund, schenken Sie dem irren Gerede kein Gehör«, rief die Madame mit schriller Stimme. »Diese Anschuldigungen sind allein das Produkt dieser überspannten Föhrerin und entbehren jeder Grundlage. Mehr als eine Frau auf der Insel hat den Verstand verloren. Mangelhafte Ernährung, Einsamkeit und die übers Jahr fehlende Sonne verdunkeln den Geist dieser Menschen. Was habe ich mit einer Mordsache und einem entlaufenen Landmädchen zu schaffen? Ich habe hier die Badesaison verbracht und bin im Begriff abzureisen. Die Saison endet. Da käme es mir ganz recht, wenn Sie mich aus alter Freundschaft so bald wie möglich hinüber ans Festland bringen könnten.«

Sie wandte sich an Mariane, streckte ihre Hand aus und lächelte sie kalt an. »Darf ich um meine Sachen bitten. Auf eine Anzeige werde ich verzichten, bei Ihrem beklagenswerten Geisteszustand ist da nicht viel zu erwarten. Hauptsache, ich komme bald von hier fort. Ich fürchte, lieber Freund, die glanzvolle Zeit der hiesigen Gesellschaft ist vorüber.«

»Wie bedauerlich«, sprach ein weiterer Mann, der schon eine Weile unbemerkt vor der geöffneten Tür des Speisezimmers gestanden hatte. Landvogt Dorrien.

»Unten im Haus war niemand, mich anzukündigen, deshalb habe ich den Weg allein gefunden«, entschuldigte er sich mit einem steifen Lächeln. In den Händen hielt er ein graues Stück Stoff, mit dem seine Finger spielten. »Das hat mir eben erst Apotheker Leisner zurückgebracht«, erklärte er Frau von Wolf, die erschrocken auf den Fetzen blickte. »Das schlechte Gewissen stand ihm auf die Stirn geschrieben, möchte ich betonen. Laura Martens nennt sehr wenig Kleidung ihr Eigen, und der Lumpen hier, der sieht ihrem Kleid ähnlich, meinte auch Leisner.«

Dorrien hielt sich den Lappen vor die Nase und schnüffelte mit widerwilliger Miene. »Ein seltsam chemischer Geruch, finden Sie das nicht auch, Madame? Bei meiner Frage, was es damit auf sich hat, wollte der Apotheker nicht recht heraus mit der Sprache, gab sich ahnungslos. Obwohl ich ihn wirklich ins Stottern brachte, blieb ich ohne Antwort. Immerhin gab er zu Protokoll, die verschwundene Laura noch gesehen zu haben, als er Sie, Madame, in seiner Apotheke bediente. Das war erst gestern Nachmittag, kurz bevor das Mädchen verschwand. Wenigstens zu dieser Aussage konnte er sich durchringen.«

Dorrien machte einen Schritt nach vorn. »Die Landkarte, den Brief und den Rest nehmen wir mit. Als Landvogt muss ich die Sache nun wirklich gründlich untersuchen. Wenn ich Sie dann bitten dürfte, meine Kutsche wartet draußen. In der Tat, die Saison geht wenig glanzvoll dem Ende zu.«

LIEFERUNG UND BERGELOHN

»Hier, mein Kind, der Willem ist kein Unmensch.« Er stellte einen Blechnapf so nachlässig auf den Boden, dass die Hafergrütze darin über den Rand schwappte. Ihn umwehte torfiger Rauch. Er zog das Segeltuch beiseite, unter dem Laura die kalte Nacht verbracht hatte, und löste ihre Fesseln wie auch den Knebel. »Iss, noch ist dein Frühstück warm.«

Willem beobachtete, wie Laura zitternd zugriff. Wichtiger, als den Hunger zu stillen, war ihr die Wärme, die der Schale entströmte. Sie führte die Grütze zum Mund, dann sah sie ihn fragend an.

Er lachte auf. »Natürlich, ein Löffel! Wie konnte Willem das nur vergessen.« Er zog einen Holzlöffel aus der Hosentasche, wischte ihn am fleckigen Ärmel sauber und steckte ihn in ihren Napf.

Dann tastete er nach dem Messer, das hinter ihm auf dem Boden lag, prüfte mit dem Daumen die Schneide und fuhr ihr mit seiner rußigen Hand durch das Haar. Strähnig war es geworden, die geflochtenen Schaukeln an den Ohren hatten sich gelöst. »Niemand weiß, wie der Tag für dich enden wird, Prinzessin, aber du sollst ihn wenigstens in einem guten Zustand beginnen.«

Laura verstand die Drohung, schob aber die aufsteigende Furcht beiseite und konzentrierte sich auf das Essen. Müde war sie und fühlte sich am ganzen Körper zerschlagen. Denn nicht allein die Kälte und die unbequeme Fesselung hatten sie am Schlaf gehindert, sondern auch das röhrende Schnarchen ihres Bewachers, sobald er sich vor die Tür des Verschlages gelegt hatte.

Während sie kaute und schluckte und ihr dabei langsam wärmer wurde, dachte sie darüber nach, wie sie diesem Salzbrenner entkommen konnte. Zwar hatte der grobe Kerl ihr bisher nicht wirklich etwas zuleide getan, doch sie fürchtete, dass sich dies ganz schnell ändern könnte. Außerdem wollte sie zu ihrer Mutter, die sich in ihrer Sorge gewiss um den Rest ihres Verstandes brachte.

Ruckartig wand Willem ihr den Löffel aus der Hand und griff nach der Grütze. »So, min Deern, nun wollen wir unser Tagwerk beginnen. Der Willem hat viel darüber nachgedacht, was er mit dir anstellen wird. Etwas Geld sollte er für diesen seltsamen Fund schon bekommen.«

Damit knebelte und fesselte er Laura erneut, die sich nicht wehrte und so darauf hoffte, dass sie weniger stramm gebunden wurde. Unsanft stieß er sie auf das Segeltuch, schlug es über ihr zusammen und schleifte sie aus seiner Hütte. Wieder hörte sie das Rauschen der nahen Wellen, dann das Schnauben des Pferdes. Doch diesmal meinte sie auch andere Männerstimmen wahrzunehmen, die murmelnd zu ihr drangen. Sogar ein unterdrücktes Lachen erklang. Sprach Willem mit seinen Kollegen? Viele Worte jedenfalls wurden nicht gewechselt. Wie am Tag zuvor landete sie wie ein Bündel Bergegut auf dem Leiterwagen, die Zügel knallten und das Pferd zog an. Vorsichtig, damit ihr Entführer nicht auf sie aufmerksam wurde, bewegte Laura sich hin und her und löste das Segeltuch vor ihrem Gesicht. Mit ihrer Wange scheuerte sie über die groben Planken der Ladefläche und verschob so nach und nach den Stoffstreifen, den Willem ihr über den Mund gebunden hatte.

Hellgrau war das Stück Himmel, unter dem sie, beschienen von einer blassen Sonne, dahinrollten, und Laura erkannte, dass sie nach Osten fuhren. Vielleicht nach Nieblum oder gar nach Wyk? Dass sie bald ein Dorf durchquerten, verrieten ihr die bellenden Hunde und der Geruch nach Schweinen. Immer wieder vermeinte sie, das Klappern entfernter Pferdehufe hinter sich zu hören. Doch kaum hatte sie den Mut gefasst, sich bemerkbar zu machen, spürte sie mit einem Mal die tastende Hand Willems, der das Segeltuch über ihrem Gesicht zuzog. Aber er konnte sich nur entweder auf seine Fracht konzentrieren oder die Kutsche lenken, und so schaute sie schon bald wieder in den Himmel. Als sie Gespanne passierten und irgendwelches Landvolk zu Fuß, zeigte Willem sich einsilbig und brummte allerhöchstens einen Gruß.

Irgendwann, Laura hatte das Gefühl für die Zeit verloren, säumten hohe Baumkronen ihr Sichtfeld, und es roch nach Torffeuern. Das musste Nieblum sein, dachte sie und zerrte an ihrer Fesselung. Viele Menschen wohnten hier, waren sicher auch draußen unterwegs und würden ihr helfen, wenn sie auf sich aufmerksam machte. Doch wie aus heiterem Himmel fuhr Willems Faust auf sie nieder. Wieder und wieder schlug er auf das Bündel aus Segeltuch ein, traf ihre Schulter, die Brust, den Kopf.

»Keinen Mucks machst du, keine Bewegung, sonst fahr ich dir mit dem Messer in den Leib. Wäre schade um den schönen Stoff.«

Laura erstarrte und verbiss stumm den Schmerz, da waren die Baumkronen schon wieder verschwunden, und sie rollten weiter. Wenn er die Richtung beibehält, dachte sie, werden wir bald in Wyk sein. Wie will er bei den vielen Menschen dort verhindern, dass mich jemand sieht? Aber noch bevor sie sicher war, dass die Fahrt wirklich nach Wyk ging, spürte sie, wie der Weg in einem Bogen nach links führte, dann roch sie wieder den torfigen Rauch der Hauskamine.

Er umfährt den Ort, erkannte sie, oft war sie den Weg von Goting über Nieblum zu Fuß gegangen. Ein Gefühl von Panik stieg in ihr auf, denn sie war sich nun gewiss, dass die Fahrt in die einsame Marsch führen würde, weg von den Menschen.

Vielleicht brachte er sie zurück zu dem abgelegenen Verschlag am Deich? Was würde er dann mit ihr machen? Der Kerl war ihr ein Rätsel. Warum schleppte er sie hierhin und dorthin, welchen Sinn hatte das? Konnte er mit dem etwas anfangen, was sie ihm über Schilling und Frau von Wolf erzählt hatte? Erschauernd dachte sie an die Vogelkoje und die Pesttoten, die man vor langer Zeit begraben hatte.

Mit einem Mal schwenkte der Wagen deutlich nach rechts, und Laura horchte auf. Rufe erschallten, Hundegebell und das Klappern von Pferdehufen. Die Geräusche der Stadt. Außerdem roch es immer noch nach Torf. Sie hatten Wyk nicht verlassen, sondern waren, wenn sie sich nicht täuschte, auf dem Weg zum Hafen. Darauf bedacht, die Aufmerksamkeit Willems nicht wieder auf sich zu ziehen, bewegte sie ihren Kopf vorsichtig hin und her und befreite sich immer mehr von dem sie bedeckenden Segeltuch. Ja, sie konnte sogar spüren, wie der Wind in ihr Haar fuhr. Der aber brachte nicht nur einen Hauch von Freiheit, sondern trug ihr auch den starken Geruch nach Pferden, Urin und Mist zu. Es roch eher wie auf einem Dorf als nach der Stadt. Für einen Moment schaffte sie es trotz ihrer Fesseln, den Kopf zu heben, und sah über den Rand des Leiterwagens hinweg einen Misthaufen vor einem großen Stall, dem Wyker Kutschendienst. Und unverhofft erkannte sie Martin, der eine Schubkarre schob. Ihr Blick verfing sich in seinem, und sie bäumte sich auf, um seinen Namen zu rufen. Da sauste Willems Faust gegen ihre Stirn, und ihr wurde schwarz vor Augen.

Aber Martin, dem zuerst das blonde, wehende Haar auf der Ladefläche aufgefallen war, hatte sie erkannt. Ohne einen Wimpernschlag zu zögern, ließ er die Mistkarre los und folgte dem Leiterwagen, versteckt hinter Fässern, Hausecken und allerlei Gerätschaften. Je näher das Gefährt dem Hafenbecken kam, desto langsamer rollte es und kam endlich an der Werft von Friedrich Schilling zu stehen.

Kohl kletterte vom Bock des Gespanns und schaute neugierig die Fassade des Pastorats in Süderende entlang. Weiß getüncht, mit Fenstern voll glänzender Butzenscheiben hinter einer Reihe gestutzter Linden, versprach sie Gediegenheit. Der Prediger von St. Laurentii lebte nicht schlecht. Noch den Türklopfer in der Hand, wurde ihm auch schon geöffnet, und Stedesand selbst stand ihm gegenüber.

Kohl zog seinen Zylinder und verbeugte sich. »Moin, Herr Pastor, darf ich Sie am Tag des Herrn stören?«

Stedesand brummte, fuhr sich durch den Bart unterhalb seines Kinns und ließ Kohl in den dunklen Hausflur eintreten. Es roch nach Gebratenem und Zwiebeln. Die Vorbereitungen für das Mittagsmahl waren in vollem Gange.

Der Pastor wies seinem Besucher den Weg in die Stube. Hohe, gerade Lehnstühle umstanden einen Mahagonitisch, das gute Porzellan im Vitrinenschrank war ohne jedes Dekor. Kein Bild zierte die Wand, dafür zeigte sich das Messingpendel der Uhr aufs Äußerste poliert. Trotz des Bratenduftes mochte bei Kohl in dieser kühlen Nüchternheit keine Behaglichkeit aufkommen.

»Was führt den Schriftsteller denn in unser bescheidenes Dorf?«, begann Stedesand die Unterhaltung noch im Stehen und sah ihn aufmerksam an.

»Gestern Abend bat ich darum, mir Ihre Kirche bei Tageslicht ansehen zu dürfen«, antwortete Kohl. »Leider macht ein neues Geständnis zum Tod des Ingwer Martens anderes dringlicher.«

Stedesand räusperte sich und bedeutete ihm, Platz zu nehmen. »Sie machen mich neugierig. Ist die Täterschaft dieses Pana nicht zweifelsfrei erwiesen?«

Wieder fuhr er sich durch seinen dunklen Bart, und Kohl fühlte den lauernden Blick.

»Nun, wie es scheint, wurde der arme Junge mit einer antiken Waffe erschlagen«, erklärte Kohl. »Eine aus der Wikingerzeit oder sogar noch älter. Soweit ich weiß, sind Sie für derlei Funde auf Föhr der Experte, und so möchte ich Sie bitten, mir Ihre Sammlung zu zeigen. Als Schriftsteller gedenke ich über diesen einmaligen, grausamen Mordfall auf Ihrer Insel zu berichten und bin um Anschauungsmaterial verlegen.«

»Meine Artefakte sind wenig vorzeigbar«, erklärte Stedesand seltsam entschlossen und erhob sich. »Ein Schwertgriff, eine rostige Messerklinge, die Überreste eines mit Bronze geschmückten Gürtels, Bronzenadeln und Fibeln kann ich Ihnen bieten, nichts davon in gutem Zustand.«

Er verließ die Stube und trat, ohne sich nach Kohl umzusehen, in einen kleinen Raum auf der gegenüberliegenden Seite des Flures. Durch ein schmales Fenster fiel etwas Licht auf drei Vitrinentische. Unter verstaubten Glasscheiben lagen die Gegenstände der Altvorderen, die die Föhrer Erde freigegeben hatte.

Neugierig kam Kohl näher. Fehlende Fingerabdrücke in der unversehrten Staubschicht schlossen aus, dass die Tische vor Kurzem geöffnet worden waren. Er erinnerte sich an das Gespräch über Waffenfunde, das er mit Stedesand bei der Wyker Abendgesellschaft geführt hatte, und zeigte auf den einzigen Schwertgriff, der in den Vitrinen lag.

»Haben wir nicht einmal hierüber gesprochen? Wie schade, da ist ja überhaupt keine Klinge mehr zu erkennen.«

»Nicht wahr, bedauerlich. Dabei sollten wir dankbar sein, diesen Griff vor dem Pflug des Bauern noch gerettet zu haben, Funde dieser Art sind äußerst selten.« Stedesand lächelte.

Kohl nickte ihm freundlich zu, dann wurde seine Miene ernst. »Umso stolzer dürften Sie aber nun auf die Erweiterung Ihrer Sammlung sein, Herr Pastor.« Der zog die Augenbrauen zusammen. »Ein Schwertgriff mit einem Stück der Klinge, zwar rostig und bröselig, aber aussagekräftig. Man bekommt eine gute Vorstellung von so einer Waffe, finden Sie nicht?«

Stedesand räusperte sich und zupfte sich am Bart. Kohl sah Schweiß auf seiner Stirn. »Ich frage mich, warum Sie das neue Artefakt noch nicht unter Glas gelegt haben. Ist es, weil Sie nicht sicher sein können, dass Sie es behalten werden? Gab es Vorbehalte bei der Übergabe, Bedingungen gar?«

»Ich verstehe nicht«, stotterte Stedesand. »Wovon sprechen Sie da?«

»Daniel Krückenberg hat gestanden, Ingwer Martens mit dieser Klinge erschlagen zu haben«, behauptete Kohl. »Es ist jene, die Ihnen Landvogt Dorrien und der Brauer gestern Abend selbst übergaben und die Sie im Ärmel versteckt aus

Nieblum schmuggelten.« Kohl schmunzelte. »Nun, wo ist das gute Stück? Sie müssen wissen, dass sich das Blut des Erschlagenen noch daran befindet und wir es mit einem Mordwerkzeug und Beweisstück zu tun haben.«

»Das hat mir keiner gesagt«, erwiderte Stedesand, ging zu einem Regal, tastete im obersten Fach nach einem unterarmlangen Stoffbündel und legte es auf eine der Vitrinen. Konzentriert löste er den Stoff, und bald lag der Schwertrest vor Kohl, mit dem Daniel zugeschlagen hatte. Nur mit den Fingerspitzen hielt er den Griff und das abgebrochene Klingenende gegen das Fensterlicht. Dunkel glänzten die Flecken, die den Rost überlagerten. Ingwers Blut.

»Der alte Krückenberg hat gesagt, sein Sohn habe die Klinge zusammen mit dem jungen Martens gefunden«, murmelte Stedesand und vermied es, Kohl dabei anzusehen. »Und der Landvogt von Osterlandföhr war der Meinung, dieser Umstand würde bei der Aufklärung des Mordfalls unnötige Verwirrung bringen, der Mörder stehe ja fest. Solange ein Urteil noch nicht gesprochen und der Fall nicht bei den Akten sei, solle ich dieses schöne Stück unter Verschluss halten.«

»Der Sachverhalt wird inzwischen anders betrachtet«, erklärte Kohl. »Mit Ihrer Erlaubnis werde ich dieses Corpus Delicti dem Landvogt übergeben, er dürfte sich mittlerweile besonnen und dafür eine Verwendung haben. Mit Glück wird auch niemand etwas von Ihrer eitlen Sammlerlust erfahren.«

Martin verfolgte den Leiterwagen bis zum Werftgebäude am Hafen, zu dem auch ein großer Hof und scheunenartige Bauten gehörten. Es roch nach Teer und geschlagenem Holz. Bald verschwand das Gespann im Hof. Niemand sonst befand sich dort, die Werft lag in sonntäglicher Ruhe. Er versteckte sich hinter einem Stapel Holzbretter neben dem Hofeingang und beobachtete, wie Willem vom Bock sprang und den Nebeneingang zum Haus betrat. Doch anstatt darin zu verschwinden, stieß er nur die Tür auf.

»Heda, Werftbesitzer Schilling!«, rief er donnernd. »Euer Wohlgeboren sollten einmal herunterkommen. Es ist wichtige Fracht angelandet für die große Fahrt ins Amazonasland.« Er verstummte und lauschte auf eine Reaktion im Treppenhaus. »Keine Zeit verschwenden, Durchlaucht, sonst kommt das Paket in weniger wohlmeinende Hände.«

Nach einer Weile ächzte die Treppe unter den Schritten eines schweren Mannes, und Willem wich zurück an den Wagen. Prüfend zog er das Segeltuch zurecht, schlurfte nach vorne zu seinem Pferd und tätschelte den Hals des Tieres.

Schilling schritt zögerlich in den Hof, schaute misstrauisch umher und ging zum Leiterwagen. »Willem, du?«, begann er überrascht, »was lieferst du mir denn? Und in wessen Auftrag? Amazonasland, das klingt wirklich kurios.«

»Ganz wie Herr Direktor meinen«, sagte Willem und trat zu seiner Fracht.

Plötzlich regte sich etwas unter der Abdeckung, und Schilling zuckte zusammen. Willem lachte rau, griff in die Tasche seines Rocks und hielt das Seemannsmesser in der Hand, bevor er das Segeltuch beiseiteschlug. Schilling schreckte zurück, als Lauras blondes Haar, dann ihr staubbedecktes Gesicht ans Licht kam. Ihre Augen waren schreckgeweitet.

»Was zum Kuckuck … wie um alles in der Welt … ja, was soll …«, stotterte Schilling und sah immer wieder zwischen der Lieferung und Willem hin und her.

»Nicht wahr, die Deern ist Hochwohlgeboren bestens bekannt«, sprach der und grinste. »Die Mitwisserin sollte verschüttgehen, oder? Was muss sich dieses unvernünftige Kind auch in die Belange der hohen Herrschaften einmischen, das gehört sich nicht. Der Willem hätte es genauso gemacht wie Madame und Herr Werftdirektor.«

»Was weißt du denn schon?«, blaffte Schilling und ballte die Fäuste. Sein schwerer Kopf lief rot an, doch der Anblick des Messers hielt ihn zurück.

»Der Willem wird die Deern allein gegen einen ordentlichen

Bergelohn zurückgeben«, erklärte der mit fester Stimme und fuhr mit der Messerklinge Lauras Arm und Hals entlang, ohne sie zu verletzen. »Das Mädchen weiß nicht nur etwas über das brasilianische Abenteuer, Herr Consul, sondern auch über den Tod ihres Bruders und Verstrickungen, die ich hier nicht benennen mag.«

Er legte den Kopf in den Nacken und schaute zu den Fenstern hoch, die zum Hof hin lagen. »Ist die Frau Consul eigentlich im Bilde, was ihr Ehemann da ausheckt«, raunte er in verschwörerischem Ton und schielte zu Schilling. »Der Willem könnte natürlich versuchen, bei *ihr* einen guten Preis für die Fracht herauszuschlagen.« Er fasste nach Lauras Gesicht, drückte es auf die Ladefläche, knotete ihren beinahe gelösten Knebel wieder fest und schlug das Segeltuch über ihr zusammen. Fordernd und lauernd starrte er Schilling fragend an, der schwer atmend überlegte.

»Ich habe nicht viel Geld im Haus«, meinte der leise.

»So? Nun, der Willem akzeptiert die Münzen der Preußen, für die der Consul arbeitet, wie auch das Geld unseres dänischen Königs, dem Herr Direktor untertan ist«, sprach er und überprüfte bei seinem Gaul den Sitz des Zaumzeugs, als sei ihm der Handel nicht so wichtig. Doch aus den Augenwinkeln beobachtete er, wie Schilling nachsann. »Ist die Deern und all ihr Wissen unter Kontrolle, steht der großen Freiheit nichts mehr im Weg, ist es nicht so? Was sind dagegen ein paar Silbertaler. Der Willem würde sich gern ein kleines Boot kaufen oder einen Badekarren sein Eigen nennen, dann bräuchte er ihn nicht mehr für den Tag zu mieten. Das ist kein zu hoher Preis für ein neues Leben unter der Sonne Amazoniens«, seine Stimme rutschte ins Flüstern, »und in den Armen einer so klugen Madame.«

»Das kommt alles zu hastig, zu unvorbereitet«, murmelte Schilling wie zu sich selbst. »Und was soll inzwischen mit dem Mädchen geschehen?«

Willem zuckte die Schultern. »Vielleicht ist die Deern unvorsichtig und bricht sich in der Nacht am Kai den Hals oder fällt in einem der Gräben ins Wasser und ertrinkt? Ist sie einmal verschwunden, wird bald kein Hahn mehr nach ihr krähen.«

Laura, die das ganze Gespräch ja mit anhörte, erfasste Panik. Das also hatte er mit ihr vor. Wie wild zerrte sie an ihren Fesseln und versuchte um Hilfe zu rufen, doch ihr gelang nur ein schrilles Quieken. Tränen stiegen in ihr auf, als Willem auf sie einschlug, bis sie sich aufgegeben hatte.

»Nun, Herr Consul sollten sich entscheiden. Die Deern gegen eine gute Belohnung oder der Willem wird sie anderweitig zu Geld machen. Dann scheinen mir die Träume von der Lust im Regenwald ausgeträumt.«

Schilling nickte, fuhr sich durch den Backenbart und ging grübelnd ins Haus.

Martin, der die Szene von dem Holzstapel aus beobachtet und auch den ein oder anderen Wortfetzen verstanden hatte, kaute nervös auf der Unterlippe. Von seinem Platz aus war Willems Seemannsmesser gut zu sehen gewesen. Hastig blickte er in Richtung des Hafenbeckens, dann wieder über den Hof. Zwischen ihm und dem Leiterwagen stand eine mit allerlei Gerätschaften umstellte Werkbank. An die fünfzehn Schritte müsste er ungesehen über die freie Fläche schaffen, um Laura näher zu sein. In diesem Moment war der abgerissene Kerl die einzige Gefahr. Martin tastete am Erdboden nach einem faustgroßen Stein, nicht ohne sein Ziel aus den Augen zu lassen. Entschlossen schleuderte er ihn über den Hof und duckte sich, als das Geschoss gegen eine Stalltür krachte. Willem zuckte zusammen, zog sein Messer und wandte sich dem Geräusch zu. Böse blinkte die Klinge im Licht. In diesem Moment wollte Martin loslaufen, fühlte aber mit einem Mal eine raue, nach salziger Asche schmeckende Männerhand über Mund und Nase und erschrak. Das Gewicht kräftiger Körper drückte ihn unter Keuchen hinter den Holzstapel.

»Hiergeblieben«, raunte jemand, »das ist unser Fang.«

Der Schreckenslaut, der Martin gedämpft entwich, ließ Willem wieder herumfahren. Eher prüfend als misstrauisch schaute er zum Hofeingang, wandte sich dann aber wieder dem Leiterwagen und der unter dem Segeltuch liegenden Gefangenen zu. Der Knall gegen die Stalltür schien ihn nicht mehr zu interessieren.

Inzwischen war es Laura trotz aller Angst und Benommenheit gelungen, ihre Fesseln so weit zu lösen, dass sie die Arme und Hände etwas bewegen konnte. Ängstlich hatte sie dem Knirschen der Schritte gelauscht und unter der Plane begonnen, die Beinfesseln zu lockern. Schweiß lag auf ihrem Gesicht, und ihr Atem ging in panischen Stößen. Wie viel Zeit ihr blieb, wusste sie nicht. Doch mit jedem Fingerbreit gelöster Fesseln fühlte sie sich ihrer Freiheit näher. In ihrer Anstrengung aber hatte sie nicht mehr auf die Geräusche geachtet. Plötzlich fuhr die Messerklinge durch das Segeltuch an ihrer Nase vorbei ins Holz. Wimmernd erstarrte sie.

»Beweg dich nicht, hat der Willem gesagt. Der feine Herr Werftbesitzer soll dich in einem Stück bekommen, das kann ja nicht so schwer sein«, hörte sie Willems Stimme.

Aber seltsam, etwas hatte sich geändert. Laura hatte das Gefühl, dass er den letzten Satz eher nachlässig als drohend ausgesprochen hatte. Dabei sprach die Klinge, die im Halbdunkel noch vor ihren Augen im Holz steckte, weiter eine gefährliche Sprache. Sie schluchzte auf.

Wenn ich mich einfach von hier wegträumen könnte, dachte sie flehend, weit weg nach Hause.

»So, damit wollen wir das Geschäft besiegeln«, vernahm sie wieder die Stimme Schillings.

Rau lachte Willem auf, und jemand zog die Messerklinge aus dem Holz. »Wie viel ist sie Euer Wohlgeboren denn wert?«

Laura hörte ein Klimpern, wie wenn Münzen aufeinanderfallen. Die schwereren klangen lauter, die kleineren heller. Die schweren überwogen.

»Ja, damit kommen wir ins Geschäft«, sprach Willem,

Freude lag in seiner Stimme. Mit einem Mal schlug jemand das Segeltuch zurück, und Laura blinzelte ins Licht. »Wie gesagt, sie könnte ertrinken oder unglücklich stürzen«, wiederholte Willem, und Lauras Augen weiteten sich.

Schilling schaute unwirsch auf seine Neuerwerbung. »Die Deern werde ich gewiss nicht hier über den Hof spazieren lassen, und ihre Fesseln muss ich noch überprüfen, nicht dass sie mir wegläuft. Du wirst sie mir jetzt gleich in den Stall fahren, wo sie niemand sieht.«

»Ganz wie der Generaldirektor wünschen. Aber rübertragen wird doch reichen«, sprach Willem, beugte sich über Laura und drückte ihr in einem unbeobachteten Moment sein Seemannsmesser in die gefesselte Hand.

Reflexhaft, aber verwirrt umfasste sie den Holzgriff, spürte die Maserung, dann schlug Willem das Tuch über ihr zusammen. Laura sah noch sein verschwörerisches Grinsen, dann wurde sie hochgehoben.

DER BROCKHAUS

Als an diesem Morgen Frau von Wolf und Mariane Brodersen in die Kutsche des Landvogts Dorrien gebeten worden waren, geschah dies unter den Augen der Köchin, die gerade die Straße heraufkam. Sie schleppte einen Korb mit Gemüse aus ihrem Garten, um es ihrer Madame zu servieren. Die Blicke Marianes neben der erbleichten Frau von Wolf hatten etwas Alarmierendes, doch dann stieß sie auch noch im Hauseingang auf Kapitän von Kotzebue. Mit einer Geste des Bedauerns erklärte ihr der stattliche Herr sein Unverständnis über die Geschehnisse rund um einen Mordfall, Reisebilletts und eine Landkarte.

»Wenn es nicht so absurd klänge, würde ich meinen, auch Madame ist verhaftet worden«, sprach von Kotzebue und trat nachdenklich auf die Straße.

Die Köchin, die entsetzt zugehört hatte, dachte an Laura und erinnerte sich, dass das Mädchen in ihrer Küche wie auch oben in der Wohnung gewesen war. Mit heißen Wangen, schwer atmend, stürmte sie hoch in die Räume. Erst als sie den verbrannten Geruch und einige Aschereste wahrnahm, änderte sich ihre Aufregung hin zu einem konzentrierten Suchen. In einem Papierkorb fand sie das kleine Messer, das Madame stets in ihrem Ärmelaufschlag getragen hatte, und eine herausgerissene Buchseite, die zu dem schweren Folianten zu passen schien, der allein auf der Anrichte lag. Als sie die Darstellungen auf dem Blatt genauer besah, erschrak sie, kam dann aber ins Grübeln. Sie griff das Buch, nahm Messer und Seite an sich und ging leise ächzend die Treppe hinunter.

Wenig später stand die Köchin nun, die Sachen in den Händen, in der Amtsstube der Landvogtei von Osterlandföhr, nachdem Madame Dorrien sie ins Haus gelassen hatte. Der alte Heinrich, vom Landvogt beauftragt, hatte ein scharfes Auge auf

Frau von Wolf und Mariane, die an einem Tisch im Raum saßen und vor sich hin starrten. Die in edles Rot gekleidete Madame stand in einem starken Kontrast zur schwarz gewandeten Mariane, zwei Welten, unfreiwillig über das Schicksal des Ingwer Martens verbunden.

»Was gibt es denn?«, blaffte Dorrien, als seine Gattin mit der Köchin eintrat.

»Hier möchte noch jemand etwas zu dem Geschehen um diesen armen Jungen beitragen«, erklärte Madame Dorrien und schaute ungläubig, als sie die bis dahin so verehrte Schriftstellerin wie eine Sünderin dort sitzen sah. Die Spitzen ihrer Haube flatterten.

»Beitragen? Mit was denn bitte schön? Dann treten Sie mal näher«, bedeutete Dorrien der Köchin, die jeden Blick auf ihre Brotherrin vermied und das Mitgebrachte auf seinem Schreibtisch ablegte.

Mit spitzen Fingern zog er die Buchseite zu sich. Ein leises »Oh!« entwich ihm, als er verstand, was ihm die Stahlstiche auf der Seite zeigten, und er nickte der Köchin anerkennend zu. Er fasste nach dem Lederfolianten, fuhr tastend den goldgeprägten Rücken entlang und schlug das Buch auf, dann zog er das kleine Messer auf dem Tisch mit der Spitze seines Fingers berührend zu sich. In seinen Augen lag so etwas wie Scheu.

»Das sind ja äußerst interessante Gegenstände, die Sie mir hier bringen«, sagte er. »Wo haben Sie die her?«

Die Köchin legte eine Hand auf ihr Herz, holte tief Luft und erzählte. Während die Anwesenden, mit Ausnahme Frau von Wolfs, ihrem Bericht staunend folgten und sich jeder sein eigenes Bild von der Anwendung des kleinen Messers zu machen schien, hallte der metallische Klang des Türklopfers durch das Haus. Dorrien stöhnte ungehalten auf, und seine Gattin sah auffordernd zum Diener Heinrich, der aber die Schultern zuckte und auf Frau von Wolf deutete, die er ja bewachen sollte. Unwillig, vielleicht auch in Sorge, etwas Spannendes zu verpassen, eilte Madame Dorrien, die Tür zu öffnen.

»Wieder dieser Schriftsteller vom Festland«, polterte Heinrich auch gleich, als er Kohl im Türrahmen erkannte.

»Das trifft sich gut«, rief Dorrien, warf einen kritischen Blick auf Kohl, tunkte die Feder in die Tinte und schrieb etwas auf ein Blatt. »Gib das dem Gemeindediener, er soll sich sputen und diese Leute herbeiholen, den Grund habe ich dazugeschrieben. Nun mach schon«, drängte er Heinrich, der sich nicht fortbewegen wollte. »Willst du nicht auch, dass der Mörder des armen Ingwer Martens seiner gerechten Strafe zugeführt wird? Na also.«

Unterdessen schaute Kohl zu den beiden Frauen hinüber, die mit durchgedrückten Rücken auf den Stühlen saßen und sich erkennbar unwohl fühlten.

Soso, hat es meine Kollegin endlich erwischt, dachte er und trat schmunzelnd an den Tisch des Landvogts. Mit Interesse schaute er auf die Darstellungen des offen liegenden Blattes. Was er sah, ließ sein Herz schneller schlagen. In Gedanken vertieft, schlug er den Folianten auf, der danebenlag.

»Systematischer Bilder-Atlas zum Conversations-Lexikon. Ikonographische Encyklopädie der Wissenschaften und Künste«, las er mit leiser Stimme. »F. A. Brockhaus, Leipzig.« Doch plötzlich wurde ihm wieder klar, wo er sich gerade befand, und er nahm mit gesenktem Haupt etwas Abstand.

»Herr Kohl, was bringen Sie uns denn da?«, wollte Dorrien wissen und deutete auf das Stoffbündel in seiner Hand. »Heute bringt mir ja jeder etwas mit, als hätte ich Geburtstag.«

Kohl winkte ab. »Uns Werth, es ist nichts, was in diesem Augenblick Bedeutung hätte«, erklärte er und legte es neben den Schreibtisch auf den Boden. »Vielleicht findet sich noch ein passender Moment dafür.«

»Sie machen es aber spannend. Wie auch immer, wenn ich Sie bitten dürfte, ein Auge auf die beiden Damen hier zu haben«, sprach Dorrien in einem Ton, der eher nach einem Befehl klang. »Die Dinge entwickeln sich in eine seltsame Richtung, und Madame von Wolf wie auch unsere Postfrau werden sicher zu ihrer Aufklärung beitragen können. Nun noch einmal zurück zu Ihrem Bericht«, wandte er sich an die Köchin. »Wo, sagen Sie, haben Sie das Blatt gefunden?«

»Im Papierkorb der Madame«, stammelte die Frau, »zusammen mit dem kleinen Messer.«

»Und das Haus verfügt über eine vollständige Ausgabe dieser Lexika?«, mischte sich Kohl ein, dessen innere Unruhe noch gestiegen war. So musste es sich anfühlen, wenn ein Schatzsucher einen Spatenstich entfernt war vom Langersehnten. »Euer Wohlgeboren, ich bitte meine Unterbrechung zu entschuldigen, aber diese Darstellungen auf Ihrem Tisch sind ganz außerordentlich.«

Er wandte sich an Frau von Wolf. »Unter welchem Begriff werden wir zu diesen Zeichnungen einen Artikel finden? Moorleichen, Tätowierungen oder Bronzezeit? Kein Wunder, dass Sie bei unserem ersten Aufeinandertreffen, als ich etwas über die Natur der Einritzungen bei der Leiche gesagt habe, so abfällig reagierten. Denn ich lag wohl genau richtig. Immerhin haben die Zeichen auf Ingwer Martens' Haut die gleiche Anmutung wie diese auf dem Blatt hier«, erklärte er. »Da haben Sie sich von den Tätowierungen der Moorleichen inspirieren lassen.«

Frau von Wolf hob ihr schmales Kinn, presste die Lippen aufeinander und schaute von Kohl weg zu einer Ecke der Zimmerdecke.

Dann lachte sie dünn auf. »Was soll das alles? Was wollen die Herren von mir? Ich war nie in der Nähe des Toten und finde es grotesk, dass Sie mir zutrauen, ich hätte mich künstlerisch an der Leiche zu schaffen gemacht. Das übersteigt sogar meine Phantasie.«

»Ich habe sie gesehen«, sprach Mariane leise und sah dabei zu Boden.

Langsam hob sie ihren Blick, als gewänne sie vor Dorrien an Selbstvertrauen. Der nickte ihr aufmunternd zu.

»Am Abend bevor der Junge gefunden wurde, ist sie genau

dort vorbeigefahren«, erklärte Mariane mit festerer Stimme. »Sie trug ihr blaues Reitkleid und eine dunkle Haube.«

»Das blaue liegt oben im Ankleidezimmer«, rief die Köchin dazwischen. »Da steckte auch immer dieses Messerchen im Ärmel.«

»Und es gab eindeutige Wagenspuren direkt neben der Leiche des Jungen«, sagte Kohl.

»Dann erklären Sie mir, warum Sie diese Sachen hier wegwerfen wollten«, herrschte Dorrien Frau von Wolf an. »Diese Lexika-Stiche, ganz im Stile der Hautzeichnungen bei Ingwer Martens, Ihr Messer? Wir werden zweifelsfrei feststellen, dass sich an der Klinge Blut befindet«, setzte er in drohendem Ton nach.

»Und die anderen Sachen da auf Ihrem Tisch wollte sie auch verbrennen. Ich habe es gerade noch verhindern können«, ergänzte Mariane.

»Langsam wird das Mosaik komplett«, sprach Kohl zu sich, »auf das Gesamtbild darf man gespannt sein.«

Willem legte die in Segeltuch gewickelte Laura auf den harten Stallboden.

»So, min Deern, nun bist du auf dich allein gestellt«, flüsterte er und wandte sich nach Schilling um, der ihm mit misstrauischer Miene gefolgt war. »Herr Generaldirektor, wenn der Willem sich dann verabschieden darf, er hat noch so einiges vor heute. Die Fracht hier ist gut verzurrt und wagt keinen Mucks, dafür hat der Willem gesorgt.« Er zog seine speckige Kappe vom Kopf, fuhr sich durchs Haar und deutete eine Verbeugung an, bevor er entschieden über den Hof gen Ausgang schritt.

Schilling sah ihm nach, schien dem Handel immer noch nicht zu trauen. Doch dann, Willem hatte den Hofausgang erreicht, stupste er mit seiner Schuhspitze gegen Laura.

»Wollen wir mal sehen, wie es weitergeht«, raunte er. »Den ganzen Ärger hast du dir selbst zuzuschreiben.«

Ächzend bückte er sich, griff in die Falten des Segelstoffs

und zerrte Laura in ihrer Verpackung in eine dunkle Ecke des Stalls. Er war so sehr damit befasst, dass er die schnellen Schritte überhörte, die sich in seinem Rücken näherten, und bevor er reagieren konnte, schmetterte ihn jemand zu Boden.

»Hundsfott!«, stieß Schilling fluchend aus, dann sauste eine Faust gegen seinen Kiefer, und er verstummte.

»Los, macht die Deern frei«, forderte Willem.

Aber die Männer, die über dem verdatterten Schilling standen, mussten sich nicht bemühen, denn Martin war sofort bei dem Stoffbündel und riss mit fliegenden Fingern am Segeltuch. Kaum hatte er es einen Spalt geöffnet und Lauras Haar erkannt, schrak er zurück, denn ihm kam die Klinge eines Seemannsmessers entgegen.

»Laura, ich bin es, Martin«, stammelte er. »Wir befreien dich.«

Vorsichtig zog er das Tuch weiter auseinander und seufzte erleichtert, als er in ihr Gesicht schaute. Ihre Augen sprachen von Angst und Verwirrung. Mit den Fingerrücken streichelte er ihr über die Wange. »Ist bald alles vorbei«, krächzte er kaum vernehmbar und musste schlucken, dann zog er ihr den Knebel vom Mund.

Wie eine ins Leben zurückgeholte Ertrunkene holte sie tief Luft, dann hustete sie. Martin nahm ihr das Messer aus den Händen, schnitt damit ihre Fesseln durch und half ihr, sich aufzusetzen.

»Hat der Willem ganze Arbeit geleistet«, sprach der und nickte beifällig, neugierig über sein Werk gebeugt.

Unsicher stand Laura auf, doch ihren Beinen konnte sie noch nicht trauen. Allzu lange war sie verzurrt gewesen. Ihr Blick ging von einem der Männer zum anderen. Sie sah in wettergegerbte Gesichter, bartstoppelig und rußig, doch in ihnen lag nichts Böses. Selbst Willem lächelte ihr freundlich zu. Aber Laura schaute sich nach Martin um, stellte sich hinter ihn und hielt sich an ihm fest.

»Der hat mich gefangen gehalten und an den Werftbesitzer

verkauft«, flüsterte sie ihm zu. »Trau ihm nicht. Bring mich nur weg.«

Martin, der nicht verstand, welche Rolle Willem spielte, fasste das Messer in seiner Hand fester und drohte den düsteren Kerlen. »Ich verstehe das hier nicht«, sprach er bemüht entschlossen, »aber wir werden jetzt gehen. Macht mit dem Consul, was ihr wollt.«

»Nicht doch.« Willem kam langsam auf ihn und Laura zu. »Alles nur wegen eines kleinen Extrageldes. Niemand hat einen Schaden davongetragen, und jeder bekommt seinen Anteil.« Aus der Rocktasche holte er eine Handvoll Münzen hervor. »Hätte der Willem das bekommen, ohne die Deern feilzubieten? Wohl kaum. Der Willem hat eine Nase für Geschäfte.« Er grinste. »Und, mein Kind, ich hoffe, die paar Knuffe und der Schrecken haben dir nicht zugesetzt. Es musste ja alles echt sein, auch deine Angst.« Er suchte nach drei großen Münzen und hielt sie ihr hin. »Dein Anteil an dem Schauspiel. Echtes Leid, echtes Geld.«

Laura legte die Stirn in Falten.

»Nun nimm, du wirst es brauchen. Du und de Spöök.«

Als sie sich nicht traute, ihrem Peiniger näher zu kommen, griff Martin zu und nahm noch eine weitere Münze aus Willems Hand.

Der lachte verschmitzt. »Den Rest teilen wir brüderlich«, rief er zu seinen Kumpanen. »Aber erst einmal muss der Herr Werftbesitzer der Obrigkeit übergeben werden. Da wurde Übles geplant, hat die Laura gesagt. Und die Deern weiß mehr. Die Sache mit dem Geld hier können wir ja verschweigen, nicht? Dem Generaldirektor da am Boden wird man kaum glauben.«

Laura zog Martin am Arm, sie wollte nur noch von den Männern weg.

»Aber, aber! Ohne dich wird das nicht gehen, das Sprechen vor dem Landvogt«, protestierte Willem. »Allein du kannst berichten, wie du entführt und versteckt worden bist, oben an der Vogelkoje. Nur du wirst wissen, warum gerade dir das geschah. Sag Dorrien, was du entdeckt hast, er wird sich seinen Reim drauf machen.«

Laura zögerte, blickte fragend in Martins Augen, dann an sich herunter. Vor Scham schoss ihr das Blut ins Gesicht. Ihr Kleid war zerrissen und überaus schmutzig, zwischen den Beinen gab es einen großen Fleck. Peinlich berührt legte sie ihre Hände davor, Tränen stiegen in ihr auf.

So stehe ich vor diesen Kerlen, durchfuhr es sie, was wird Martin denken. Sie schaute auf ihre dreckstarrenden Füße und wollte auch gar nicht mehr wissen, wie ihr Gesicht aussah.

»Aber Laura, gräm dich nicht«, tröstete Martin und legte ganz sacht seine Hand um ihre Schultern. Er schien ihre Gedanken erraten zu haben. »So zerschunden, wie du bist, wird dir jeder dein schlimmes Schicksal glauben. Obwohl der Consul ein mächtiger Mann ist, der für einen fremden Staat arbeitet und Geld hat. Deine Wahrheit ist stärker als all sein Einfluss.«

»Und diese Madame von Wolf soll ja auch nicht ohne sein«, ergänzte Willem. »Jetzt bist du ein Jammerbild, zeigst deine Qualen. Nie wirst du den Landvogt mehr überzeugen.«

»Gut, dann fahrt mich so nahe an sein Haus, wie es geht«, erklärte Laura und fuhr sich durch das verfilzte Haar. »Ich möchte nicht, dass die Leute über mich spotten.«

»Leinen los«, rief Willem, und seine Kumpane halfen dem verängstigten Schilling auf, nachdem sie ihm die Hände zusammengebunden hatten. Die seltsame Gruppe überquerte den Hof und ging auf den Leiterwagen zu, vor dem der Gaul mit hängendem Kopf geduldig wartete.

Plötzlich durchschnitt ein schriller Ruf die Stille, und Schilling mit seinem schwankenden Schritt schrak zusammen.

»Sören Friedrich Schilling!«, gellte eine Frau über den Hof. Ihr quäkender Ton nahm der überraschend kräftigen Stimme jedoch jede Eleganz. »Das musste ja so kommen. Ihr da unten, wartet!«

Knallend schloss sie die Fenster der oberen Etage, und bald hastete sie schnaufend aus dem Haus und auf die Gruppe zu.

303

Schweißflecken lagen unter den mächtigen Oberarmen, ihre Brust hob und senkte sich. »Hier, mein Kind«, japste sie und hüllte Laura sogleich in eine mitgebrachte Decke. »All die Heimlichkeiten, das Wegbleiben, diese rauchende Giftschlange, Friedrich, das musste dein Untergang werden.«

Sie schritt zu ihrem Gatten, der gebunden und mit hängendem Kopf vor ihr stand. »Und was sollte das mit der Deern hier? Hat deine Lust dir den letzten Verstand aus dem Hirn gefressen?« Sie wandte sich an Laura und die Männer. »Euer Treiben habe ich von oben beobachtet. Es war wirklich zu seltsam. Als dann die Deern hier aus dem Stall kam, wo Friedrich vorher das Bündel hatte hineintragen lassen, da setzte mein Herz aus. Aber du«, sie zeigte auf Willem, der einen Schritt zurücktrat und die Augen senkte, »warst du ihm nicht zu Diensten? Du abscheulicher Kerl bist unter die Menschenhändler gegangen.«

Schilling hustete und schüttelte den Kopf. »Liebste Helena«, krächzte er, »nichts ist, wie es scheint. Es wird sich alles aufklären. Die Männer hier haben mich beraubt und wollen mich nun dem Landvogt vorführen. Die Welt steht Kopf. Und die Gefühle für Madame von Wolf sind rein freundschaftlich, waren Ausdruck meiner künstlerischen Verehrung. Du steigerst dich da in etwas hinein.«

»Ach, bringt ihn weg!«, rief die Consulin. »Er soll bezahlen für seine Abenteuer und ehrverletzenden Eskapaden. Von wegen Freundin und künstlerische Verehrung. Bis dass der Tod uns scheidet, hat es nicht so geheißen? Ich bin dir angetraut und gedenke das auch zu bleiben. Du sollst nicht ehebrechen! Die Wahrheit muss ans Licht. Mein Maß ist voll!«

»Aber Lenchen, die Wahrheit! Wünsch dir das nicht«, mahnte Schilling, als die Kerle ihn wegzerrten. »Denn vielleicht wird dein Wunsch wahr.«

LETZTER MOSAIKSTEIN

Endlich hatte auch Mariane dem Landvogt schildern dürfen, wie Frau von Wolf Beweise verbrennen wollte.

»Leider ist mir dieser Kapitän von Kotzebue in den Arm gefallen und hat Madame beigestanden«, bedauerte sie. »Wer weiß, was ihr in ihrer Wut noch herausgerutscht wäre. Dieser Unglücksmensch. Er hat schon bei ganz anderen Schicksal gespielt.«

»Wie? Was für eine seltsame Behauptung. Nun ja, trotzdem danke ich Ihnen«, sprach Dorrien und tippte auf die Landkarte auf seinem Tisch. »Die Zusammenstellung all der Sachen hier ist überaus kurios. Ich habe das Gefühl, wir nähern uns einem Drama, einem wirklichen Romanstoff.«

Frau von Wolf schnaubte vernehmlich. »Sie werden sich noch umsehen, Herr Landvogt«, höhnte sie. »Jemanden wie mich, mit meinen Verbindungen, setzt man nicht so einfach gefangen oder stöbert in seinen privaten Sachen. Das wird Konsequenzen haben, hören Sie? Einen solchen Missgriff wird König Christian gewiss nicht mit der Erhebung in den Adelsstand honorieren.«

Dorrien erbleichte. Hektisch schaute er von den Anwesenden weg und auf die Dinge auf seinem Schreibtisch. Eine gespannte Stille lag im Raum.

»Ja, äh, wie dem auch sei, Sie waren an der Lembecksburg«, begann er, »und im Besitz der zeichnerischen Vorlagen für die Verunzierungen der Leiche. Und das Werkzeug dazu hatten Sie auch. Sie wollten einen Brief des Consuls Schilling an eine fremde Macht verbrennen. Der Inhalt ist delikat, immerhin wird dort über die Möglichkeit nachgedacht, unsere Insel zu besetzen und mit preußischen Stützpunkten zu sichern. Das riecht nach Hochverrat.« Er griff die Billetts und hielt sie anklagend hoch. »Und das hier? Passagen nach Brasilien, São Paulo, um genau zu sein. Sie und der Consul, Madame? Ein romantisches Stelldichein, ein galantes Abenteuer? Das wäre Ehebruch! Will unser Werftbesitzer Ehe und Insel entfliehen?«

»Das müssen Sie ihn selbst fragen«, antwortete Frau von Wolf spitz und bedachte Dorrien mit kalter Herablassung. »Aber verschonen Sie mich mit Ihren bürgerlichen Konventionen. Nicht jeder Vogel ist für einen Käfig gemacht. Leben wir nicht alle nur einmal?«

Wieder tönte der Schlag des eisernen Türklopfers durchs Haus, und kurz darauf entstand in der Eingangshalle ein Tumult.

»Ihr bleibt draußen!«, schimpfte Heinrich, der von seinem Auftrag zurückkam und sich an den abgezehrten, schmutzigen Kerlen vorbeidrängelte, die Einlass begehrten. »Am Tag des Herrn beschmutzt ihr mir nicht die Würde der Landvogtei! Egal, was ihr vorbringt, das wird Zeit bis morgen haben. Aber wen habt ihr denn da?«

»Das ist Laura, die vermisste Schwester von Ingwer Martens«, erklärte Martin und drängte sie nach vorne. In eine Decke gehüllt, den Blick gesenkt, stand sie im Flur und fror. »Man hat sie entführt, und wir haben sie befreit.«

»Oh, du armes Kind, so tritt näher«, forderte Madame Dorrien und schob Heinrich aus dem Weg. »So wurden unsere Gebete erhört. Komm, ich bring dich in die Küche ans Feuer, und dann wird man sehen. Heinrich, führe die Leute zum Landvogt. Sie werden Wichtiges zu berichten haben. Aber um Gottes willen!« Sie rang die Hände und verstummte, als sie hinter der rußigen Gestalt Willems den zerzausten Schilling erkannte, den geschätzten Gast ihrer Abendgesellschaften.

»Herein mit ihm!«, befahl Dorrien, der nun auch in der Eingangshalle stand. »Ich habe Fragen an den Herrn.«

»Das fügt sich ja prächtig«, murmelte Kohl, der die Szene ebenfalls beobachtet hatte, als ihn ein Schrei in seinem Rücken herumfahren ließ.

Da rang die Dame in Rot mit der Föhrerin in Schwarz. Eine

kurze Messerklinge blitzte auf, unklar, in wessen Hand. Kohl stürzte zurück in die Amtsstube, die Frauen zu trennen. Immer wieder kam ihm die Klinge in den Weg, die, wie er jetzt erkannte, von Madame von Wolf gehalten wurde. Mariane hinderte sie mit kräftigem Griff, die Waffe gezielt einzusetzen, aber durch das Hin und Her war es Kohl unmöglich, zuzugreifen. Trotzdem war Eile geboten. Kurz entschlossen fasste er den dicken Lederfolianten vom Schreibtisch und schlug zu. In dieser Sekunde zerrte Frau von Wolf Mariane herum, und dumpf krachte das Buch auf den Kopf der Falschen. Auf der Stelle sank Mariane zu Boden.

Frau von Wolf stand nun, das Messer angriffslustig in der Hand, vor Kohl. »Aus dem Weg«, zischte sie. »Meiner Freiheit kommst du nicht in die Quere. Blutleerer Schmierfink, bei deiner Visage kommen mir allein graue Einöden in den Sinn.«

Sie stürzte auf ihn zu, zielte mit der Klinge auf seine Brust, rammte sie jedoch nur in den Folianten, den Kohl ihr geistesgegenwärtig hinhielt. Das Messer rutschte ab, und beherzt fassten raue, schmutzige Hände ihre Oberarme und zwangen sie zu Boden.

»In der Tat, ein echtes Drama«, kommentierte Dorrien. »Fesselt sie. Und Riechsalz und Wasser für die Postfrau. Den Herrn Consul, gebunden wie er ist, dort in den Stuhl.«

»Da komme ich ja gerade rechtzeitig«, meldete sich Dr. Eckhoff, der die Haustür der Landvogtei geöffnet vorgefunden hatte, schob die Männer im zunehmenden Gedränge der Amtsstube beiseite und kniete sich neben Mariane, die noch benommen am Boden lag. »Der Apotheker will sich beeilen, hat er dem Gemeindediener gesagt«, berichtete Dr. Eckhoff dem Landvogt, der wenig interessiert abwinkte.

Dorrien schien sich auf andere Umstände zu konzentrieren. Da saßen der Werftbesitzer und preußische Consul Schilling und Madame von Wolf, gefeierte Autorin und Gesellschaftslöwin. Beide gefesselt und gemessen an Frisur und Garderobe reichlich derangiert. Ihre Köpfe neigten sich zueinander, als suchten sie die Nähe des jeweils anderen.

Entschieden wandte er sich von diesem traulichen Bild ab, setzte sich hinter seinen Schreibtisch und zog die Abbildungen des Brockhaus zu sich.

»Consul Schilling, mir liegt genug vor, um Sie anzuklagen. Doch der gravierendste Fall, in den Sie verwickelt sind, ist der Mord an Ingwer Martens. Der Junge hat ja sogar für Sie gearbeitet. Sagen Sie mir bitte, wo waren Sie am Abend und in der Nacht seines Todes?«

Schilling richtete seinen Oberkörper schildkrötenhaft langsam auf, sah Frau von Wolf in die Augen und lächelte. Dann holte er Luft und antwortete mit fester, dröhnender Stimme: »Herr Landvogt, Euer Wohlgeboren, ich möchte auf meinen Status als preußischer Consul verweisen. Die Behandlung, die mir hier zuteilwird, ist völlig inakzeptabel und wird zu diplomatischen Verwicklungen führen. Auch die Tortur, der Madame von Wolf ausgesetzt ist, sprengt alles Dagewesene. Welcher Badegast von Stand soll sich in Zukunft noch nach Föhr trauen?«

Dorrien schlug mit der Faust auf den Tisch und beugte sich vor. Die bis dahin ruhigen Augen schauten nun böse drein. »Lassen Sie die rechtschaffenen Leute vom Festland aus dem Spiel, hier geht es um Sie. Als Untertan des Königs von Dänemark haben Sie den Preußen Angriffspläne unterbreitet. Hochverrat! Sie planen die Flucht nach São Paulo zusammen mit dieser Dame da. Ehebruch! Alles beweisbar. Kein König von Gottes Gnaden wird so etwas gutheißen. Schon gar nicht den Mord an einem unschuldigen, armen Friesenjungen, dessen Leiche widerwärtig verunstaltet wurde. Nun, also wo waren Sie am Donnerstag, den 4. September 1845?«

Schilling atmete schwer, überlegte, dann grinste er. »Bei meiner lieben Helena. Wir haben Karten gespielt. Das können Fräulein Emma Kühl und Deichinspektor Krebs bezeugen. Sie waren mit von der Partie.«

Unter den Männern im Raum entstand ein Gemurmel, und Dorrien sah zu den Kerlen hinüber, als würde ihm ihre Anwesenheit erst jetzt bewusst.

»Und die Sache mit Ingwers Schwester Laura, was haben Sie uns da mitzuteilen?«

Schilling zuckte die Schultern. »Ich konnte die junge Deern aus den Krallen dieses Unholds da befreien!«, rief er mit einem Mal und richtete seine gefesselten Hände auf Willem. »Der Lump wollte sie mir verkaufen. Verstehe einer, warum. Aber mir war gleich klar, dass er sie sonst kaltmachen würde. Es war ein Christengebot, meine bescheidenen Mittel für ihre Freiheit einzusetzen.«

»Was für Mittel?«, meinte Willem laut. »Ja, Uns Werth, ich habe die Laura dem Werftbesitzer zurückverkaufen wollen, um ihn zu überführen. Die Laura wurde nämlich nicht von mir gefangen, sondern von diesem feinen Herrn hier und der Dame danebeh! Doch ich habe sie gefunden. Das Mädchen wird alles erklären können. Ist sie nicht mit Madame Landvogt in der Küche? Ruft sie herbei, Euer Wohlgeboren werden staunen. Jedenfalls, als der Consul das Geld holen wollte, haben wir ihn überwältigt, war es nicht so?«

Zustimmendes Geraune und Nicken aus der Runde der anderen Salzbrenner war die Antwort.

»Schön, dann wird Heinrich die Laura herbringen, die Übrigen warten in der Eingangshalle. Ihr seid kräftige Kerle und geeignet, im Notfall einzugreifen. Aber bei der Anhörung eines Kindes muss ich zartfühlender sein als bei Erwachsenen.«

»Aber Uns Werth, wir haben sie befreit, da wird sie sich nicht fürchten«, beschwerte sich einer der Salzbrenner.

»Gewiss, gewiss, und trotzdem. Herr Kohl, Dr. Eckhoff, Sie bleiben hier. Ihr Sachverstand in dieser Angelegenheit dürfte nützen«, entschied Dorrien und lehnte sich im Sessel zurück.

Mariane, die auch ohne Riechsalz und Wasser wieder zu sich gekommen war, rappelte sich vom Boden auf. Dr. Eckhoff führte sie zu einem der Stühle. Dorrien sah zu ihr hinüber und schob seine Unterlippe noch weiter nach vorne. Er schien unschlüssig.

»Nun, Frau Brodersen hat bereits einiges zur Aufklärung beigetragen, sie darf hierbleiben«, murmelte er mehr zu sich selbst und nahm fahrig ein Beweisstück in die Hand.

Endlich trat Laura ein, fürsorglich durch Madame Dorrien geleitet. Arme und Gesicht waren gewaschen, nur Füße und Beine, die unter der umgehängten Decke hervorlugten, erzählten noch von dem Schmutz, dem sie ausgesetzt gewesen war.

»Schön, schön«, begrüßte sie Dorrien, »bitte nimm auf dem letzten freien Stuhl Platz. Ist es richtig, dass du die Schwester des verstorbenen Ingwer Martens bist?«

»Ja. Ich bin Laura«, antwortete sie zaghaft und vermied es, die gefesselten Herrschaften anzublicken.

»Wir haben dich seit gestern Nachmittag vermisst, mein Kind. Bitte sag uns, was mit dir geschehen ist.«

Laura nickte, sah zu Boden und legte ihre Hände ineinander. Sie waren schweißnass. Langsam, mit mutiger werdender Stimme, berichtete sie von der Kutschfahrt neben Frau von Wolf und dem Lappen vor ihrem Gesicht, der Vogelkoje, wie etwas aus ihrem Kleid geschnitten worden war und wie Willem sie dort gefunden hatte. Dass auch er sie gefangen gehalten hatte und nicht zimperlich mit ihr umgesprungen war, verschwieg sie. Wem würde das noch helfen. Willem hatte sie immerhin versteckt und mit einem Trick versucht, Consul Schilling zu überführen. Was wäre mit ihr geschehen, wenn Willem sich nicht ihrer angenommen hätte? Bei diesem Gedanken überrieselte sie ein Schauer.

»Als der Herr Consul mich Samstagmittag mitgenommen hat, da war er noch wirklich nett zu mir. Als ihm die Landkarte von der Kutsche gefallen war, hat er es nicht gemerkt. Später dann hat die Madame die Karte bei mir gesehen. Ich dachte, sie wird sich nichts dabei denken, doch sie muss mich an den Consul verraten haben. Beide haben mich dann entführt. Ich weiß nicht, was sie mit mir machen wollten. Dann kam Willem.

Aber wenn ich das jemandem so erzählt hätte«, mit einem Mal sprach sie leiser, vorsichtiger und schluckte, »wer hätte mir geglaubt? Ich bin die Tochter der Keike Martens aus Goting, die Leute spotten über uns. Ich werde wie sie, würde man sagen.«

»Und da wolltest du mit diesem Willem zusammen beweisen, dass Herr Schilling dich wie ein Stück Frachtgut gekauft hat, ich verstehe.«

»Ich glaube jetzt, dass mein Bruder einen Brief des Consuls bei sich hatte, als man ihn … als er gestorben ist. Ingwer hat ja im Werftkontor gearbeitet. War da nicht roter Siegellack an seinen Fingern und in der Tasche? Bei der Madame habe ich einen Brief mit diesem Siegelwachs gefunden und diese Schiffspassagen.«

Madame Dorrien, die an Lauras Seite erschüttert zugehört hatte, stellte sich wortlos an den Tisch ihres Mannes und fischte den grauen Lappen unter all den Beweisstücken hervor. Sacht hob sie Lauras Decke so weit an, dass ihr zerrissenes Kleid zum Vorschein kam, und hielt mit anklagendem Blick den Stoff in die passende Aussparung. Dann rümpfte sie die Nase.

»Was für ein seltsamer Geruch«, befand sie und legte den Fetzen wieder zurück. »Mit welcher Lotion wurde der Lappen getränkt, dass er das arme Kind ohnmächtig machte?«

»Eine gute Frage, meine Liebe«, sagte Dorrien und gab ihr ein Zeichen, Laura aus dem Raum zu führen. Widerwillig folgte sie der Aufforderung.

Kohl hatte gebannt zugehört. »Die Insel kann aufatmen, dass Laura Martens unversehrt unter den Lebenden weilt«, begann er. »Nun gilt es, den Mord an ihrem Bruder zu klären.« Er verbeugte sich leicht in Richtung Dorriens, der ihm in einer Mischung aus Neugier und Herablassung bedeutete, fortzufahren.

»Madame von Wolf, gefeierte Schriftstellerin und Dame von Welt, ist an der Lembecksburg vorbeigefahren, als Ingwer dort lag. Von einem, der den Toten dort hat liegen sehen, weiß ich, dass seine verkrampfte Hand etwas festgehalten haben muss.

Ebendieses Schreiben dort, das all die Rätsel um den Siegellack in Ingwers Hosentasche erklärt. Madame von Wolf hat dem Jungen den Brief abgenommen, wie sonst sollte sie an das Schriftstück gekommen sein?«

Er wandte sich an Frau von Wolf, die an ihm vorbeisah, als interessiere sie sich für die raue Struktur der getünchten Wände. »Wollten Sie den Consul retten, den Mann, mit dem Sie gedachten, in eine neue Welt aufzubrechen? Hören Sie, Madame, ich werfe Ihnen nicht vor, Ingwer erschlagen zu haben. Ein anderer hat ihn niedergestreckt und blutend dort liegen lassen. Nein, Sie sind später dazugekommen. Hat Ingwer um Hilfe gerufen, Sie auf sich aufmerksam gemacht? Es wäre ein Zeichen christlicher Nächstenliebe, wenn Sie sich seiner angenommen hätten.«

»Wer hat ihn erschlagen?«, unterbrach Dorrien Kohls Rede, der leise aufstöhnte. »Wollen Sie mir das bitte sagen, Herr Schriftsteller? So etwas dürfen Sie nicht zurückhalten!«

Kohl rang mit sich, öffnete den Mund, trat dann entschlossen an den Schreibtisch und beugte sich zu Dorrien hinüber. »Uns Werth, es gibt ein Geständnis und die Tatwaffe«, flüsterte er und wies auf das Stoffbündel am Boden, »aber Ingwer hat nach diesem Angriff noch gelebt. Schwer verletzt, aber immerhin. Ich bitte Sie um Geduld, jetzt müssen wir Madame von Wolf bedrängen, damit wir alle Fragen aufklären.«

Dorrien zögerte, winkte ihm dann aber fortzufahren. Als Kohl erneut ansetzte, seine Anklagen vorzutragen, versuchte er in den Augen Frau von Wolfs zu lesen und erkannte Wut, gut versteckt hinter ihrer tadellosen Haltung.

»Ach Herr Kohl, hören Sie doch mit Ihrem durchsichtigen Versuch auf, meinen Ruf zu zerstören. Sie haben nichts gegen mich in der Hand. Ich frage mich, woher diese feindselige Energie kommt? Wir sind keine Konkurrenten, haben Sie das noch nicht begriffen? Wie ein Straßenköter bellen Sie den silbernen Mond an, uns trennen Welten. Und dieser Ingwer, er hat mich nie getroffen, hören Sie.«

Während sich die Blicke der Kontrahenten ineinander verbissen, drängte sich Dr. Eckhoff an Mariane vorbei an den Schreibtisch, griff ungefragt den Lexikaband mit den Abbildungen und blätterte geräuschvoll darin herum.

»Zu dumm«, sprach er mehr zu sich, »aber hier irgendwo gab es eine Darstellung …« Er suchte weiter und schloss das Buch mit lautem Schlag, als er sich der Aufmerksamkeit Frau von Wolfs sicher sein konnte. »Die Stiche hier sind nur durchnummeriert, so auf den Artikel zu schließen ist zeitaufwendig. Der passende Band liegt uns auch hier nicht vor. Wie dem auch sei.« Er warf sich in die Brust und blinzelte zur Decke. »Die Körpervermessung Leonardo da Vincis, seine Erkenntnisse über die menschlichen Proportionen, sind die Ihnen bekannt?« Die Frage richtete er an Frau von Wolf und fuhr fort, ohne eine Antwort abzuwarten. »Nun, und die Markierungen der berühmten chinesischen Porzellankünstler, haben Sie mal davon gehört? Rote Abdrücke ihrer Daumen.« Wieder griff er den Lexikonband und ließ die Seiten an seinen Fingern entlanggleiten. »Irgendwo war es, verflixt. Individuum, Proportion, Erkennungsmittel, ich weiß nicht mehr, wie der Artikel dazu bezeichnet war. Aber hier drin gibt es eine Darstellung, die zeigt, dass die Fingerflächen eines jeden Menschen unterschiedlich groß sind. Nie sind sie sich ähnlich. Das wussten schon die alten Chinesen«, erklärte er weiter und lächelte Kohl zu, der ihm verblüfft zuhörte.

Was um alles in der Welt sollte dieser Vortrag bedeuten? Ungeduld stieg in Kohl auf. So werden wir diese kalte Frau nie der Tat an Ingwer überführen, dachte er und schaute hilfesuchend zu Dorrien, der sich im Stuhl zurückgelehnt hatte und den Ausführungen von Dr. Eckhoff begierig lauschte.

Dieser kniff ein Auge zu und lächelte verschmitzt, bevor er sich wieder Frau von Wolf zuwandte. »Ich bitte den Herrn Landvogt nun, mir ein Blatt Papier und sein Tintenfass zur Verfügung zu stellen.« Ohne darauf zu warten, griff er, was er brauchte, und trat vor Frau von Wolf, die so weit zurückwich, wie es der Stuhl erlaubte.

»Ich habe am Hals des Toten einen Daumenabdruck gesichert und vermessen«, erklärte er und hielt ihr die Tinte hin. »Ein zierlicher Abdruck an seinem Kehlkopf. Wenn ich Sie bitten dürfte, uns eine Probe Ihrer Daumengröße zu geben? Wie gesagt, sie ist bei jedem Menschen anders.«

Gebannte Stille lag im Raum, alle Anwesenden starrten auf Frau von Wolf. Als Dorrien mit einem Mal begann, hektisch in seinen Unterlagen zu blättern, winkte Dr. Eckhoff ab.

»Im Bericht findet sich der Hinweis auf ein Hämatom, Uns Werth, meine Kopie liegt noch in meiner Praxis. Nun können wir den Abdruck zuordnen, dazu müsste jemand Madame von Wolf die Fesseln lösen.«

Frau von Wolf, deren inzwischen erblasste Haut einen ungesunden Kontrast zum warmen Rot ihres Kleides bildete, lachte schrill auf.

»Ja, Madame, es wird eng. Die Wissenschaft rückt Ihrem poetischen Sein zu Leibe.«

»Kommt ein Geständnis der Beweisführung zuvor, kann es als Reue gewertet werden«, dozierte Dorrien aus dem Hintergrund. »Danach ist es nicht mehr viel wert. Wollen Sie also Ihr Schicksal mildern oder der ganzen Härte des Gesetzes verfallen?«

»Er hat geschrien!«, brach es aus Frau von Wolf hervor. »Was sollte ich denn tun? Zuerst habe ich ihn um Hilfe rufen hören, sein Kopf war voller Blut. Dann hat er mich wohl erkannt und versucht, etwas vor mir zu verbergen. Es war dieser Brief in seiner Hose. Neugier übermannte mich, und ich wollte wissen, was er so krampfhaft vor mir in seiner Tasche versteckte. Ich kniete auf ihm, wir zerrten beide an dem Schreiben, bis es meins war. Das rote Siegel, Friedrichs Handschrift, schnell war mir alles klar.« Ihre Miene verdüsterte sich, sie wirkte seltsam entrückt. »Dann schrie er erneut, kreischte und wimmerte. Wollte ich dort gefunden werden, mit diesem blutverschmierten Jungen unter mir? Ganz sicher nicht. Den Brief noch in der Hand, drückte ich mit der anderen gegen seinen Hals. Vergebens. Er warf sich hin und her, versuchte sich zu erheben. Doch ich war zu schwer. Erst als ich ihm Nase und Mund zuhielt, erstarben seine Rufe.«

Kohl trat zu dem Stoffbündel neben dem Schreibtisch und wickelte den Schwertgriff mit dem rostigen Rest einer Klinge aus. »Ein Streit um das Fundstück, Uns Werth, ein Schlag gegen den Kopf hat Ingwer verletzt. Daniel Krückenberg, er war Ingwers Freund, nahm es an sich und ließ ihn liegen. Ihr Amtsbruder jenseits der Grenze hat die Aussage festgehalten.«

Das Scharren und Rücken eines Stuhls hinter Kohl erregte seine Aufmerksamkeit, und er drehte sich um. Da stand Mariane, ganz in Schwarz, und stützte sich auf die Rückenlehne. Dünn und kraftlos erhob sie ihre Stimme und sah dabei starr auf ihn und Dorrien, als scheue sie die Augen der anderen.

»Diese Frau hier«, anklagend wies sie auf Frau von Wolf, »war mit einer Kutsche an der Lembecksburg. Und wenn ich das Messer in ihrem Ärmel und das dicke Buch da bedenke, ist auch klar, wer dem Toten die Zeichen in die Haut geritzt hat.«

Frau von Wolf schnaubte auf, doch Mariane ließ sich nicht abhalten. Inzwischen sprach sie wieder mit gewohnt starker Stimme. »Euer Wohlgeboren, gebietet es nicht die Gerechtigkeit und die christliche Nächstenliebe, einen Unschuldigen freizulassen? Pana hat den Mord nicht begangen.«

Während ihres Appells richtete sie ihre Augen auf Kohl, der die stumme Bitte, zu schweigen, sofort verstand und ihr verhalten zunickte. Er würde Panas Alibi und damit die heimliche Liebschaft nicht enthüllen.

Dorrien runzelte die Stirn. »Nicht so hastig, will ich meinen. Nie zu eilig entlassen, das ist ein alter Verwaltungsgrundsatz. Wer weg ist, ist weg, nicht wahr? Und dieser Pana, Bewohner Westerlandföhrs, hat unser Misstrauen verdient, immerhin ist er geflohen. Ich werde den Fall mit Landvogt Trojel besprechen. Aber da gibt es noch eine Frage, die wir aufhellen müssen. Madame von Wolf, warum haben Sie die eben erwähnten Zeichnungen nach den Vorlagen des Lexika-Bildbands in die

Haut des Toten geritzt? Doktor, was denken Sie über die Beweisführung?«

Dr. Eckhoff setzte einen seiner glänzenden Schnallenschuhe geziert auf die Zehenspitzen, reckte das Kinn und schloss einmal, dafür sehr langsam, die Augen. »Dass sich an dem Messerchen Blut befindet, wird sich genauso leicht nachweisen lassen wie das Blut an dieser rostigen Schwertklinge.«

Er wandte sich an Frau von Wolf. »Haben Sie Ihre Klinge noch bei einer anderen Person mit Blut benetzt? Wir würden diese dann nach Verletzungen absuchen müssen.« Er wartete auf eine Antwort, erntete aber nur Schweigen. »Nun, die Sache scheint klar.« Lächelnd verbeugte er sich leicht in Dorriens Richtung.

Dieser räusperte sich kurz. »Also, Madame von Wolf, ich höre. Meine Frage haben Sie ja vernommen.«

Sie zuckte die Schultern, hob die Augenbrauen und suchte Schillings Blick. Aber ihr Galan sah zu Boden.

»Warum, warum«, äffte sie Dorrien nach, »das ist doch klar. Dieser Junge im Gras, blutig, wie er war, wusste etwas über Schilling, vielleicht auch über mich. Der Brief, den er mir so krampfhaft vorenthalten wollte, war eine Gefahr für uns beide. Auf dieser Insel wird ja jeder gesehen, alle wissen etwas übereinander, das ist mir nicht verborgen geblieben. Eine neugierige, schwatzhafte Insel.« Ein zischender Laut entfuhr ihr. »Es musste also eine falsche Spur zum Täter führen. Hätte ich gewusst, dass es auf Föhr einen rätselhaften Südseemann gibt, ich hätte mir mit den Schnörkeln bei den Zeichen größere Mühe gegeben. So habe ich die Tätowierungen der Moorleichen nachempfunden, über die ich im Lexikon gelesen hatte.« Sie seufzte. »Das Drama einer Bremer Kaufmannsfamilie, tragische Verstrickungen, die entehrte Tochter sucht im Teufelsmoor den Tod, uralte, versenkte Leichen, ach, was wäre das für ein Roman geworden. So bleibt es bei den Vorarbeiten. Ein Jammer.«

»Welch ein Verlust«, meinte Kohl voller Ironie.

Er wandte sich ab und ballte fassungslos die Hände zu Fäusten. Diese Frau war wirklich ohne jedes Mitleid, hatte allein ihre Reise und ihre süßlichen Bücher im Kopf. Hätte ihr Leben einen Titel wie einer ihrer Romane, »Reue und Gewissen« würde er jedenfalls nie lauten.

Schritte hallten durch die Eingangshalle, und Heinrich, den niemand vermisst hatte, stieß die Tür auf. »Der Herr Apotheker, wie befohlen, und der Gendarm«, rief er. Und fügte leise hinzu: »Bald passt keiner mehr rein.«

Leisner, gefolgt vom Wyker Polizisten, schob Heinrich beiseite und verbeugte sich. »Uns Werth, ich bitte die Verspätung zu entschuldigen, ein Notfall. Das heftige Nervenleiden einer Dame von Stand, ich musste ihr ein Pülverchen bereitstellen.«

Dorrien winkte ab. »Gewiss, gewiss. Der wankelmütige Apotheker. Konnten Sie sich schließlich zum Kommen durchringen?« Er fingerte nach dem grauen Stofffetzen auf dem Tisch und hielt ihn hoch. »Nun, ist Ihnen wieder eingefallen, welch seltsamer medizinischer Geruch dem Stück aus Lauras Kleid entströmt? Je nach Verlauf der Untersuchung könnte das Ihren Kopf retten.«

Leisner senkte die Lider und trat, sich wie ein Hahn im Zweikampf mehrfach verbeugend, an den Schreibtisch.

»Ein neues Beruhigungsmittel, Uns Werth, das seinesgleichen sucht. Chloroform. Dieses Narkotikum beruhigt bei vorsichtiger Dosierung und lindert Schmerzen. Es ist wirklich eine Neuheit.«

»Soso, und wer außer Madame von Wolf hat es jemals bei Ihnen bezogen?«

»Madame? Ich bin mir nicht sicher.«

»Leisner!«, donnerte Dorrien, und der Apotheker fuhr zusammen. »Lassen Sie das! Ich will hier die Wahrheit hören, keine Ausflüchte. Ihr Lavieren gibt Ihnen den Anschein eines mitwissenden Handlangers. Wollen Sie das?«

»Es war Madame, sie allein«, krächzte Leisner und schielte neugierig zu ihr hinüber. Die schaute demonstrativ in die andere Richtung. »Ich habe sie auf die Wirkung hingewiesen.

Nicht mehr als drei Tropfen, habe ich gesagt.« Er deutete auf den Stofffetzen. »Für die weitere Verwendung zeigt sich natürlich ganz allein die Kundin verantwortlich. Ich habe nichts Verbotenes getan.«

»Quacksalber«, fauchte Frau von Wolf. »Missratener Pillendreher. Ist das Ihre berühmte Diskretion, Ihr Standesstolz? Kein Badegast, der auf sich hält, wird mehr Ihre Drogenhöhle betreten. Ein Mann des Fortschritts wollen Sie sein, lächerlich. Welche Indiskretion werden Sie als Nächstes absondern, um als devoter Untertan zu glänzen?«

Leisner, bleich und gebeugt, sah unsicher von ihr zu Dorrien, der ihn mit einem Wink entließ.

»Wir haben nur eine Zelle, ist das richtig?«, fragte er den Gendarmen, der Haltung annahm und nickte. »Dann wird Herr Consul dort die Nacht verbringen, angekettet!«, entschied Dorrien, wobei er dem Gendarmen das letzte Wort entgegenbellte.

»Madame von Wolf, ich werde Sie hier im Haus behalten. Die Kammer einer Dienstmagd steht leer, was, Heinrich? Die ohne Fenster. Abschließbar ist sie auch. Sie sehen, wir sind keine Unmenschen.« Er erhob sich und zupfte seine Kleidung zurecht. »In diesem Fall werden Westerland- und Osterlandföhr die Anklage gemeinsam vorbereiten. Mir bleibt auch nichts erspart. Und das am Sonntag.«

ANSTÖSSIGE WISSENSCHAFT

Allzu rasch fand Kohl sich vor der Landvogtei auf der Straße wieder. Sein Kopf dröhnte, und seine Gedanken gaben keine Ruhe. Waren das wirklich alle Erklärungen zu den Taten? Welche Fragen blieben offen?

»Gehen wir ein paar Schritte, Herr Schriftsteller«, lenkte ihn die Stimme Dr. Eckhoffs ab, der mit einem Mal neben ihm stand. »Ein Fall wie dieser ist mir auch noch nicht untergekommen, da werden Sie Ihren Lesern einiges zu berichten haben.«

Ziellos schlenderten die beiden durch Wyk. Aus den Küchenfenstern wehten die Düfte von Gebackenem und Gebratenem herüber und erklärten die sonntägliche Stille in den Gassen. Die Menschen waren zu Tisch.

»Ja, das könnte ein eigenes Kapitel werden im Buch über Föhr. ›Tragische Verstrickungen‹, ein schöner Titel. Aber halt, da klinge ich dann ja wie meine mordverdächtige Kollegin. Wie fänden Sie ›Nacht über Föhr‹? Apropos, ich überlege, lieber Doktor, woher Sie diese Theorie zu den individuellen Fingerflächen haben«, sagte Kohl. »Die ist mir gänzlich unbekannt.«

Dr. Eckhoff lachte auf und strich sich über das Seitenhaar. »Das mit den chinesischen Keramikmeistern und ihren Daumenabdrücken stimmt jedenfalls. Der Rest war ein Bluff. Soweit ich Frau von Wolf kennenlernen durfte, schien sie mir kein Ausbund an Gelehrsamkeit zu sein. Kriminalfälle und die Besonderheiten des menschlichen Körpers sind gewiss nicht die Schwerpunkte ihres Interesses.«

»Bis auf das Herz«, antwortete Kohl. »Sie versucht, ihres aus kaltem Granit durch schwülstige Schicksalsromane zu erwärmen. Wobei, die Liaison mit dem Werftbesitzer Schilling lässt ja hoffen.«

»Ach ich bitte Sie, erkennen Sie da wirklich brodelnde Leidenschaft und glühende Hingabe? Auf mich wirkt das, als habe sie in dem armen Consul einen Zahlmeister gefunden, dem sie bei erster Gelegenheit den Laufpass gegeben hätte. Ein Kautschukbaron etwa stünde ihr dort drüben viel besser zu Gesicht. Zu dumm, dass Schilling den Preußen ermöglichen wollte, Föhr zu kapern. Hochverrat ist etwas anderes als die Flucht vor der eigenen Frau. Doch wie steht es mit Ihrem Hunger, lieber Kohl? Nach all dem Forschen, da knurrt einem gewiss der Magen.«

»Sie haben recht, aber ich würde mich vorher gern umziehen. Mein Hemd ist nach diesem Hin und Her reichlich mitgenommen. Vielleicht holen Sie mich in einer halben Stunde ab? Dann bin ich frisch und vorzeigbar.«

Wenig später kam Kohl bei seiner Unterkunft an. Als er den Flur betrat, der zu seiner kleinen Wohnung führte, bemerkte er die am Ende des Ganges geöffnete Gartentür. Ein neugieriger Blick, und tatsächlich, da stand der Apotheker auf der Wiese, von Bienen umsummt, und streichelte die angepflockten Ziegen.

»Ein Bild des Friedens«, murmelte Kohl und setzte seinen Fuß auf den Rasen. Leisner schaute auf, und Kohl erkannte in ihm eine ratlose Traurigkeit. Behutsam sprach er: »Es ist gut, dass die grausame Tat an Ingwer aufgeklärt ist und seine Schwester wieder bei ihrer Mutter.«

Leisner nickte, blieb aber stumm.

»Allein, da gibt es noch einen Umstand, ich weiß nicht, wie ich mich ausdrücken soll.« Kohl stellte sich neben Leisner und schaute gedankenvoll in den Himmel. »Liebe und Begehren sind nichts, worüber ich den Stab brechen möchte«, sagte er vorsichtig. »Ich hoffe, Sie verzeihen mir, dass ich Ihnen zu nahe trete, aber aus Dankbarkeit und Ihrer bisherigen Gastfreundschaft zuliebe muss ich frei sprechen. Das stille Einverständnis, das Sie mit der mordverdächtigen Madame von Wolf hatten, wirft kein gutes Licht auf Sie.«

»Was?«, meinte Leisner verschreckt.

Doch Kohl fuhr fort: »Die Dame stieg in Ihren Badekarren, als Sie am Ende des Strandes dort mit Ihren Tinkturen auf

Kundschaft warteten. Gestern Nachmittag. Ich habe es gesehen. Nicht dass es mich etwas anginge, aber Sie sollten mit dem Landvogt sprechen. Vielleicht findet er einen Weg, Ihren Ruf zu retten, wenn der ganze Fall vor Gericht kommt. Ein Zeuge, der ein intimes Verhältnis zu einer Mordverdächtigen unterhält, dürfte seine Reputation verlieren.«

»Intimes Verhältnis?«, empörte sich Leisner, »zu einer Kundin? Ja, wie kommen Sie denn darauf? Derartiges hat mir noch niemand unterstellt! Was Sie da beobachtet haben, hat nichts von dem, was Sie da andeuten.« Einer plötzlichen Eingebung folgend hob er den Zeigefinger einem Schullehrer gleich und verschwand im Haus. »Einen Moment.«

Kohl sah ihm verblüfft nach.

Schon nach wenigen Augenblicken stand Leisner außer Atem wieder im Garten und hielt ihm vorwurfsvoll ein in grünes Leinen geschlagenes Buch hin.

»Organon der rationellen Heilkunde«, las Kohl, »Samuel Hahnemann.« Verständnislos sah er Leisner an. Hatte der aufgrund der Vorwürfe den Verstand verloren?

»Schlagen Sie auf und lesen Sie, Paragraph zweihundertneunzig«, forderte Leisner Kohl auf, der dem neugierig nachkam.

Er las laut vor: »Vom sogenannten Massieren, durch eine kräftige, gutmütige Person, welche dem chronisch krank Gewesenen und noch an Abmagerung, Schwäche der Verdauung und Schlafmangel Leidenden die Muskeln der Gliedmaßen ergreift, sie mäßig drückt und gleichsam knetet, wodurch das Lebensprincip angeregt wird.«

»Eine moderne Form der Therapie ist das und kein anstößiges Zusammenkommen der Leiber, wie Sie das andeuten«, empörte Leisner sich. »Madame von Wolf war mir sehr dankbar für die wohltuende Wirkung meiner Hände, und ich möchte betonen, dass ich lediglich ihre Arme, Schultern und den Nacken berühren durfte. Ich behandelte sie regelmäßig. Aber natürlich, sobald man nichts weiß von den Wissenschaften, greift die Phantasie um sich. Und deshalb geschah es heimlich. Ausschließlich deswegen.«

Kohl schlug das Buch zu und schmunzelte. »Sie haben recht, die Augen können sich täuschen. Wir erkennen, was wir kennen, ist es nicht so? Umso mehr rate ich Ihnen, die Umstände Ihres Zusammentreffens zu erklären. Nun bin ich erleichtert. Wenn Sie mich dann entschuldigen möchten, ich habe gleich eine Verabredung zum Essen.«

EINE ALTE SCHULD

Im Nieblumer Dorfkrug ging es hoch her. Noch saßen die Männer nach dem Gottesdienst bei Tabakpfeifen, Karten und Würfeln beieinander und erfreuten sich an den frischen Gerüchten. Diese Woche hatte es daran keinen Mangel gegeben. Mord, Flucht, Gefangennahme, Entführung, Befreiung, Geständnisse, die Worte hagelten nur so durch den Raum. Nur da, wo der Wirt selbst am Tisch erschien, erstarb das Gespräch.

Auffällig war ein breitschultriger, in die Jahre gekommener Kapitän in prächtigem Rock, der selbstgefällig umherblickte. Erkennbar war er nicht von der Insel, trank ein Glas roten Wein und beobachtete das Treiben im Raum. Ein rüstiger Herr, in eine tadellose Weste gekleidet, den blauen Rock über dem Arm, näherte sich seinem Tisch. Das weiße Haar war säuberlich gekämmt.

Der Alte lächelte freundlich, deutete eine Verbeugung an und nahm, ohne zu fragen, Platz. »Kapitän Hansen nennt man mich. Ich gehe recht in der Annahme, dass auch Sie die Meere befahren haben?«

Der andere nickte ihm mit ausdrucksloser Miene zu und nippte noch einmal an seinem Glas. »Otto von Kotzebue, Kapitän. Wie komme ich zu der Ehre Ihrer Gesellschaft?«

»Die Ehre ist ganz auf meiner Seite«, erwiderte Hansen. »Ich freue mich immer über Neuigkeiten aus der Welt und die Bekanntschaft bedeutender Herren.« Er deutete auf den Rock seines Gegenübers, dessen auffällige Knöpfe wunderbar glänzten. »Einen von Rang erkenne ich sofort. Denn Reisen bildet.«

»Oh ja, da stimme ich zu.« Von Kotzebue lächelte. »Aber sagen Sie, was ist das für eine Geschichte, die mir hier in Wortfetzen zufliegt. Was hat es mit dem Mord auf sich? Ich wurde sogar Zeuge einer Festnahme. Das Ganze scheint mir seltsam verworren.«

Kapitän Hansen setzte seinen weltgereisten Kollegen knapp in Worten, aber ausführlich in der Sache ins Bild. Als der Name Pana fiel, wirkte von Kotzebue elektrisiert. Alles wollte er über den Mann wissen, den Kapitän Hansen nicht müde wurde, als Unschuldigen zu bezeichnen. Seltsamerweise befühlte von Kotzebue, während er gebannt lauschte, seinen Hinterkopf, als suche er eine markante Stelle.

»Ein Opfer von Verblendung und Vorurteilen«, erklärte Kapitän Hansen weiter. »Aber es ist bloß eine Frage von Stunden, dann ist er wieder frei. Glauben Sie ja nicht, dass sich ein Föhrer bei ihm entschuldigen wird für all die Schmach und das schlechte Gerede. Eher werden Amrum und Föhr zusammenwachsen, was Gott verhindern möge.«

»Wo ist dieser Pana?«, wollte von Kotzebue wissen. »Kann ich ihn sehen?«

»Man hat ihn beim Landvogt festgesetzt, gleich ein paar Häuser von hier.«

»Und kennen Sie vielleicht eine Frau von hagerer Statur, ganz in Schwarz gehüllt, ja sogar ihr Gesicht ist verdeckt? Dieser Unbekannten begegnete ich zufällig, sie schien einiges über mich zu wissen.«

Kapitän Hansen schüttelte den Kopf. »So verhüllt arbeiten Föhrerinnen auf dem Feld und am Strand, das schützt vor Sand und Sonne.«

»Dann werde ich mal sehen, ob ich diesen Pana finde. Wer hätte gedacht, dass ich auf diesem vom fauligen Watt umgebenen Eiland eine so spannende Entdeckung machen würde.« Von Kotzebue beugte sich zu Hansen hinüber und raunte ihm zu: »Wissen Sie, wenn er der ist, den ich erwarte, wird er sehr überrascht sein. Uns verbindet die See.« Damit erhob er sich, warf verschmitzt eine Münze auf den Tisch und trat hinaus.

Bald hatte er sich zur Wyker Landvogtei durchgefragt, in der Hans Jørgen Trojel Pana festgesetzt hatte und, von einem Schreiber unterstützt, Daniel Krückenberg verhörte.

»Was wünscht der Herr?«, knurrte Trojel ungeduldig.

Von Kotzebue schaute interessiert auf den jungen Friesen, der mitten im Raum auf einem Hocker saß, und stellte sich nach vollendeter Verbeugung vor. Er erwähnte eine Weltreise, die er als baltischer Adeliger im Auftrag des russischen Zaren geleitet hatte, und schmunzelte, als sich Trojels Körperhaltung im Laufe seiner Schilderung straffte. Ja, Trojel beeilte sich sogar, dem hochgestellten Herrn einen Stuhl anzubieten.

»Selbstverständlich möchte ich Euer Wohlgeboren nicht von dringenden Amtshandlungen abhalten«, fuhr von Kotzebue fort, »aber ich habe gute Gründe anzunehmen, dass sich ein Mann der Südsee in Ihrem Gewahrsam befindet. Pana, so ist sein Name.«

Trojel hob die Augenbrauen und legte das Schriftstück beiseite, das er bis jetzt krampfhaft zwischen den Fingern gehalten hatte.

»Ganz unabhängig von seiner Verstrickung in den Kriminalfall gilt es, eine alte Schuld zu begleichen«, betonte von Kotzebue.

Nach kurzem Zögern erhob Trojel sich und bedeutete dem Kapitän, ihm zu folgen. Vor einem Nebenraum der Landvogtei, durch eine Kette verriegelt, blieben sie stehen.

»Wir lagern hier alte Akten«, erklärte Trojel, »ein Gefängnis haben wir nicht. Für die brave Insel reicht das in Wyk. Unser Pana hier ist als Mordverdächtiger geflohen, wurde von wackeren Menschen ergriffen und sitzt seit gestern fest. Nach dem Stand der Dinge muss ich ihn ohnehin bald laufen lassen. Vielleicht ändert sich das ja durch Ihre Hilfe.« Er löste die Kette und schob die Tür auf.

Die Männer sahen in einen schmalen Raum, den links und rechts Aktenregale säumten. Am Ende, unter einem durch Läden verschlossenen Fenster, hockte der Gefangene. Spärliche Lichtstrahlen, in denen der Staub tanzte, durchdrangen das Dunkel.

»Pana, komm einmal nach vorne«, befahl Trojel und trat beiseite. »Hier ist ein Herr für dich.«

Zögernd erhob sich Pana, der die Silhouette des nun im Türrahmen erscheinenden von Kotzebue sah. Er kam in aller Vorsicht näher, sein ganzer Körper wirkte katzengleich gespannt. Als er von Kotzebues Gesicht erkannte, schrie er auf und wich in den Raum zurück.

»Geist!«, rief er, »Geist geh weg!« Er hob die Hände vor die Augen, senkte die Lider und murmelte Unverständliches, das er gleich einer Beschwörungsformel wiederholte.

»Bei Gott, er muss es sein!«, rief von Kotzebue und war in einem Satz bei ihm, griff die Arme des nun Wimmernden und zog ihn ins Licht. Obwohl von kräftiger Statur, ließ Pana es geschehen, Furcht lag in seinem Gesicht und ungläubiges Staunen.

»Pana, bei allen Wettern, lass dich anschauen.« Prüfend musterte von Kotzebue seine Gesichtszüge. Beim Anblick der Tätowierung am Kinn hellte sich seine Miene auf. »Sieh doch, ich bin es, dein Kapitän. Mein Freund, ich lebe!« Er fasste lachend Panas Hand, der auch dies willenlos geschehen ließ, und führte sie an seinen Hinterkopf. »Fühlst du es? Eine schöne Narbe, die du mir da hinterlassen hast.«

Ganz allmählich entkrampfte sich Panas gespannte Haltung, der immer noch ungläubig schaute.

Trojel, ratloser Zeuge dieser Szene, räusperte sich. »Euer Wohlgeboren kennen diesen Mann?«, fragte er erstaunt und wies auf Pana wie auf einen Haufen Unrat.

»Aber gewiss«, rief von Kotzebue und schlug Pana auf die Schulter. »Seinerzeit, auf der ›Rurik‹, da nahm ich ihn als Jungen an Bord. Auf den Osterinseln konnte er nicht bleiben, eine lange Geschichte. Nicht, Pana, wir haben zuerst einen tüchtigen Schiffsjungen aus dir gemacht und später einen guten Diener.«

Pana nickte und starrte zu Boden. Immer noch schien er diese Begegnung nicht glauben zu können.

»Lange haben wir zusammen die Meere bereist. Und dann, im Jahr 26 auf unserer letzten gemeinsamen Fahrt, geschah es.« Von Kotzebue ließ Pana los, trat einen Schritt zurück und sagte eindringlich: »Es war in Rio de Janeiro.«

»Ich ein junger Mann«, sprach Pana leise, und beim Klang seiner Stimme hellte sich von Kotzebues Miene auf.

»Ein stattlicher Kerl, aus seinem Drillich geschossen, der zupackte, wo er konnte. Leider hattest du zu oft den Rum auf der Zunge. Ein übles Laster.«

Pana brummte widerwillig.

»An jenem Abend warst du sehr betrunken, erinnerst du dich? Es war die Einladung beim mexikanischen Consul. Ich hatte dich mitgenommen und in der Küche zurückgelassen. Mein Gott, was war das aber auch für ein berauschendes Fest. Die aufreizende Musik, die Nacht mit ihren betörenden Düften, das perlende Lachen der Frauen, mit einer Haut so schön wie Ebenholz. Aber in den Häfen hast du dich nie mit ihnen eingelassen«, meinte von Kotzebue. »Ich stand auf der Galerie, und mit einem Mal, wie aus heiterem Himmel, hast du dich auf mich gestürzt, mir die Mademoiselle aus dem Arm gerissen, mich gewürgt und geschlagen, ich wusste nicht, wie mir geschah. Ehe man mir zu Hilfe kam, stürzte ich die Treppe hinunter, donnerte mit dem Kopf irgendwo gegen, und um mich wurde es Nacht. Ein unverzeihlicher Angriff, ungeheuerlich! Als ich wieder zu mir kam, in all dem Blut, warst du bereits geflohen. Und, natürlich, war der Zauber des Abends dahin.«

»Herrje«, rutschte es Trojel heraus.

»Nicht nur aus dem Haus war er verschwunden, nein, der Junge war fort wie ein sich auflösender Nebel«, sagte von Kotzebue an Trojel gewandt. »Was, Pana, hast bestimmt geglaubt, ich sei tot! Weit gefehlt. Nun aber sag mir, welcher Teufel hat dich damals geritten? Nie hätte ich mit so einem Attentat gerechnet.«

Trojel und von Kotzebue schauten erwartungsvoll auf den Angeschuldigten, der aber keine Anstalten machte, zu antworten. Die Lippen zusammengedrückt stand er da und rührte sich nicht.

»Nun, Pana, das ist eine bedenkliche Klage, die da gegen dich vorgebracht wird«, erklärte Trojel. »Ein solcher Angriff auf eine hochgestellte Person ist eine ernste Sache. Eben noch habe ich deine Freilassung in Erwägung gezogen, nun muss ich mich aber fragen, ob ich nicht soeben von einem Mordversuch Kenntnis bekommen habe.«

Die beiden beobachteten, wie Pana mit sich rang. Endlich platzte es aus ihm heraus. »Ich stark, heißes Blut und zu viel Rum. Denken an meine Mutter, wie sie der andere Kapitän nimmt, mein Vater. Ihr und mir Schande bringen. Ich will befreien die Frau, denken für Moment, das meine Mutter. Dann alles zu spät. Blut und Kapitän tot.«

Er schaute von Kotzebue in die Augen. »Immer guter Mann gewesen, gut zu Pana. Schande über mich. Ich Angst vor Ketten in Dunkelheit oder Tod.«

»Dachte ich es mir doch«, brummte von Kotzebue und legte den Arm um Panas Schulter. »Wir können nicht aus unserer Haut, was? Niemand von uns. Dein Schicksal und das deiner Leute ist kein Ruhmesblatt für die christliche Seefahrt. Aber sag, wie bist du hierhergelangt, so weit entfernt von deiner Welt?«

»In gleicher Nacht ich als Schiffsjunge auf englisches Schiff. Wir fahren Amsterdam. Dann ich arbeiten auf klein Segler, Heimathafen Hamburg. Drei Jahre. Von da ich suchen Versteck, weit weg von Russland und Brasilien. Sehen auf Karte diese Insel. Dann bei Kapitän Hansen Hausdiener. Er nichts wissen von Flucht, auch nicht fragen. Weiser Mann.«

»Sechzehn Jahre schon«, meinte Trojel. »Wahrlich, hier kann man sich gut verbergen vor der großen Welt. Aber am Ende liegt alles in Gottes Hand, und er führt den Missetäter der Gerechtigkeit zu.«

»Ja nun, Missetäter, so streng wollen wir es nicht nehmen«, widersprach von Kotzebue. »Es ist ja nichts geschehen. Das war nicht das erste Stück Holz, das ich an den Kopf bekam. Weltumsegelungen mit einem Dreimaster sind kein Kaffeekränzchen, nicht wahr. Nein, nein, ich bitte Euer Wohlgeboren, von jeder Amtshandlung meiner Kopfnarbe wegen abzusehen. So hat der Besuch hier wenigstens einen erfreulichen Sinn.«

Trojel dachte einen Moment nach, dann deutete er Pana den Weg hinaus. Als der die Amtsstube durchquerte, stieß er auf Daniel Krückenberg, der zusammengesunken auf einem Hocker der Vernehmung harrte. Pana zögerte, als wollte er ihm etwas sagen, ging dann aber weiter, ohne den Jungen noch eines Blickes zu würdigen.

Die Herren sahen ihm nach.

»Wo wohnt sein Brotherr Hansen?«, wollte von Kotzebue wissen. »Wenn sich die Aufregung um den Mordfall gelegt hat, möchte ich meinen Reisegefährten aufsuchen und in Erinnerungen schwelgen. Wenige auf dieser Insel werden so viel erlebt haben wie er.«

Mariane hatte auf der Straße nach Nieblum genug über den Verbleib des gefangenen Pana erfahren. Immer wieder gab es ihr einen Stich ins Herz, wenn die Leute vom Kannibalen, dem Südseemörder oder dem blutgierigen Heiden sprachen. Um die Mittagszeit erreichte sie endlich den Ort und stellte sich in den Schatten mächtiger Linden gegenüber der Landvogtei.

Was genau sie sich hier erhoffte, wusste sie nicht. Sie konnte nicht einfach zu Wohlgeboren Trojel gehen und ihm die Wahrheit sagen über das stille Einverständnis, das Pana und sie verband. So stand sie da, beobachtete die Haustür und hoffte.

Als Pana die Landvogtei verließ, sah er sich vorsichtig um, als fürchtete er eine erneute Gefangennahme durch eifrige Föhrer Bürger. Die Straße lag still da, lediglich die sie säumenden Baumkronen rauschten im Wind. Doch als er zum Haus des alten Hansen losschritt, trat hinter einem der Stämme die ganz in Schwarz gehüllte Mariane hervor. Er erstarrte, unterdrückte den Impuls, zu ihr hinüberzulaufen, und sah sich erneut um. Dann lächelte er ihr zu, legte zwei Finger auf die Lippen und entließ einen Kuss in ihre Richtung.

Marianes Augen füllten sich mit Tränen, sie schluchzte auf. Er war entlassen, frei. Heftig sehnte sie sich danach, diesen Mann in den Armen zu halten, doch sie verharrte neben dem

Baum und merkte nicht, wie sich ihre Fingernägel in ihre Handballen gruben. Dann, ganz vorsichtig, hob sie eine Hand, deutete einen Gruß an und ließ sie wieder sinken. Niemand war auf dieser Insel sicher vor Blicken. Mit pochendem Herzen, Wehmut wie Erleichterung in der Brust, sah sie Pana nach, wie er langsam weiterging.

Laura saß in der Küche der Landvogtei zu Wyk und löffelte einen Teller Suppe. Die Wärme tat ihr gut, das knisternde Feuer der Herdstelle verströmte Heimeligkeit. Aber ihre Gedanken waren draußen bei ihrem Dorf und ihrer Mutter. Ingwer konnte jetzt beerdigt werden, dachte sie und stöhnte auf. Ihr ganzes Leben lang würde er ihr fehlen, er war ihr großer Bruder gewesen, die Hoffnung der Familie. Was geschah nun mit ihnen? Würde die Gemeinde ihre Mutter in das Heim nach Århus schaffen und einen Vormund für sie bestellen?

Sie leckte den Löffel ab, legte ihn auf die Tischplatte und sah der Köchin zu, die den Deckel eines schweren Bratentopfes anhob. Ein würziger, verlockender Duft füllte den Raum.

»Immer die Amtsgeschäfte«, schimpfte die Köchin, spießte den Braten auf und legte ihn auf eine Platte. Mit einem großen Messer schnitt sie ihn an. »Wie soll unsereins ein perfektes Essen auf den Tisch bringen, wenn der Herr noch über den Akten hockt. Schreibkram wird nicht zäh oder verkocht. Fleisch und Gemüse schon. Eine Schande ist das. Aber dann, mit einem Mal, muss alles hopphopp gehen.«

Sie war so mit ihrer Arbeit befasst, dass sie nicht bemerkte, wie Laura leise aufstand und die Küche verließ. Noch in die Decke von Madame Schilling gehüllt, durchquerte Laura barfuß die Eingangshalle, öffnete die schwere Tür und trat hinaus.

»Da bist du ja«, freute sich Martin, nahm seine Kappe in die Hand und machte einen Schritt auf sie zu. »Ich habe die ganze Zeit gewartet und gehofft, dass sie dich nicht wieder vernehmen werden. Es muss ja mal Schluss sein damit. Darf ich dich dann zu deiner Mutter bringen, nach Hause?«

Laura lächelte zaghaft und sah ihn an. Seine Augen strahlten, und sein kräftiger Körper bedeutete Schutz. Sie nickte müde und wählte die schmaleren Gassen in der Hoffnung, weniger Menschen zu begegnen. Mit Martin an ihrer Seite war es erträglich, auch weil er mit ihr schwieg. Nach Worten war ihr nicht zumute, und er schien das zu spüren.

Als sie Wyk hinter sich gelassen hatten und der Straße nach Nieblum folgten, schaute Martin sich um. Niemand sonst war auf dem Weg. Vorsichtig tastete er nach Lauras Hand und hielt sie fest. Sie ließ ihn gewähren. Ja, ihre Finger verschränkten sich sogar ineinander, und Laura durchströmte warme Freude.

»Ich werde mit meinem Vater reden«, sprach Martin in die gemeinsame Stille und sah Laura von der Seite an. »Vielleicht können wir deine Mutter auf Föhr behalten. Aber wenn alles nichts hilft, werde ich ihn fragen, ob er sich nicht selbst um dich kümmern will. Was denkst du, womöglich kannst du ja bei uns wohnen. Platz wäre da. Und mein Vater ist der Armenvorstand. Ich werde darauf achten, dass es dir gut gehen wird.«

Laura schaute ernst in sein Gesicht. Flaum lag auf den Wangen, auf der Nase hatte er Sommersprossen. »Bekomme ich dann noch einen Schmalzkringel von dir?«, fragte sie und lächelte.

»So viele du willst.«

ABSCHIED

Dünn wehte der Gesang der Gottesdienstbesucher, vom Orgelklang begleitet, über die Grabsteine zu Kohl hinüber. Seinen Zylinder hatte er abgenommen. Die Kirchenglocke von St. Johannis erklang, und vom Kutschbock aus beobachtete er, wie die Trauergemeinde die Kirche verließ und dem Sarg folgte. Der Menge der Trauernden nach zu urteilen, war nicht nur das Gotinger Landvolk erschienen, halb Föhr nahm Anteil. Sogar einige der Inselhonoratioren waren gekommen.

Kohl nickte zufrieden, hier standen die Föhrer zusammen. Er wünschte, dass sich die Inselgemeinschaft bei diesem letzten Gang von ihm, dem fremden Autor, unbeobachtet fühlen konnte. Seine Augen suchten Laura, das mutige Mädchen hatte viel mitgemacht, und er wollte irgendwie mit ihr sein. Da sah er sie, an der Spitze des Zuges, neben ihrer Mutter. Auf der anderen Seite stützte Dr. Boey die gebeugte Frau.

Lauras Gang wirkte unsicher, traurig ließ sie Kopf und Schultern hängen. Kohls Herz zog sich zusammen. Doch mit einem Mal, als habe sie seinen Blick gespürt, hob sie den Kopf und schaute zu ihm hinüber. Zaghaft hob er die Hand zum Gruß, und sie versuchte ein Lächeln. Dankbarkeit lag in ihren Augen. Sie wischte sich Tränen von den Wangen und fasste ihre Mutter am Arm. Kohl schluckte. Ihr Leben würde weitergehen, irgendwie. Und für ihn gab es noch einige Inseln und Landschaften, die beschrieben werden wollten. Blieb zu hoffen, dass er dabei ohne weitere Mordtaten auskam.

Personenverzeichnis

Wyk

Johann Georg Kohl – historische Person, Reiseschriftsteller, 1808–1878

Emma Kühl – historische Person, frühe Verlobte Theodor Storms, geboren 1819

Martin Leisner – historische Person, Apotheker

Liebert Hieronymus (von) Dorrien – historische Person, Landvogt von Osterlandföhr, 1796–1858

Dr. Gottlieb Detlev Friederich Eckhoff – historische Person, Badearzt, 1796–1878

Sören Friedrich Schilling – Werftbesitzer und preußischer Consul

Helena Schilling – Gattin des Consuls

Margarethe von Wolf – historische Person, Name Pseudonym, Schriftstellerin

Otto von Kotzebue – historische Person, weltreisender Kapitän, 1787–1846

Nieblum

Pana Nancy Schoones – Südseeinsulaner, Diener, Mordverdächtiger

Martin Hassold – historische Person, Sohn des Armenvorstehers, jugendlicher Gelegenheitsarbeiter, 1830–1909

Dr. Johannes Boey – historische Person, Landarzt für Westerlandföhr, 1799–1859

Hans Jørgen Trojel – historische Person, Landvogt von Westerlandföhr, 1813–1877

Daniel Krückenberg – Sohn des Bierbrauers, Ingwers Klassenkamerad

Kapitän Hansen – zur Ruhe gesetzt, Panas Brotherr

Moritz Carstens – historische Person, Pastor von St. Johannis, 1781–1855

Goting

Ingwer Martens – vierzehnjähriges Mordopfer

Laura Martens – Ingwers Schwester, ermittelt heimlich

Keike Martens – »de Spöök«, Ingwers und Lauras Mutter

Borgsum

Focke Petersen – Ingwers Klassenkamerad, Sohn des Bauern Petersen

Süderende

Mariane Brodersen – Postausträgerin der Insel

Johann Carl Friedrich Stedesand – Pastor von St. Laurentii

Hedehusum

Willem – Badekarrenführer, Salzsieder

Danksagung

Danken möchte ich dem Team des Archivs der Ferring Stiftung in Alkersum auf Föhr.

Hilfreich für die Recherche waren folgende Titel:

Die Marschen und Inseln der Herzogtümer Schleswig und Holstein, Johann Georg Kohl, Dresden 1846

Die Insel Föhr und ihr Seebad, Landarzt Dr. Eckhoff, Hamburg 1833

Die Föhrer Kapitänsschulen, Vortrag Dr. Faltings, Alkersum 2003

Organon der rationellen Heilkunde, Samuel Hahnemann, Dresden 1810

Reise um die Welt, Adelbert von Chamisso, Berlin 2012

Was man über Föhr wissen sollte, Georg Quedens, Hamburg 2012

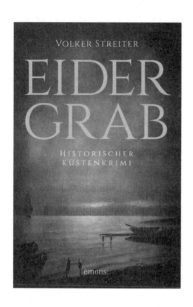

Volker Streiter
EIDERGRAB
Broschur, 304 Seiten
ISBN 978-3-95451-902-6

»›Eidergrab‹ ist ein hervorragender historischer Küstenkrimi, der ein lebendiges 19. Jahrhundert erschafft.« Am Meer

www.emons-verlag.de